Heather Chavez

Pense à ceux que tu aimes…

Traduit de l'Anglais (États-Unis)
par François Thomazeau

Michel LAFON

Titre original
No Bad Deed

118, avenue Achille-Peretti – CS 70024
92521 Neuilly-sur-Seine Cedex
www.michel-lafon.com

Martine

Pense à ceux
que tu aimes…

Pour Alex

Chapitre 1

Si mes enfants avaient été avec moi, toute cette histoire ne serait jamais arrivée. Je serais restée dans le monospace, portières verrouillées, vitres remontées. J'aurais fait ce que l'opératrice du 911[1] m'avait conseillé de faire.

Il se trouve que mon mari, Sam, était grippé. Et que c'est lui qui avait récupéré Audrey quelques heures auparavant. Quant à Leo, il était resté faire ses devoirs chez un copain, et du coup j'étais toute seule dans la voiture.

Conduire ainsi, dans l'obscurité la plus noire, me donnait l'impression d'être seule au monde. Des nuages gorgés de pluie défilaient devant la demi-lune, lâchant quelques gouttes et menaçant d'exploser d'un moment à l'autre. Aux heures de pointe, la petite deux-voies charriait son flot de parents en route pour l'école élémentaire, ou les véhicules de celles et ceux qui travaillaient à Santa Rosa. Mais là, en revanche, elle était pratiquement déserte, autant à cause de l'heure tardive que du temps exécrable. Je finis par abdiquer et actionner mes essuie-glaces.

Je n'étais qu'à quelques kilomètres de la maison quand mon portable se mit à vibrer dans mon sac. Un nom apparut sur l'écran de contrôle du véhicule : Sam. Avec le Bluetooth et le kit mains libres, j'aurais pu prendre la communication. Mais

1. Le 911 est le numéro d'urgence aux États-Unis, l'équivalent du 112 en Europe.

je n'en fis rien. Après une journée de douze heures, passées notamment à retirer de la menue monnaie de l'estomac d'un labrador, j'étais trop épuisée pour affronter une nouvelle dispute. Ces derniers temps, toutes nos discussions commençaient par ces mots : « Je t'aime, mais… »

Sam ne m'accorda que trois sonneries pour répondre avant de raccrocher.

Dans le silence, j'entendis soudain gargouiller mon ventre. C'était la troisième fois cette semaine que je ratais l'heure du dîner, et nous n'étions que mercredi. C'est sans doute pour ça que Sam avait appelé.

« Je t'aime, mais tu passes plus de temps avec tes patients qu'avec les enfants et moi… »

Celle-là, je la connaissais par cœur.

Je décapsulai la cannette de boisson énergétique placée depuis plusieurs jours dans le porte-gobelet et en avalai une gorgée. Grimace. Comment Leo pouvait-il boire ce truc ? Une cannette d'urine ne devait pas avoir un goût bien différent. J'en descendis pourtant près de la moitié. La caféine restait de la caféine.

Sur le côté nord de la route, au milieu des chênes et des résineux, la silhouette du vieil hôpital se dessina. Paulin Creek longeait le campus par le sud, un terrain vague et au-delà un bassin de rétention d'eau. L'hôpital était abandonné depuis des années, et personne n'avait la moindre raison de s'y arrêter. Pourtant, j'eus l'impression d'apercevoir du mouvement entre les bâtiments. Un frisson me parcourut la nuque. Je l'attribuai à une poussée de caféine.

Distraite, je faillis ne pas voir la forme qui traversait péniblement la route.

Je tressaillis. Un chevreuil ? Non, la forme avait deux jambes. Quelqu'un.

Je replaçai la cannette dans le porte-gobelet d'une main tremblante, si bien qu'elle ripa sur le rebord, renversant un peu de liquide sur mon sac.

La bordée de jurons qui jaillit de ma bouche aurait valu des heures de colle à mon fils. Je décidai de me garer sur la bande d'arrêt d'urgence et retirai mon chandail pour éponger les dégâts. Je sortis une lingette de la boîte à gants pour essuyer mes doigts poisseux lorsqu'un point situé à proximité de l'entrée de l'hôpital attira mon attention.

J'avais du mal à identifier ce qu'illuminaient mes feux. Un rayon de lune atténuait l'obscurité, et la lumière des phares du monospace traversait les branchages pour éclairer l'allée qui se trouvait derrière.

Ça doit être un jogger.

Sous la pluie.

Dans le noir, sans vêtements réfléchissants.

Mon instinct animal lançait des signaux d'alerte.

Les gouttes de pluie ricochaient sur mon pare-brise. J'allumai les pleins phares et y vis tout de suite beaucoup mieux. Une deuxième forme se trouvait aux côtés de la première. En contrebas de la route, ils ne paraissaient guère plus grands que les figurines représentant deux jeunes mariés plantées sur une pièce montée.

Je redémarrai, quittai la bande d'arrêt d'urgence et avançai doucement, essayant de comprendre de quoi il s'agissait. Halloween était demain soir, c'étaient peut-être deux gamins. L'endroit se prêtait parfaitement à une mise en scène de circonstance : un hôpital abandonné au milieu des bois, à flanc de colline. Mais, alors que je m'approchais, les choses se précisèrent. Un homme et une femme se trouvaient dans le faisceau de mes phares. Ils se disputaient. Non. *Ils se battaient.* Sam et moi nous disputions souvent. Mais ce à quoi j'assistais n'avait rien à voir. C'était une vraie bagarre, faite de poings serrés, de rage, de poussées violentes, et, pour cette raison, la jeune femme brune en legging n'avait aucune chance de prendre le dessus.

Elle se recroquevilla, tentant de protéger son visage de ses bras croisés. Elle se faisait toute petite, à l'exact opposé de son agresseur, un chauve qui la dépassait de plusieurs têtes.

J'arrêtai la voiture, mais laissai tourner le moteur. Mes doigts s'embrouillèrent sur le clavier alors que je tentais de composer le 911. La femme jeta un regard dans ma direction. Mais l'homme, vêtu d'un jean et d'un tee-shirt blanc, ne daigna même pas m'accorder un regard. Il était à vingt mètres à peine et ne bronchait pas.

– Que puis-je faire pour vous ? s'inquiéta une voix à l'autre bout de la ligne.

Elle me fit sursauter et je ne trouvai pas mes mots. Tremblante, je vérifiai que les portières étaient bien verrouillées. J'indiquai ma position et décrivis le couple.

– Ils se battent.

– Il est armé ?

– Je ne pense pas.

– Que fait-il précisément ?

Avant que j'aie pu répondre, l'homme avait attrapé la femme et l'avait projetée par-dessus le talus en direction du ruisseau en contrebas. Il avait agi sans effort apparent, comme un chat siamois s'amuse avec une souris, et, pendant un bref instant, elle sembla scotchée au ciel au bout de ses bras, à la lumière de mes phares.

Puis son corps disparut derrière les broussailles qui bordaient l'allée.

Un poids se mit à me comprimer la poitrine. La voix au bout du fil, si distincte quelques secondes plus tôt, devenait lointaine, brouillée. Ma respiration se bloqua et des points noirs se mirent à danser devant mes yeux. Il fallait que je trouve un endroit où me cacher. Ramper dans le néant et disparaître. J'avais une impression de déjà-vu. Et pourtant, je n'avais jamais rien vécu de semblable. Je me sentis soudain aussi vulnérable dans cette voiture verrouillée que la pauvre femme sur le chemin.

Attaque ? Crise d'angoisse ? J'avais la bouche sèche, la langue en carton. Et l'impression que la voix dans le téléphone ne comprenait pas ce que je lui disais.

Putain, mais qu'est-ce qui se passe ?

L'homme sortit un objet de sa poche. Un téléphone portable ? Quoi d'autre ? Il disparut soudain, peut-être derrière le talus.

Sa disparition me libéra de ce qui m'avait coupé la parole.

– Il tient quelque chose à la main !

– Mais que fait-il ?

La voix restait neutre. Moi, je pétais les plombs.

– Je ne sais pas. Ils ont disparu.

– Ils ont quitté les lieux ?

– Non. C'est juste que je ne les distingue plus.

Ma main s'empara de la poignée de la portière. Et pourtant je n'avais aucune intention de descendre. Comme si elle avait deviné mon geste, la voix ordonna :

– Restez dans le véhicule.

Ma main se referma sur la poignée. Avant que la voix ait eu le temps d'ajouter quoi que ce soit, j'avais glissé mon portable dans ma poche et ouvert la portière.

Je ne sais vraiment pas pourquoi je suis sortie de la voiture. Peut-être à cause d'une autre fille. L'année de mon diplôme de premier cycle, il y avait une petite brune dans ma classe de microbiologie. À ma grande honte, je ne me souviens pas de son nom. Mais je me souviens bien de son nom à *lui* – Don. Je m'en souviens d'autant mieux qu'en changeant la première lettre de son nom, on obtenait un qualificatif plus approprié. Don avait du succès auprès d'un certain type d'étudiants. Et, je dois bien le dire aussi, auprès d'un certain type d'étudiantes. Le genre qui pense que les crises de jalousie et les plaies et bosses qui vont avec sont d'un romantisme fou.

Lors d'une soirée en dehors du campus pour fêter la deuxième place d'une équipe de sport quelconque, Don avait ouvertement insulté la fille dont le nom m'échappe, pendant plus d'une heure. Il ne sortait pas avec elle mais en avait envie, et, jusqu'à cette soirée, le béguin avait sans doute été réciproque. Puis il avait commencé à l'attraper et à la pousser. Lorsqu'il avait levé la main pour la gifler, seul un garçon s'était interposé. Mais il n'avait pas jugé utile de suivre Don lorsqu'il avait quitté la pièce dans le sillage de la jeune femme.

Quelques minutes plus tard, elle était tombée du balcon. Elle s'en était tirée avec un bras fracturé et quelques côtes cassées, et cela aurait sans doute été bien pire si sa chute n'avait été amortie par une haie avant qu'elle n'atteigne le bitume. Personne n'avait vu Don la pousser.

Peut-être était-ce le souvenir de cette fille qui m'avait précipitée hors de la voiture, ou simplement la colère qui me faisait faire des bêtises.

Mon cœur tambourinait dans ma poitrine. À une vingtaine de mètres de là, à mi-chemin entre le bord de l'allée et le cours du ruisseau, l'homme se tenait au-dessus de la femme, un couteau à cran d'arrêt à la main. *Un couteau. Il avait un couteau.*

À part l'appel que je venais de passer au 911, je ne voyais pas comment je pouvais intervenir. Je ne m'étais pas bagarrée depuis près de vingt ans et, même à l'époque, je n'avais pas été assez stupide pour m'attaquer à des gars qui faisaient deux fois ma taille.

Alors que l'agresseur laissait libre cours à sa colère, sa victime avait opté pour la méthode de défense de toute proie : elle s'était figée, tétanisée. Son nez pissait le sang.

Je repris mon souffle et criai à l'homme d'arrêter, sentant monter cette colère irrationnelle. Mon apparition soudaine ne sembla ni l'inquiéter ni même l'intéresser. Il se pencha sur la jeune femme et ses mains agrippèrent son sweat-shirt. Il l'attira vers lui avec une telle force que sa poitrine vint heurter la sienne et que la lame se rapprocha dangereusement de sa joue.

Je restai plus proche du monospace que de l'assaillant, mais je me risquai à faire un pas en avant.

– La police arrive !

Le ton se voulait menaçant, mais ma voix chevrotait.

L'homme se retourna vers moi et me regarda sans me voir, un filet de pluie dégoulinant du sommet de son crâne jusqu'à son menton mangé par la barbe. Ses muscles se contractèrent de rage et ses yeux avaient l'air ailleurs, déconnectés. À ce moment précis, l'être en face de moi n'avait plus rien d'humain. C'était un animal aux abois, le corps tendu, le souffle court.

– Vous feriez mieux de vous barrer.

– Je ne pense pas, non, répondis-je en pensant très fort à mes enfants.

Il n'était pas question d'avancer, mais en même temps je ne pouvais pas la laisser là. Ma main se porta sur la poche de mon pantalon, là où se trouvait mon portable.

L'homme retourna à sa tâche, mais sa voix porta jusqu'à moi.

– Pense à ceux que tu aimes…

Il regardait sa victime, mais, à la manière dont il avait haussé le ton, j'eus l'impression qu'il s'adressait à moi. Et cela me déstabilisa. Pas seulement ce qu'il avait dit, qui paraissait totalement incongru dans ce contexte, mais la façon dont il l'avait dit. Froidement, sans cette émotion qui déformait ses traits.

Il lâcha le corps de la fille, le maintenant plaqué au sol avec l'un de ses souliers couverts de boue. Et il tourna de nouveau la tête dans ma direction.

– Ta vie est foutue, de toute façon. Et tu ne t'en rends même pas compte.

Il ponctua son propos d'un coup de pied dans le torse de la jeune femme. Puis il s'agenouilla et pointa la lame dans la direction de sa victime prostrée.

Je récapitulai les méthodes que j'avais apprises pour maîtriser les animaux enragés. En ultime recours contre un chien qui vous attaque, il faut tenter de le frapper à la gorge, à la truffe ou derrière la tête. Avec les pieds ou les poings. Chercher une arme. Briser des os. Mais je me rendais bien compte que si j'en arrivais là, ce seraient mes os qui seraient brisés. Et moi qui serais poignardée. Je ramassai un caillou et le soupesai. Je le lançai dans sa direction, en essayant d'éviter la pauvre fille, mais le projectile atterrit dans un tapis de feuilles, à plusieurs centimètres de sa cible.

Je m'avançai encore dans l'allée, avec précaution, et attrapai une autre pierre.

– Arrêtez !

Mon avertissement le fit ricaner et il poursuivit sa besogne.

Je lançai le deuxième caillou, et il le prit sur le côté du visage. Il s'essuya la joue du revers de la main sans quitter sa proie des yeux. Ses épaules se contractèrent. La femme se débattit avec plus de vigueur, comme si elle comprenait un peu tard que, quels qu'aient été leurs rapports passés, ils n'arrangeraient rien à son sort. Sa colère n'allait pas retomber. Il avait bien l'intention de se servir de son couteau.

Jusqu'ici, chacun de mes gestes avait été réfléchi : j'avais décidé de m'arrêter, d'appeler le 911, de sortir de la voiture. De lancer ces cailloux. Mais lorsque l'homme leva le couteau au-dessus de sa victime, la terreur insondable qui m'avait envahie dans la voiture revint de plus belle, emplissant mes poumons de hoquets incontrôlables. Au bord des ténèbres, j'eus soudain une vision – celle d'une autre femme, à une autre époque, imaginaire mais aussi réelle que la pluie, la boue et le sang qui martelait mes tempes.

Je n'avais pas l'intention d'intervenir plus directement – pas avec ces images de mes enfants ancrées dans mon esprit –, mais je trébuchai et me mis à glisser le long du talus avant de saisir l'imminence du danger. Je fus tout aussi surprise que lui lorsque, emportée par le hasard, je le percutai au bout d'une dégringolade désordonnée, qui fit dévier la trajectoire de la lame du torse de la jeune femme à mon bras. Ce n'était qu'une égratignure, mais je poussai un hurlement. Un cri aussi puissant que ceux de certains des animaux que je soigne, mais que je n'avais jamais entendu sortir de ma gorge. Le couteau lui échappa et plongea dans le cours d'eau.

Je m'écroulai dans la terre marécageuse au bord du ruisseau. Ma vision aussi floue que la pluie sur la roche, mon cœur battant la chamade. Elle toujours là, à quelques pas. Lui toujours aussi concentré sur sa funeste tâche.

Et puis soudain, il s'interrompit. Il se laissa tomber à mes côtés et prit mon visage entre ses mains. Il fronça les sourcils en me dévisageant. Il ne faisait aucun doute qu'il était capable de me tordre le cou d'une simple poussée.

– Mais, bon Dieu, pourquoi tu fais ça ? Qui es-tu ? gronda-t-il.

Il était si proche et sa voix si profonde qu'elle vibrait dans mes tympans. Je remarquai une tache sur son tee-shirt. Peut-être du sang.

J'eus envie de lui dire que je ne l'avais pas fait exprès, que j'étais tombée sur lui par accident, mais les mots ne venaient pas. Il tendit la main et agrippa une longue mèche de mes cheveux roux qui s'enroulèrent autour de ses doigts. Il attira mon visage vers le sien.

C'est alors – enfin, Dieu merci ! – que j'entendis les sirènes.

Pendant une longue seconde, il me dévisagea. Et moi aussi. Un nez épaté, avec une bosse sur l'arête. L'oreille gauche ratatinée, repliée sur elle-même. Une cicatrice blanche traçant un sillon entre les poils de la barbe qui poussait sur sa joue. Voilà un homme qui aimait se battre, et pas seulement avec des femmes deux fois plus petites que lui.

L'idée que je puisse l'identifier, témoigner contre lui, ne semblait pas l'effleurer.

– Laisse-la mourir et je te laisserai vivre…

Il repoussa le corps de la victime du bout de sa chaussure.

– Ce n'est pas vraiment un choix, de toute façon. Elle est déjà presque morte.

Et tout à coup, avant que j'aie eu le temps de comprendre ce qu'il me disait, il s'était fait la malle et remontait le talus en direction de la route où j'avais si gentiment laissé le monospace, la clef sur le tableau de bord.

Il allait d'abord prendre la voiture. Avec ma plaque d'immatriculation. Ensuite il trouverait mon sac. Il ne lui faudrait que quelques minutes pour découvrir mon nom et mon adresse. Et les noms de mon mari et de mes enfants.

Chapitre 2

Mon examen de la victime fut bref, la lune n'offrant qu'une faible source de lumière. Je dus m'approcher tout près d'elle pour détecter son souffle, à peine un chuchotement sur ma joue, et son pouls était faible. Aucun gémissement. Aucune plainte. Même lorsque les brancardiers l'emportèrent, elle ne broncha pas.

Une demi-heure après que l'ambulance l'eut emportée, j'attendais toujours que la police me laisse partir. La pluie avait cédé la place à la brume, mais elle collait toujours mes cheveux sur mon visage et mon tee-shirt était trempé. Je n'aurais sans doute pas dû me servir de mon gilet comme d'un torchon.

– Vous ne voulez pas une veste ? me redemanda l'inspecteur.

Je jetai un œil à son badge pour retenir son nom : Willis. Ce faisant, j'aperçus la caméra portative qui enregistrait tout ce que nous faisions depuis une demi-heure. Sa présence me fit réfléchir à deux fois avant de répondre et étudier le ton de ma voix et mes attitudes pour qu'elles ne puissent être retenues contre moi.

– Je n'ai pas froid.

Et c'était vrai. Trempée, sans doute, mais pas frigorifiée. Mes nerfs étaient engourdis et les vêtements mouillés sur ma peau m'enveloppaient d'une douce torpeur. Comme l'eau tiède d'un bain. Ce n'était sans doute pas normal.

Un homme s'approcha, venant de la route, et il s'arrêta pour parler à la policière qui m'avait interrogée la première.

Le nouveau venu portait un pantalon gris au pli impeccable en dépit de l'heure avancée, une chemise au col boutonné, si blanche que la lune s'y reflétait, et une cravate rayée de rose sombre.

Je reportai mon attention sur l'inspecteur Willis et croisai les mains pour qu'elles arrêtent de trembler.

– Des nouvelles de ma famille ?

Je refis dans ma tête l'inventaire de tous les effets personnels qui se trouvaient dans la voiture. Et dans mon sac. Les photos de Leo au football. Un mot de l'instit d'Audrey. Les cachets d'Audrey. Et, bien sûr, tous les papiers qui portaient mon nom et notre adresse.

Tout cela se trouvait à présent en possession de cet homme.

– Vous avez parlé à mon mari ?

L'inspecteur Willis hocha la tête et désigna mon bras.

– Il faudrait qu'on y jette un œil…

Ma main se porta machinalement vers la plaie qu'avait laissée la lame.

– Ça va aller, insistai-je. Qu'avez-vous dit à Sam ?

– Que votre véhicule avait été volé, mais que vous alliez bien.

– Et eux ? Comment vont-ils ? Sam ? Les enfants ? Vous avez une voiture en faction devant chez moi ?

– Nous avons une voiture devant chez vous et votre famille va bien.

J'insistai.

– Vous les avez appelés quand ?

La maison était à moins de deux kilomètres. Soit à moins de deux minutes, même en respectant les limites de vitesse.

– Il n'approchera pas de chez vous.

Je me tournai vers l'homme qui venait de parler : l'inspecteur au futal impeccable et à la chemise immaculée. Maintenant qu'il était tout près de moi, je me rendais compte que ce que j'avais pris pour des rayures rose sombre étaient en réalité des tranches de bacon.

– Cassie Larkin ? Inspecteur Ray Rico.

Il était à peine plus grand que moi, et sa bonne bouille basanée était barrée d'un large sourire. Ses cheveux noirs étaient coupés court, ses yeux sombres et vifs plantés au-dessus de rides profondes. Je m'attendais à ce qu'il me tende la main, mais il n'en fit rien.

– Nos questions doivent vous paraître répétitives…

C'est tout ce qu'il parvint à articuler en guise d'excuses.

– J'imagine que vous êtes pressée de rentrer chez vous. Willis, apporte une veste au docteur Larkin.

L'ordre ne se discutait pas, aussi, lorsque l'inspecteur revint avec un sweat-shirt, je l'acceptai.

– Au moins la pluie s'est arrêtée, c'est déjà ça, reprit l'inspecteur Rico.

Mon jean était détrempé et mes pieds pataugeaient dans mes baskets.

– En effet.

Il actionna un enregistreur et ouvrit son carnet. Il tenait également une feuille de papier, mais je n'arrivai pas à voir de quoi il s'agissait.

– Bon, reprenons du début.

Lorsque j'eus fini mon histoire, Rico acquiesça d'un signe de tête.

– C'était vraiment très… *courageux* de votre part de sortir de la voiture.

J'eus l'impression qu'il avait été à deux doigts de dire « stupide ». Et il n'aurait pas eu tort.

– Tout le monde aurait fait la même chose.

– Je n'en suis pas si sûr.

Il parcourut les notes de son carnet.

– Vous ne le connaissez pas, si je ne m'abuse ?

– Non.

– Ce n'est pas un client à vous, ou un parent d'élève de l'école de vos enfants ?

Je secouai la tête.

– Vous en êtes sûre ?

Je me remémorai son visage déformé par la colère ainsi que la facilité avec laquelle il avait expédié la pauvre fille au bas du talus.

– Je ne l'avais jamais vu auparavant.

– Seriez-vous capable de l'identifier ?

J'acquiesçai, et Rico brandit le papier qu'il tenait à la main, en cachant le côté imprimé.

– Je vais vous montrer quelques photos.

Il retourna la feuille. On y voyait les visages de six hommes, tous blancs, chauves ou dégarnis, âgés d'environ quarante-cinq à cinquante-cinq ans.

– Le suspect ne s'y trouve peut-être pas, précisa Rico d'un ton neutre. Ne vous sentez pas obligée d'identifier qui que ce soit.

J'écartai une mèche de cheveux moite de mes yeux et mon sang ne fit qu'un tour. L'évidence n'aurait pas été plus frappante si la photo avait été cerclée de feu. Là, dans la rangée du milieu, se trouvait l'homme à la cicatrice sur la joue et au nez cassé.

– C'est lui.

Le doigt que je posai sur la photo tremblotait autant que ma voix.

– Vous en êtes sûre ?

– Certaine.

Rico sortit un stylo et me demanda de signer le cliché que j'avais reconnu. Il s'éloigna un instant et, lorsqu'il fut de retour, me demanda :

– Natalie Robinson, ça vous dit quelque chose ?

Je secouai la tête.

– C'est le nom de la victime ?

Le regard de l'inspecteur resta de granit.

– Et Anne Jackson ?

– Non. Qui est-ce ?

Rico ne répondit pas. Il hocha la tête et griffonna quelques mots sur son carnet avant de désigner mon bras.

– Rappelez-moi comment vous vous êtes coupée…

La mention de ma blessure raviva la douleur.

– Il essayait de la poignarder, mais c'est moi qu'il a touchée. Ce n'est qu'une égratignure.

– Carver Sweet est un costaud.

Mon cœur s'emballa.

– Vous savez qui c'est ?

– Maintenant que vous l'avez identifié, oui.

Il restait toujours aussi impassible.

– Donc, si je résume, Carver est un costaud armé d'un couteau. Vous avez des gosses et vous avez déjà appelé le 911. Pourquoi prendre le risque de vous frotter à lui ?

Je me souvins comment j'avais perdu pied sur le talus, comment la broussaille m'avait entaillé les genoux tandis que la caillasse et les branches menaçaient de me tordre les chevilles. À quel point je m'étais sentie vulnérable en le percutant.

– J'ai glissé.

– Vous avez glissé ?

– Je ne suis pas très adroite et le sol était glissant.

Rico me regarda fixement et laissa le silence s'installer. Cela me rappelait le mutisme que j'adoptais lorsque des clients m'amenaient des animaux blessés sans explication ou montrant des signes évidents de malnutrition. C'est ainsi que l'on s'adressait aux gens dont on pense qu'ils mentent.

Rico consulta de nouveau son carnet, plissant encore un peu plus les rides sous ses yeux.

– Vous avez déclaré que Carver Sweet avait peut-être du sang sur son tee-shirt. À quel moment l'avez-vous remarqué ?

– Vers la fin.

– Et à quel moment avez-vous remarqué que la victime saignait ?

La question de l'inspecteur me conduisit à me demander si j'avais bien fait tout ce qu'il fallait pour sauver cette fille. Avais-je attendu trente secondes de trop avant d'appeler le 911 ? Après la fuite de l'agresseur, avais-je agi assez vite pour épancher le sang ? Avais-je oublié de mentionner à la police un détail qui pourrait conduire à l'arrestation de Carver Sweet ?

J'essayai de chasser ces pensées, mais, à contempler l'expression de Rico, je me dis que plus je tardais à lui répondre, plus il devait imaginer que je calculais mes réponses.

– Je me suis rendu compte qu'elle saignait quand il l'a jetée du haut du talus. Son nez.

D'autres blessures ? J'étais incapable de m'en souvenir.

– Donc quand vous vous êtes arrêtée la première fois, elle ne saignait pas ?

– Je ne pense pas.

– Vous ne *pensez* pas ?

– Elle ne saignait pas.

Vraiment ? Plus l'interrogatoire se prolongeait, plus mes certitudes flanchaient, et je me demandai si Rico essayait de me déstabiliser.

– À ce moment-là, il n'avait pas encore sorti son couteau ? Lorsqu'ils se tenaient encore sur le chemin ?

– Non.

Mais au moment même où je répliquais, je me dis qu'une blessure avait dû m'échapper, un détail qui remettait en cause tout le reste de mon témoignage. Rico gribouillait lentement, et le crissement de la plume sur le papier m'agaçait. Je m'inquiétai :

– Elle va s'en sortir ?

L'inspecteur leva les yeux, renfrogné, les paupières mi-closes.

– La femme qu'il a agressée ?

– Bien sûr. *Qui d'autre ?*

– Je ne sais pas.

Il tourna une page de son carnet.

– Avez-vous remarqué la présence de véhicules sur le bord de la route ?

Je secouai la tête et il s'expliqua.

– Nous avons retrouvé deux véhicules stationnés sur le bas-côté à environ huit cents mètres de là. Accidentés. Si vous aviez continué un petit peu plus loin, vous les auriez aperçus.

– S'il l'a forcée à quitter la route, tout cela n'est pas le fruit du hasard.

– Qu'est-ce qui vous fait dire ça ?

Je me souvins de ce qu'avait dit l'agresseur. « Pense à ceux que tu aimes… » Et ensuite : « Laisse-la mourir et je te laisserai vivre. »

– Ça avait l'air d'être une affaire personnelle.

Rico prit un air songeur.

– J'ai arrêté une fois un type qui avait agressé un autre automobiliste avec une batte de base-ball. Ensuite il s'en était pris au fils du type. Tout ça pour un pare-chocs froissé et moins de mille dollars de dégâts. Le gars à la batte venait de perdre son emploi et, le lendemain, cette Lexus lui faisait une queue de poisson à un feu rouge. Le patron qui l'avait viré avait aussi une Lexus.

– Je ne vois pas le rapport.

– Tout crime est personnel, même les crimes fortuits.

Un rictus lui déforma les lèvres.

– D'après ce que vous me dites, vous ne connaissez pas l'homme. Mais connaissiez-vous la victime ?

– Je ne les avais jamais vus auparavant, ni l'un ni l'autre.

Ce n'est qu'après avoir répondu que je notai sa formulation : « D'après ce que vous me dites ». Comme s'il doutait de ma parole.

– Et d'après ce que vous avez dit, vous rentriez du travail.

Voilà qu'il remettait ça.

– Oui.

– Et vous en êtes partie à quelle heure ?

– Un peu après 22 heures.

– Quelqu'un peut le confirmer ?

– J'étais toute seule la dernière heure, mais avant ça, certainement.

– Des caméras de vidéosurveillance dans votre clinique ?

– Non.

La pluie qui avait trempé mes vêtements imprégnait à présent le sweat-shirt qu'on m'avait prêté et le froid s'insinuait. Je frissonnai.

– Le chiffre 3 signifie quelque chose pour vous ?

J'étudiai ses traits, mais il cachait parfaitement ses pensées.

– Non, pourquoi ?

– Juste un truc qu'un de mes hommes a découvert. Probablement aucun rapport.

Il scribouilla de nouveau quelque chose et esquissa un sourire.

– Il semblerait que quelqu'un ait repéré votre véhicule dans le parking d'un supermarché, et donc nous devrions rapidement en savoir plus.

Le sourire s'effaça et son regard se fit pesant.

– Je vous ai dit que Carver Sweet ne s'approcherait pas de votre maison, et je vous le confirme. Que cela ne vous empêche pas d'être vigilante. Vous êtes une menace à ses yeux.

L'inspecteur me tendit sa carte et demanda à l'inspecteur Willis de me ramener chez moi. Il s'éloigna et essuya les paumes de ses mains sur les jambes de son pantalon, comme pour se défaire de quelque chose de gluant.

Chapitre 3

Nous habitions une maison de style ranch, avec trois chambres, dans le quartier de Lomita Heights, un secteur qui s'était développé dans les années soixante. Nous y avions emménagé voilà seize ans, lorsque j'étais enceinte de Leo. À l'époque, il m'arrivait souvent d'aller crapahuter sur la colline, enceinte jusqu'aux yeux. Une fois, je suis même tombée sur les fesses dans la descente.

Et même plus d'une fois, je dois l'avouer.

Mes jambes ne me paraissaient guère plus assurées à présent, et, alors que j'avançais vers la maison, je me rendis compte que je n'avais pas les clefs.

L'inspecteur Willis, qui m'avait raccompagnée me suivit du regard jusqu'à la porte. Le visage de Leo avait déjà fait son apparition entre les lattes des stores, les cheveux en pétard, les yeux hagards, l'air dégoûté. Même si, à quinze ans, il me dépassait d'une tête, il était toujours ce petit paquet que j'avais porté jusqu'en haut de la butte. Le simple fait d'être sa mère m'apparaissait encore aujourd'hui comme un fardeau susceptible de me faire perdre l'équilibre.

Il ouvrit la porte en grand.

– Putain, maman !

Une couverture tire-bouchonnée sur le canapé suggérait qu'il m'attendait depuis un bon moment. Je me doutais bien que son attention devait plus à la curiosité qu'à l'inquiétude, mais je l'enlaçai néanmoins de toutes mes forces.

– La police est venue parler à papa et maintenant voilà qu'un flic te ramène à la maison ! Où est la bagnole ?

– Volée.

– Sérieux ? Et ils savent qui l'a piquée ?

– Oui. On va bientôt la récupérer.

Je mis le cap sur la cuisine pour ne plus avoir à m'expliquer sur ce moment d'égarement.

– Tu as faim ?

Leo avait mangé une heure auparavant et, forcément, il avait déjà envie d'un sandwich. J'en préparai deux : un à la dinde pour lui, un végétarien pour moi. Les nerfs me taraudaient les entrailles, mais je me forçai à avaler avant d'attraper une poignée de piles dans un tiroir pour les glisser dans ma poche. Lorsque Leo eut terminé son sandwich et gagné son lit, je me rendis dans la chambre d'Audrey, qui dormait, la frange collée sur son front. Comme d'habitude, mon petit bout avait insisté pour se coucher sous un tas de couvertures. J'enlevai celles du dessus pour n'en laisser qu'une et déposai un bisou sur sa joue luisante. Je posai la main sur son front. Humide. Mais pas de fièvre. Son père ne lui avait pas encore passé sa grippe.

Dans l'armoire, je retrouvai son vieux Babyphone, couvert de plusieurs couches de poussière, et en remplaçai les piles par celles que j'avais dans la poche. L'appareil marchait toujours. Je l'emportai.

Enfin, dans le couloir qui conduisait à notre chambre, je repris mon souffle, me préparant à une nouvelle dispute, et poussai la porte. Sam m'attendait, assis en bas de pyjama au bord du lit. Mon mari a la carrure nerveuse de l'universitaire qu'il est et son nez rougeoyait au milieu de son visage pâle. Il est très beau. Ce n'est pas quelque chose qu'on dit facilement d'un homme, mais c'est vrai : un sourire à fossettes, des cheveux en bataille qui invitent aux caresses et de grands cils dont, par bonheur, les enfants ont hérité. Mes yeux à moi sont cerclés de cils riquiqui, qui ne se remarquent que par le truchement miraculeux du mascara volume.

– Je serais bien venu à ta rencontre, mais il m'a semblé que tu avais besoin de passer un peu de temps avec Leo.

Je sentis une pointe de jugement dans sa remarque. Il dut le remarquer parce qu'il marqua une pause et que son ton se radoucit lorsqu'il reprit :

– Raconte-moi ce qui est arrivé.

Je posai le Babyphone sur la commode à côté d'un flacon de médicaments et lui déballai tout… ou presque. J'expliquai comment j'étais tombée sur le couple, et avec quelle aisance l'agresseur avait balancé la jeune femme par-dessus le talus. Je lui racontai mon entretien avec l'inspecteur et mon impression que Rico me cachait un élément essentiel de l'enquête. Mais je me gardai bien d'évoquer ma crise de panique dans la voiture, et expurgeai de mon récit tous les éléments qui me montraient sous mon jour le plus impulsif. Je ne voulais surtout pas l'entendre prononcer ces mots : « Je t'aime, mais… »

« Je t'aime, mais tu aurais quand même pu faire attention. »

Tout en parlant, je retirai mes habits couverts de boue et piquai un tee-shirt à Sam en guise de chemise de nuit. Il ne me quittait pas des yeux, et cela me donnait des frissons. Sans doute l'effet du stress sur les hormones.

Quand j'eus terminé mon récit, Sam poussa un long soupir qui souleva sa poitrine.

– Cassie…

Le ton était mi-accusateur, mi-préoccupé.

Il descendit du lit, fila dans la salle de bains et en revint avec la trousse à pharmacie. Il alluma la lumière et vint s'asseoir à côté de moi sur le lit.

– Amène ça là.

Il parlait de mon bras. Ce n'était qu'une égratignure, cependant je m'exécutai. Il cligna des yeux pour mieux voir la plaie et je lui tendis ses lunettes, qui se trouvaient sur la table de chevet.

– Je suis légèrement peu fâché contre toi, reprit-il, la voix voilée par la grippe.

Il plaça un coussin sur mes genoux, déposa précautionneusement mon bras dessus et commença à nettoyer la plaie avec de l'alcool.

– Tu es fâché ?

Il sortit une pommade antibiotique de la trousse.

– Oui, fâché. Pourquoi as-tu risqué ta vie ainsi ?

Il étala doucement la crème sur mon bras.

– Les enfants…

Je me reculai, comme s'il m'avait poussée.

– Je n'ai pas cessé de penser aux enfants.

Chaque décision que je prenais, chaque jour, passait par le prisme de la maternité.

– Quel genre de mère serais-je si je laissais la fille de quelqu'un d'autre se faire violenter ? D'ailleurs, tu aurais fait la même chose.

Sam releva les yeux. La monture noire de ses lunettes accentuait le bleu intense de son regard.

– Il n'y a pas que les enfants.

– Je sais.

Il recouvrit la plaie d'un sparadrap, et reposa la trousse et ses lunettes sur la table de nuit.

– La prochaine fois que tu rencontres un homme avec un couteau, ne sors pas de la voiture.

– C'est ce qu'on m'a dit au 911.

– Promis ?

Sa voix vibrait d'une émotion surprenante après dix-sept ans de mariage.

– Ça m'étonnerait que ça se reproduise.

Il fronça les sourcils, aussi le rassurai-je aussitôt.

– Je te le promets.

Il entrouvrit la bouche comme s'il allait ajouter quelque chose, mais il s'abstint et tendit le bras pour éteindre la lumière.

Nous nous étendîmes côte à côte. Dans le noir, sa respiration résonnait, et je calquai mon souffle sur le sien pour me calmer. Je tendis le bras dans sa direction, mais mes doigts effleurèrent son dos juste au moment où il se tournait vers le mur. En quelques minutes, le remède contre la grippe avait fait son effet. Il dormait.

Il y aura d'autres nuits, songeai-je avec la certitude des épouses de longue date.

Alors que j'étais allongée dans le noir, à l'affût d'un bruit venant du Babyphone, le calme qui d'ordinaire m'apaisait semblait ce soir une présence, une attente, une surveillance. Peut-être était-ce mon intuition qui m'avertissait de ce qui m'attendait. De ce qui, en réalité, venait tout juste de commencer.

Chapitre 4

Après une nuit à rêver d'énormes insectes, d'hommes encore plus énormes et de bassines remplies de boue, je me réveillai sonnée, avec la migraine. Je tendis le bras dans la direction de Sam, mais ne trouvai que les draps froids.

Je tâtonnai à la recherche de mon portable sur la table de chevet et pestai en découvrant l'heure. Après une nuit agitée, j'avais apparemment fini par trouver le sommeil beaucoup trop tard pour me réveiller à une heure raisonnable. La veille au soir, régler le réveil avait été le cadet de mes soucis.

Je basculai pour me lever, les pieds nus sur la moquette. J'aperçus un reflet cuivré à la base du lit. Je me penchai pour attraper cette chose qui venait d'attirer mon attention. Ce n'était pas du métal, mais du papier. Je pris l'objet au creux de ma main pour l'observer de plus près. C'était un origami en forme de chien, pas plus grand qu'une carte de visite. Il avait dû tomber de la table de chevet.

Avec ses oreilles pliées et ses courtes pattes, ce petit chien me fit sourire. Il me rappela les débuts de ma relation avec Sam, qui passait alors son temps à me laisser des petits cadeaux de rien du tout dans les endroits les plus inattendus. Un morceau de céramique sur la porte du jardin. Un petit dessin sur mon pare-brise. Une fois, il avait même pris la peine de confectionner un paysage extrêmement détaillé avec du marc de café sur le plan de travail de la cuisine.

Cela faisait un bail que mon mari ne m'avait pas gratifiée d'une telle attention, même aussi simple qu'un petit chien en papier. Trop occupé, disait-il… pour les petits cadeaux, pour faire l'amour, pour tout ce qui ne concernait pas les enfants, ses élèves ou mes patients.

Mon sourire se figea. Je replaçai l'origami sur ma table de chevet. Puis je me levai, changeai le pansement sur ma plaie et me dirigeai vers le vacarme qui provenait de la cuisine. Je m'arrêtai sur le seuil pour observer, mais je fus repérée en moins d'une seconde. Leo se leva d'un bond, écouteurs sur les oreilles et air chafouin.

– Papa a dit qu'on devait te laisser dormir.

Avant qu'il ait le temps d'en rajouter, son sac à dos percuta le saladier dans lequel Sam avait préparé des œufs brouillés. Le récipient valdingua sur le sol, répandant son contenu sur le carrelage. Boo, notre bâtard chihuahua, rappliqua dare-dare pour étudier l'ampleur des dégâts et éternua en reniflant les œufs. Sam le chassa du bout du pied.

J'attrapai un morceau d'essuie-tout pour nettoyer les dégâts tandis que Sam s'emparait d'un autre saladier et de quelques œufs. Je reportai mon attention sur Audrey, assise sur son tabouret.

– Tu as pris tes cachets, ma puce ?

Avant qu'elle ait eu le temps de répondre, Leo retira l'un de ses écouteurs.

– Il faut que j'aille au bahut.

– Tu as raison. C'est important, l'école.

Leo leva les yeux au ciel.

– Non, je veux dire là, tout de suite.

Audrey s'étrangla et écarquilla les yeux.

– Mais tu n'es pas habillé !

– Si, je suis habillé.

– Noooooon.

Elle soupira comme si c'était son frère qui avait six ans.

– Tu es habillé normalement. Tu n'as pas mis ta tenue d'Halloween !

Elle se laissa tomber du tabouret et tourna sur elle-même pour faire admirer son costume de chat noir. Elle avait dû le porter toute la nuit sous son pyjama tellement il était fripé.

– Tu vois ! Je suis la princesse des chats, enfin pas encore parce que j'ai laissé ma couronne dans ma chambre. Et toi ?

– Moi, je vais être en retard à la gym. Y a pas quelqu'un qui peut me déposer vite fait ?

– Ah, ben oui, on n'a que ça à faire… On va se mettre à ta disposition séance tenante parce que Monsieur a changé ses plans à la dernière minute ! De toute façon, on n'a plus qu'une voiture, au cas où tu l'aurais oublié.

– Donc, c'est non ?

Je désignai le tabouret libre.

– Non. C'est assieds-toi et je t'y conduirai quand tu auras pris ton petit déjeuner.

Il se laissa tomber sur le siège de mauvaise grâce pendant que je glissais trois toasts dans le grille-pain.

Sam m'observait, les sourcils froncés.

– Ça va ? Tu as réussi à dormir ?

– Un peu.

– Prends ma voiture, j'irai en louer une après avoir appelé le serrurier.

– Tu ne vas pas bosser ?

– Je vais prendre ma journée.

Sam n'avait pas manqué une journée de travail de toute l'année, mais avant que j'aie eu le temps d'objecter quoi que ce soit, il poursuivit.

– On n'a presque plus de cachets pour Audrey. Je vais passer à la pharmacie, à moins que tu en aies racheté ?

Je m'apprêtais à lui dire que j'avais pris l'ordonnance la veille, et puis cela me revint : mon sac ! L'ordonnance d'Audrey… encore une chose que je devais remplacer.

– Je peux m'en charger.

Après avoir fait opposition à ma carte de crédit et être passée au bureau des cartes grises. Ma migraine s'accentua.

Sam versa les œufs dans trois assiettes et j'ajoutai un toast sur chacune d'elles. D'un petit signe, il me demanda si j'en voulais, mais non. Je n'étais pas très petit déjeuner, et ce matin moins que jamais.

Je laissai ma progéniture se sustenter et regagnai la chambre pour m'habiller. Mes mains se mirent à trembler lorsque je m'attaquai aux boutons de mon chemisier. C'était compréhensible, mais j'éprouvai néanmoins le besoin de m'asseoir sur le bord du lit pour reprendre mes esprits. La veille, j'avais eu affaire à un enragé. Il ne s'était pas contenté de me demander qui j'étais. La question avait jailli comme si elle le démangeait. Et il m'avait menacée : « Laisse-la mourir et je te laisserai vivre. » Avait-elle survécu ? Je n'en savais rien, mais j'avais fait tout mon possible pour la sauver, ce qui de toute façon rendait son marché caduc. Et cet homme fou de rage et prêt à tout avait mon adresse. Et mes clefs.

La porte s'ouvrit en grand et Sam entra. Il attrapa un petit morceau de plastique jauni dans son placard et s'assit à côté de moi sur le lit.

– Tu es certaine que ça va ?

– Ça va, mentis-je. Tu avais l'air affolé hier soir…

– Tu venais de te faire agresser !

– Tu es sûr qu'il n'y a que ça ?

Si je n'avais pas été mariée à Sam depuis tout ce temps, je n'aurais sans doute par remarqué son hésitation, aussi brève soit-elle, avant que le petit sourire reprenne sa place habituelle.

– Bien sûr.

Je me demandai s'il avait lui aussi noté mon mensonge à la question de savoir comment j'allais.

Sam glissa le morceau de plastique dans sa bouche.

– Je voulais montrer à Audrey ce que je vais porter ce soir.

– Attends une minute… Je croyais que Leo l'emmenait à la chasse aux bonbons.

Il força un sourire, exhibant d'horribles dents de zombie. Il essaya de m'embrasser, mais je reculai.

– Moi qui pensais que les morts-vivants étaient sexy, commenta-t-il en zozotant.

Je souris sans conviction.

– Les vampires sont sexy, rectifiai-je. Les zombies sont des… zombies. Et pourquoi Leo n'emmène-t-il pas Audrey à la chasse aux bonbons ?

– Il y va avec Tyler.

– Quoi ? Et pourquoi on ne me dit rien ? Audrey est au courant ? J'espère qu'il l'a prévenue !

– Bien ssssûr ! susurra-t-il. Audrey le sssait ! Quant à ton penchant pour les vampires, c'est facile d'être sexy quand on est sapé comme un milord et qu'on hypnotise les gonzesses !

– Les gonzesses ?

– Mais pense un peu au pauvre zombie avec ses dents pourries et ses vieilles frusques tachées. Pense à tous les efforts qu'il doit faire pour attirer une femme dans son lit.

Il me fallait bien admettre que Sam, avec sa barbe de deux jours et son nez rougi par la grippe, faisait un zombie sacrément séduisant.

– Je n'y avais jamais pensé, admis-je. À vrai dire, je ne savais même pas que les zombies avaient des lits.

– Les zombies n'ont pas sommeil, mais cela ne les empêche pas d'avoir des besoins.

– Tu es lourd.

– Tu vois ? Je te disais que c'est dur d'être un zombie.

Avant que la clinique vétérinaire me prenne tout mon temps, sans parler du boulot de Sam et des enfants, nous étions toujours à nous taquiner ainsi. Cela me faisait un peu de peine que Sam redevienne facétieux ce matin même où je n'étais pas du tout prête à jouer le jeu.

– L'autre problème qui se pose aux zombies, c'est la barrière de la langue. Tu sais comment c'est… Tu rêves de dire à une femme à quel point elle est ensorcelante, et tout ce qui sort de ta bouche, c'est un râle affreux.

Je me laissai aller à l'insistance de ses mains, même si le cœur n'y était pas, et je lui rendis son baiser, tant pis pour la grippe.

– On peut souvent en dire autant des mâles humains.

Je passai un doigt sur ses lèvres.

– Mais je comprends ce que tu veux dire. Un vampire peut dire à une « gonzesse » qu'il veut boire son sang, et c'est excitant à cause de l'accent.

– Exactement ! Les femmes aiment les hommes exotiques. En plus, bizarrement, l'odeur de la chair en décomposition en rebute plus d'une.

– C'est trop injuste. Mais tu me permettras de trouver que tu ne défends pas très bien la cause de ces pauvres zombies.

– Eh bien…

Sam passa les bras autour de ma taille et se pencha pour m'embrasser dans le cou. Après dix-sept ans, ce truc fonctionnait encore.

– Pour franchir les obstacles, le zombie doit se montrer persuasif.

Il déposa un baiser de l'autre côté de mon cou. Les dents en plastique me raclèrent la peau.

– Mais aussi attentionné.

Ses mains glissèrent le long de mon dos.

– Et comme les femmes courent beaucoup plus vite que nous, il nous faut être encore plus entreprenants.

– Hum. Je pensais que les zombies étaient plutôt en mode : « Je te prends de force. »

Sam m'attira contre lui, et j'oubliai mes préoccupations. Je n'aurais pas dû promettre à Leo que j'allais l'emmener à l'école aussi tôt.

Sam me chuchota à l'oreille.

– Pas les zombies intelligents.

– Je ne savais pas que ça existait.

Cela faisait un petit moment. Une semaine ? Dix jours ?

– Tous ces préjugés contre les zombies !

– Ma-man !

Leo insistait toujours sur la première syllabe quand il m'appelait.

– On y va ?

Je répondis sur le même ton.

– Tu es bien pressé pour quelqu'un qui a annulé son projet d'emmener sa petite sœur à la chasse aux bonbons !

De l'autre côté de la porte, Leo grommela.

– J'ai l'impression que Leo a du sang de zombie…

Sam ne répondit pas. Son téléphone se mit à vibrer. Son attention se détourna de moi pour se porter sur l'écran. Notre élan subit était mort-né.

– Tu dois vraiment y aller ? demanda-t-il.

Mais son ton me poussait vers la porte.

Je croisai son regard et tentai de déchiffrer ce que j'y lisais.

– J'ai encore quelques minutes.

Le message de son répondeur se déclencha, mais le téléphone se remit à sonner aussitôt.

– Je suis désolé, répliqua-t-il, mais je dois prendre cet appel.

Il ouvrit la porte et attendit que je sois sortie avant de répondre.

Chapitre 5

Santa Rosa High School était l'un des plus vieux lycées de Californie, et sa façade de brique témoignait de ce passé. Dans une heure, le parking serait bondé, mais, à cette heure-ci, je parvins à conduire Leo jusqu'au parvis.

Après avoir quitté mon fils, j'appelai Zoe, qui était à la fois ma secrétaire et ma meilleure amie, pour lui demander de reprogrammer mes rendez-vous de la matinée afin de me laisser le temps de téléphoner à la banque et de passer à la pharmacie. La purge de la matinée fut le bureau des cartes grises. Assise sur une chaise en plastique dans la salle d'attente, je consultai à plusieurs reprises le site du journal local pour voir s'il y avait des infos sur l'agression ou sur l'état de la victime. L'incident s'était produit trop tard pour figurer dans la première édition papier du quotidien, mais j'espérais trouver quelque chose en ligne. Rien. Sans doute trop tôt.

Lorsque je parvins enfin sur le parking de ma clinique vétérinaire, en toute fin de matinée, ma première pensée fut pour Sam. C'est ici que je l'avais rencontré, interne depuis un mois à peine. L'heure était grave. Princesse Jelly Bean, le cochon d'Inde de l'école maternelle où Sam assurait le remplacement de l'institutrice titulaire, Mme Hawking, était tombé malade. Il fallait absolument le remettre sur pattes avant que les gamins se rendent compte de son absence. (Oui, Princesse Jelly Bean était un cochon d'Inde mâle qui avait été ainsi baptisé par une bande de gamines de cinq ans.)

Le vétérinaire chez qui je travaillais à l'époque avait prescrit des antibiotiques et un régime spécial qui obligeait Sam à nourrir Princesse Jelly Bean à la main. Quand je pensais à lui, penché sur le petit rongeur, une seringue à la main, cela me faisait encore sourire toutes ces années après.

Quelques semaines plus tard, Sam et le hamster étaient revenus à la clinique. Princesse Jelly Bean avait l'air de se porter à merveille, même un peu trop bien en réalité, mais Sam avait prétendu qu'une séance d'acupuncture lui ferait le plus grand bien. Il lui avait fallu un bon mois, et plusieurs rendez-vous, avant de se décider à m'inviter à dîner.

Je pensais à lui à présent à cause de ce coup de fil. Après dix-sept ans de mariage, nous n'avions plus de secrets l'un pour l'autre. Ou du moins c'est ce que je croyais, jusqu'à ce qu'il m'éconduise de façon cavalière le matin pour répondre à cet appel téléphonique.

J'entrai dans le cabinet et y trouvai Zoe, installée à l'accueil avec Papouille, une chatte tigrée rousse lovée dans son panier à côté d'elle. Papouille, qui était borgne, cligna de son unique œil avant de retourner à son sommeil. *Les chats.*

Zoe déplia son mètre quatre-vingts à mon approche. Elle était tout en muscles, en sourires, tout feu, tout flamme sous sa houppette de cheveux lavande. Elle était aussi très tactile. Pourtant, ce matin, son étreinte était hésitante, comme si elle craignait de me briser.

– Ça va ? demanda-t-elle.

Pas droit au sourire, aujourd'hui…

– Oui, ça va.

– Promis ?

– Promis.

Elle brûlait de me poser des questions, mais opta pour le mode « pro ».

– Daryl arrive avec Lester.

Avant que j'aie pu lui demander des précisions, la porte s'ouvrit avec fracas. D'ordinaire, Lester entrait dans les pièces en trombe, dans un déluge de pattes, avec sa bonne grosse gueule et sa queue élimée. Mais, aujourd'hui, il boitillait et il s'effondra comme une chiffe molle au milieu du vestibule. Je m'approchai et le labrador leva la tête, engoncé dans un collier chirurgical. Seuls ses sourcils bougeaient un tant soit peu. Je n'avais jamais vu la laisse de Lester avec un centimètre de mou.

Je m'agenouillai pour le gratouiller derrière son oreille flasque.

– Ben alors, qu'est-ce qui t'arrive, mon bonhomme ?

Daryl partageait avec son chien un tempérament affable et haut en couleur, mais, en matière d'énergie, ils étaient aux antipodes. Avec Lester étalé à ses pieds, son maître semblait avoir soudain hérité de l'agitation habituelle de son chien. Il ne tenait pas en place, tout surpris de ne rencontrer aucune résistance au bout de la laisse.

– Depuis l'opération, il va encore plus mal, résuma-t-il.

Inquiète, je les fis passer l'un et l'autre dans mon cabinet. Nous hissâmes le labrador sur la table et je vérifiai le pansement sur la plaie. Il n'y avait aucune trace de pus ou d'infection.

– Quand a-t-il mangé pour la dernière fois ?

– Au petit déjeuner. Il allait bien hier soir, et puis ce matin, on aurait dit qu'il avait avalé un plat entier de *space cakes*[1].

– Et ce n'est pas le cas ?

C'était Lester. Tout était possible.

– Nan, répondit Daryl. Au début j'ai pensé que c'était peut-être le produit.

– Vous voulez dire le sédatif que je lui ai donné pour l'anesthésie ?

Une fois de plus, il s'agissait de Lester. Il valait mieux vérifier.

– Ouais.

– Bon. Donc il était groggy, mais il a mangé. Avec appétit ?

Daryl acquiesça.

---

1. Gâteaux dans lesquels on a incorporé du cannabis sous forme de haschisch ou d'herbe. *(NdT.)*

– A-t-il bu de l'eau ?

Il faisait frais dans le cabinet, mais Lester se mit à haleter et de la salive coulait de sa gueule sur la table.

– Ouais, je lui ai donné à boire. Qu'est-ce qui lui arrive, doc ?

Deux paires d'yeux lugubres me contemplaient. J'aurais bien aimé rassurer Daryl en prétendant que c'était une réaction normale après un choc opératoire, ou que tout allait s'arranger. Mais c'était au-dessus de mes forces.

– Je ne sais pas trop.

Je retroussai les lèvres de Lester pour examiner ses babines et l'intérieur de ses joues. Les deux étaient pâles. Étant donné qu'il venait d'être opéré, je me demandai s'il ne pouvait s'agir d'une hémorragie. Il fallait faire une prise de sang de toute urgence, et je passai en revue toutes les analyses nécessaires. Et puis il faudrait un examen ophtalmologique pour vérifier la réactivité de ses pupilles, ce qui était toujours utile pour poser un diagnostic de toxicose.

– Il est resté dans sa caisse la nuit dernière ?

– Vous savez comment il est, doc. C'est difficile de le faire se tenir tranquille. Mais j'ai fait de mon mieux. Je l'ai mis dans sa caisse hier soir. Je l'ai emmené dans la salle de bains avec moi quand j'ai pris ma douche. Le seul moment où je l'ai perdu de vue, c'est quand un gars de l'Armée du salut a frappé à la porte, mais, même là, ça n'a duré qu'une petite minute. Trente secondes à peine.

– Pas inquiet pour votre salut, alors ?

Je plaçai le stéthoscope sur le poitrail de Lester. Cent soixante battements par minute.

– Pas vraiment… Y a un truc qui déconne, non ?

Je reconnaissais ce frisson qui me parcourait, mélange d'intuition et d'expérience.

– Son cœur bat plus vite que la normale et sa respiration est laborieuse.

Daryl caressait le poil de Lester dans l'espoir de les calmer l'un et l'autre, mais cela ne fit qu'accentuer les gémissements du chien.

– Il a vomi ? De la diarrhée ?

– Non.

– Uriné plus que d'habitude ?

– Non.

Je m'inquiétai de la démarche hésitante de l'animal en entrant tout à l'heure.

– Des tremblements ?

– Pas vraiment.

Daryl s'assombrit.

– Mais, maintenant que vous me le dites, il a un peu tremblote.

Lester se montra coopératif lorsque je pris sa température. En général, il se tortillait avec tellement de vigueur qu'il fallait s'y mettre à deux pour l'immobiliser. Je palpai son ventre et il couina. Ça faisait mal.

– Sa température est limite-limite, dis-je. Pendant ce court laps de temps où vous l'avez laissé tout seul, ou à tout autre moment, Lester a-t-il eu accès à des produits toxiques ?

Nous connaissions l'un et l'autre le penchant de Lester pour l'absorption des produits les plus inattendus, comme les pièces de monnaie que j'avais retirées de son estomac moins de vingt-quatre heures plus tôt.

– Ça peut être n'importe quoi : de la nourriture avariée chipée dans la poubelle, de l'antigel, des médicaments, certaines plantes, du chocolat. Un escargot ou des vers. De la nicotine. C'est possible ?

Je n'avais pas remarqué de trace de brûlure dans la gueule de Lester qui puisse suggérer l'ingestion de produits chimiques, mais ces réactions mettaient parfois des heures à apparaître.

– J'ai gardé l'œil sur lui, assura Daryl d'un ton sec en caressant l'oreille de son chien.

Lester restait immobile, sa grosse tête posée sur les coussinets de ses pattes.

– S'il avait avalé quoi que ce soit, je l'aurais vu.

Le labrador se mit à gigoter, de plus en plus agité, et sa plainte sourde se mua en un gémissement insistant.

– Je sais que vous vous en occupez bien, Daryl.

Je poursuivis mon examen en pesant le pour et le contre. Devais-je le faire vomir ? Cela ne serait utile que s'il avait ingéré le poison depuis moins d'une heure. Je craignais qu'il ne soit déjà trop tard, que la substance qui avait intoxiqué Lester ait commencé à s'attaquer irrémédiablement aux organes vitaux, et je redoutais que l'opération qu'il avait subie tout récemment ne lui laisse que peu de défenses contre les effets toxiques du poison.

Lester se mit à hoqueter. Son vomi était épais et d'un brun presque noir. J'avais déjà à plusieurs reprises traité des chiens pour des intoxications au chocolat, et ils avaient tous survécu. Mais quelque chose me turlupinait dans ce cas précis. Un détail clochait. J'observai ce que Lester avait rendu, mais ne remarquai rien de particulier.

– On dirait du chocolat, constata Daryl.

Je sentis du soulagement dans sa voix, et je pouvais le comprendre. Avec toutes les choses incongrues que Lester avait avalées depuis des années, et la liste effrayante de produits toxiques que je venais d'égrener, le chocolat semblait un moindre mal.

Mais je savais une chose que Daryl ignorait : il n'y a pas d'antidote contre la théobromine, le produit issu du chocolat qui avait mis Lester dans cet état. Je ne pouvais traiter que les symptômes dont souffrait le labrador. Je pouvais lui donner du valium pour faire cesser ses tremblements, ou du propranolol s'il souffrait d'arythmie cardiaque. Je pouvais, et j'allais le faire, le traiter au charbon actif pour le débarrasser du chocolat qui traînait encore dans son estomac, et lui administrer du liquide en intraveineuse pour éviter toute déshydratation. Je pouvais sans doute le soulager.

Il y avait plein de choses que je pouvais faire, sauf une : garantir que j'allais le sauver. Et, bien entendu, c'était la seule chose que Daryl voulait entendre.

Comme s'il lisait dans mes pensées, Daryl demanda :

– Il va s'en sortir ?

Je ne pouvais que lui promettre que j'allais faire tout mon possible, mais soudain Lester se remit à vomir et je compris ce qui m'avait dérangée une minute plus tôt. Le chien vomissait un liquide noir et épais. Rien que ça. Aucune trace de papier ou de plastique. Dans les autres cas d'intoxication au chocolat que j'avais eu à traiter, j'avais toujours retrouvé des morceaux d'emballage.

Peut-être me formalisais-je pour rien. Le papier du chocolat se trouvait peut-être encore dans l'estomac de Lester et je finirais par le découvrir. Pourtant, j'étais persuadée que je ne trouverais rien, et il n'y avait pas besoin d'avoir fait des études de vétérinaire pour savoir une chose : les chiens ne sortent pas leur nourriture du paquet avant de la consommer.

Chapitre 6

Après avoir soulagé Lester, je le fis transférer dans un service de soins intensifs. J'essayai de ne pas trop penser à cette histoire d'emballage. Daryl se préparait des *space cakes* au moins deux fois par semaine, et il était tout à fait concevable que son labrador ait subtilisé du chocolat non empaqueté dans le garde-manger.

Même si cette explication ne me satisfaisait pas totalement, j'avais un souci plus immédiat : comment se faisait-il que ma clef n'ouvre pas la porte d'entrée de ma maison ? La clef entrait bien dans la serrure, mais c'était tout. J'avais beau la tourner dans tous les sens, rien ne se passait.

Dans l'état de confusion qui était le mien, je songeai l'espace d'un instant que c'était peut-être ainsi que s'achevait mon mariage avec Sam : avec une clef coincée dans une porte, incapable de pénétrer dans cette maison que nous avions partagée pendant seize ans.

L'épuisement cédait la place au doute. Quelle qu'eût été la solidité de notre couple, Sam avait toujours été quelqu'un de mieux que moi. Pendant les premières années de notre mariage, j'étais même convaincue qu'il allait s'en rendre compte et prendre ses distances en découvrant celle que j'étais vraiment : une adolescente perturbée qui s'était transformée en jeune femme dénuée de but et de scrupules.

Bizarrement, c'est le contraire qui s'était produit. Avec lui, j'avais trouvé un ancrage. Je sais bien qu'on n'est pas censé changer la personne qu'on aime, mais nous nous étions mariés si jeunes que nous n'étions pas totalement finis. Le changement était inévitable, et, grâce à Sam, j'avais changé en bien. Du moins c'est ce que je me disais. Mon père n'aurait probablement pas été d'accord.

Et pourtant j'étais là, plantée sur le seuil de ma maison à me poser des questions sur Sam parce que depuis deux semaines, il était trop préoccupé pour me faire l'amour et parce qu'il avait tenu à répondre à un appel en privé le matin même. À ma place, Sam n'aurait certainement pas douté de moi. Je l'ai déjà dit. C'est quelqu'un de mieux que moi.

J'essayai la clef une fois de plus. Toujours rien. C'est alors que je me souvins de l'enveloppe que Sam avait laissée à Zoe pendant que je m'occupais de Lester. Il en avait profité pour reprendre sa voiture et pour me laisser le véhicule de location avec lequel je venais de rentrer. L'enveloppe contenait le nouveau jeu de clefs assorti à la serrure qu'il avait fait changer. Cela aurait dû me rassurer.

Je sortis la nouvelle clef, ouvris la porte et pénétrai dans l'obscurité de la maison, où Boo vint se jeter dans mes jambes. À part notre petit chien, il n'y avait personne. Leo avait envoyé un texto pour dire qu'il dormait chez Tyler. Mais où étaient Sam et Audrey ?

La Toyota Camry bleue de mon cher et tendre était toujours dans l'allée, garée à côté de ma berline de location. Il devait être parti à la chasse aux bonbons avec Audrey dans le voisinage. Sans moi.

Comment lui en vouloir ? Nous étions convenus de décoller à 18 heures. Et il était 19 heures passées. J'étais de nouveau rentrée en retard et je savais à quel point une gamine de six ans peut être impatiente. C'était ma faute, rien que ma faute, mais cela m'embêtait quand même d'avoir encore raté un rituel familial.

Je me penchai pour gratouiller Boo derrière l'oreille, refermai la porte à clef et mis le cap sur la cuisine. Un plat de spaghettis trônait sur la cuisinière, avec une casserole de sauce tomate à côté sur le plan de travail. Les pâtes étaient encore chaudes. Ils n'étaient pas partis depuis longtemps. J'eus du mal à me souvenir de la dernière fois que j'avais préparé le dîner.

J'appelai Sam. Il répondit après plusieurs sonneries.

– Cassie.

Lui seul avait cette façon de prononcer mon prénom, et sa voix enrouée en accentuait l'effet enjoleur.

– Je viens de rentrer.

J'espérais qu'il m'inviterait à les rejoindre, mais il n'en fit rien.

– On ne devrait pas trop tarder. Audrey commence déjà à fatiguer.

– Je peux vous retrouver quelque part. Je ne voudrais pas qu'Audrey soit déçue.

Sam eut la délicatesse de ne pas me faire remarquer que j'avais déjà plus d'une heure de retard.

– Je te l'ai dit : on ne va pas tarder. On a fait des spaghettis.

– Je les ai trouvés.

– Audrey a insisté pour préparer la sauce.

– Elle a réussi à ouvrir la boîte ?

– Je l'ai un peu aidée, et aussi pour verser la sauce dans la casserole. Mais elle remue super bien.

En arrière-plan, j'entendais des voix d'enfants demander des bonbons. Je fermai les yeux et tentai d'imaginer Audrey au milieu des autres bambins. Les yeux clos, je percevais mieux la respiration de Sam, rapide mais régulière. Sans doute parce que sa bouche était collée au téléphone. Il se mit à parler à voix basse. Des mots très clairs, pourtant.

– Il faut qu'on parle.

Cette petite phrase suffit à faire rappliquer les doutes, comme des vieux amis qu'on revoit sans surprise, mais à contrecœur.

– De quoi ?

– On sera rentrés dans une demi-heure, peut-être avant. Je t'aime, Cassie.

Il raccrocha avant que j'aie pu lui dire que je l'aimais aussi.

J'avalai les spaghettis debout et ne pris même pas la peine ensuite de rincer mon assiette. On sonna à la porte. Je donnai des petites barres chocolatées et des Crocoween à la première équipe de marmots avant de déposer un saladier de sucreries sur le seuil avec un petit mot disant : « Prenez-en deux. » Puis j'éteignis la lumière du salon et m'allongeai sur le canapé. Boo me rejoignit d'un bond. Je me glissai sous une couverture et m'enfonçai dans les coussins, partie pour une courte sieste. En attendant le retour de Sam et d'Audrey.

Mes yeux brûlaient et, contrairement à la nuit précédente, le sommeil vint rapidement.

C'est le vibreur de mon téléphone qui me réveilla. Mais aussi Boo, qui me chatouillait les pieds. Je décrochai, pensant que c'était Sam. C'était Daryl.

– Désolé d'appeler si tard, doc. Lester est toujours en observation, et on lui a donné des cachets pour faire baisser son rythme cardiaque. Mais il ne vomit plus.

– Ravie qu'il aille mieux.

– Merci, doc…

– De rien…

Daryl m'interrompit.

– Si, si… Je vous remercie. La première fois que je suis venu vous voir, cet incident avec la vitre coulissante…

– Vous n'y étiez pour rien.

– Je sais, mais j'étais défoncé, et j'étais persuadé que vous vous en rendriez compte et que vous alliez me juger. Mais vous n'en avez rien fait.

Ce jour-là, cinq ans plus tôt, il sentait tellement la beuh qu'il vous faisait planer rien qu'en ouvrant la bouche.

– Oui, j'avais remarqué.

Daryl pouffa, mais un peu plus discrètement que d'habitude.

– Ouais, je m'en doute. Mes yeux étaient rouge pivoine. Mais ce que je veux dire, c'est que vous ne m'avez pas jugé.

Boo continuait de se frotter contre mes doigts de pieds, et je le repoussai doucement.

– Je n'ai pas à vous juger.

– Personne n'a à me juger, mais ça n'empêche que beaucoup le font. Pour ça, merci. Et pas seulement pour aujourd'hui.

L'émotion dans sa voix me toucha, et nous restâmes un instant sans rien dire. Je finis par rompre le silence.

– Toujours pas idée d'où Lester a trouvé le chocolat ?

– J'ai réfléchi à la question, mais non. Aucune idée.

Boo n'en finissait pas de me gratter les pieds. Mais ce n'était pas son poil. Ses coussinets ?

– Merci de m'avoir tenue au courant, Daryl.

– Ouais, et encore désolé de vous avoir appelée si tard, mais je me suis dit qu'avec les gosses, vous seriez encore debout, rapport à Halloween.

Ce n'est qu'après qu'il eut raccroché que je percutai sur ce qu'il venait de me dire : « Désolé de vous avoir appelée si tard ».

Je regardai mon téléphone : 21 h 07. Il y avait près de deux heures que j'avais parlé à Sam. Je composai son numéro, mais tombai directement sur sa messagerie.

Je me mis à envisager toutes les explications possibles, mon cœur battant plus fort chaque fois que j'en écartais une.

Sam avait peut-être emmené Audrey manger un hamburger… Sauf qu'ils avaient déjà mangé des spaghettis. Une glace ? Mais Sam n'aurait jamais autorisé notre fille à manger une glace après tous les bonbons qu'elle avait certainement ingurgités. À cause de sa greffe de foie, nous faisions vraiment attention à la quantité de sucre qu'elle absorbait.

Est-ce qu'ils seraient passés à la supérette pour acheter du lait ? Leo mangeait des céréales au petit déjeuner et il nous en fallait un bon litre par jour. Mon inquiétude se mua en panique lorsque je me rendis compte que Sam n'avait pas pu aller manger un burger, une glace ou faire des courses. Sa voiture était toujours là ! *Non !*

Je me secouai pour sortir du canapé, arrachant un jappement à Boo, blotti au creux de mes reins. J'écartai les rideaux lorsque mon subconscient battit le rappel : *blotti au creux de mes reins ?*

Je ne sais pas ce que j'espérais découvrir – la voiture ou une allée vide ? Sans sa voiture, Sam était probablement encore dans les parages. Si la voiture avait disparu, cela pouvait signifier qu'il avait déposé Audrey chez une amie, ou qu'il était repassé à son bureau pour y récupérer des papiers, ou qu'il était allé à la pharmacie acheter de nouveaux médicaments pour son rhume.

La Toyota Camry était toujours dans l'allée.

Et soudain l'absence d'options crédibles se mit à ressembler à un néant sidéral.

J'actionnai l'interrupteur et mon subconscient me ramena au bout du canapé et au chatouillement qui ne pouvait provenir de Boo.

Je poussai un cri en découvrant le coupable. Des yeux noirs en piqûre d'épingle plantés dans une grosse tête ronde. Des rayures striant un abdomen replet, de près de cinq centimètres de long. Des mandibules hérissées sur une face d'extraterrestre. Et de longues pattes épineuses sur lesquelles il sautillait. Dans ma direction. Je battis en retraite, heureuse que personne ne soit là pour assister à la scène.

Rien qu'un stupide criquet de Jérusalem. Et pourtant l'idée qu'il ait pu se promener sur mon pied me fit frémir. J'attrapai un verre vide sur la table basse et emprisonnai la bestiole dessous. L'insecte se mit à tester la solidité de sa cellule du bout des antennes. *Ping ping.* Rien qu'un vulgaire cafard, mais, au vu des événements de ces dernières vingt-quatre heures, il donnait l'impression d'être quelque chose d'autre. L'irruption de la laideur dans notre foyer. Le rappel de notre vulnérabilité. *Ping ping.*

Ma main tremblait quand je tapai un texto pour Leo.

Des nouvelles de ton père ?

Réponse : *Non, pourquoi ?*

Il voulait savoir à quelle heure est ton match de football demain.

Je voyais d'ici l'air effaré de Leo. Pas besoin de smiley.

Pourquoi ? Il ne sait pas à quelle heure c'est ?

Même Leo n'était pas dupe de mon mensonge. Et à juste titre. Sam n'avait jamais manqué un match. C'est moi qui étais arrivée plus d'une fois à la mi-temps.

Je vérifiai encore l'heure : 21 h 10. Pas si tard. Peut-être Audrey avait-elle eu un retour de forme.

Mon subconscient balaya mes efforts d'autopersuasion. Après un nouvel appel sans réponse, j'attrapai mes clefs, contournai le petit monstre dans sa cage de verre et sortis pour retrouver mon mari et ma fille.

Chapitre 7

Avec ses arbres vénérables, ses maisons antiques et ses trottoirs qui lorgnaient vers le ciel, Lomita Heights avait toujours eu un côté monumental. Peut-être en raison de la vieille borne au pied de la colline, ou parce que certaines des familles du voisinage vivaient là bien avant que je sois née. C'était un quartier rassurant, posé. Sûr.

Mais ce soir, contrairement à d'habitude, je ne me sentais pas du tout en sécurité. Il y avait des ombres plein les arbres, et les trottoirs semblaient prêts à s'effondrer d'une simple pichenette et à dévaler sur les maisons et les bambins en quête de bonbons. Un glissement de terrain emportant avec lui gravats et béton.

On ne peut pas dire que cette pensée me remontait le moral.

Il était à peine plus de 21 heures et les rues se vidaient. Même les plus grands avaient remballé leurs sacs de sucreries et leurs costumes de pacotille. L'absence de piétons rendait la maison à quelques blocs de là encore plus remarquable. Avec ses décorations outrancières, cette baraque de deux étages ressemblait plus à un magasin de farces et attrapes qu'à une habitation. Des têtes de gargouille maculées d'hémoglobine étaient empalées sur les poteaux du jardin. Un épouvantail sans tête trimbalait une citrouille incandescente sous le bras. Éclairée par des spots verts savamment disposés, la Faucheuse réclamait des victimes. Des crânes étaient disposés à ses pieds, tandis que des mains faméliques sortaient du sol. Sans oublier les pierres tombales en mousse, les affiches « Attention danger » et les rats en plastique, le tout nimbé d'un brouillard artificiel et agrémenté d'une bande-son de gémissements lugubres et de chaînes traînées sur le sol.

C'était la seule maison où l'on s'agitait encore un tant soit peu. Au milieu de ces retardataires se trouvait un petit chat noir avec une couronne.

Audrey !

Je me précipitai pour la retrouver et tombai à genoux à ses côtés. Je l'attirai vers moi et la serrai dans mes bras avec une telle vigueur que j'aurais pu la briser si je ne m'étais aussitôt fait la réflexion que cette violente poussée d'affection pouvait l'effrayer. Je la libérai et la repoussai légèrement pour voir son visage. Je me rendis aussitôt compte qu'elle avait déjà peur. Et pourquoi s'en étonner ? Sam était introuvable.

– J'imagine que vous êtes sa mère ?

Je relevai les yeux pour me trouver nez à nez avec une sorcière que je n'avais jamais vue.

Je balbutiai une réponse et repris Audrey dans mes bras.

– Il est où, papa, ma puce ?

Elle haussa ses frêles épaules. Sa bouche était couverte de chocolat, ses joues de larmes.

– Je crois qu'il m'a perdue. J'ai retrouvé Savannah, de l'école. Des fois, elle est très gentille. Ce soir, elle était en chat, comme moi, mais elle n'avait pas de couronne, et elle était marron. J'ai dit bonjour à Savannah et papa a disparu.

La voix d'Audrey se brisa à plusieurs reprises au cours de son récit. Elle vibrait d'appréhension, son visage à quelques centimètres du mien, qui me disait tout bas : « Maman est là. Maman va retrouver papa. Maman va tout arranger. »

Sa confusion me pétrifia. Sam était de nous deux celui sur lequel on pouvait compter. C'était lui qui connaissait par cœur l'emploi de temps surchargé des enfants. C'est lui qui pensait à renouveler l'ordonnance d'Audrey, à acheter des crampons pour Leo. C'est lui qui s'assurait qu'ils avaient le ventre plein, même s'il ne s'agissait que de pâtes en sauce.

Sam saurait quoi faire. Mes doigts se raidirent, comme si par réflexe ils allaient composer son numéro sur le portable. Mais Sam était aux abonnés absents.

– Il était temps que vous rappliquiez.

Une autre voix féminine. Je me tournai pour découvrir une pirate en jupe courte, avec des bas résille, qui venait de rejoindre la sorcière. Je choisis de ne pas tenir compte du sarcasme, pas plus que de l'odeur de pinard qui émanait de son haleine.

– Quand as-tu vu papa pour la dernière fois ?

– Juste avant que je rencontre Savannah.

Audrey plongea la main dans son seau et en sortit quelques bonbons pour me les montrer.

– Elle m'a donné tous ses bonbons acidulés, et moi je lui ai donné un chocolat et tous les bonbons violets qui ont le goût du sirop pour la toux.

Sa voix était blanche et les friandises rejoignirent le seau dans un petit bruit mat.

Je me retournai vers les deux femmes.

– Ça fait longtemps qu'elle est toute seule ?

La pirate prit un air pincé.

– Elle n'est pas toute seule. *Nous* sommes avec elle. Mais *nous* ne sommes pas ses parents.

La sorcière enchaîna.

– Son père est parti depuis quinze bonnes minutes. Au moins. On vous aurait bien appelée, mais votre fille ne connaît pas votre numéro et elle n'a pas de portable.

Elle prononça ces dernières paroles comme si elle plaignait la pauvre Audrey de n'avoir pas de chaussures. Je me redressai et serrai ma puce contre moi.

– Elle a six ans. Bien sûr qu'elle n'a pas de portable.

– Moi, j'ai acheté un portable à Clémentine pour ses quatre ans, persifla la sorcière.

La pirate renchérit.

– C'est pas pire que de laisser son enfant sous la garde d'inconnues.

– Sam vous a demandé de la surveiller ? Mais pourquoi ?

Aucune des deux ne daigna me répondre. Au petit signe de tête que fit la sorcière, je compris qu'elles s'étaient déjà posé la question et qu'aucune réponse ne les satisfaisait.

– Nous sommes déjà bien assez occupées à surveiller nos propres enfants !

– Sans compter, poursuivit la pirate, que c'est un quartier respectable sans qu'on ait besoin de gamins venus d'ailleurs.

Sous-entendu : des gamins à problèmes.

Blottie contre moi, Audrey frissonnait. Je retirai mon sweat-shirt pour l'en envelopper.

– Vous êtes du coin ?

Je me renfrognai.

– Pourquoi ? Vous avez un garage à vendre ?

La sorcière comprit le message, mais pas la pirate.

– Ça pourrait arriver, mais c'est pas pour ça que je vous demandais ça.

La sorcière jeta un regard en coin à son amie, du genre « Ne sois pas stupide ».

J'en avais autant à leur service. Si je pensais qu'une gamine de six ans avait été abandonnée par ses parents, j'aurais tapé à toutes les portes jusqu'à ce que je trouve quelqu'un qui la connaisse. Mais peut-être que tout le monde n'était pas comme moi. Et non, je n'avais pas pensé à offrir un portable à ma fille pour ses quatre ans.

Je respirai longuement pour ravaler mon irritation. Ces deux commères n'étaient pas la seule raison de mon agacement. Enfin si, quand même.

– Vous m'avez dit que Sam vous avait confié Audrey ?

La pirate désigna la sorcière.

– Il la lui a confiée à elle. Moi, j'étais rentrée à la maison pour chercher de l'eau.

« De l'eau ». Bien sûr…

La sorcière acquiesça.

– Sam m'a reconnue parce qu'on dépose les enfants à l'école à peu près à la même heure.

– Et il est allé où ?

– Aucune idée. Il a dit qu'il ne serait pas parti longtemps, mais c'était il y a un quart d'heure.

– Et aucune d'entre vous ne l'a revu depuis ?

La sorcière secoua la tête et la pirate haussa les épaules.

– Moi, je ne l'ai jamais vu.

Je fis défiler les photos sur mon téléphone, en choisis une de Sam et tendis le téléphone à la pirate.

– C'est lui.

Elle plissa les yeux en étudiant l'écran et se fendit du sourire que suscitait souvent la vue de mon mari auprès des femmes.

– Ouais, je l'ai vu, mais avant. Avant qu'il fourgue votre fille à ma copine. Il avait l'air d'attendre quelqu'un.

Audrey s'entortilla autour de ma jambe et je passai mon bras autour de ses épaules.

– Qu'est-ce qui vous fait penser qu'il attendait quelqu'un ?

– Il n'arrêtait pas de mater son téléphone et de jeter des regards autour de lui. Et de balancer des textos. Ensuite, il a dû réussir à contacter la personne parce qu'il a rangé le téléphone dans sa poche.

– Et tout ça s'est passé quand ?

Elles haussèrent les épaules comme un seul homme.

– Il y a plus d'un quart d'heure, répondit la sorcière.

Nous tournions en rond, et je devais ramener Audrey à la maison. Je tentai une dernière question.

– Où l'avez-vous vu pour la dernière fois ?

– Du côté des fantômes.

La sorcière désigna l'extrémité opposée du jardin, près d'un palmier.

Je cherchai mon portefeuille avec l'idée de leur laisser ma carte avant de me rappeler que je ne l'avais pas pris avec moi.

– Je peux vous laisser mon numéro ? Si jamais vous le voyez…

La pirate le rentra dans son téléphone.

– Merci de vous être occupées de ma fille. Je ne veux pas vous éloigner de vos enfants plus longtemps.

Je constatai non sans satisfaction le léger vent de panique qui souffla lorsqu'elles se rendirent compte qu'elles ne savaient pas du tout où se trouvait leur progéniture. J'aurais trouvé cela plus drôle encore si j'avais su où se trouvait mon mari.

Chapitre 8

Je déposai Audrey et Boo chez Zoe. Ma fille ne tarda pas à s'endormir, sans quitter son costume de chat. Une minute après, j'étais repartie dans la voiture de location.

J'aurais bien aimé rester à ses côtés, être à son chevet quand elle se réveillerait, mais Audrey n'avait pas besoin de mon réconfort. Elle avait besoin de son père.

Alors j'ai conduit. Santa Rosa faisait à peu près soixante-dix kilomètres carrés et je les ai parcourus dans tous les sens. Parfois à deux reprises. Bouger me donnait un but, et avoir un but me permettait d'éviter les questions qui fâchent. Mon mari n'était pas rentré à la maison, et l'une des dernières choses qu'il m'avait dites était : « Il faut qu'on parle .»

Une phrase lourde de sens, surtout dans ces circonstances.

De la voiture, j'appelai le meilleur ami de Sam, Ozzy, avec insistance. Pour tomber chaque fois sur sa messagerie. Je ne cessai de consulter mon téléphone pour m'assurer que je n'avais manqué aucun message de l'un ou de l'autre. Ce n'était pas le cas.

Je me garai dans le parking d'une grande surface, me pris la tête entre les mains et posai le front sur le volant. Tous les espoirs et tous les doutes écartés, ne restait que cette amère conclusion : soit Sam était parti de son plein gré, soit quelque chose ou quelqu'un l'avait obligé à partir.

Il n'était pas loin de minuit et, à présent que je me retrouvais toute seule dans la voiture, aucune des explications que j'avais échafaudées dans un coin de ma tête ne tenait plus. Au départ, je m'étais dit que Sam était peut-être parti chez un ami. Mais cela voulait dire qu'il avait sciemment choisi de laisser notre fillette de six ans sous la garde d'une femme qu'il ne connaissait que de vue.

Par ailleurs, Sam n'était pas du genre à commander un Uber, ce qui signifiait qu'à moins qu'il ne se soit rendu chez quelqu'un demeurant à proximité, il aurait pris sa voiture, cette voiture qui était encore garée devant chez nous.

Mais il n'avait peut-être pas eu besoin de sa voiture ? Il était peut-être parti dans le véhicule de quelqu'un d'autre, de son propre gré ou pas. Mon esprit arpentait le champ des possibles, moissonnant, battant, vannant pour ne récolter que des hypothèses plus terribles les unes que les autres. Une voiture l'avait peut-être renversé. Ou il avait fait une chute. Le quartier était vétuste, défoncé par endroits par des souches d'arbres qui formaient autant de pièges pour les pieds et les chevilles. Une mauvaise chute pouvait entraîner une commotion cérébrale, voire une perte de mémoire. Ou pire encore.

Sam avait pu être tué par balle, poignardé, bastonné pour son portefeuille, son téléphone ou sans raison aucune. Si on avait pris son portefeuille et son téléphone, l'hôpital n'avait aucun moyen de me contacter. Et si son alliance avait été volée, comment pouvait-on deviner qu'une famille attendait de ses nouvelles ?

Sur Google, je recherchai les numéros des hôpitaux, la main tremblante. Chaque fois que j'étais mise en contact avec les urgences, mon cœur se serrait, mais j'obtenais la même réponse : aucun patient ne correspondait au signalement de Sam.

Restait la police. Et la morgue. Mais je n'étais pas encore prête à passer ces coups de fil-là.

Et puis, bien sûr, il y avait une autre option. La disparition de Sam pouvait être liée à l'agression de la nuit précédente. Nous avions changé de serrure, mais nous n'avions pas déménagé. Carver Sweet savait que j'avais des enfants s'il avait ouvert mon portefeuille, et comment penser qu'un type comme lui ne l'ait pas fait ? Du coup, nous avions des enfants, c'était Halloween… Il n'était pas difficile d'imaginer que les gamins partiraient à la chasse aux bonbons dans le quartier. Sans surveillance. Des proies faciles.

Et puis si je rejetais des centaines d'hypothèses, il y en avait une que je ne pouvais décemment écarter : Sam avait peut-être une liaison. Peut-être avait-il laissé Audrey entre les mains d'une inconnue plutôt que d'avoir à la présenter à sa maîtresse…

Mais si tel était le cas, pourquoi ne m'avait-il pas appelée pour que je la récupère ?

Une réponse s'imposait : peut-être qu'il m'avait repérée en train de les chercher. En dépit de ce que prétendaient les deux mégères costumées, un quart d'heure, ce n'était pas très long. Et je rôdais dans le voisinage depuis presque dix minutes. Sam pouvait très bien m'avoir vue, avoir estimé qu'Audrey était en sécurité et être parti en réfléchissant à la meilleure façon de m'annoncer qu'il me quittait. Ou plutôt qu'il m'avait déjà quittée.

Ses paroles me frappèrent de nouveau : « Il faut qu'on parle. »

Autre possibilité : Sam avait au contraire décidé de rompre avec sa maîtresse et elle avait mal réagi. Voilà qui ramenait mes visions d'un Sam inconscient, abandonné dans un buisson, un fossé ou le coffre d'une voiture.

Je m'emparai de mon portable, le serrant bien fort pour résister à mon envie de le balancer par terre. Ce morceau clinquant de technologie ne donnait que l'illusion d'être connectée. Je passai en revue la liste de mes contacts, mais il n'y avait pas grand monde que je puisse appeler à cette heure. Sam n'avait aucune famille à l'exception de lointains cousins, oncles et tantes qui vivaient tous dans d'autres États. Je n'avais pas les numéros de ses collègues de travail et je ne les aurais pas appelés si je les avais eus.

J'enclenchai la première et pris la direction de chez Ozzy.

Le meilleur ami de mon mari habitait Healdsburg, une petite ville située à vingt minutes au nord de Santa Rosa. La bourgade était connue pour son vin et sa place centrale du XIXe siècle, entourée de pubs branchés et de restaurants où les clients sirotaient des cafés torréfiés dans de petits patios discrets avant de commander des plats vegan ou de la nourriture guatémaltèque haut de gamme et écoresponsable. Au milieu de la place se trouvait une vaste halle drapée de guirlandes à Noël et de bannières étoilées les jours de fête nationale. Les gamins de la ville avaient dû l'investir un peu plus tôt dans la soirée, mais elle était vide à présent. Les locaux comme les touristes étaient couchés.

Ozzy louait le premier étage d'un bungalow centenaire à quelques pas du centre-ville. La peinture bleue s'écaillait, l'allée était pavée de briques brisées, les fenêtres étaient d'un seul tenant et l'une d'entre elles avait été remplacée par du contreplaqué. Mais, étant donné les tarifs de l'immobilier à Healdsburg, on n'appelait pas cela un taudis, mais un bâtiment *historique.*

Je frappai à la porte. En dépit de l'heure avancée, Ozzy répondit promptement. Si je l'avais réveillé, cela ne se voyait pas. Il m'accueillit avec empressement, mais non sans méfiance.

– Salut, Ozzy…

J'esquissai un sourire, mais le cœur n'y était pas.

– Je me demandais si tu avais des nouvelles de Sam.

Ozzy Delgado avait grandi à Austin, et son accent texan ressortait quand il était fatigué.

– J'ai eu tes messages, Cassie, mais je ne l'ai pas vu.

Il chassa une mèche de son visage et entrouvrit la porte juste assez pour laisser apparaître son flanc gauche. Il portait un pantalon cargo et une chemise à fleurs boutonnée jusqu'au cou. Sa tenue habituelle par temps froid. Sa tenue estivale était identique, sauf qu'il remplaçait le pantalon par un short. Donc Ozzy n'était pas couché. J'attendis pour voir ce qu'il allait faire : ouvrir la porte en entier pour me laisser entrer ou bien me laisser moisir sur le perron. Il était tard, mais il faisait aussi très froid.

Il ne m'invita pas à entrer.

– Le voir et avoir de ses nouvelles, ce n'est pas exactement la même chose, notai-je en essayant de reluquer par-dessus son épaule. Mais je ne distinguai rien dans la pénombre. La seule source de lumière provenait de l'arrière de la maison, où se trouvait, dans mes souvenirs, la chambre d'Ozzy.

Ozzy referma la porte d'un bon tiers, les lèvres pincées.

– Je n'ai aucune nouvelle non plus.

– Pas d'appel ? Pas de textos ?

– Des nouvelles, je sais ce que ça veut dire.

J'insistai.

– Donc, pas de contact.

Il écarta une autre mèche, et son air gêné ainsi que son accent s'accentuèrent.

– Je suis sûr qu'il va bientôt te contacter.

– Et moi je suis sûr que tu noies le poisson.

Un ange passa, et mon regard insistant ne lui arracha qu'un soupir.

– Sam a emmené Audrey à la chasse aux bonbons. Comme ils ne sont pas rentrés, je suis partie à leur recherche. Je l'ai trouvée, elle. Mais pas lui.

Il écarquilla légèrement les yeux.

– Il a laissé Audrey toute seule ?

Bien. Voilà qu'il commençait à s'inquiéter.

– Je l'ai retrouvée à quelques rues de chez nous, gardée par deux bonnes femmes que je ne connaissais pas.

Ses traits se détendirent.

– Des femmes que Sam connaissait ?

– Il en connaissait une de vue, de l'école.

Le regard que me jeta Ozzy me déplut. Comme s'il me plaignait. Comme s'il savait une chose que j'ignorais.

– Bon, tu vois…

– C'est quand même bizarre, non ? Que Sam abandonne sa fille le soir d'Halloween…

– Pourquoi ? Y a-t-il un bon moment pour partir ?

Ozzy soupira longuement.

– Il est tard, Cassie, reprit-il, se frottant les yeux pour marquer le coup. Je te tiendrai au courant si Sam me contacte. Mais, quoi qu'il en soit, j'espère que vous allez vous rabibocher.

Il claqua la porte, me laissant pantoise. Qu'avait-il voulu insinuer ?

Je regagnai la voiture en réfléchissant à sa dernière phrase. Je rembobinai le film de mon mariage et la part que Sam y avait tenue. Je ne pouvais oublier la façon dont il avait soigné ma blessure après l'agression et son émotion en apprenant les conditions dans lesquelles elle s'était produite. Il était joueur, buté, affectueux et il rentrait parfois dans sa coquille lorsque les choses n'allaient pas comme il le souhaitait. Il me forçait souvent à endosser le rôle du parent sévère avec les enfants et il détestait les conflits – assez pour éviter d'évoquer ses désirs de divorce ?

Je rejetai cette pensée, à peine effleurée. Bien sûr, Sam avait pris un appel en douce le matin, mais c'était aussi l'homme qui avait payé pour les séances d'acupuncture du hamster de la maternelle. Au lycée, il était intervenu lorsqu'une bande de garçons martyrisait un petit frisé d'une classe inférieure. Tout cela lui avait valu un nez en sang et l'amitié d'Ozzy. Sam était d'un tempérament optimiste, mais c'était aussi un mari et un père extrêmement protecteur, prêt à se déguiser en zombie pour accompagner une gamine de six ans à la chasse aux bonbons.

Tout bien considéré, je n'arrivais pas à croire qu'il puisse être malheureux.

Cette idée s'insinua avant que j'aie le temps de l'esquiver : peut-être n'était-il pas malheureux avec moi, mais seulement plus heureux avec une autre.

Je démarrai. Vingt-deux minutes plus tard, je débouchai dans Terra Linda Drive. Au cours de ces vingt-deux minutes, j'avais réussi à me persuader que Sam m'aimait, qu'il aimait nos enfants et qu'il ne nous aurait jamais quittés sans une explication.

Quand cette explication arriva une minute plus tard, ce n'était pas du tout ce à quoi je m'attendais : un texto de Sam au moment où je passais le portail. Trois mots. *Je suis désolé.*

Je me garai au milieu de l'allée. Nul besoin de me garer à droite, à la place qui m'était habituellement dévolue, puisque, au cours de l'heure qui venait de s'écouler, la voiture de Sam avait disparu.

Chapitre 9

J'entrai et restai un moment dans l'obscurité, la maison vide me rappelant tout ce que j'avais peut-être perdu. En fermant les yeux, je nous revoyais, Sam et moi, pendant nos premiers mois passés ici. Je le revoyais en train de soulever Leo, les bras tendus, leurs silhouettes se découpant à contre-jour face à la grande fenêtre du salon, baignée d'un soleil de milieu d'après-midi. Leo avait rendu tout son biberon. Ça avait fait rire Sam – que faire d'autre ? –, qui m'avait contemplée, l'air ahuri, et m'avait demandé de lui apporter « une très grande serviette ». J'ouvris les yeux, mais le souvenir était si présent que je clignai des paupières comme s'il faisait jour et que je sentais encore l'odeur du lait caillé.

J'aimais Sam à cette époque, je l'aimais encore, je l'aimerais sans doute toujours. Même si ce n'était plus réciproque.

En allumant la lumière, la première chose que je remarquai fut le verre renversé au milieu du salon. Je me demandai ce qu'il faisait là avant que la mémoire me revienne : le criquet que j'avais emprisonné avant de quitter les lieux. J'étais parti à la recherche de Sam, et pendant ce temps, il était rentré à la maison, avait renversé le verre, avait pris sa voiture et était parti.

Libéré, l'insecte avait dû se réfugier dans un coin sombre, sous un lit ou dans une chaussure. Je l'imaginais à quelque pas de là, ses yeux globuleux en train de m'observer, ses mandibules aux aguets et ses pattes hérissées, habituées à arpenter la moisissure et les déchets, prêtes à se mettre en travers de mon chemin.

Je détestais ces bestioles.

Zoe ne cessait de répéter que les insectes, criquets ou coccinelles, voire les araignées, portaient bonheur. Mais les criquets de Jérusalem n'étaient pas de vrais criquets, et la présence cachée de celui-ci me paraissait plutôt un mauvais présage. Même si je savais que c'était irrationnel, que la disparition de l'insecte coïncide avec celle de Sam me paraissait lourd de sens.

Je rassemblai rapidement des vêtements de rechange pour les enfants avant d'aller dans la chambre préparer ma propre valise.

Je pensais toujours à cet insecte et à Sam lorsque je l'aperçus. Sur la table de chevet : le pliage en forme de chien. C'était peut-être la terreur qui me nouait les entrailles, ou bien l'épuisement profond que je ressentais, mais cet origami me paraissait bien moins innocent dans cette pénombre qu'à la lumière du matin. Je m'en saisis, m'attendant presque à ce qu'il se mette à mordre.

Bien sûr, ce devait être le stress, mais avec ses oreilles repliées vers le bas et sa grosse tête de papier, il me faisait penser à un labrador. Je le portai à mes narines et reniflai. J'eus l'impression de percevoir des effluves de chocolat. Je dépliai l'origami, les mains tremblantes, pour découvrir une feuille de papier kraft doublée de papier aluminium. Imprimé sur la face en alu se trouvait le nom de la marque de chocolat que nous utilisons parfois pour faire des pâtisseries.

De l'autre côté, un chiffre avait été inscrit au stylo. 2.

Je me souvins de la question que m'avait posée l'inspecteur Rico après l'agression. Est-ce que le numéro 3 me rappelait quelque chose ?

Parfois, la vie bifurque sans qu'on s'en rende compte. On dit au revoir à une amie du lycée en juin sans savoir qu'elle va déménager pendant l'été et qu'on ne la reverra jamais. On s'inscrit en classe de microbiologie sans avoir conscience que cela va changer le cours de votre carrière. Ou alors un mardi, par hasard, on rencontre la personne qu'on va épouser.

Mais le moment charnière que j'étais en train de vivre annonçait la couleur à grand renfort de points d'exclamation et de flèches fluorescentes.

2.

Je n'avais aucune idée de ce que ce chiffre signifiait, mais je savais qu'il avait un sens. En observant la feuille de papier, une question me vint à l'esprit : et si ce n'était pas Sam qui avait laissé le chien plié sur ma table de chevet, comment la personne qui l'*avait* fait avait-elle eu accès à notre chambre à coucher ?

Je pliai vivement le papier en quatre et le glissai dans ma poche.

Chapitre 10

Zoe habitait une maison de style méditerranéen avec un toit en tuile et un balcon à la Roméo et Juliette. L'allée qui menait jusque chez elle était bordée de plantes grasses déployant leurs épines en brosse et leurs collerettes roses au milieu des herbes folles et des fleurs de sauge sauvage balayées par le vent.

Quand j'arrivai, Audrey dormait, mais pas la maîtresse de maison.

Zoe avait laissé la porte ouverte après avoir reçu le texto où je lui indiquais que j'étais en route. J'entrai et la trouvai étendue sur le canapé, les jambes repliées sous elle, Papouille enroulée autour du cou… la plus étrange écharpe que j'aie jamais vue. Jusque-là, j'avais réussi à éviter de répondre à ses questions. La détermination qui se lisait sur ses traits me fit comprendre que je n'allais pas m'en sortir à si bon compte cette fois-ci.

– Ça va avec Audrey ?

– Elle n'a pas ouvert l'œil. Des nouvelles de Sam ?

Je m'enfonçai dans le fauteuil dodu en face d'elle et entourai un coussin de mes bras.

– Il m'a envoyé un texto pour dire qu'il était désolé.

– Et alors ?

– C'est tout. Il est désolé. Oh, et sa voiture n'est plus là.

Je m'enfonçai encore dans mon siège et relâchai ma pression sur l'oreiller. Je n'avais tout à coup plus l'énergie de le serrer contre moi. Il glissa sur le sol.

– J'ai parlé à Ozzy et il a dit qu'il espérait qu'on allait se réconcilier.

Le visage de Zoe était un livre ouvert dans lequel les émotions s'inscrivaient à gros traits. Dans le cas présent, elles étaient surlignées de rouge.

– Qu'est-ce qu'il a bien pu vouloir dire par là ?

– Il n'a pas précisé.

– Vous êtes un couple solide.

Était-ce vraiment le cas ? Je m'interrogeais vraiment. Lorsque Audrey était petite et qu'elle avait dû subir une greffe du foie, je l'avais mal géré. Je m'étais laissée aller à des penchants que je pensais révolus – je m'étais mise à boire plus que de raison, à travailler sans relâche à la clinique afin de me donner l'impression de me rendre utile – parce que, en tant que mère et membre du corps médical, j'avais laissé tomber ma fille. Il avait fallu une jaunisse pour que je reconnaisse les symptômes de sa maladie. Et à ce moment-là, il était trop tard. Elle était malade. Très gravement. Et je m'en voulais. Tout aussi gravement.

Sam, en revanche, avait su accepter ma colère et la douleur de notre fille, et c'est lui qui avait sorti toute la famille de ce mauvais pas. Je pouvais toujours compter sur lui, alors même que lui ne pouvait pas compter sur moi. Mais, ces derniers temps, je m'étais remise à travailler trop, et cette fois, Sam avait lâché prise. Juste un petit peu. Mais assez pour que je m'en rende compte.

Dans une certaine mesure, je m'étais attendue à l'entendre me dire : « Je t'aime, mais je ne peux plus supporter tout ça. »

Je racontai à Zoe ce que Sam avait fait la veille au soir et lui en dis un peu plus sur l'agression à laquelle j'avais assisté.

– Tu as toujours eu le complexe du justicier, lâcha-t-elle à la fin de mon récit.

Sa remarque me surprit d'abord, et puis je me souvins qu'elle n'avait pas connu celle que j'étais avant. Elle n'avait pas connu la Cassie qui avait laissé ce malade de Don abuser de sa presque fiancée. Voilà que je repensais à cette vieille histoire pour la deuxième fois en deux jours. Pourquoi ?

Je répondis moi-même à la question.

– Il y a beaucoup de choses dans ma vie que j'aurais pu faire différemment.

– Comme ?

Ce soir-là à la fac, c'est moi qui avais appelé le 911 lorsque cette pauvre fille était tombée du balcon. Mais j'étais restée à distance quand la police était arrivée. Tout le monde était resté à distance, à mater, du moins tous ceux qui ne s'étaient pas échappés de la soirée, plus soucieux de cacher leur ébriété que de venir en aide à la victime. Nous étions sous le choc, voilà comment j'avais tenté de nous justifier. Mais, aujourd'hui, je savais que cette paralysie n'était que de la culpabilité. Et si la fille était morte dans les minutes qui avaient précédé l'arrivée de la police, elle serait morte seule.

J'éludai la question de Zoe.

– Je suis juste contente de m'être trouvée sur ce chemin ce soir-là.

Je changeai de sujet.

– Je suis sûre que Sam est repassé à la maison. Quand je suis retournée prendre des affaires, le verre dans lequel j'avais enfermé un criquet était renversé. Et à moins que la bestiole ait pris des stéroïdes…

– Je n'arrive pas à comprendre comment tu peux faire des piqûres à des pitbulls alors que tu as peur d'un insecte pas plus haut que ton pouce.

– Oui, je sais, et les araignées portent bonheur. Mais il y a autre chose.

Je sortis l'emballage de chocolat de ma poche et le lui montrai.

– Quésaco ?

– Je l'ai trouvé ce matin sur ma table de chevet. C'était plié en forme de chien.

– Comme un origami.

– Au début, j'ai cru que c'était Sam, mais maintenant…

Je la laissai réfléchir à la question pour voir si elle parvenait à la même conclusion que moi. L'expression de son visage me montra que oui. Comme moi, elle se mit à renifler le papier.

– Ça sent le chocolat.

Elle ouvrit de grands yeux et s'exclama, le souffle coupé :

– Lester ?

– C'est ce que j'ai pensé, mais que signifie le chiffre 2 ?

– Hum.

– Quoi ?

– Rien. C'est juste un 2.

– L'autre soir, après l'agression, l'inspecteur m'a demandé si le chiffre 3 m'évoquait quelque chose.

– Et alors ?

– Aucune idée, à part qu'il se situe entre le 2 et le 4. Mais on dirait une menace, surtout après ce qui est arrivé à Lester.

Elle marqua un temps d'arrêt, l'air soucieux.

– Mais je croyais que tu avais trouvé l'origami *avant* que Lester soit empoisonné ?

– C'est le cas.

– Hum.

– Je crois que je devrais appeler l'inspecteur Rico… Quoi ? Qu'est-ce qu'il y a ?

– Je vois bien que quelque chose te tracasse.

– Ce qui me tracasse, c'est que mon mari ait mis fin à notre histoire d'un simple texto de trois mots, voilà ce qui me tracasse.

– Tu te souviens quand Bobby m'a quittée et que j'ai voulu aller le voir pour en parler ?

– Tu voulais surtout mettre des sardines dans le réservoir de sa voiture !

– Il m'a trompée avec ma cousine ! De toute façon, c'était voué à l'échec. Il aurait fallu que je fracture la serrure du réservoir et il s'en serait rendu compte avant que les sardines aient eu le temps de faire des dégâts.

– C'était *ça* qui clochait dans ton plan.

– De toute façon, tu m'as empêchée de le faire. Tu savais bien que j'étais folle, que je n'avais pas les idées claires, et tu m'as conseillé d'oublier les sardines…

– Je ne vois pas le rapport entre le fait d'appeler la police à propos de Sam et celui de vandaliser la voiture de ton ex !

– Ça n'a rien à voir… Tout ce que je veux te dire, c'est que tu penses de travers. Et c'est normal avec tout ce que tu as eu à endurer ces derniers temps, mais, en tant qu'amie, je me dois de ramener un peu de logique dans tout ça.

– Un peu de logique ? De la part d'une fille qui voulait mettre des sardines dans l'essence de son ex ?

Un sourire traversa son visage expressif, avec une touche de tristesse au coin des lèvres.

– OK, en général, je ne suis pas la plus sensée de nous deux. Mais laisse-moi essayer pour une fois. D'abord, l'emballage. Quand tu me l'as montré, j'ai tout vu sauf un chiffre.

– C'est quoi, alors ?

Elle retourna la feuille de papier côté aluminium, où le stylo avait laissé l'empreinte inversée de ce qui était inscrit de l'autre côté.

– Pour moi, c'est un S. On peut aussi y voir un 2, ou du moins je comprends que tu aies pu le croire. Mais c'est de l'autosuggestion. Tu as bloqué sur la question du policier et donc tu as vu un 2, alors que moi, je trouve que ça ressemble à Sam de te laisser un origami sur la table. Donc j'y vois un S, comme Sam.

– Mais tu es d'accord que ça sent le chocolat ?

– Oui, je suis déjà venue chez toi, et j'en ai vu de cette marque.

– Tu penses que c'est une coïncidence ?

– Comment veux-tu que quelqu'un soit rentré chez toi ? Dans ta chambre ?

– Carver Sweet a piqué ma voiture, et il y avait mes clefs dedans. Et on n'a pas fait changer la serrure avant la fin de la matinée d'hier.

Je pensai soudain à l'insecte libéré de son verre.

– Et s'il y a bien un rapport avec cette agression et qu'il est arrivé quelque chose à Sam, il peut très bien disposer de la nouvelle clef.

– Tout ça me paraît bien tiré par les cheveux. Ça ne te semble pas plus logique que Sam ait laissé ce petit chien comme un message d'amour et que tu ne le trouves sinistre à présent que parce qu'il est parti ?

Je récupérai le papier d'emballage sans rien dire.

– Et est-ce qu'il ne serait pas plus logique, vu le texto que tu as reçu, qu'il soit parti parce que…

– Parce que quoi ?

Mais je voyais très bien où elle voulait en venir.

Zoe s'empourpra et tendit le bras pour poser la main sur mon genou.

– Parce qu'il en a eu envie.

– Du coup, quelle idée de me laisser des petites preuves d'amour ?

– Donc, ce que je te dis te paraît ridicule ?

Je triturai mon alliance.

– Je pense que Sam essaie de me dire quelque chose depuis des semaines et que je suis passée à côté. Cela dit, s'il y a la moindre chance que son départ soit involontaire…

Zoe acheva ma phrase.

– Tu dois faire ton possible pour le retrouver.

Papouille se laissa glisser du cou de Zoe vers ses genoux. Elle la caressa avec vigueur en cherchant ses mots. Mais je lisais déjà sur son visage ce qui allait venir. Finalement, elle se lança.

– J'espère que Sam a une aventure.

Heureuse d'avoir trouvé une explication aussi logique que « rassurante », elle s'anima.

– Sam a un comportement étrange depuis quelque temps, il t'a dit que vous deviez parler. Les bonnes femmes à la maison où tu as récupéré Audrey t'ont dit qu'il donnait l'impression d'attendre quelqu'un. Et ce texto qu'il t'a envoyé. Et Ozzy qui visiblement en sait plus qu'il n'en dit…

Pense à ceux que tu aimes…

Elle s'arrêta pour reprendre son souffle.

– J'espère que Sam s'est entiché d'une pimbêche et qu'il lui faut un peu de temps pour faire le point, parce que, si c'est le cas, il reviendra bientôt.

Même si cela me brisait le cœur, je devais l'admettre : *j'espérais qu'elle avait raison.*

Chapitre 11

Je m'endormis la main posée sur mon portable et me réveillai dans la même position. Je vérifiai l'écran. Pas de nouveau texto de Sam.

Dans la cuisine, j'entendais Audrey et Zoe préparer le petit déjeuner. Éclats de rire. La veille encore, nous étions quatre, dans notre cuisine à nous, à manger les œufs brouillés de Sam sans deviner que c'était peut-être notre dernier petit déjeuner en famille.

Je n'étais pas encore prête à affronter les questions d'Audrey, aussi remontai-je la couverture avant d'appeler Leo.

– Hey !

La voix de mon fils était toujours teintée de cette touche d'impatience de l'adolescence.

– Qu'est-ce que tu veux, maman ?

– Rien, je venais juste aux nouvelles.

Je me forçai à prendre un ton enjoué. *Ici, tout va bien.*

– Vous vous êtes bien amusés avec Tyler hier soir ?

– Ouais, on peut dire ça. Tu appelles pour quoi ?

– Juste pour dire que je t'aime.

– Moi aussi. Tu viens au match avec papa ?

Je mis un peu de temps à m'éclaircir la voix.

– Je ne suis pas certaine que papa pourra venir te voir cette fois-ci.

– Mais toi, tu viens ?

– Je me disais que ce serait peut-être une bonne idée que tu n'y ailles pas non plus.

– Quoi ?

Il n'aurait sans doute pas réagi avec plus d'incrédulité si je lui avais annoncé que nous déménagions au Congo pour vivre au milieu des bonobos.

– C'est une blague, j'espère !

– Non, je pensais qu'on pourrait peut-être aller dîner quelque part tous les trois avec Audrey.

– Quelle drôle d'idée !

– Tu sais, ça n'a rien d'extraordinaire de dîner en famille…

Il soupira, pas du tout convaincu par ma légèreté feinte.

– Mais on joue contre Monty !

Montgomery High, le lycée rival de celui de Santa Rosa.

– Je ne peux pas rater le match contre Monty. L'entraîneur va me tuer !

Je songeai à lui interdire d'y aller. J'étais sa mère. J'en avais le droit. Et puis, je me ravisai : nous avions peut-être pris notre dernier petit déjeuner tous ensemble la veille, peut-être que le match de ce soir-là serait le dernier pour Leo. Si Sam ne rentrait jamais, peut-être que louper le match contre Monty ne lui paraîtrait plus aussi catastrophique.

– Je m'inquiète juste pour toi.

Leo remarqua que ma voix se brisait légèrement.

– Tout va bien, maman ? (Pause). Et pourquoi papa ne vient pas au match ?

Le mensonge vint naturellement.

– Papa est à une conférence. Et moi, ça va. Peut-être encore un peu chamboulée par l'histoire de l'autre soir.

– Bon, ben, si tout va bien, alors, il faut vraiment que je file.

Retour de l'impatience.

– Avec Tyler, on va faire un tour à la salle de sport avant l'école.

– OK, on s'envoie des textos.

– Pour quoi faire ?

– Parce que je suis ta mère.

– Ouais, et tu t'inquiètes pour moi, je sais. Bon, y a la mère de Tyler qui part, là.

– OK, vas-y.

– Je te vois au match ?

– Oui, je viendrai avec ta sœur.

Dans la cuisine, Audrey s'esclaffa de nouveau. Son rire tonitruant semblait déplacé pour un si petit corps. Elle avait toujours été d'un naturel expansif. Aujourd'hui, c'était elle et Leo qui me donnaient la force de me lever pour affronter ce qui s'annonçait comme une nouvelle journée en enfer.

Sur le chemin de l'école, Audrey, engoncée dans ses couches de vêtements et son siège enfant, avait l'air d'un gros marshmallow. Je risquai un œil dans le rétro et la vis qui se tortillait pour trouver une position confortable.

– Maman, l'an prochain on pourra avoir une citrouille qu'on dirait qu'elles vomissent ? Tu sais, avec des graines et des filaments qui sortent de la bouche.

Enfin une question à laquelle je pouvais répondre honnêtement. Un peu plus tôt, j'avais dû me résoudre à un mensonge qui me laissait un goût amer : je lui avais dit que son père s'était excusé de l'avoir laissée toute seule et avait dû filer très tôt ce matin pour une conférence d'enseignants. Le même mensonge que j'avais sorti à Leo. Le pire, c'est que tous les deux y croyaient dur comme fer.

Je me garai devant l'école de Hidden Valley.

– Bien sûr. L'an prochain, on aura une citrouille comme ça.

Ma respiration se bloqua sur cette dernière phrase. « L'an prochain ». À quoi l'avenir allait-il ressembler pour notre famille ?

– Savannah dit que son père a sculpté une citrouille qui ressemble à un vampire, mais une citrouille qui vomit, c'est mille fois plus cool !

Sur ces mots, Audrey attrapa sa couronne et son sac à dos, m'embrassa rapidement et bondit vers un groupe de gamines qui l'accueillirent en poussant de petits cris. Mon cœur se serra. Oublie l'an prochain. Tu ne sais même pas de quoi *demain* sera fait.

J'avais annulé la plupart de mes rendez-vous les moins pressants, les renvoyant vers un autre véto. Débarrassé de mes enfants et de mes clients, il me fallait décider de la suite des opérations.

Une dizaine d'appels à Sam étaient restés sans réponse. Le plus récent datait d'une demi-heure à peine. Pour la première fois depuis des mois, je songeai même à appeler mon père, même si cela faisait des années que nous ne nous étions par parlé. Six ans. Notre dernière conversation avait été un appel tronqué un mois après la naissance d'Audrey. C'est à peine s'il connaissait Leo, et il n'avait jamais vu Audrey. Quelle aide pouvais-je bien attendre de lui ?

La façade en brique du lycée apparut avant que j'aie eu le temps de prendre conscience de la direction que j'avais prise. Je m'approchai du parking du personnel, mais la Camry bleue de Sam ne s'y trouvait pas. Je me garai quand même. La classe d'Audrey commençait un quart d'heure après les cours du lycée, qui avaient tous déjà débuté. Je me dis que je pourrais passer au bureau demander si Sam était venu faire cours, mais je connaissais la réponse. Il n'était pas là.

Je restai dans la voiture pendant trois quarts d'heure, jusqu'à ce qu'une sonnerie annonce la fin de la première heure de cours. Je m'agrippai au volant, ne cherchant pas des yeux Sam, mais Leo. Dans le flot des élèves qui sortaient des salles de classe, il me fallut un moment pour distinguer lequel de ces ados aussi beaux que maladroits était le mien. Puis je l'aperçus, et comme chaque fois, mon cœur chavira. Leo marchait aux côtés de Tyler et d'un autre garçon que j'avais déjà vu, mais dont j'avais oublié le nom. Mon fils souriait comme il le faisait quand il était avec ses amis, inconscient que sa mère l'observait. Leo approchait de l'âge adulte, mais c'était encore un petit garçon qui avait besoin de la présence d'un père.

Sur le téléphone, je tapai un nouveau SMS et l'envoyai avant d'avoir pris le temps de la réflexion.

Donne-moi une bonne raison de ne pas lancer un avis de recherche. Tu as cinq minutes.

Il lui en fallut trois : *J'ai besoin de temps.*

Tes enfants ont besoin de leur père.

Je sais.

Appelle-moi.

C'est compliqué.

Puis : *Je ne suis pas tout seul.*

J'avais plutôt envisagé que Sam me trompait, mais à présent je l'imaginais caché dans un placard ou dans le coffre d'une voiture. Dans les deux cas de figure, il était blessé et il saignait. Et puis mon esprit fit le vide et une autre éventualité s'insinua : ce n'était peut-être pas Sam qui m'écrivait.

Qui est avec toi ? Tu es blessé ?

Il ne répondit qu'à la deuxième question : *Je vais m'en remettre.*

Alors appelle-moi.

Il ne répondit pas, aussi composai-je son numéro. L'appel bascula directement sur la messagerie.

Son texto arriva une seconde plus tard.

Je suis désolé.

Tu as épuisé ton quota de phrases toutes faites.

Que veux-tu que je te dise ?

Je veux que tu me dises ce qui se passe !

Sur ce, je rassemblai mes forces et mon courage pour poser cette question dont je ne voulais pas vraiment connaître la réponse.

Tu as une maîtresse ?

Les pointillés indiquaient que Sam était en train de taper, mais malgré le temps qu'il y passa, son SMS suivant était laconique : *Donne-moi jusqu'à ce soir.*

J'insistai : *Tu ne m'as pas répondu.*

J'attendis le retour des pointillés. Trente secondes s'écoulèrent. Une minute. Et finalement c'est moi qui craquai : *Comment puis-je savoir que c'est bien toi ?*

La réponse arriva promptement : *Qui d'autre ?*

Encore une non-réponse.

Lorsque Audrey et Leo étaient petits, Sam dormait avec le Babyphone à côté du lit. Même lorsqu'ils s'étaient mis à faire leurs nuits, Sam allait les voir au moins une fois par soirée. « Juste au cas où l'appareil ne marcherait pas. »

Pourquoi as-tu laissé Audrey à cette femme ?

Ce soir. Promis.

Je ne sais pas si j'aurai la patience.

Les pointillés se remirent à clignoter.

Notre première rencontre. Princesse Jelly Bean.

J'inspirai profondément. *Quoi ?*

Tu as demandé si c'était bien moi.

Je répétai, mains tremblantes, la question à laquelle il refusait de répondre : *Tu as une maîtresse ?*

Dans l'habitacle frisquet de la voiture de location, qui empestait le désodorisant, j'attendis la réponse de Sam, et lorsque les pointillés recommencèrent à défiler, mon cœur se mit à battre si fort que je m'attendais presque à voir le pare-brise exploser. Et puis le monde s'écroula à la lecture du dernier SMS de Sam.

Un mot, un seul : *Oui.*

Chapitre 12

Des nuages de coton filasse couraient dans le ciel au-dessus de l'hôtel de police de Santa Rosa tandis que le soleil matinal se frayait péniblement un chemin au milieu d'une poignée d'érables malingres. J'entrai dans le commissariat et demandai à voir l'inspecteur Rico. Il n'était pas là, mais le planton à l'accueil, un homme noueux aux nez aquilin, m'assura que quelqu'un allait me recevoir. Il me pria d'attendre. L'attente n'avait jamais été mon fort, même avant la disparition de Sam.

La femme qui rappliqua au bout de cinq minutes – qui m'avaient semblé une heure – faisait à peu près ma taille. Elle était coiffée d'un chignon strict et avait de bonnes joues. Elle se présenta comme Marisol Torres et m'accompagna jusqu'à un bureau donnant sur le couloir. En dépit de la sévérité de sa coiffure, elle était à l'écoute et son léger sourire paraissait sincère.

Cela dit, nos vœux de mariage aussi avaient paru sincères.

L'inspectrice nota les contacts de Sam et ses adresses de messagerie, ainsi qu'une description de mon époux. Elle me demanda une photo et il me fallut en faire défiler une demi-douzaine sur mon téléphone avant d'en trouver une qui faisait l'affaire. Elle datait de quelques années auparavant, d'un jour où nous étions allés randonner dans le parc d'Annadel, un site depuis ravagé par le feu. La verdeur de la végétation et le sourire enjôleur de Sam appartenaient tous les deux au passé.

– Ça doit être difficile pour vous, convint la policière. Quand avez-vous vu votre mari pour la dernière fois ?

– Hier matin, un peu avant 7 heures.

– Six heures trente, 6 h 45 ?

– Plutôt moins le quart.

– Vous avez été en contact à un autre moment, hier ?

– Nous nous sommes parlé au téléphone à 19 h 14.

J'en étais sûre parce que j'avais vérifié ma liste d'appels. À plusieurs reprises.

– Quand je suis rentrée à la maison, un peu après 19 heures, il était déjà parti avec notre fille à la chasse aux bonbons.

– Que vous a-t-il dit la dernière fois que vous vous êtes parlé ?

Je pouvais répondre à cette question presque sans y penser. Je repassais cette conversation en boucle dans ma tête depuis que Sam avait disparu.

– Il m'a dit qu'ils seraient rentrés dans une petite demi-heure et que nous devions parler.

– À propos de quoi ?

– Il ne l'a pas précisé.

Elle me scrutait avec attention. Bien qu'elle essayât d'adoucir son regard, j'étais de moins en moins convaincue que l'inspecteur Torres ressentait de l'empathie pour moi.

– Qu'avez-vous fait à ce moment-là ?

– J'ai attendu leur retour.

Je ne lui confiai pas que je m'étais endormie. Un peu par culpabilité, mais aussi parce que je craignais les questions qui allaient suivre : « Vous vous êtes endormie ? Alors que votre mari et votre enfant avaient disparu ? Mais quel genre de mère êtes-vous ? »

Elle n'aurait bien sûr pas formulé ces remarques aussi crûment, mais c'est ce qu'elle aurait pensé. Et elle n'avait pas besoin de raisons supplémentaires pour douter de ma parole. Je repris.

– J'ai reçu un appel à propos d'un patient peu après 21 heures, et c'est alors que je me suis inquiétée de l'absence de Sam et d'Audrey.

– Vous ne vous êtes inquiétée que deux heures après avoir parlé à votre mari ?

Avec le recul, j'aurais dû lui parler de ma petite sieste. Trop tard. Je pris un air aussi impénétrable que le sien.

– C'est exact.

– Et qu'avez-vous fait quand vous vous êtes rendu compte que votre mari n'était pas rentré ?

– Je suis partie à sa recherche.

Je racontai à Marisol Torres comment j'avais arpenté le quartier et fini par retrouver Audrey en compagnie des deux bonnes femmes.

– Vous n'avez plus eu de contact avec Sam depuis ?

J'hésitai.

– J'ai reçu plusieurs textos, mais je ne suis pas certaine qu'ils soient de Sam.

Je les lui montrai quand même.

Elle se déplaça légèrement, le stylo brandi au-dessus du calepin, ce dernier posé sur ses genoux avec une nonchalance étudiée.

– Qu'est-ce qui vous permet de douter que ces textos soient de votre mari ?

En route pour l'hôtel de police, je m'étais longuement posé la même question, aussi n'eus-je aucun mal à répondre.

– Avez-vous déjà été en couple, inspecteur Torres ?

– Oui. Nous avons tous quelqu'un que nous aimons et à qui nous pensons.

Je frissonnai en me remémorant la remarque quasi identique qu'avait proférée Carver Sweet deux soirs plus tôt.

– Pourquoi vous dites ça ?

L'inspectrice me contempla comme si j'étais un extraterrestre exigeant de transformer ses globes oculaires en boucles d'oreilles.

– Je répondais à votre question.

– Ah oui, excusez-moi… Quoi qu'il en soit, quand vous êtes en couple, les gens vous demandent toujours comment vous vous êtes rencontrés, n'est-ce pas ? Au début, la référence à Princesse Jelly Bean m'a décontenancée, et puis après, j'ai pensé au nombre incalculable de fois où nous avons pu raconter cette histoire. Et il y a tout le reste… ça ne ressemble pas à Sam.

– Et pourquoi donc ?

– D'abord, il ne pose aucune question sur les enfants.

Son menton se figea.

– Vous ne pensez pas qu'il est peut-être parti de son plein gré ?

Je secouai la tête par réflexe, mais, bien sûr, c'était possible. Malgré son apparente neutralité, je voyais bien qu'elle n'était pas convaincue par mes soupçons. Je ne pouvais l'en blâmer. Je n'en étais pas convaincue moi-même.

– Mais même si ces SMS sont de Sam, ils confirment bien qu'il est blessé.

Je lui montrai du doigt le texto où il me répondait qu'il « allait s'en remettre ».

– Et s'il est blessé, vous devriez quand même enquêter. Et si ces messages ne sont pas de lui…

Je laissai la phrase en suspens. Nous savions l'une comme l'autre ce que cela impliquait.

Marisol Torres regarda dans le vide quelques secondes avant de reprendre.

– Est-ce que votre mari a par le passé eu des troubles psychiatriques ou des problèmes de consommation de drogue ?

– Non.

– Des problèmes financiers ?

J'étais sur le point de répondre que non, mais je n'avais pas vérifié notre relevé de compte ou de cartes de crédit. Je m'occupais des finances de la clinique, mais c'est Sam qui gérait les comptes familiaux. Cela paraissait une juste répartition des tâches, mais je me rendais compte à présent que je n'avais aucune idée de ce que nous coûtaient notre abonnement au câble ou l'assurance de la voiture.

– Je ne crois pas.

Elle tapota le bureau de la pointe du stylo et me fixa droit dans les yeux.

– Madame Larkin, je sais que cela peut être difficile à admettre, mais il faut regarder les choses en face : deux femmes qui n'ont aucune raison de mentir vous ont dit qu'elles avaient vu Sam peu de temps avant sa disparition et qu'il donnait l'impression d'attendre quelqu'un. Qu'il leur avait volontairement confié la garde de votre fille. Nous allons continuer à envisager toutes les hypothèses, mais vous devriez faire de même.

Sa façon de froncer ses sourcils parfaitement dessinés et de plisser les yeux me déplut fortement. J'y voyais plus de la pitié que de la commisération.

Pourtant, la disparition de mon mari se résumait finalement à un fait simple.

– Sam n'aurait jamais laissé Audrey toute seule.

Marisol Torres resta de marbre.

– Elle n'était pas toute seule. Même si vous ne connaissiez pas cette femme, votre mari la connaissait.

Elle n'avait pas cherché à me blesser, mais j'encaissai quand même le coup. Sam connaissait la femme en costume de sorcière parce que c'est lui qui déposait Audrey à l'école tous les matins. C'est lui qui était là. Toujours. Jusqu'à ce que, du jour au lendemain, il ne le soit plus. Je répliquai :

– Pourquoi aurait-il confié Audrey à quelqu'un d'autre alors que nous n'habitons qu'à quelques rues de là ? Et puis vous n'avez pas vu dans quel état Audrey était hier soir. Elle était sous le choc. Elle pleurait. Si Sam avait prévu de s'absenter plus de quelques minutes, ma fille n'était visiblement pas au courant !

– Avez-vous le numéro de ces femmes ?

Je fis signe que non. Encore une erreur de ma part.

L'inspectrice hocha la tête, comme si ma négligence était compréhensible, mais elle n'en pensait pas moins. Ou alors c'est moi qui pensais trop.

Je sortis de mon sac l'emballage de chocolat que j'y avais glissé. Je le remis à Marisol Torres. Je lui parlai de l'empoisonnement de Lester et de l'origami en forme de chien sur la table de chevet. Elle me prit le papier des mains et le rangea dans un classeur.

– Nous allons enquêter là-dessus et nous allons rentrer les informations sur votre mari dans une banque de recherche nationale.

Je me préparai à l'inévitable « mais ».

– Nous allons tout vérifier, *mais*, à moins que nous découvrions quelque chose qui indique que votre mari est en danger, nous ne pouvons pas faire grand-chose. Que cela nous plaise ou non, les adultes majeurs ont le droit d'aller et venir à leur guise.

Elle reposa son stylo et se pencha en avant, cherchant sans doute à m'amadouer. À établir une relation entre nous.

– La plupart des personnes majeures qui disparaissent réapparaissent au bout de quelques jours. Les disparitions sont plus souvent volontaires que forcées. Cela n'est peut-être pas évident pour vous dans l'immédiat, mais c'est plutôt une bonne chose. Car il y a de sérieuses probabilités pour que Sam soit en bonne santé.

Et pourtant, cela ne me rassurait pas le moins du monde.

– Nous allons mener l'enquête, mais vous pouvez également nous aider : vérifier auprès des amis, des hôpitaux, des refuges pour sans-abri. Et une fois de plus, si vous avez le moindre élément laissant penser que Sam n'est pas parti de son plein gré, nous enquêterons comme nous le faisons chaque fois qu'un crime est commis. Ce n'est pas parce que les probabilités d'un enlèvement sont faibles que nous allons rester sans rien faire.

Je hochai la tête, comme pour entériner la fin de cet entretien. Mais elle n'en avait pas terminé.

– Il y a autre chose. Signer cette déposition vous donne le droit de savoir si votre mari se porte bien.

– Ce qui signifie ?

– Que c'est tout ce que nous vous dirons. Si nous retrouvons votre mari et qu'il ne souhaite pas que vous sachiez où il se trouve, nous ne serons pas autorisés à vous le dire.

Elle replaça le bloc-notes sur ses genoux et changea de nouveau de sujet.

– Vous avez été témoin d'une agression voilà quelques jours, non ?

– Oui, ça a été une semaine infernale.

Elle se redressa, sur ses gardes.

– Dans la police, nous n'aimons pas trop les coïncidences. Pour ce qui est de l'agression elle-même, il se peut que vous vous soyez trouvée au mauvais endroit au mauvais moment. La faute à pas de chance. Ou disons plutôt que vous étiez là par chance, si on se place du point de vue de la victime dont vous avez sauvé la vie. Mais si on y ajoute la disparition de votre mari presque exactement vingt-quatre heures plus tard et le meurtre…

Elle ne termina pas sa phrase.

– Vous voulez dire que la femme qu'il a agressée est décédée ?

– Mercredi a été une journée chargée pour M. Sweet. Avant de s'en prendre à cette femme, il avait empoisonné son épouse. Vous êtes sûre que vous ne le connaissez pas ?

Depuis l'agression, je ne pouvais effacer son visage de ma mémoire. Sans cesse me revenait le souvenir de sa cicatrice, de cette peau fripée parcourant sa joue comme un serpent albinos. La marque d'un prédateur. Je n'aurais jamais pu oublier une telle balafre, même dans des circonstances moins horribles.

– Je ne l'avais jamais vu auparavant. Mais la femme qu'il a violentée, elle a survécu ?

Son regard me transperça, et le rouge me monta aux joues.

– Mme Breneman a quitté l'hôpital hier.

En général, je voyais assez clair dans le jeu des gens, et je sentis une forme d'appréhension dans la respiration heurtée de la policière et dans sa façon d'agripper le bloc-notes.

– Je suis ravie de l'entendre.

Marisol Torres opina du chef et, cette fois, elle se leva.

– Nous vous tiendrons au courant si nous avons du nouveau. Nous vous préviendrons aussi quand vous pourrez récupérer votre monospace.

J'avais complètement oublié la voiture et je balbutiai des remerciements.

– En revanche, nous n'avons pas retrouvé votre sac dans le véhicule. Ou il l'a pris, ou il s'en est débarrassé.

Aucune de ces deux options ne me rassurait.

L'inspectrice me laissa en plan, sa chaleur de façade cédant la place à une efficacité brusque.

Je pensai à Sam en la regardant partir et me dis que je ne voyais sans doute pas aussi clair dans le jeu des gens que je le croyais.

Chapitre 13

Quand je quittai le poste de police, le soleil automnal avait fini par gagner la bataille contre la couverture nuageuse, mais ce combat l'avait laissé sans la moindre force pour réchauffer l'atmosphère.

Je ne savais plus trop quoi faire. J'aurais dû rentrer à la maison pour effectuer des recherches dans l'ordinateur, étudier les relevés de téléphone et de cartes de crédit. Mais lorsque je pensais à chez moi, les souvenirs défilaient, comme celui du jour où Sam avait préparé des *tamales* et déclenché l'alarme incendie parce que les feuilles de maïs avaient pris feu, ou bien je repensais à lui en train de panser les plaies et les bosses des enfants, des petits bobos qui guérissaient comme par enchantement grâce aux soins de Superpapa et de ses pansements magiques. Je repensais aussi à la dernière fois que Leo avait attrapé la grippe et où il nous avait autorisés à le rejoindre sur le canapé. Nous avions passé tout un samedi après-midi vautrés sous la couette à regarder des rediffusions de *South Park* et des dessins animés de Miyazaki.

Je ne pouvais pas rentrer chez moi.

Aussi c'est sans idée précise en tête que je marchai d'un pas décidé vers la voiture. *Ne t'arrête pas*, me répétai-je. La réflexion pouvait attendre le soir, lorsque je passerais une nouvelle nuit sur le canapé de Zoe, ou lorsque je serais couchée toute seule dans le lit que je partageais jusque-là avec Sam. Mais je n'étais pas sûre d'en être encore capable.

Sans savoir où j'allais, je dépassai le commissariat et je fus frappée par une vision soudaine : une petite boîte métallique dont l'objectif était tourné vers la chaussée. Je tournai dans la rue suivante et pris finalement la direction de mon domicile.

Je bifurquai à quelques rues de la maison. Le soleil pâlichon dépouillait le quartier de la magie d'Halloween. Dans le coin où Sam avait disparu, les fantômes étaient redevenus des draps de lit, les squelettes étaient indubitablement faits de plastique et non d'ossements. Privée des effets de lumière et de ses yeux fluorescents, une sorcière pendouillait le long d'une barrière. Des gamins avaient balancé des œufs sur ses guenilles.

Il n'était pas encore 11 heures en ce vendredi matin, et la rue était déserte. Mais ce n'étaient pas des gens que je cherchais, plutôt des caméras. Les bonnes femmes que j'avais rencontrées l'autre soir, cette sorcière et cette pirate qui péroraient sur les enfants « venus d'ailleurs », étaient tout à fait du genre à surveiller les allées et venues dans le quartier.

Je parcourus un côté de la rue, longeant les maisons en bois traditionnelles des années cinquante, puis l'autre côté, où s'alignaient des jardins bordés de chênes et de poiriers en fleur, de haies de buis et de plantes grasses. J'inspectai les perrons, les balcons et les toits à la recherche de caméras de surveillance.

Je n'en repérai aucune. J'imaginai qu'elles pouvaient être dissimulées sous des lambris ou camouflées dans des broussailles, mais tout l'intérêt de la vidéosurveillance n'était-il pas justement de dissuader les cambrioleurs ? Et *quid* des Interphones ? Quelqu'un me surveillait peut-être au moyen d'une application sur son téléphone ? Comment le savoir ?

Je ressentis cette pointe d'agacement que je connaissais bien. En internat au lycée à Phoenix, je m'étais inscrite dans l'équipe de cross-country, avant de me rendre compte que je détestais courir. Les ampoules, les crampes aux mollets, sans parler des poumons en surchauffe ; je n'avais à aucun moment ressenti l'effet des endorphines. Seulement un effort pénible, qui me donnait envie de vomir, ce qui aurait tout de même été un peu gênant.

Mais j'avais malgré tout terminé la saison. J'étais ainsi faite : je n'abandonnais jamais. Aussi, arrivée au coin de la rue où Sam avait disparu, je revins sur mes pas, décidée à rechercher plus attentivement les Interphones du voisinage.

Je l'avais presque manquée, concentrée comme je l'étais sur les gouttières et les toits des maisons. Ce n'est pas une caméra qui avait retenu mon attention. Mais une citrouille. Planquée dans un coin, près de l'entrée, elle m'avait échappé lors de mon premier passage. Des taches commençaient à se former à la surface du légume et sa couleur se fanait. Mais le visage hilare taillé dans la courge avait été sculpté avec beaucoup de soin : les yeux tombants, désespérés, surmontés de fentes figurant les sourcils, qui accentuaient cette impression de détresse, la moue dégoûtée. De la bouche, entre des chicots parfaitement réalistes, se déversaient des entrailles de potiron, filandreuses et grumeleuses.

« Une citrouille qu'on dirait qu'elle vomit. »

C'était exactement le genre de citrouille dont m'avait parlé Audrey et elle se trouvait sur le seuil d'une maison à deux étages, à deux numéros de la maison hantée où j'avais retrouvé ma fille. Des journaux gratuits étaient éparpillés sur le perron. D'autres tapissaient la pelouse de l'entrée. Une vitre était brisée, le carreau obturé par du carton.

Je ne m'attendais pas à ce qu'on m'ouvre, mais je frappai quand même à la porte.

– Vous avez quelque chose à vendre ou vous cherchez les Gardner ?

Je me retournai dans la direction de la voix, qui provenait d'une femme d'un certain âge, vêtue d'un chemisier à fleurs et d'un pantalon pervenche, avec des lunettes aux montures léopard sur le nez.

– Parce que si vous cherchez les Gardner, ils ont déménagé le mois dernier.

Mais si la maison était inoccupée depuis plusieurs semaines, il était peu probable que la lumière de l'entrée eût été allumée. Et si elle ne l'était pas, comment Audrey avait-elle pu apercevoir la citrouille ? J'avais moi-même eu beaucoup de mal à la repérer en plein jour…

La femme au pantalon pervenche et aux cheveux presque assortis prit mon silence pour un encouragement à m'en dire plus.

– Le mari, Stan, gérait un parking. Il a perdu son emploi voilà quelques mois. Sa femme, Christina, est enseignante vacataire, mais ça ne suffit pas pour vivre avec cinq enfants ici, dans le comté de Sonoma. Ils sont partis dans l'Ohio.

Elle me tendit la main.

– Helen, enchantée.

– Enchantée. Cassie.

Je sortis mon téléphone pour lui montrer une photo de Sam.

– Vous n'avez pas aperçu cet homme ? Hier soir, par exemple ?

Elle ajusta ses lunettes et se pencha pour mieux voir.

– C'est votre mari ?

Je hochai la tête et elle sourit.

– C'est un jeune homme charmant. Les fossettes m'ont toujours fait craquer. Bob, mon mari, avait des fossettes.

– Vous l'avez déjà vu ?

– Bien sûr. Je me souviens surtout de la petite fille. Elle rayonnait et elle était tellement polie. Beaucoup de gamins ne savent pas dire merci, mais elle oui.

Mon cœur fit un grand bond.

– Vous avez vu Audrey ?

– La petite fille ? Elle était absolument adorable, et c'était le seul chat couronné de toute la soirée.

– Vous l'avez vue vers quelle heure ?

– Je suis tombée en panne de bonbons aux alentours de 20 heures, et ils sont passés dans les derniers. Vers moins le quart ?

Elle se mit à cogiter et renchérit.

– Oui, ça doit être ça.

C'était juste après que Sam m'appelle. Vingt minutes pour être précise. Et Sam avait promis d'être rentré dans la demi-heure.

– Il y avait quelqu'un avec eux ?

Elle leva la tête, la suspicion prenant le pas sur la curiosité.

– Vous avez des ennuis, tous les deux, c'est ça ? Non, parce que je ne veux pas me mêler de ce qui ne me regarde pas. Je ne suis pas sûre que les Gardner seraient d'accord !

– Mon mari a disparu.

Le dire à voix haute, pour la deuxième fois en une heure, resserra le nœud au fond de mon ventre. J'esquissai un timide sourire pour atténuer la rudesse de mes propos, mais le résultat était aussi pourri qu'une citrouille trois jours après Halloween.

– Et vous croyez qu'il a pu s'enfuir avec quelqu'un ? Une femme ?

– C'est possible.

Elle réfléchit à la question en passant une main dans ses cheveux pervenche.

– Une fois, j'ai pensé que Bob me trompait, peu de temps après notre mariage. J'ai trouvé une boîte de préservatifs. Je les ai aspergés de cette encre qui ne se révèle qu'aux ultraviolets.

– Et alors ?

– La première fois que j'ai constaté qu'il en manquait, j'ai sorti ma lampe spéciale. J'ai vérifié ses mains. J'ai tout vérifié. Et rien. Il était clean. Il s'est avéré que les capotes étaient à un ami à lui et que Bob les gardait pour que sa femme ne les trouve pas. J'ai donné les capotes et la lampe à UV à cette femme.

Pas mal pour quelqu'un qui ne s'occupait pas de ce qui ne la regardait pas ! Ou alors c'est à partir de ce moment-là qu'elle avait adopté cette politique de non-ingérence ? Je ne pouvais croire que le cadeau avait été accepté de bonne grâce.

– Pour revenir à votre question, il était tout seul avec la petite fille.

– Si je peux me permettre de vous demander ça, vous habitez dans quelle maison ?

– Le ranch jaune.

Helen désigna une maison de l'autre côté de la rue. La maison abandonnée était juste en face de la sienne, à côté de la maison hantée. Je lui tendis une carte de visite.

– Si vous avez la moindre information…

Helen s'en empara et la glissa dans la poche de son pantalon.

– Vous êtes sûre de ne pas connaître les Gardner ?

Je secouai la tête.

– Les deux gamins les plus jeunes ne sont pas en âge scolaire, mais le plus grand est en CE2. Pauvre gosse. Ça a dû être un déchirement pour lui.

Je glissai les mains dans les manches de mon sweat-shirt. Le froid se faisait plus mordant. Comment mes enfants réagiraient-ils si leur père ne revenait pas ?

– Ça doit être terrible, convins-je.

– Mais l'Ohio, c'est joli. J'ai un cousin qui vit là-bas, ajouta la vieille dame.

Elle me dévisagea et me fit un clin d'œil.

– J'espère que vous allez retrouver votre mari.

Elle me tapota l'avant-bras avant de s'en aller.

Chapitre 14

Je m'étais tellement concentrée sur le périmètre où Sam avait disparu que j'en avais négligé celui où nous habitions. C'est alors que je passai devant la maison de Gino Baldovino.

Bien qu'il eût été marié à trois reprises, M. Baldovino habitait seul, désormais. C'était toujours la femme qui partait. C'est ce que j'avais découvert quelque temps après notre installation, lorsque M. Baldovino avait traversé la rue pour venir me dire que j'arrosais trop mes marguerites.

Il ne m'avait plus adressé la parole que deux fois depuis, la dernière l'automne précédent, lorsqu'un râteau avait disparu de son jardin un jour où Leo avait reçu quelques amis pour une boum. Je n'avais pas réussi à convaincre mon voisin que les garçons n'y étaient pour rien – les râteaux n'étaient pas en tête de liste des désirs adolescents –, et il était parti en marmonnant en italien.

Le lendemain, M. Baldovino avait fait installer une caméra de surveillance. Et depuis, chaque jour, elle était pointée dans notre direction.

Ma respiration s'accéléra avec mes pas quand je mis le cap sur la maison au râteau. Mes coups sur la porte firent moins de bruit que les battements de mon cœur.

M. Baldovino ne répondit pas, aussi actionnai-je la sonnerie. Les rideaux s'écartèrent, puis se remirent en place. Cinq minutes s'écoulèrent, mais je restai campée là, bien décidée à ce qu'il m'ouvre. Je frappai de nouveau, sans succès, puis carillonnai encore.

J'allais répéter l'opération lorsque la porte s'ouvrit enfin. La brèche ne laissait apparaître qu'un œil et une moitié de nez.

– Qu'est-ce que vous voulez ? aboya-t-il.

Il ne servait à rien d'y aller par quatre chemins, donc j'allai droit au but.

– Les enregistrements de votre caméra de surveillance depuis deux jours. S'il vous plaît.

L'œil se plissa. J'imagine qu'il hésitait entre son envie première de me claquer la porte au nez et son besoin d'en savoir plus sur un crime éventuel dans le quartier. La curiosité l'emporta sur la muflerie.

– Pourquoi ?

Réticente à lui parler de mes problèmes, j'inventai un prétexte.

– On m'a volé un vase suspendu.

– Je ne me souviens pas d'en avoir vu chez vous.

Je jurai *in petto* de ne pas avoir opté pour les crampons de Leo ou le vélo d'Audrey. Leur disparition l'aurait laissé indifférent. En réalité, même l'enlèvement des enfants l'aurait laissé de marbre.

– Je l'avais installé hier soir.

– Votre fils a encore dû recevoir des amis…

Je soupirai, tentant de ravaler mon fiel.

– Non.

– Y avait quoi dans ce vase ?

Son œil faisait une meurtrière dans son visage.

– Je ne sais pas. Des petites fleurs jaunes.

Il souffla.

– Des petites fleurs jaunes ! Ça nous avance beaucoup.

Mais ma nullité en jardinage le convainquit de ma bonne foi, et il entrouvrit suffisamment la porte pour que j'aperçoive enfin ses deux yeux.

– Allez en racheter un autre.

– Les fleurs étaient récentes, mais le vase appartenait à ma mère. J'y tiens, mentis-je.

Ma mère ne m'avait rien laissé.

M. Baldovino pesa le pour et le contre.

– Ces DVD sont à *moi.*

C'est bien pour ça que je suis là.

– Je suis prête à vous payer.

Il se renfrogna.

– Vous pouvez garder votre argent et me rendre le râteau que votre fils a volé.

Comment cet individu avait-il pu séduire trois femmes ?

– Mon fils n'a pas volé votre râteau, monsieur Baldovino, mais je peux vous en acheter un neuf.

– Vous ne sauriez pas lequel choisir.

Je refrénai un nouveau soupir.

– Est-ce que je peux faire quelque chose pour vous ? Si vous avez besoin de quoi que ce soit...

Il n'avait pas de voiture et avait passé les quatre-vingts ans, mais il se rengorgea.

– Quoi ? Vous me prenez pour un impotent ?

– Bien sûr que non. Je peux vous donner des boutures de notre jardin, par exemple.

J'avais visé juste.

– Je veux un arbre. Votre érable palmé.

– Bien sûr.

Je pensais qu'il allait prendre congé pour aller chercher les DVD. Mais, au lieu de ça, il referma la porte sans dire un mot et n'était pas reparu quelques minutes plus tard.

Je me remis à carillonner.

– Quoi ? geignit-il derrière la porte.

– Je peux avoir ces DVD ?

– Je vous les apporterai après ma sieste.

Je m'apprêtai à protester, mais toute nouvelle dispute m'obligerait à sacrifier un arbre supplémentaire.

Je n'avais pas envie de rentrer à la maison, mais, contrainte comme je l'étais d'attendre le bon vouloir de mon voisin, je n'avais pas le choix. Pourtant, je restai un long moment plantée devant chez M. Baldovino, comme mon érable palmé le serait bientôt dans son jardin.

La lumière matinale ne passait pas les stores du salon. Nous les avions installés peu de temps après la naissance d'Audrey, en même temps que le canapé-lit. Audrey avait tendance à faire des coliques, elle se réveillait dans la nuit, et j'avais dormi dans cette pièce pendant les huit premières semaines de son existence.

Dans l'obscurité, sans rien faire, je me souvins de cette période avec une nouvelle acuité. Je m'étais sentie seule et dépassée. Ç'avait été encore pire lorsqu'on avait découvert la maladie d'Audrey. C'est à cette époque que j'avais commencé à prendre mes distances. À ce moment-là, j'étais persuadée que Sam avait une aventure.

Le soupçon avait duré jusqu'à ce que Sam se décide à venir dormir avec moi dans le salon, mais je me demandais aujourd'hui si je ne lui avais pas accordé ma confiance un peu trop vite. Et s'il me trompait depuis tout ce temps ?

Je n'y croyais guère, mais je n'arrivais pas non plus à exclure totalement cette éventualité. Depuis que j'avais retrouvé Audrey toute seule la nuit précédente, j'oscillai entre la foi et la méfiance, chaque révélation venant alternativement me démontrer que Sam était parti de son plein gré ou infirmer ce que je pensais être la vérité quelques instants plus tôt.

Si j'avais aussi peu confiance en Sam, quelle importance ?

Il n'y avait pas de bureau au sens strict dans la maison, aussi avions-nous créé un espace de travail dans un coin de la salle à manger. Des années plus tôt, Sam avait trouvé un vieux bureau abandonné sur un trottoir et il avait passé tout un week-end à le gratter, à le remettre en état, à le vernir et à le peindre d'un vert profond. L'ordinateur familial trônait au milieu, avec tout un fouillis autour. À droite, le livre d'histoire de Leo, un tas de feuilles vierges, et un verre d'eau à moitié plein. À gauche, les dessins d'Audrey et de la colle à paillettes. Et perchée sur une étagère au-dessus de ce joyeux chaos, la photo : celle de Sam et des enfants au parc régional de Sugarloaf Ridge, prise à l'époque où Leo était encore suffisamment petit pour tenir sur les genoux de son père. Comme d'habitude, je n'étais pas sur la photo.

Je m'installai sur le siège et me connectai au site de la banque, passant en revue les transactions du mois précédent. Il y avait des dépenses de nourriture, de gaz, de fournitures et de restaurant, pour la plupart à emporter. Nous avions fait contrôler le monospace et obtenu une vignette verte. Il y avait d'autres factures en ligne que je ne parvins pas à identifier immédiatement, mais, après vérification, ce n'étaient que des dépenses de tous les jours : un nouvel étui pour le téléphone de Leo, une paire de baskets, des livres pour Audrey.

Je remontai un mois en arrière et ne découvris rien d'extraordinaire. Aucun retrait exceptionnel, ni plusieurs petits d'affilée. Sur les deux derniers mois, seulement trois cent vingt dollars avaient été retirés d'un distributeur. Il n'y avait apparemment pas trace de bouquets de fleurs, de dîners en amoureux ou de lingerie fine. Si Sam avait une liaison, il avait l'intelligence de tout régler en liquide.

La seule découverte surprenante que je fis n'était pas à classer dans la colonne débit. Au contraire. En vérifiant à plusieurs reprises, je n'avais pas trouvé trace du remboursement mensuel de notre crédit immobilier. Je me rendis sur le site de la banque de prêt. Et là, je découvris ce que j'avais suspecté : nous étions en retard de quarante-cinq jours sur le remboursement de la maison.

Je cherchai une explication à cet oubli parce que cela ne pouvait être que cela, un oubli. Sam était un peu distrait ces derniers temps. Nous l'étions tous les deux. Si nous avions des problèmes financiers, Sam me l'aurait dit. Il n'aurait jamais pris le risque de perdre le toit au-dessus de la tête de ses enfants. Et nous n'avions pas ce genre de secrets entre nous.

Je me ravisai. Voilà un mensonge que je refusais d'admettre. Bien sûr que nous avions des secrets. Je m'étais seulement persuadée qu'ils n'avaient pas d'importance. La semaine précédente, j'avais dit à Sam que je rentrais immédiatement et j'avais traîné une heure dans une librairie. Et lorsque j'avais acheté la nouvelle paire de baskets de Leo, j'avais menti en prétendant qu'elles étaient en solde. Tant pis si Sam l'avait finalement découvert. C'était une information que j'avais préféré lui cacher pour éviter toute dispute à la fin d'une longue journée de travail.

« Je t'aime, mais tu dépenses trop pour les enfants. »

Jusqu'à sa disparition, je pensais naïvement que c'étaient là les seuls secrets qui existaient entre nous. Des emplettes discrètes et des baskets hors de prix. Mais c'est peut-être comme cela que tout avait commencé. Les petits secrets font les grands mystères, et un beau jour votre époux disparaît et le crédit de la maison n'est plus honoré.

Y avait-il d'autres choses que j'ignorais sur mon mari ?

Je retournai à la liste des mouvements bancaires et me concentrai cette fois sur les rentrées. Avec la calculette, j'additionnai les chèques de salaire de Sam pour les deux mois écoulés. Je ne savais pas combien il gagnait au dollar près, mais le total était en dessous de ce à quoi je m'attendais. Je remontai aux six derniers mois pour comparer avec les rentrées plus récentes. Les dépôts de ces derniers mois étaient nettement inférieurs. Deux semaines auparavant, il n'y avait pas eu de règlement du tout.

Je ne comprenais pas d'où pouvait venir le problème. Est-ce que Sam avait demandé à se faire payer en liquide pour pouvoir se faire la malle ? Avait-il subi une réduction de salaire dont il ne m'avait pas parlé ? Il n'avait en tout cas pas évoqué un retard d'échéance sur le crédit de la maison. Alors que cachait-il d'autre ?

La fureur m'envahit. Amère. Soudaine.

Putain, Sam !

D'une gifle, je fis tomber la photo de mon mari et des enfants de l'étagère, et elle atterrit sur le bureau, ce maudit bureau qu'il avait voulu peindre en vert, soi-disant parce que c'était la couleur de mes yeux. J'espérais que le cadre de verre allait se briser, mais non. Je pris cela comme une trahison. J'ouvris un tiroir d'un geste brusque et y laissai tomber la photo. Cette fois, le verre se fendilla.

Satisfaite de mon œuvre, je refermai le tiroir d'un coup sec. Puis je le rouvris et le refermai aussitôt, encore plus fort. Ce deuxième impact donna du mou à la poignée et, à ma troisième poussée, elle me resta dans la main.

Où es-tu, Sam ? Pourquoi tu n'es pas là ?

Je sentais monter des larmes de rage, mais je serrai les dents. Il n'y avait pas que Sam. Il y avait tout ça. L'agression sur la route. L'empoisonnement de Lester. Découvrir Audrey auprès de femmes que je ne connaissais pas. Mon père. Moi.

Et puis il y avait Carver Sweet, un homme qui avait tué sa femme et savait parfaitement où nous habitions.

J'attendis que mes mains aient fini de trembler avant de reporter mon attention sur l'ordinateur. Les doigts fébriles, je dus m'y reprendre à plusieurs fois pour taper correctement le mot de passe de Sam. Il utilisait le même pour tous ses comptes de messagerie et de réseaux sociaux, pour presque tout ce qui nécessitait un code, et il n'était donc pas très difficile de visiter tous les sites qu'il fréquentait. Ou en tout cas ceux dont j'avais connaissance. Je sortis alors son ordinateur portable du cartable rangé sous le bureau et l'examinai à son tour. Je n'y trouvai rien de particulier. Sam avait toujours tenu à donner un bon exemple à ses élèves et il faisait très attention à ce qu'il postait.

Sam était parti depuis moins de vingt-quatre heures et j'avais l'impression de céder au voyeurisme. De l'espionner. Je songeai même à lancer un appel à témoins sur mes propres pages de réseaux sociaux. *Qui a vu mon mari ?*

Mais c'était sans doute prématuré.

Devais-je contacter la famille de Sam ? Les médias ? Devais-je engager un détective privé ? Toutes les options que je passais en revue me paraissaient plus ridicules les unes que les autres, avant tout parce que je me refusais à affronter les plus difficiles.

Sam était peut-être en prison.

Il était peut-être hospitalisé.

Il était peut-être…

Je balayai ces funestes pensées et parcourus un fichier de personnes récemment incarcérées. Rien. Je rappelai alors les hôpitaux. Et finalement, à contrecœur, je me décidai à appeler la morgue. J'attendis cinq minutes qu'ils vérifient dans leurs fichiers. Le corps d'un homme non identifié n'avait pas été admis ces derniers jours.

Je passai ensuite au relevé des appels passés par les portables de la maisonnée. Je cliquai sur le numéro de Sam, vérifiai d'abord ses appels, puis ses SMS. Je notai tout particulièrement les appels passés aux heures où je n'étais pas à la maison.

J'inspirai profondément. Deux numéros sortaient du lot. J'en connaissais un. Pas l'autre.

Le numéro que je connaissais m'intéressait en raison de l'heure où Sam l'avait composé. Depuis sa disparition, il n'avait envoyé des textos qu'à deux numéros. Le mien et celui d'Ozzy. Son meilleur pote ne m'avait pas tout dit.

Le deuxième numéro, celui qui ne me disait rien, apparaissait trois fois le jour de la disparition de Sam. Aucun de ces appels ne durait plus de cinq minutes. L'un d'entre eux avait été passé la veille au matin, à l'heure où Sam s'était excusé pour répondre à son portable. Un autre avait été passé quelques minutes avant la dernière fois où je lui avais parlé.

On tapa à la porte, violemment. Je me crispai. Sur le seuil se trouvait M. Baldovino, une pelle dans une main et un DVD dans l'autre. Il me tendit ce dernier.

– Voilà.

Voyant que je reluquais la bêche, il crut bon de préciser :

– Il vaut mieux le déterrer maintenant, ce sera fait.

Il me fallut une seconde pour comprendre qu'il parlait de l'érable palmé que je lui avais promis. Les plantes mouraient à mon approche, mais Sam avait la main verte. Par habitude, je faillis lui proposer l'aide de mon époux. Et puis non. Je m'appuyai contre le chambranle de la porte.

– Merci, dis-je en prenant le DVD.

Il grogna.

– Je n'aime pas qu'on me mente.

J'allais lui demander de préciser sa pensée lorsqu'il enchaîna.

– Vous n'avez jamais eu de vase suspendu.

Bien sûr qu'il a visionné la bande.

– Sinon, c'est qui l'homme qui est parti avec la voiture de votre mari ?

Je refermai la porte, laissant mon voisin en plan, mais je n'avais pas la force de répondre à ses questions. Seule de nouveau, sans l'obligation de donner le change, je me laissai glisser au sol avant que mes genoux flageolants ne se dérobent. Le soleil resplendissait à présent, mais je restai assise dans la pénombre, le DVD à la main. J'avais l'impression d'avoir été vidée, puis remplie d'une noirceur grasse et amère.

C'était finalement l'option la plus facile que de croire à une aventure et au départ volontaire de Sam, et je me rendais compte à présent que c'était la raison pour laquelle je n'avais jamais totalement exclu cette hypothèse. En fait, je m'y étais même accrochée comme à un radeau au milieu d'un océan immense et sans merci.

Je baissai les yeux sur le DVD en me disant que M. Baldovino était vieux et que sa manie de cligner des yeux trahissait une vue basse qu'il était trop fier pour admettre. Les vidéos de surveillance étaient souvent de mauvaise qualité, ou du moins c'est ce que j'avais entendu dire. Je n'avais jamais eu besoin de vérifier par moi-même. Il se pouvait que l'homme que mon voisin avait pris pour un autre fût bien Sam, filmé sous un angle qui le faisait paraître plus grand ou plus petit, plus maigre ou plus gras, ou inhabituel de quelque manière que ce soit.

Mais, alors que je tentai de me convaincre moi-même, je savais bien que je n'en avais plus le droit. Il me fallait abandonner le radeau et me laisser emporter par l'océan là où il voudrait, quand bien même je doutais de ma capacité à survivre à l'expérience.

Le DVD serré dans la main, je m'approchai du lecteur. J'essuyai la couche de poussière qui s'y accumulait – à part pour des films de famille, nous n'en avions plus l'utilité – et insérai le disque. Je m'assis en face du téléviseur, les jambes croisées, à moins d'un mètre de l'écran, la télécommande sur les genoux. Le lecteur démarra aussitôt.

La définition était bien meilleure que je ne me l'étais imaginé. La terreur se frayait un chemin entre mes épaules. L'image était si nette que le mince espoir que M. Baldovino n'eût pas reconnu Sam s'évanouit instantanément.

Je fis défiler le film en avance rapide jusqu'aux instants qui avaient précédé mon retour de la clinique. Je me disais qu'il y avait peut-être un indice à découvrir au moment où ils avaient quitté la maison – peut-être Sam sortait-il avec un sac, ou que la femme mystère était à proximité. En réalité, j'avais surtout besoin de le revoir.

Il apparut et mon cœur se brisa. Ses attitudes – sa manière de hisser Audrey sur ses épaules, d'enjamber les marches du perron, de déposer Audrey sur le trottoir avec emphase – étaient inimitables. Élancé, athlétique, décontracté. En dépit des circonstances, ces images m'émouvaient, et pas seulement parce que je m'inquiétais pour lui.

J'avais presque l'impression de pouvoir les entendre, les gloussements d'Audrey, le petit rire de Sam. Mais non. Ils n'étaient plus que des formes et des ombres, de la lumière et de la vie, et ils n'étaient plus là. Je rembobinai et me repassai la scène. Au troisième visionnage, ils ne faisaient plus qu'un avec mes larmes.

Je me concentrai sur ma respiration et fis avancer la bande jusqu'à mon retour à la maison, puis à mon départ précipité. Ma panique d'alors n'avait rien à voir avec celle que je ressentais à présent : mon monde ne s'était pas encore écroulé à ce moment-là.

Les images continuèrent à défiler. Sur l'écran, je quittais la maison. Je ralentis le mouvement et me penchai en avant, les yeux fixés sur la Toyota Camry garée sur la gauche de l'allée.

Il était 00 h 36 lorsque la forme se profila à droite de l'écran – si l'individu était venu avec un autre véhicule, celui-ci n'était pas dans le champ – et se dirigea vers la voiture. J'abandonnai toute tentative de respirer calmement. L'air ne parvenait plus du tout jusqu'à mes poumons.

M. Baldovino avait raison. L'homme à l'écran n'était pas Sam. Mais mes soupçons qu'un inconnu ait pu voler la voiture étaient infondés. Même si je ne l'avais rencontré qu'une fois, je le reconnus aussitôt : toujours aussi costaud, et habillé exactement comme le soir de l'agression. Il se glissa dans la voiture de Sam, démarra et quitta les lieux.

Il n'avait pas eu besoin de casser une vitre ou de forcer la portière. Il lui avait suffi de sortir de sa poche les clefs du véhicule.

Chapitre 15

Je fis une copie du DVD et la rangeai dans un tiroir de mon bureau. Je replaçai l'original dans mon sac. J'imprimai également une capture d'écran de l'homme qui avait volé la voiture de Sam. Cet homme que je pensais être Carver Sweet. L'image la plus nette était un profil et, sans le mouvement du film, cela aurait pu être n'importe qui – s'il n'y avait ce menton entièrement mangé par la barbe à l'exception de l'endroit où courait la cicatrice.

Je pliai soigneusement en quatre la feuille imprimée et elle rejoignit le DVD dans mon sac.

Au commissariat, le même planton efflanqué au nez pointu officiait à l'accueil. Je demandai l'inspecteur Ray Rico.

Comme le soir où je l'avais rencontré, il portait une chemise blanche impeccable, mais cette fois, au lieu de tranches de bacon, sa cravate était parsemée de jolis petits hot-dogs.

– Vous faites toujours dans la charcuterie, à ce que je vois.

Je tendis le DVD à Rico.

– On se rattrape comme on peut. Je suis au régime sans sel.

Il jeta un œil sur le disque.

– C'est quoi ?

– Vous êtes au courant pour Sam ?

– On m'a transmis votre déposition.

– Et alors ? Du neuf ?

– Vous n'avez signalé sa disparition que depuis quelques heures…

C'était exact, mais je sentais une pointe d'agacement dans sa voix. Je savais bien à quel point les premières heures comptent dans une affaire de ce genre.

– Et vous, ça va ?

La question me surprit et elle aurait mérité une réponse beaucoup plus longue que le temps qui m'était imparti.

– C'est tiré de la caméra de vidéosurveillance d'un voisin. Je suis à peu près certaine que Carver Sweet a volé la voiture de mon mari.

Rico me fit signe de le suivre vers le fond du bâtiment, où je déduisis que se trouvait son bureau, mais je n'avais pas le temps.

– Il faut que j'y aille, mais je voulais vous donner ce document.

Son regard restait inquisiteur, mais moins réprobateur que lors de notre premier entretien.

– Vous n'avez pas répondu à ma question.

Quelle question ?

Je récapitulai les propos que nous avions échangés et je compris lorsqu'il répéta :

– Vous allez bien ?

Je voulais bien faire confiance à l'inspecteur Rico, mais je savais aussi pertinemment que la première personne que la police soupçonnait quand un mari disparaissait, c'était sa femme. L'air était sec et étouffant dans ce commissariat.

– La seule chose qui pourrait me faire aller bien serait qu'on retrouve Sam. Et que Carver Sweet soit sous les verrous.

– Nous les retrouverons tous les deux, docteur Larkin. Torres m'a indiqué que vous aviez trouvé un papier d'emballage en forme de chien avec le chiffre 2 écrit dessus.

– Une de mes amies dit que cela ressemble tout autant à un S.

– Moi, je trouve que ça ressemble à un 2.

Ce n'était qu'une remarque en passant, mais elle me libérait d'un poids énorme. Comme si j'avais monté un meuble trop lourd et que Rico s'était soudain emparé de l'autre bout.

– L'autre soir, sur le chemin, vous m'avez demandé si le numéro 3 avait une signification pour moi. Vous avez trouvé quelque chose de semblable ?

Rico caressa sa cravate comme si ce geste allait rassasier sa faim de saucisses.

– Pas un origami, non.

L'inspecteur me détailla comme il en avait l'habitude, son regard m'écorchant vive. Si j'avais eu des choses à cacher, j'aurais tout avoué illico.

– Un caillou. Avec le chiffre 3 peint dessus.

– Peint ?

– De l'acrylique, à notre avis. De la peinture blanche sur une pierre grise. Il est en cours d'analyse.

– Vous l'avez trouvé où ?

– Dans la voiture de Carver.

Je me mordis la langue presque jusqu'au sang.

Carver.

C'était idiot, mais je l'imaginais ici, en train de nous observer. Se délectant de ma détresse. Mais il n'était peut-être plus à Santa Rosa, plutôt dans une cave humide à des centaines de kilomètres de là, en train d'infliger les pires sévices à mon époux captif.

À moins que Sam ne soit parti de son propre chef.

Je tournais en rond.

Quoi qu'il en soit, sans lui, je me sentais déboussolée, à la dérive, irrésistiblement attirée par des habitudes que je pensais avoir rayées de ma vie. La Cassie d'autrefois était la bonne fille avec laquelle on faisait la fête. Elle faisait des mojitos d'enfer, connaissait les réponses à tous les jeux débiles et prenait votre parti si vous vous disputiez avec la nouvelle petite amie de votre ex, même si vous aviez tort.

Mais la Cassie d'antan était aussi impossible à vivre. C'était une teigne, une rancunière, et elle avait du mal à organiser ses pensées, encore plus après quelques mojitos. Ça ne me plaisait pas du tout de la voir de retour.

– Aucune idée d'où se trouve Carver ?

– Non, mais nous cherchons.

Le silence s'appesantit et je compris que je ne tirerais plus rien de l'inspecteur Rico. Et puis il fallait que je me rende au supermarché. La simple pensée de ce que j'avais à faire augmentait ma nervosité en même temps que mon impatience.

– Vous me contactez si vous avez du nouveau ?

Il hocha légèrement la tête et lissa ses hot-dogs.

– Bien sûr.

Je ne le croyais même pas à moitié.

Dix minutes plus tard, je me garai dans le parking du supermarché. Compter jusqu'à dix ne fit pas l'affaire, du coup je recommençai jusqu'à cent. Et même après tout ce temps, ma respiration resta hachée et j'étais rouge comme une pivoine en quittant la voiture.

Dans le magasin, je me rendis au bureau d'information, où se trouvait une blonde du nom de Beth R., si j'en croyais son badge. Je demandai à voir le directeur.

Beth R. fit glisser ses lunettes jusqu'au bout de son nez avec son index et rougit en se rendant compte que ce geste pouvait être mal interprété. Elle tenta de se rattraper avec un sourire forcé qui creusait ses fossettes.

– Est-ce que je peux vous aider ?

– Non. Sauf si mon mari vous envoie également des textos.

Le sourire se désintégra en un froncement de sourcils.

– Pardon ?

– Le directeur, je vous prie.

Après un temps de réflexion, je lui adressai un sourire factice, moi aussi. Elle disparut comme si je lui avais botté les fesses.

Beth R. rappliqua quelques minutes plus tard avec le directeur du magasin, dont le rictus s'effaça lorsqu'il m'aperçut. Nous étions tous les trois aussi mauvais comédiens.

– Hey, Ozzy, ça roule ? Je pensais bien que tu travaillais aujourd'hui.

J'avais employé mon ton enjoué le plus sincère.

Ozzy tenta de me prendre par le bras pour me conduire dans un endroit plus discret, mais il renonça aussitôt. Il avait l'air mal à l'aise en costume-cravate, ses frisettes domestiquées par le gel. Une mèche avait repris sa liberté et dégoulinait sur sa joue gauche.

– Salut, Cassie… Ravi de te… voir.

Son accent d'Austin trahissait son embarras.

– Je n'en crois pas un mot, mais ce n'est pas grave. Je ne suis pas ravie de te voir non plus.

Beth R. avait repris place à son comptoir, à quelques mètres de là. Elle faisait semblant de remettre quelque chose en place sous le bureau en se penchant pour mieux entendre notre conversation.

Ozzy le remarqua et désigna un bureau derrière le comptoir.

– Tu veux qu'on parle dans un endroit calme ?

– Non, moi, ça va. Mais j'ai vérifié les relevés du portable de Sam et je me suis rendu compte que vous aviez échangé quelques textos.

– Allez, viens, Cassie.

Son accent traînant s'intensifia alors qu'il jetait des regards insistants en direction du bureau.

– C'est étrange parce que, quand je suis passée te voir hier soir, tu m'as dit que tu n'avais aucune nouvelle. Avant d'ajouter que tu m'appellerais si tu avais du neuf.

Beth R. ne se cachait même plus à présent, nous observant ostensiblement. Un autre employé s'interrompit également pour écouter notre conversation.

Ozzy écarta une mèche rebelle, le regard implorant. Je soupirai et pris la direction du bureau.

Il referma la porte derrière nous.

– Merci. Les employés sont un peu…

Je le coupai.

– Pourquoi m'as-tu menti ?

– Sam est mon ami, Cassie.

– Moi aussi, je suis ton amie.

– Tu sais très bien que ce n'est pas pareil.

– Je ne t'ai pas demandé de tout me raconter, mais tu aurais pu m'en dire un tout petit peu. Au moins pour les enfants.

Il plongea les mains dans ses poches et détourna le regard.

– Après notre conversation, Sam m'a aussi envoyé un texto.

Je sortis mon téléphone comme je l'avais fait avec l'inspecteur Torres.

– Mais le hic, c'est que je ne pense pas que c'est Sam qui m'a écrit. Et si c'est le cas, ce n'est probablement pas Sam qui t'a envoyé un SMS non plus.

– On ne peut jamais savoir.

– Exactement.

Je sortis la photo de Carver Sweet de mon sac et la posai sur le bureau.

– Mais il y a ça, aussi. Avant-hier soir, j'ai vu cet homme agresser une femme. La nuit dernière, alors que j'étais sur le pas de ta porte, le même homme a dérobé la voiture de Sam. Il avait les clefs. Il a peut-être aussi son téléphone.

Ozzy n'arrivait toujours pas à croiser mon regard.

– Sam t'a écrit qu'il n'était pas seul. Peut-être qu'il connaît ce mec ? Par ailleurs, la photo n'est pas très nette.

– Écoute, Ozzy, je m'en fous, si Sam a une liaison.

Je parlai sèchement. Bien sûr que je ne m'en fichais pas que mon mari couche avec quelqu'un d'autre. Ce n'était simplement pas mon souci majeur du moment.

– J'ai besoin de savoir si mon mari, le père de mes enfants, n'est pas en train de crever au fond d'un fossé sur une petite route de campagne.

Ozzy se laissa tomber dans un fauteuil derrière le petit bureau de contreplaqué. Son accent texan était plus fort que jamais.

– Il a une maîtresse.

Je manquai d'air, mais me forçai à demander :

– Dis-moi tout.

– Je ne suis pas sûr que…

– Dis-moi tout.

Il sortit une bouteille d'eau d'un tiroir et avala une longue gorgée. Il aurait probablement préféré que ce soit une bière. Si ça avait été le cas, j'en aurais bien voulu une, moi aussi.

– Ça dure depuis combien de temps ?

Ozzy se tortilla sur son siège et descendit une nouvelle lampée avant de répondre. Il le fit sans me regarder, les yeux fixés sur la bouteille qu'il tenait au creux de ses mains. Les boucles lui tombaient dans les yeux. Un parfait rideau derrière lequel s'abriter.

– Je ne suis pas trop sûr.

– Un mois ? Plus ?

Il haussa les épaules tout en arrachant l'étiquette de la bouteille, qui lui collait au bout des doigts.

– Je ne sais pas trop.

– Que disait-il dans ses textos ?

– Pas grand-chose.

Il accompagna sa parole d'un geste du bras qui agita l'eau dans la bouteille.

– A-t-il laissé entendre qu'il voulait me quitter ?

Il ne répondait pas et la moutarde me monta au nez. Je ne pus empêcher ma main de jaillir et d'attraper la bouteille. Je la lançai de toutes mes forces à l'autre bout de la pièce. Le peu d'eau qui restait alla éclabousser le mur du fond.

Ozzy sursauta et me regarda fixement.

– Sam ne m'a pas dit qu'il te trompait. Pas tout de suite.

Il desserra sa cravate et défit un bouton de son col de chemise.

– Je suis passé au lycée voilà environ un mois, pour voir si Sam avait le temps de boire un café entre deux cours, et c'est là que je les ai vus ensemble. Il m'a dit que c'était une mère d'élève, et bien sûr, je l'ai cru. Je veux dire, c'est Sam, quoi. Il a toujours été fou de toi. Et ce qu'il ressent pour toi, il le ressent doublement pour les mômes. Il fait partie de ces rares personnes qui arrivent à me convaincre que le mariage, ça n'est pas forcément la cata.

– Ça a toujours été notre but. Éviter la cata.

Ozzy sortit une deuxième bouteille d'eau du tiroir. Il en avala une gorgée et m'adressa un petit sourire en replaçant la capsule. Il fit un signe de tête en direction de la première bouteille qui traînait à présent sur le parquet.

– Je ne te connaissais pas ce caractère.

Il ne m'avait pas côtoyée à ma grande époque.

– Ce n'est pas tous les jours qu'on menace ma famille.

– Je comprends.

Il reposa la bouteille et posa ses mains sur ses genoux. Se concentra.

– Je l'ai revue la semaine dernière. Dans la voiture de Sam.

– Et ils faisaient quoi ?

– Rien de ce que tu penses. Mais c'était… pas net. Et puis, voilà quelques jours, il est passé chez moi et il a subitement quitté la pièce pour prendre un appel. C'est mon ami, je n'ai pas à le juger, mais, comme tu l'as dit, vous avez deux gosses. Ça me gênerait de le voir tout foutre en l'air, tu vois ? Alors je lui ai posé la question. Et il a nié. Il m'a dit qu'il essayait juste de venir en aide à une élève. Une certaine Hannah.

Ozzy eut l'air embarrassé.

– Je l'ai cru. Et puis le même jour, il m'a envoyé un nouveau texto où il avouait tout.

– Qu'est-ce qu'il a dit ?

– Il m'a demandé de ne pas t'en parler, que vous traversiez une période de merde.

– C'était quand ?

– Il y a une semaine.

Avant que je tombe sur Carver Sweet. Avant qu'il ait pu s'emparer du portable de Sam.

– C'était tout par texto ou vous en avez reparlé de vive voix ?

Il esquissa un sourire. J'y lus ce que j'avais déjà lu dans les yeux de Marisol Torres ou dans les siens la nuit dernière. De la pitié.

– On a parlé brièvement. Je lui ai dit que quelle que soit sa relation avec la mère d'Hannah, il fallait que ça cesse. Il m'a dit que c'était déjà allé trop loin. C'est tout. Je n'ai pas insisté. Il était bien conscient d'avoir merdé.

– Elle s'appelle comment ?

Il secoua la tête, l'air navré.

– Tu ne sais pas ou tu ne veux pas me le dire ?

– Je n'en sais rien.

– Et elle ressemble à quoi ?

– Elle est brune, ou châtain foncé. Plutôt petite. Mais bon, Sam est grand. La plupart des femmes ont l'air petites à côté.

Il hésita, cherchant des détails qui ne venaient pas.

– C'est tout ce que j'ai remarqué. Désolé. Mais je crois qu'ils se voyaient en ville dans un petit café.

Un café en ville. Voilà qui m'avance beaucoup.

– Et les textos qu'il t'a envoyés hier soir, ils disaient quoi ?

Ozzy baissa les yeux vers le bureau et se gratta la tête.

– Qu'il était désolé.

Je me tendis.

– Désolé de quoi ?

– De m'avoir impliqué là-dedans, j'imagine…

Le silence s'insinuait. Je le relançai :

– Rien d'autre ?

– Je ne sais pas. Non. Il n'a pas dit grand-chose.

– Les choses importantes peuvent être dites brièvement.

Comme « je t'aime ». Ou « adieu ».

– Sam m'a dit de ne pas m'inquiéter et de te dire la même chose si je te voyais.

Son regard croisa le mien un court instant, puis il baissa les yeux de nouveau.

– Je voulais t'en parler… Mais je ne savais pas comment te dire qu'il allait bien sans avoir à te raconter tout le reste. Honnêtement, je pensais qu'il serait déjà revenu à l'heure qu'il est.

Ozzy redressa la tête, feignant la confiance.

– Ça fait à peine une journée. Il va rentrer.

Je lui indiquai la photo de l'homme en train de voler la voiture de Sam.

– S'il a seulement besoin de temps pour faire le point, comment expliques-tu ça ?

Ozzy n'avait pas d'explication et sa mine redevint sombre. Comme la mienne. J'avais perdu tout espoir dès l'instant où j'avais reconnu Carver Sweet sur le DVD.

Chapitre 16

Je ne trouvai pas trace de facture pour un « café en ville » dans nos relevés de banque. Soit la maman d'Hannah avait réglé la note, soit Sam avait payé en liquide. Du coup, découvrir l'endroit où ils se retrouvaient dépendait uniquement de ce que je savais de Sam. Quelques jours auparavant, j'aurais eu confiance en ma capacité à relever le défi. Un peu moins à présent.

Les muscles de ma main droite se raidirent, comme avant que je balance cette bouteille d'eau à travers le bureau d'Ozzy. La question me tracassait : est-ce que je connaissais vraiment mon mari ? Ma discussion avec son meilleur ami avait renforcé la thèse de la liaison. Et cela me laissait les nerfs à vif.

L'idée de Sam avec une autre femme, en train de *toucher* une autre femme, me ramenait à mon passé : adolescente, j'avais cassé le nez d'une fille d'un coup de poing. Elle s'était moquée de moi parce que je n'avais pas de mère.

Une autre fois, c'était un garçon. Un coup de genou où je pense. Parce qu'il avait essayé de me toucher.

« Tu dois t'arrêter », m'avait dit Red, mon père.

«Je ne peux pas », avais-je répondu, même si j'en avais vraiment envie. C'est à ce moment-là qu'il avait décidé de me payer des leçons de kick-boxing. Avec les protections, je pouvais taper encore plus fort sans faire mal à mon adversaire. C'était devenu ma thérapie.

J'aurais dû continuer l'entraînement parce que j'avais une envie folle de taper sur quelqu'un.

Le café le plus proche était un drive-in avec une petite guérite. Il était tout près du lycée et donc très populaire auprès des élèves. Sam n'y serait jamais allé. Aucune intimité.

Aujourd'hui, plus d'un café sur deux est un Starbucks. Mais Sam aurait certainement préféré un endroit moins impersonnel.

Les quatre établissements les plus crédibles se trouvaient un petit peu loin à pied, mais tout près en voiture. Le bistrot assez chic qui servait aussi de la bière me paraissait exclu. Très bien noté, mais pas du tout le genre de Sam. Ma recherche se réduisait donc à trois lieux. Sauf si j'y incluais les restaurants qui servaient aussi des consommations. Je me massai les tempes.

Je commençai par celui situé en face de la librairie. Personne n'y connaissait Sam.

J'eus plus de chance à ma deuxième tentative. Un serveur avec un tablier bleu et une boucle d'oreille hocha la tête en voyant la photo.

– Ouais, c'est le prof. Sympa. Donne de bons pourboires. Prend toujours des grandes tasses. Des fois du thé. Toujours noir.

La boutique sentait le café et les *cinnamon rolls*. Mon ventre se mit à gargouiller. Je n'avais pas mangé depuis… je ne savais plus quand. Puis ça me revint : les spaghettis que m'avaient préparés Sam et Audrey la veille. Je n'avais pas faim, mais il fallait manger et j'attrapai une banane sur le comptoir, ainsi qu'un sandwich pesto-mozzarella.

Je réglai et déchiffrai le nom du serveur sur son badge. Josh.

– Quand l'avez-vous vu pour la dernière fois ?

– Il venait quasiment tous les jours, tôt le matin. Mais je ne l'ai pas vu depuis deux semaines environ. Cela dit, je commence plus tard, donc il vient peut-être avant que je prenne mon service.

Je lui demandai à quelle heure il arrivait et il me répondit : « Pas avant midi. » Mais la patronne, Linda, était là presque tous les matins. Je demandai à la voir et il se mit à triturer son tablier.

– Elle a dû s'absenter. Son gosse est malade. Mais elle va revenir.

Merde.

Je laissai mes coordonnées à Josh et lui posai la question que j'avais gardée pour la fin.

– Il venait ici avec quelqu'un ?

Le serveur prit l'air ahuri.

– Non, il venait le plus souvent tout seul.

J'avais un ado à la maison. Et je n'étais pas mauvaise pour repérer les mensonges des jeunes gens. C'est avec les hommes plus âgés que j'avais du mal.

– Il était avec qui quand il n'était pas seul ?

Josh se mordilla la lèvre.

– Je vous ai dit qu'il venait seul.

– Vous m'avez dit *le plus souvent*. Ce qui veut dire qu'il avait parfois de la compagnie.

Il comprit qu'il en avait trop dit. Ses mains se serrèrent sur son tablier. Il s'obstina.

– Il vient seul.

Je comprenais ses réticences, mais je n'étais pas prête à lâcher.

– Je comprends. Moi aussi, j'aurais du mal à dire à une femme que son mari prend tous les jours un café avec une autre femme. Mais je sais déjà que c'est le cas. C'est la mère d'Hannah ?

– Je ne connais pas son nom.

Le jeune serveur avait rougi. Il s'était encore trahi. J'étais désolée pour lui. Il se dandinait d'un pied sur l'autre, comme Leo quand je l'interrogeais sur des devoirs qu'il n'avait pas faits.

– Elle ressemble à quoi ?

Il tripota sa boucle d'oreille.

– Je ne me souviens plus.

– Blonde ? Brune ? Rousse ?

Il tourna la tête, espérant l'arrivée d'un client, mais il n'y avait pas âme qui vive. Il tenta cependant d'esquiver la question.

– Écoutez, j'ai pas vraiment le temps. J'ai plein de trucs à faire.

Devant mon air inquisiteur, il s'excusa.

– Faut que je prépare des trucs. Que j'essuie le comptoir. Que je remplisse le percolateur, que je sorte la poubelle.

Cela lui donna une idée. Il appela une collègue, une petite bonne femme aux cheveux courts, et lui demanda de prendre sa place.

Elle s'en étonna.

– Faut que je sorte la poubelle.

– C'est déjà fait, répondit-elle, avant de retourner à ses propres « préparatifs », dans lequel son téléphone portable jouait visiblement un grand rôle.

– Vous voyez, Josh, vous avez encore un peu de temps à me consacrer.

Il rendit les armes.

– Elle était pas rousse. Plutôt brune, je dirais.

J'allais lui demander des détails lorsqu'il enchaîna.

– Ils s'asseyaient toujours dans le patio, donc ils doivent être sur la vidéo.

Mon cœur s'accéléra. Pourquoi n'avait-il pas commencé par là ?

– Vous avec une caméra de surveillance ?

Il acquiesça.

– Oui, la patronne a fait installer une caméra voilà quelque mois quand quelqu'un a tagué un pénis sur la vitrine.

La porte s'ouvrit, laissant entrer un courant d'air et un couple âgé. Josh se redressa et sourit.

– Je ne sais pas si nous sommes autorisés à vous laisser visionner les bandes, mais je vais demander à ma patronne quand elle reviendra.

Il s'éclipsa, mais je le retins un instant.

– Vous gagnez combien par semaine ?

Il fronça les sourcils.

– Je sais pas. Dans les deux cents dollars, pourquoi ?

– Si vous parvenez à convaincre votre patronne de me laisser voir la vidéo, je vous en donne deux cents de plus.

Pour la première fois depuis le début de notre entretien, j'eus l'impression que Josh était content de ma visite. Il émit un petit rire.

– J'aurais dû dire cinq cents, non ?

Il remit son tablier en place et alla voir ce que désirait le couple qui venait d'entrer.

Chapitre 17

Le soleil avançait dans le ciel à une allure record. Je regardai mon téléphone et constatai qu'il était déjà l'heure d'aller chercher Audrey.

J'eus à peine le temps de stationner trois minutes et d'avaler un bout de sandwich qu'Audrey était déjà dans la voiture. Je lui offris la banane et ce qu'il restait du casse-croûte. Elle enfourna un tiers du fruit dans sa bouche. Malgré sa petite taille, ma fille avait l'appétit et le régime alimentaire d'un piranha.

– Mange plus lentement, ma puce !

La bouche à moitié pleine de banane, elle marmonna :

– C'est quoi un pé-do-pil ?

J'utilisai un vieux truc.

– Tu l'as entendu dans quelle phrase ?

– « Ton papa est un pé-do-pil ». P-É-D-O-P-H-I-L-E.

Je me cabrai. Comment se faisait-il qu'elle puisse épeler ce mot aussi parfaitement ?

– Quelqu'un t'a dit ça à toi ?

Le meuglement d'un klaxon retentit et je me glissai dans la circulation surchargée à cette heure.

– Tu sais bien que je ne dois pas parler aux étrangers.

Elle avait pris un ton offensé.

– Alors pourquoi me demandes-tu ça ?

– À cause de la note.

Je me rangeai brusquement sur le bord de la route, déclenchant un nouveau coup de klaxon derrière moi. Le stress et l'épuisement expliquent sans doute ce que je fis alors : un gros doigt à l'automobiliste pressé.

Je me le reprochai aussitôt. *C'est la Cassie d'autrefois. Avant Sam, avant les gosses.*

Depuis trente-six heures, je passais un peu trop de temps avec mon ancien moi. Le conducteur eut l'air presque moins choqué qu'Audrey, les yeux écarquillés, la bouche bée encore remplie de banane.

– Ne fais jamais ce que maman vient de faire ! De quelle note parles-tu ?

– Maman ! s'étrangla-t-elle, toujours sous le choc de mon geste. C'est comme dire un gros mot avec le doigt !

Mais cela ne lui coupa pas l'appétit pour autant. Elle engloutit la banane et s'attaqua au sandwich. Je repris :

– Tu m'as parlé d'une note.

– Oui. Le mot qu'un monsieur a laissé dans mon sac à dos, expliqua-t-elle entre deux bouchées.

– Quel monsieur ?

– Un monsieur avec un drôle de tee-shirt. Avec un ours dessus, mais un ours qui fume. Les ours ne fument pas ! En plus, ça donne le cancer.

Audrey se fendit d'un grand sourire, des miettes à la commissure des lèvres, fière d'avoir retenu une leçon de son père.

– Tata Béatrice est morte d'un cancer avant ma naissance.

– C'est vrai.

Je m'efforçai de garder mon calme.

– Ce monsieur t'a dit quelque chose ?

Elle secoua la tête.

– Je crois qu'il ne voulait pas que je le voie, parce qu'il a mis le mot dans mon sac alors qu'il était encore dans le casier. Mais je l'ai vu parce que c'était mon tour d'arroser les plantes.

J'attrapai le cartable et fouillai à l'intérieur ; je découvris un Post-it chiffonné où était écrit : *Ton papa est un pédophile.*

– Je l'ai montré à Mme Dickerson, mais je ne crois pas qu'elle sait ce que le mot veut dire parce qu'elle a fait une drôle de tête en le lisant, un peu comme ce chauffeur à qui tu as montré ton doigt.

Je m'attendis à recevoir bientôt un appel de l'institutrice.

– Mme Dickerson voulait le garder, mais je voulais te le montrer et je l'ai repris. C'est pour ça qu'il est chiffonné.

Le sandwich avalé, Audrey sortit un bonbon en forme de ver de sa poche et l'enfonça dans sa bouche.

– Alors j'ai demandé à Bonnie, qui est dans la classe des grands, et elle m'a dit que c'était quelqu'un qui aimait les petits enfants.

Et donc j'allais recevoir un appel des parents de Bonnie en prime.

Audrey avait sorti un autre ver de terre, mais je l'arrêtai.

– Attention au sucre ! Tu le sais. Rien d'autre ?

– Ben, je me suis dit que Bonnie ne savait pas vraiment, et alors j'ai demandé à mon copain Jackson…

Je grognai.

– Mais comme j'ai vu ta voiture, j'ai décidé de te le demander à toi.

Dieu merci !

– Tu as vu où est allé le monsieur après ?

Je regardai autour de moi pour voir si je n'apercevais pas un homme portant le tee-shirt qu'Audrey avait décrit. Elle secoua la tête.

– Tu te souviens d'autre chose ? De quelle couleur étaient ses cheveux par exemple ?

Son visage se contracta. J'espérais me tromper…

– Je crois qu'il n'avait pas de cheveux.

Je raffermis ma prise sur le volant.

– Je ne comprends pas ce que Bonnie a voulu dire. Bien sûr que papa aime les petits enfants. Je suis un petit enfant et Leo ne l'est plus, mais il l'a été. Et papa nous aime.

– Bien sûr, qu'il vous aime.

Je tendis le bras vers le siège arrière pour serrer fort la main de ma puce.

– Mais un pédophile n'est pas quelqu'un comme papa. C'est quelqu'un qui dit qu'il aime les enfants mais leur fait du mal.

– Oh ! Comme un violeur !

Et voilà que c'est moi qui étais choquée.

– Oui, un peu.

Audrey opina comme si elle avait compris.

– Addison m'a dit que l'oncle de Kendra était allé en prison parce que c'était un violeur. Mais je lui ai dit de s'occuper de ses affaires parce que ce n'est pas bien de raconter des ragots.

– Et tu lui as demandé ce que ça voulait dire ?

Audrey se frottait le haut du pouce.

– Peut-être bien que je lui ai demandé. Oh, et le monsieur m'a donné une enveloppe !

– Une enveloppe ?

– Je sais que je ne dois pas accepter les cadeaux d'étrangers, mais il l'a posée sur mon sac, donc ce n'est pas pareil, si ?

– Non, ce n'est pas pareil. Tu l'as ouverte ?

Je n'avais aucune idée de ce qui se trouvait à l'intérieur, mais ce n'était certainement pas quelque chose que j'avais envie de voir tomber sous les yeux d'Audrey.

– Non. Papa est rentré ?

Je pris l'enveloppe dans le cartable d'Audrey et la rangeai dans la boîte à gants. Pour la deuxième fois de la journée, je songeai à appeler mon père. Cette fois, l'idée me traversa un peu plus longtemps. Je me dis que ce moment de relâchement venait du fait que les enfants étaient privés de leur propre père. Je savais qu'il fallait que je leur dise que Sam était parti, mais je voulais attendre qu'ils soient ensemble. Le soir. Après le match de Leo. Résultat, je sortis à Audrey le bobard que j'avais préparé.

– Ton père doit rester un peu plus longtemps à cette conférence.

– OK, répondit-elle en allongeant les jambes et en regardant par la vitre. Je peux avoir une glace ?

– Il faut que je te dépose chez Zoe pour aller faire une course.

– Après ?

À cause de sa greffe, je surveillais de près le régime de ma fille, mais même après tous les bonbons qu'elle avait ingurgités, je n'avais pas le cœur de lui refuser ça.

– Si on a le temps avant le match de Leo.

Audrey continua à gigoter dans son siège enfant tout en chantonnant une mélodie approximative. Malgré son contact avec cet inconnu, son monde était toujours peuplé de glaces au chocolat, de matchs de football à la grande école, avec deux parents à la maison qui l'aimaient. Je redoutais la soirée qui s'annonçait, et le moment où je devrais briser le petit cœur de ma puce et ouvrir cette enveloppe, qui risquait de briser le mien.

Je fis le tour du pâté de maisons, et Audrey racontait sa journée, avec force détails sur la partie de cache-cache à la récré, durant laquelle elle avait échangé avec succès une orange contre un paquet de bretzels. À l'entendre, les négociations avaient été plus âpres qu'une conférence de paix de l'Onu.

Je refis un tour sans apercevoir d'homme portant un tee-shirt avec un ours qui fumait.

– Tu es perdue ? Parce que, normalement, il faut tourner là !

Audrey tendit la main vers la rue conduisant chez Zoe.

– Merci.

Je mis le cap dans la direction indiquée par ma fille. Ce faisant, je me dis qu'un témoin clef de la disparition de Sam n'avait pas subi d'interrogatoire poussé : Audrey elle-même ! Au début, j'étais à peu près persuadée que Sam ne tarderait pas à rentrer à la maison et je n'avais pas voulu inquiéter ma fille en lui posant trop de questions. Depuis, la situation avait changé.

Je baissai la radio et attendis qu'Audrey en eût fini avec une histoire de dessin qui allait se transformer soit en dragon, soit en chien avant de lui demander :

– Vous vous êtes bien amusés avec papa à la chasse aux bonbons, hier soir ?

– Oui, oui. Mais il est allé où, papa ?

Je détestais mentir aux enfants. Même lorsque Audrey avait demandé au Noël précédent si le Père Noël existait vraiment, j'avais répondu que certains y croyaient et d'autres pas. Ce à quoi Audrey avait réagi avec une indifférence déroutante : « Je savais que c'était bidon. Mais les licornes, ça existe ! » Heureusement, elle n'avait pas insisté sur ce dernier point.

– Je t'ai déjà dit que ton père était parti à une conférence.

Depuis la banquette arrière, elle se mit à soupirer avec emphase, comme elle aimait le faire.

– Oui, je sais. Mais je te demande où il est allé hier soir.

En mal d'explication convaincante, je me garai devant la maison de Zoe. Je me tournai pour faire face à Audrey.

– Je ne suis pas sûre. Tu crois qu'on pourrait voir ça ensemble ?

Je gardai un ton léger, comme s'il allait s'agir d'un jeu très rigolo.

– J'ai vu cette citrouille dont tu m'as parlé. Elle est trop cool.

– Celle qui vomit ?

Elle sourit, mais seulement à moitié. Parler de la veille au soir la dérangeait.

– Tu crois que c'est difficile d'en faire une comme ça ? Papa est bon en travaux manuels, je suis sûre qu'il peut le faire.

Son sourire disparut et mon cœur se pinça.

– Sûr qu'il peut le faire. Il l'a vue, lui aussi, cette citrouille ?

Les frêles épaules d'Audrey se soulevèrent, puis retombèrent.

– Il parlait à la dame.

Le pincement se fit plus fort.

– Quelle dame ?

– La dame dans la maison.

Je songeai à Helen, à qui j'avais parlé. J'en fis la description à Audrey.

– Cette dame-là ?

Audrey me détrompa.

– Non, la dame dans la maison avec les vitres cassées.

J'essayai d'évacuer la tension dans mes épaules, énonçant chaque mot doucement pour dissimuler mon inquiétude.

– Elle était sur les marches avec vous ou dans la maison ?

– Je te l'ai dit. Dans la maison.

– Et la lumière de l'entrée était allumée ?

Je me rendis compte que cela commençait à ressembler à un interrogatoire et, pour ne pas perturber ma fille, j'ajoutai :

– Raconte-moi juste ce dont tu te souviens.

– Je ne crois pas qu'il y avait de la lumière. Elle n'avait pas de bonbons. La maison d'avant nous avait donné de vrais gros bonbons, pas des petits. Si on va manger une glace, j'aurais quand même droit à mes bonbons d'Halloween quand on rentrera ?

Comme nous savions aussi bien l'une que l'autre que la réponse était « non », je ne répondis pas.

– Tu te souviens de quoi d'autre ?

– Je ne sais pas.

Elle commençait à s'agiter.

– À quelle heure on va manger la glace ?

J'essayai de déterminer s'il s'agissait de l'impatience normale d'une enfant de six ans ou s'il y avait autre chose. Mais j'avais vraiment besoin de savoir ce qu'elle avait vu.

– Tu te souviens à quoi elle ressemblait, la dame ?

Elle refusa d'abord de répondre, même si de toute évidence, elle s'en souvenait. *Pourquoi ?*

Puis elle se lança :

– Elle avait les cheveux gris.

Gris ? Ce n'était pas ce à quoi je m'attendais.

– Elle avait les cheveux longs ou courts ?

– Longs. Et sa figure aussi était grise. Sauf les taches noires sur le front. En fait, on aurait dit que son visage était tout cassé.

Donc elle était grimée. Une pensée subite me fit frissonner. *Et si ce n'était pas une femme ?*

– Elle était grande ?

Audrey eut l'air confuse, et je me rendis compte que, à ses yeux, tous les adultes étaient grands. Je reformulai ma question.

– Elle était aussi grande que papa ?

– Non, je pense pas. Papa est grand.

– Elle est allée dans la maison hantée avec papa et toi ?

Audrey se tortilla sur son siège et détourna le regard vers l'extérieur.

– Je me souviens pas. C'est là que j'ai rencontré Savannah.

Elle se retourna vers moi.

– Je t'ai dit qu'elle aussi était déguisée en chat ?

– Oui, tu me l'as dit. Tu m'as même dit qu'elle était marron et qu'elle n'avait pas de couronne.

– Oui, elle était *marron.*

Audrey se mit à égrener tout un tas de détails sur le déguisement de Savannah – ses moustaches avaient apparemment été peintes avec le rimmel de sa mère – avant d'étendre ses considérations à tous les costumes qu'elle avait remarqués ce soir-là.

Cela me frappa comme une évidence : mes questions l'embarrassaient. Est-ce qu'elle pressentait ce que j'essayais si maladroitement de lui cacher ? Ou avait-elle vu quelque chose qu'elle ne parvenait ni à se remémorer ni à oublier totalement ?

– Il y a quelque chose que tu ne veux pas me dire ?

– Non. Ça va.

– Ça n'a pas l'air d'aller. On dirait que tu es triste.

Bien sûr qu'elle était triste.

Elle répondit avec une toute petite voix.

– Ça ne me plaît pas que papa m'ait laissée toute seule.

Mon cœur fit le grand plongeon, et je me penchai pour l'embrasser sur le front.

– Moi non plus, ça ne me plaît pas.

Le visage de ma fille s'illumina soudain.

– Je sais ! Pourquoi on n'appelle pas papa pour lui demander où il était quand j'ai vu Savannah ?

Je pris sa main dans la mienne et lui répondis ce qui n'était pas tout à fait un mensonge.

– Je ne pense pas que ton père soit disponible pour le moment.

– On peut l'appeler après ?

– On essaiera.

– C'est pas grave. Papa va nous appeler. Il nous appelle toujours quand il est en voyage.

Je ne pus m'empêcher de penser : *Pas cette fois-ci.* Mais je ne pouvais pas le lui dire.

– Je suis sûre que tu as raison. Papa t'aime énormément.

Ça, au moins, ce n'était pas un mensonge.

Chapitre 18

Garée devant le lycée, j'ouvris la boîte à gants et en sortis l'enveloppe – kraft, grand format, non cachetée. Je la posai sur mes genoux pour qu'elle repose sur le volant.

Je me mettais à douter de chaque décision que j'avais prise depuis la disparition de Sam.

Si j'avais passé plus de temps à interroger ces bonnes femmes, elles auraient peut-être pu m'en apprendre plus. Elles auraient pu au moins me fournir leurs numéros de téléphone que j'avais oublié de leur demander.

Si j'étais restée à la maison au lieu d'aller questionner Ozzy ce premier soir, j'aurais été sur place au moment où Carver Sweet avait volé la voiture de Sam. Et la police aurait pu le prendre en flagrant délit.

Et puis il y avait aussi tous ces choix douteux que j'avais faits *avant* la disparition de Sam. Les longues soirées au cabinet. Les malentendus.

Ce dernier choix, en revanche – ouvrir l'enveloppe –, me paraissait pourtant logique. Bien sûr, qu'il fallait que je l'ouvre. La vérité vaut toujours mieux que l'ignorance. Non ?

Je reposai l'enveloppe sur le siège passager, sortis mon téléphone et composai un numéro.

Mon père répondit à la première sonnerie.

– Cassie ?

J'eus un pincement au cœur en entendant l'excitation dans sa voix.

– Salut, Red.

Je ne l'avais plus appelé « papa » depuis bien des années.

– Comment vas-tu, ma chérie ?

Comment résumer six ans de ma vie en moins de trente secondes ?

– La clinique marche bien et les enfants sont géniaux.

– Comme leur mère.

Ni l'un ni l'autre n'osa faire remarquer le temps qui s'était écoulé depuis notre dernière conversation. Nous le savions très bien tous les deux et nous nous souvenions également de la manière dont cette discussion s'était terminée.

– Leo doit être grand, maintenant. Et Audrey, ça va ?

– Elle va bien. Et Leo vient juste d'avoir son permis.

Il éclata de ce rire sonore que je connaissais bien.

– Je crois que je n'ai jamais eu aussi peur de ma vie que pendant ces quelques mois où je t'ai appris à conduire.

Il n'exagérait pas. Plus jeune, j'étais une folle du volant. J'étais un peu folle tout court.

– Je me suis améliorée depuis que j'ai des enfants.

Il soupira.

– Je sais que tu es une mère parfaite.

– Je suis prête à tout pour eux.

Ce n'était pas un jugement. Mais un silence gêné s'ensuivit. Puis il lâcha :

– J'aurais dû faire un test.

Il n'avait jamais été aussi près de s'excuser.

– Mais tu sais bien que je déteste les seringues.

Et voilà qu'il gâchait tout.

Audrey était née dépourvue de conduits biliaires dans le foie, une maladie connue sous le nom d'atrésie biliaire. Nous ne nous étions rendu compte de rien pendant les premières semaines. Elle avait semblé dotée de ce que tous les parents souhaitent pour leur enfant : une parfaite santé. Elle avait tous ses doigts, tous ses orteils, et même ses croûtes de lait avaient disparu rapidement pour laisser la place à une jolie peau rose de bébé. Elle avait bien réclamé son biberon de temps à autre, mais, dans l'ensemble, elle avait très bon caractère.

Et puis son teint rose avait jauni et elle était devenue grincheuse. Et je m'attendais presque à ce que le médecin finisse par nous annoncer que notre fille avait besoin d'une greffe. Et Audrey vivait aujourd'hui avec un morceau du foie de son père.

– Ce n'était pas nécessaire. Sam était compatible et Audrey va très bien.

– Quoi qu'il en soit, j'aurais dû être là pour toi et pour ma petite-fille.

Comme il ne l'avait jamais vue, c'était étrange de l'entendre l'appeler ainsi. Pas désagréable. Mais étrange.

– Tout va bien, Cassie ?

Je fixai l'enveloppe.

– J'ai connu des jours meilleurs.

– Et je peux faire quelque chose ?

Quand Audrey était un nourrisson, il avait posé la même question. Et quand je lui avais répondu qu'en effet, il pouvait faire quelque chose, il s'était défilé. Après toutes ces années, j'aurais dû être en mesure de lui pardonner, mais je n'étais pas très douée pour ça. La colère était un sentiment plus facile à éprouver et ressemblait moins à de la faiblesse. C'est ce qui me restait de mes années folles, j'imagine.

Comme je ne répondais pas, il insista :

– Qu'est-ce qui ne va pas ?

Dans le silence de la voiture, au téléphone avec un homme qui était presque devenu un étranger, cela ne coûtait rien de dire les choses comme elles étaient.

– Je crois que Sam m'a quittée.

– J'arrive.

– Non, ça va.

– Je peux être là ce soir. Demain au plus tard.

– Non.

J'avais été un peu sèche.

– Pourquoi m'appelles-tu, ma chérie ?

– Je te l'ai dit : Sam est parti.

Il remua le couteau dans la plaie, mais avec douceur.

– Mais pourquoi moi ? Nous ne nous sommes pas parlé depuis la naissance d'Audrey.

Nous y étions. Je fermai les yeux et inspirai longuement.

– Quand j'étais petite, je faisais des crises d'angoisse ?

– Pourquoi, c'est le cas, en ce moment ?

– Je ne sais pas trop.

Je lui décrivis les sensations que j'avais éprouvées lorsque Carver avait expédié sa victime par-dessus le talus. La vision brouillée et la tachycardie. Les cauchemars qui avaient suivi. Cette impression que l'air autour de moi était devenu pesant, et qu'il me plaquait au sol, faisant de chaque inspiration une souffrance.

Des petites choses comme ça.

Quelques secondes passèrent, pas plus, avant qu'il réponde :

– *Jamais.*

Mais son hésitation, aussi discrète fût-elle, me fit me demander s'il ne me cachait pas quelque chose.

– J'ai eu une impression de *déjà-vu.*

Il n'hésita pas, cette fois.

– Tu avais des coliques, un fichu caractère et ton adolescence a été un enfer. Mais tu as toujours fait preuve, et encore aujourd'hui, de la plus grande générosité que j'aie jamais rencontrée. Et ton sourire me désarçonne chaque fois que je te vois. Il me manque, ce sourire.

Je ne savais pas quoi répondre à ça, mais mon père vint à mon secours.

– Toute petite, tu as eu les oreillons. Tu as eu une bronchite à peu près à l'âge d'Audrey et tu t'es cassé le bras droit et le tibia-péroné gauche. Je ne parle même pas de toutes tes foulures. Tu en as eu un paquet !

De nouveau ce rire chaleureux et profond.

– Oh ! Et une camarade de maternelle t'a enfoncé un stylo juste en dessous de l'œil. Mais non, pas d'attaques de panique.

Néanmoins, je peux comprendre que tu en aies en ce moment, vu les circonstances.

– Merci, Red. Je… Ça m'a fait plaisir de te parler.

J'avais déjà posé mon doigt sur la touche « raccrocher » lorsque j'entendis sa voix ajouter :

– Attends.

Je portai de nouveau le téléphone à mon oreille.

– Tu as dit que tu étais prête à tout pour tes enfants. Donc tu sais.

– Je sais quoi ?

– Que je serai là par le premier vol qui aura un siège disponible.

Il raccrocha.

Je restai assise quelques minutes, le portable à la main, les yeux tournés vers l'enveloppe posée sur le siège passager. Non. Je n'étais pas encore prête à l'ouvrir. Mais j'avais autre chose d'aussi désagréable à faire.

Je n'avais pas noté le numéro, mais ce n'était pas grave. Je l'avais retenu dès que je l'avais repéré sur les relevés téléphoniques de Sam.

Je ne savais pas ce que j'allais dire, mais je composai quand même le numéro. J'espérais secrètement tomber sur une boîte vocale, ce qui m'aurait peut-être permis d'obtenir un nom ou un prénom. Cela me suffisait. Le reste pouvait attendre un peu. Si quelqu'un répondait, il faudrait sans doute que je joue franc jeu. Je ne m'en sentais pas vraiment capable, ni même d'entendre ce qu'elle avait à me dire. Parce que, depuis ma conversation avec Ozzy, j'étais à peu près sûre qu'il s'agissait d'une femme.

À la troisième sonnerie, j'eus quelqu'un au bout du fil. Et mes craintes se confirmèrent. C'était une femme.

– Allô ?

Elle était essoufflée, mais je préférais ne pas savoir pourquoi.

Je me présentai et attendis sa réaction. Reconnaîtrait-elle mon nom ? Et, si c'était le cas, ferait-elle comme si elle ne savait pas qui j'étais ?

Elle répondit d'un mot, d'un seul.

– Oui.

Elle savait donc qui j'étais, mais je ne pouvais pas en dire autant.

Je ne savais pas trop quoi ajouter. Quelle était la procédure à suivre lorsque vous discutiez avec la femme que vous soupçonnez de coucher avec votre mari ? J'optai pour :

– Vous avez une fille qui s'appelle Hannah ?

– Je n'ai pas d'enfant, mais je m'occupe en effet d'une jeune fille qui s'appelle Hannah.

Un rayon de soleil s'immisça dans l'habitacle. Une impression trompeuse. L'air était glacial.

– Peut-on se rencontrer ?

Je passai en revue toutes les réponses possibles. « Oui. » « Non. » « Va te faire foutre. » Ce qu'elle répondit n'avait rien à voir. Mais rien à voir du tout.

Cette femme au numéro inconnu et à la voix méconnaissable soupira profondément avant de répondre :

– Nous nous sommes déjà rencontrées.

Chapitre 19

« Nous nous sommes déjà rencontrées. »

Lorsque je demandai à mon interlocutrice de s'expliquer, elle me donna son adresse et me dit qu'elle serait chez elle dans une demi-heure. J'insistai, mais elle répondit : « Plus tard. » Et elle raccrocha.

Je ne m'étais absolument pas attendue à ce que cet appel s'achève ainsi.

Je scrutai de nouveau l'enveloppe pendant deux petites minutes et puis, comme j'avais encore vingt-huit minutes à tuer, je sortis de la voiture.

Les couloirs de Santa Rosa High School étaient presque vides à cette heure-ci. Même si je pénétrais sur les terres de Sam et de Leo, c'était un endroit où j'étais déjà venue plusieurs fois, et je m'arrêtai en face du mur tout au fond du hall d'entrée. Une banderole « Go Panthers ! », à la gloire du club de football du lycée, y était accrochée. L'un des coins rebiquait, le ruban adhésif qui le fixait s'étant détaché. Je tentai de le remettre en place, mais il ne collait plus et j'en fus quitte pour me retrouver avec les doigts poisseux.

Je tournai à droite. Mes baskets couinaient sur le carrelage qui conduisait à une porte où était écrit « Administration ». Avant de la pousser, je remis l'enveloppe sous mon bras gauche. Je n'avais toujours pas eu le cran de l'ouvrir, ni celui de la laisser dans la voiture. À présent, elle m'encombrait.

À l'accueil, une blonde arborait un pull vert et un air maussade. Elle en avait visiblement après son ordinateur, mais elle se garda bien de partager ses soucis avec moi. Je n'avais rien prévu de lui demander, si ce n'était des nouvelles de Sam. Lorsque je mentionnai son nom, son expression changea du tout au tout. Je ne parvins pas à déchiffrer quels sentiments la traversaient, mais ils étaient en tout cas empreints d'une certaine hostilité.

– Vous êtes une des parents d'élève ?

J'hésitai soudain à me présenter et préférai répéter sa question.

– Une des parents ?

Miss Maussade n'épilogua pas, mais jeta un regard à l'enveloppe que j'avais sous le bras.

– C'est un pli pour M. Diggs ?

Je plaquai l'enveloppe contre ma poitrine. Mes doigts collaient au papier. Elle attendait que je m'exprime, mais je ne trouvais rien à dire. Miss Maussade était du genre qui ne supporte pas le silence. Elle le confirma en reprenant la parole illico.

– Si vous êtes l'un des parents, vous devriez parler à M. Diggs. C'est lui qui gère ce dossier.

Elle cracha ce dernier mot sur un ton dégoûté.

Avant que j'aie eu le temps de lui demander de quel dossier il s'agissait, un homme avec un long cou et une pomme d'Adam de la taille d'une balle de golf sortit de l'un des bureaux. Il était sur le point d'enfiler son manteau lorsqu'il s'arrêta devant moi.

Il sourit, son regard s'arrêtant un instant sur l'alliance à l'annulaire de ma main gauche avant de me dévisager.

– Vous me cherchiez ? demanda-t-il en me tendant la main.

Sa main était moite, mais j'imagine que la mienne l'était tout autant.

– Charles Diggs. Je suis le proviseur. Vous pouvez m'appeler Chuck.

– Cassie Larkin.

Son sourire se décrocha en un clin d'œil. Il s'efforça de le rattraper. Miss Maussade eut moins d'égards, qui se mit à bougonner derrière mon dos.

– Mon mari est enseignant dans cet établissement, mais j'imagine que vous avez déjà fait le rapprochement.

Je fis un geste vague en direction de la blonde de l'accueil.

– Votre secrétaire m'a parlé d'un *dossier* auquel Sam serait mêlé ?

– Hum.

Chuck Diggs se frotta le bout des doigts et prit un air soucieux, comme s'il cherchait à se remémorer quelque chose. De toute évidence, ce quelque chose le tracassait. Il jeta un regard courroucé à Miss Maussade.

– Je ne peux pas discuter d'affaires privées, mais je suis ravi d'avoir fait votre connaissance.

Il s'apprêtait à prendre congé, mais je l'interrompis.

– Avez-vous vu Sam, aujourd'hui ?

– Non, je suis désolé. Nous avons un certain nombre de professeurs, et je ne connais pas l'emploi du temps de tout le monde. Bon week-end, madame Larkin.

Il salua la blonde – qui apparemment s'appelait Pam et non pas Miss Maussade – avant de me contourner pour gagner la porte.

– Alors comme ça, vous êtes sa femme et vous n'êtes même pas au courant ?

Je me retournai vers la secrétaire, toujours aussi peu aimable, mais qui semblait à présent me contempler avec quelque chose d'autre dans le regard. De la pitié ? C'est un sentiment que je semblais beaucoup susciter en ce moment. Pourquoi donc ?

– Au courant de quoi ?

– Je peux vous dire que Sam n'est pas venu aujourd'hui, mais je ne suis pas autorisée à vous dire pourquoi.

– Il est malade, je suis au courant.

Elle renifla.

– Voilà des semaines qu'il n'est pas venu travailler.

Mon esprit vacilla à cette nouvelle. *Des semaines ?* Donc ce n'était pas à cause de la grippe que Sam était resté à la maison ces derniers jours ? La première pensée qui me traversa fut : *Pourquoi ne m'a-t-il rien dit ?* La deuxième : *Et Leo ?*

Je rebondis sur ce qu'elle m'avait dit précédemment.

– C'est en rapport avec les élèves ?

La question était vague, mais cela la démangeait de m'en dire plus et elle ne se priva pas de briser les illusions qu'elle pensait que je me faisais encore.

– Les épouses ne sont pas toujours au courant.

Je me dis qu'elle devait avoir eu une expérience malheureuse avec les hommes et que, plutôt que de partager ma détresse, elle m'en voulait de ma naïveté. Cela dit, elle n'avait pas tort. Je n'étais au courant *de rien.* Mais, même si je devais l'irriter en défendant Sam coûte que coûte, cela ne changeait rien à l'affaire.

– Ce que disent ces élèves est faux.

Je m'attendais à ce qu'elle s'emporte, mais elle parut plutôt troublée.

– Vous avez parlé à ses élèves ? À ma connaissance, aucun d'eux ne s'est manifesté officiellement.

Je jurai *in petto* et décidai de changer d'approche.

– Bien sûr que non, je n'ai parlé à aucun d'eux. Je veux juste dire que ces rumeurs sont infondées.

– C'est plus qu'une rumeur, madame Larkin.

Elle se leva et passa l'épaule dans la lanière de son sac.

– Les gens font parfois des bêtises, même des professeurs aussi respectés que votre mari.

Elle avait prononcé « respectés » comme une insulte.

– Vous mourez d'envie de me dire quelque chose depuis que vous savez qui je suis. Alors, allez-y.

De légères rougeurs lui montèrent aux joues.

– Je n'ai pas à me mêler de tout ça, répondit-elle, toujours campée derrière son bureau.

– Et pourtant c'est ce que vous faites.

Elle pesa ses mots dans l'espoir de faire mouche.

– Sam a… une certaine réputation.

– Quel genre de *réputation* ?

– C'est un dragueur.

Sam était un garçon avenant, et il arrivait que son sourire ravageur fût mal interprété. Mais, pour autant que je puisse en juger, il s'agissait plutôt d'erreurs d'appréciation que d'écarts de conduite de sa part. Ou alors cette femme avait raison, et j'étais à côté de la plaque.

– Vous voulez dire qu'il est un peu trop amical avec certaines de ses collègues ?

Miss Maussade se mua en Miss Rictus.

– Pas avec le personnel. Avec ses élèves.

Ma confiance en Sam avait déjà été ébranlée ces derniers temps, mais cette révélation me glaça.

– Vous mentez.

Elle ne s'attendait pas à ça. Ses joues empourprées virèrent à l'écarlate.

– Il fut un temps où je n'aurais pas cru cela possible non plus, mais voilà deux semaines, j'ai entendu des parents discuter sur le parking. Ils disaient qu'il avait ses petits chouchous et que, le plus souvent, c'étaient les plus jolies filles de la classe.

Elle gonfla la poitrine et sa voix se fit plus aiguë, comme si elle voulait enfoncer le clou.

– D'après eux, une élève qui a une moyenne déplorable partout ailleurs était surnotée par votre mari.

– En voilà, une preuve ! Je suis sûre que vous en avez référé au rectorat…

Elle ne se démonta pas.

– J'ai vérifié, madame Larkin, et ce n'est pas faux. Un certain nombre de jeunes filles mal notées partout ailleurs ont des bonnes notes dans ses cours.

Sa voix continuait de monter en volume. La mienne en revanche se faisait plus sourde.

– Et je suppose que vous avez vérifié qu'il en était de même pour ses élèves garçons ?

Elle leva les yeux au ciel, et ses lèvres se pincèrent encore plus.

– Et pourquoi l'aurais-je fait ?

– La recherche de la vérité étant votre priorité, cela paraîtrait logique.

– Non.

Elle avait l'air choquée, sans trop savoir pourquoi.

– Sinon, avez-vous vérifié que l'inverse n'est pas vrai… ? Qu'il n'y a pas des filles qui sont mal notées dans son cours de dessin et qui ont d'excellentes notes en histoire ou en maths ?

– Ce n'est vraiment pas la question.

– Je ne suis pas d'accord. Vous partez du principe que tous les élèves doués pour les arts devraient également être doués dans toutes les autres disciplines scolaires. Il me semble donc que le fait de vérifier tous les résultats est *précisément* la question.

Elle croisa les bras et fit la moue en me toisant.

– Quoi qu'il en soit, dès que j'ai découvert ce petit *problème* avec Sam, il m'a paru nécessaire de le porter à l'attention de M. Diggs.

– Je suis sûre que ce fut une décision très difficile à prendre.

Elle se redressa, essayant de jouer des quelques centimètres que je lui rendais pour m'intimider.

– Il est facile de juger les gens quand on ne sait même pas ce que fait son mari.

Elle criait presque à présent. Ma voix, au contraire, n'était plus qu'un murmure, mais il était évident, à son air dégoûté, qu'elle enregistrait chacune de mes paroles.

– Je vous conseille fortement d'arrêter de propager des rumeurs sur mon mari.

Vraies ou fausses, de telles accusations pouvaient briser des carrières.

Elle se rengorgea.

– Sinon ? Vous allez me faire un procès ? Me faire virer ? Avec quelles preuves ?

La chaleur se diffusait de mes poings serrés jusqu'à mes pommettes. Mais je continuai à parler tout bas.

– Visiblement, ce ne sont pas les preuves qui vous embarrassent.

Elle me fixait, mais recula d'un pas.

– C'est une menace ?

– À quel moment vous ai-je menacée ? Je veux juste que vous vous rendiez compte à quel point il peut être dangereux de porter des accusations sans fondement.

Pour me calmer, je détournai le regard, et mes yeux se portèrent sur le bureau. Un dossier, fermé, était posé bien en évidence. Une feuille de papier dissimulait le nom de famille qui y figurait. En revanche, un prénom se détachait clairement.

Hannah.

Sur ce, je pris la tangente sous le regard furibard de Miss Maussade. Je regagnai la voiture d'une démarche instable, les genoux en coton. Je montai à l'intérieur et laissai la portière ouverte. Avant que l'adrénaline retombe, j'ouvris l'enveloppe en papier kraft qu'un malade mental avait donnée à ma fille de six ans.

Elle ne contenait qu'une photo, qui avait été imprimée sur du papier normal et non sur du papier photo de bonne qualité. De fines lignes floues quadrillaient le tirage. Ce qu'elle représentait en revanche était très net, ainsi que l'identité de l'un des protagonistes.

Deux corps enchevêtrés, dont l'un était celui de mon mari.

C'était la photo de Sam en train de faire l'amour à une autre femme.

Et encore, femme, c'est beaucoup dire. Elle était toute menue et ne regardait pas la caméra. Elle faisait vraiment jeune.

Si j'avais mangé plus d'un demi-sandwich dans les dernières vingt-quatre heures, j'aurais sans doute tout vomi sur la chaussée.

Je fermai les yeux, le plus fort que je pouvais, mais l'intérieur de mes paupières faisait un écran parfait. Les images y défilaient comme des flashs : deux corps en mouvement, sur un tempo lent, puis de plus en plus soutenu jusqu'à l'épuisement final.

Je rouvris les yeux, mais ne pus me résoudre à fixer la photo une deuxième fois. Je tournai la tête, concentrée sur la texture du siège passager. Une couture était défaite et des petits fils s'emmêlaient à l'endroit où le siège rencontrait le dossier. Le porte-gobelet se fendillait également. Je n'avais jamais remarqué ces petits défauts. Cela n'avait aucune importance. Ce n'était pas ma voiture.

Je reportai enfin mon attention sur la photo. Je me revoyais avec Sam dans des moments identiques. Je me rappelai notre premier soir, où il avait tenté bravement de jouer les gentlemen avant que la tequila fasse son effet. Et le lendemain matin, où la lumière du jour, qui aurait dû nous dessoûler, n'avait fait qu'accentuer notre ivresse. Et puis il y avait eu le jour où nous avions fêté l'achat de la maison. La nuit où nous avions crevé le matelas pneumatique sous la tente. Cet après-midi où nous étions partis à Tahoe sur un coup de tête pour nous marier. Et puis il y avait eu ces deux nuits comme les autres où nous avions conçu nos deux enfants et qui n'étaient spéciales qu'a posteriori.

J'en avais tellement, de souvenirs comme ceux-là, tous aiguisés à présent pour me blesser. Mais je n'avais aucun souvenir récent, et peut-être était-ce cet éloignement qui rendait ces moments-là si précieux. La dernière fois que nous avions failli nous créer un nouveau souvenir, c'était ce matin où Sam avait porté ces ridicules dents de zombie et où tout avait semblé pouvoir redevenir comme avant. Mais, comme d'habitude, la vie en avait décidé autrement. C'était hier, et je ne m'étais pas rendu compte à quel point nous étions alors proches de la rupture.

J'étudiai la photo de plus près, cherchant des signes qui m'indiquent si elle n'avait pas été modifiée avec une application de photomontage. C'était bien la tête de Sam, mais était-ce bien son dos ? Son bras ?

Après quelques secondes, je n'en pus plus. Les mains tremblantes, je repliai l'enveloppe et la fourrai dans mon sac.

Pense à ceux que tu aimes…

Je compris pourquoi on avait donné ce document à Audrey plutôt qu'à moi. Quelle que soit la personne derrière tout cela, elle voulait que je prenne conscience de ma vulnérabilité, de la facilité avec laquelle elle pouvait s'en prendre à mes enfants. Ce monstre avait approché Audrey. Et si, la prochaine fois, il ne s'agissait plus seulement d'une menace ?

Car c'était cela, de toute évidence. Une menace contre ma famille.

Ce qui restait obscur, en revanche, c'était l'identité de la fille sur la photo avec Sam. Était-ce la mystérieuse Hannah ? Quelqu'un d'autre ?

Je retournai la feuille. Au verso, inscrit au marqueur noir, se trouvait un chiffre : 1.

Chapitre 20

L'adresse de la maîtresse putative de Sam correspondait à une maison de style Craftsman dans le centre-ville, à la peinture écaillée et au jardin impeccablement entretenu.

Une petite brune aux yeux écarquillés comme ceux d'un personnage de manga vint ouvrir la porte. Elle portait un legging, un sweat-shirt – bleu cette fois-ci – et une queue-de-cheval. Je l'aurais reconnue même si elle n'avait pas été habillée presque de la même manière que le soir de l'agression. Aux bleus, d'abord. Les plus sérieux avaient une couleur d'avocat trop mûr et ils lui mangeaient la moitié du visage.

Elle me salua par mon nom et se présenta : Brooklyn Breneman.

– Je vous serrerais bien la main, mais la majeure partie de mon bras droit est fracturée ou cabossée.

Que répondre à ça ?

« Désolée » ? « Ravie que vous vous remettiez » ? « Un peu bizarre d'avoir sauvé la peau de la femme qui couche peut-être avec mon mari » ? Rien de tout ça n'aurait fait l'affaire. Du coup, je me contentai de hocher la tête.

Elle s'écarta pour me laisser entrer. Je la jaugeai en passant. La couleur des cheveux collait avec la photo qu'on m'avait transmise, mais je n'étais pas trop sûre de la corpulence. Une seule chose était certaine : elle sentait légèrement l'alcool, et l'alcool fort.

– J'imagine que vous avez eu mon numéro *via* le portable de Sam ?

Bon public, j'acquiesçai de nouveau.

Elle m'indiqua un fauteuil, dont la microfibre beige avait viré au blanc par endroits, et prit le canapé. Elle grimaça en s'installant dans les coussins, protégeant son bras.

– Du thé ? proposa-t-elle.

Sur la table basse se trouvait déjà une théière avec deux tasses, dont l'une était vide. La seconde était remplie d'un liquide ambré qui n'était manifestement pas du thé.

Je déclinai son offre. Elle prit la tasse pleine et sirota.

– C'est la maison d'une amie. Je ne peux pas rentrer chez moi tant qu'ils n'ont pas arrêté Carver.

– Il sait où vous habitez ?

– Il en sait beaucoup sur moi. Et probablement aussi sur vous.

C'était indubitable. Il avait volé mon portefeuille et ma voiture. Mais la façon dont elle l'avait énoncé faisait froid dans le dos.

– Qu'est-ce que vous voulez dire ?

Elle se recula dans le canapé et haussa une épaule.

– J'ai beaucoup de choses à vous apprendre.

Elle plaça un coussin sur ses genoux et y posa son bras blessé. Elle releva le pansement et le geste était si proche de celui qu'avait fait Sam en s'occupant de ma petite blessure le soir de l'agression que cela me coupa le souffle.

Le temps que je reprenne ma respiration, elle poursuivit :

– Avant toute, je tiens à vous remercier. Si vous n'aviez pas été là, je serais morte.

Je voulais lui dire que c'était la moindre des choses, mais les mots ne venaient pas. J'avais tellement de questions : d'où connaissait-elle Sam ? Que venait faire Hannah dans cette histoire ? Que voulait-elle dire en prétendant que Carver savait plein de choses sur moi ? Mais une question était plus urgente que les autres.

– Savez-vous ce qui est arrivé à Sam ?

Elle hocha la tête, ses grands yeux encore plus écarquillés que d'ordinaire. Je pouvais comprendre que ce regard puisse hypnotiser.

– Je connais une partie de la vérité, je pense. Mais c'est compliqué.

– Je n'ai pas peur des choses compliquées.

Je lus le doute sur son visage alors qu'elle reprenait la tasse de faux thé. Elle ne but pas, cherchant visiblement surtout à s'occuper les mains.

Devant son mutisme, j'enchaînai :

– Comment avez-vous connu Sam ?

Elle remua le breuvage avec son index, puis l'essuya nonchalamment sur son legging.

– Il m'a aidée pour Hannah.

Nous y revoilà. *Hannah.*

– Aidée dans quel sens ?

– Hannah est… perturbée. Vous savez, bien sûr, que Sam a été mis à pied voilà deux semaines ?

Je le savais, oui, grâce à la commère du lycée, mais cela m'embêtait que cette femme l'ait su avant moi.

J'acquiesçai néanmoins.

– Je suis la tutrice d'Hannah dans le cadre d'un programme de soutien scolaire. Sa mère d'adoption est quelqu'un de bien, mais la mère biologique d'Hannah n'est pas très recommandable.

– Je n'ai que faire du contexte. Je veux retrouver mon mari.

J'appuyai peut-être un peu trop sur ces deux derniers mots.

– Je ne sais pas où est Sam. Mais je sais où il était.

Elle soupira et vida sa tasse.

– Comme je l'ai dit, c'est compliqué.

– Et comme je vous l'ai déjà dit également, je peux faire face.

Elle reposa la tasse au creux de ses genoux.

– Je pourrais vous confier mille histoires sur Hannah, mais je vais juste vous en raconter une.

– Franchement…

Elle leva la main pour me faire taire. Je me hérissai, mais la laissai parler.

– Hannah a quatre ans. Elle ne répond pas à sa mère qui l'appelle pour passer à table. Sa mère déteste qu'elle et sa sœur se cachent. Donc Hannah s'attend naturellement à être punie. Mais sa mère, bizarrement, lui dit qu'elle va lui apprendre à jardiner. Elle donne à Hannah deux gants de jardin et une pelle. Dans la cour, il y a un chêne immense, de plus de trente mètres, et sa mère lui ordonne de creuser un trou à la base de l'arbre. La terre est dure. Et ce qui aurait été difficile pour un adulte l'est plus encore pour une enfant. Tandis qu'elle creuse, sa maman lui demande ce qu'elle veut planter. Des poivrons ? Des roses ? Des pois ? Pour l'appâter. Les pieds de la pauvre fille sont en sang à ce moment-là, parce qu'elle ne porte que des ballerines. Chaque fois qu'Hannah porte son poids sur le manche de la pelle, ses pieds souffrent le martyre. Finalement, elle arrive à creuser un petit trou, et cela lui a pris des heures, et sa mère jette un sac à ses pieds et lui dit : « Et si nous plantions ça ? » C'est ainsi qu'Hannah découvre que son chien a été écrasé. C'est aussi son premier souvenir d'enfance.

C'était une histoire horrible, mais j'étais venue pour trouver des réponses, pas pour qu'on me raconte des histoires. Je me sentis néanmoins un peu honteuse de demander :

– Quel rapport ?

– Vous devez comprendre qui est Hannah avant de porter des jugements sur ce qu'elle a pu faire à Sam.

Ma honte s'évapora.

– Et de quoi s'agit-il ?

– Hannah a eu des problèmes en classe avec Sam. Il est venu m'en parler. Il a essayé de l'aider, et ça a marché. Ses notes et son comportement se sont améliorés. C'est alors que Sam et moi…

Elle ne termina pas sa phrase.

– Vous voulez dire que vous couchez avec mon mari.

Glaciale.

– Il n'a jamais caché qu'il était marié.

Je la corrigeai.

– Qu'il *est* marié.

Elle baissa les yeux en direction de la tasse vide sur ses genoux.

– C'est un beau garçon, mais c'est son sens de l'humour qui m'a séduite, et son empathie. C'est un mec bien.

Je me mordis la lèvre pour ne pas lui répondre que je connaissais mon mari, merci, et que les « mecs bien » ne trompaient pas leur femme.

– Ravie de vous l'entendre dire.

Un éclair traversa ses yeux bleus, et je crus d'abord qu'il s'agissait de honte et qu'elle allait s'excuser. Mais non. Elle tenta au contraire d'excuser Sam.

– Hannah a dix-huit ans à présent, et même si elle avait couché avec Sam, elle était majeure quand c'est arrivé. Ce que je pense plutôt, c'est que Hannah a appris ce qui s'était passé entre Sam et moi et que ça l'a rendue jalouse. Deux personnes qui comptent pour elle ont eu une relation dont elle était exclue. Elle a commencé à faire circuler des rumeurs selon lesquelles Sam l'avait forcée à des rapports sexuels en échange de bonnes notes. Ces rumeurs sont arrivées jusqu'à l'administration. Vous connaissez la suite.

Était-ce la raison pour laquelle Sam m'avait caché sa mise à pied ? Parce qu'elle l'aurait forcé à admettre son infidélité ?

– Vous m'avez dit que vous saviez ce qui s'était passé hier soir ?

Son visage s'assombrit, et elle hocha la tête timidement.

– Nous nous sommes retrouvés à quelques rues de chez vous.

Je songeai aussitôt aux seize années passées dans cette maison, à notre chambre, à nos enfants, et j'eus la nausée.

– Vous êtes déjà venue chez nous ?

Brooklyn ouvrit un tiroir sous la table et en sortit une petite bouteille de tequila. Elle remplit la tasse de thé et reposa la bouteille sur la table. Plus rien à cacher.

– Le soir où nous nous sommes rencontrées, je sortais de chez vous. J'étais passée pour lui remettre des cachets pour la grippe. C'est tout.

C'était peut-être ce qui s'était passé ce soir-là, mais y en avait-il eu d'autres ? Et si j'étais rentrée plus tôt, aurais-je trouvé Brooklyn chez moi et non sur ce chemin de terre ?

Comme si j'avais posé la question à voix haute, elle enchaîna :

– Je savais que vous rentriez tard.

Elle n'ajouta pas que c'est Sam qui le lui avait dit, mais je le savais. Je me souvenais du relevé des appels et des SMS passés à son numéro. Ils s'étaient parlé à deux reprises le soir de l'agression.

Les soupçons de la police à mon égard ne me parurent soudain plus si dénués de fondement : l'épouse se trouve sur place lorsque la maîtresse est agressée, et vingt-quatre heures plus tard, le mari disparaît. À la place de l'inspecteur Rico, je me poserais des questions, moi aussi.

Mais avançons.

– Et donc vous êtes convenue avec Sam de vous retrouver dans le voisinage…

– Près de cette maison abandonnée, précisa-t-elle, et j'eus la chair de poule.

Je revoyais d'ici la citrouille pourrie et la vitre brisée.

– Cela ne devait être l'affaire que d'une ou deux minutes.

– Très romantique.

– Cela n'a rien à voir. Nous nous sommes vus pour parler d'Hannah, des accusations qu'elle avait portées contre lui et de ce que nous pouvions faire pour résoudre le problème. Comment sauver la réputation de Sam tout en protégeant Hannah. Audrey était avec une amie, et ni Sam ni moi ne voulions la laisser seule trop longtemps.

Chaque détail enfonçait un clou dans ma chair. Leur relation secrète. Sa façon de dire « Sam et moi » comme s'ils étaient en couple. Ses attentions pour ma fille. Elle n'avait pas à s'occuper d'Audrey !

Je doutais qu'elle me réponde, mais je lui demandai quand même comment s'appelait Hannah.

Elle secoua la tête avec fermeté.

– Je ne vous raconte tout ça que parce que vous m'avez sauvé la vie, et parce que je souhaite autant que vous retrouver Sam. Mais vous savez bien que je n'ai pas le droit de vous donner son nom.

– Je le découvrirai.

– Peut-être, mais ça ne viendra pas de moi.

Un sourire triste déformait ses lèvres.

– Vous devez me détester…

– Je ne vous connais pas.

– Mais je couche avec votre mari. Et ça, vous le savez.

Brooklyn cajolait sa tequila en attendant que je réponde.

– Je n'en suis pas certaine.

– Vous n'êtes pas certaine de me détester ou vous n'êtes pas certaine que je couche avec Sam ?

– Plutôt de votre relation, mais c'est valable pour les deux.

La haine avait occupé une bonne partie de mon adolescence et je n'avais plus d'énergie pour ça. Le peu d'énergie qui me restait, je voulais la consacrer à une seule tâche : retrouver mon mari.

– Vous m'avez dit que vous vous étiez retrouvés le soir d'Halloween. Quand l'avez-vous vu pour la dernière fois ?

– Je ne suis pas sûre de l'heure qu'il était, mais nous n'étions ensemble que depuis quelques minutes quand j'ai aperçu Carver. Il avait dû suivre ma voiture.

Il y avait une autre éventualité que j'avais déjà envisagée, mais qui m'affolait de nouveau à présent : Carver surveillait Sam.

Brooklyn s'interrompit et sembla avoir du mal à soutenir mon regard. Sa voix chevrota.

– Je me suis enfuie en courant.

– Avez-vous appelé la police ?

– Dès que je me suis trouvée à une distance respectable, bien sûr que je l'ai fait.

– Et vous n'avez pas mis Sam en garde ?

Ma voix ne cachait plus mon agacement.

– Pour quoi faire ? Carver était à ma poursuite, pas à la sienne.

Elle prit un ton dubitatif.

– Je ne suis pas sûre que Carver soit responsable de la disparition de Sam. Sam avait ses propres problèmes à régler.

La colère monta tout d'un coup et m'échauffa la poitrine. Ce n'était pas encore de la haine, mais cela s'en approchait. Avant toute cette histoire, je n'aurais jamais laissé tomber Sam, surtout sans le prévenir. J'aurais donné ma vie pour le protéger. Et, pour être tout à fait honnête, rien n'avait vraiment changé.

– Vous auriez dû l'avertir.

Brooklyn se resservit un verre. Elle s'énervait.

– J'ai aussi couché avec lui… Carver.

Elle rougit, mais plus sous l'effet de l'alcool que de l'embarras.

– Juste une fois, pas comme… En tout cas, c'est ma spécialité, les histoires impossibles. Je n'avais jamais pensé que je tomberais un jour sur un assassin.

Elle se leva, non sans difficulté. Elle quitta la pièce d'une démarche lente et hésitante, au moins autant à cause de la tequila que de ses blessures. Elle revint quelques minutes plus tard avec quelques photos. Je craignis qu'il ne s'agisse de clichés où on la voyait avec Sam, mais je remarquai que deux des images étaient jaunies sur les coins.

– Je les lui ai volées.

Elle me passa les photos. Je refusai, mais elle me les tendit quand même.

– Je savais qu'il avait fait de la prison pour le meurtre d'une fille, mais il clamait son innocence. En plus, il avait dix-huit ou dix-neuf ans à l'époque des faits, et je me suis laissé attendrir. Et puis j'ai trouvé ces photos.

La première, jaunie et en partie déchirée, représentait une jeune femme, la tête renversée en arrière, tout sourires. Je la retournai. Une main grossière y avait écrit : « Natalie ».

Le deuxième cliché, qui représentait une femme d'une quarantaine d'années, était plus récent. Elle portait une robe bleue et avait été photographiée de profil. Au dos de la photo figurait un autre prénom : « Anne ».

Lors de mon interrogatoire, l'inspecteur Rico avait mentionné ces deux noms : *Natalie* Robinson et *Anne* Jackson.

Il n'y avait pas de nom au dos de la troisième photo. Seulement un point d'interrogation, tracé au crayon. Mais un nom n'était pas nécessaire. C'était une photo de moi.

Je parcourus du doigt le point d'interrogation, me demandant si le même crayon avait servi à écrire le chiffre 2 qui se trouvait sur l'emballage du chocolat.

Je ne connaissais ni Natalie ni Anne, mais nous avions un air de famille. Nous étions toutes les trois des rousses aux yeux clairs, même s'il était difficile de discerner si leurs yeux étaient du même vert que les miens.

Il y avait une photo de plus, que Brooklyn avait retournée dans le lot. Je la pris et elle me prévint :

– Je suis désolée, mais il fallait que vous sachiez.

J'avais supposé que ce serait une photo de Brooklyn, mais ce n'était pas le cas. Délavée, datant de plusieurs dizaines d'années, c'était une autre photo de Natalie. Elle ne souriait pas. Ses yeux n'étaient plus que des trous béants, et bien que ses lèvres ne soient qu'entrouvertes, on ne voyait que du vide là où auraient dû se trouver des dents. Elle avait été placée dans une caisse et mise en terre au pied d'un monticule que l'on apercevait tout au bord du cliché. De toute évidence, elle était morte après avoir été violentée.

Je laissai échapper le tas de photos, les mains tremblantes. Je n'étais pas en état de visionner de telles horreurs.

– C'est une copie de l'original, que j'ai confié à la police. Il n'y a pas de photo pour l'attester, mais Anne est morte, elle aussi. Du coup, il ne reste plus que moi, que Carver a déjà essayé de tuer… et vous.

Mes doigts brûlaient là où ils avaient été en contact avec la photo de la morte.

– Je ne le connais pas.

– Ce qui ne signifie pas que lui ne vous connaît pas. Et si vous pensez que je ne suis pas son genre…

Elle fit glisser de l'étui de son téléphone portable le permis de conduire qu'elle y avait rangé.

– Voilà ce à quoi je ressemblais lorsqu'il m'a rencontrée.

Elle me tendit le document. La photo la montrait avec les mêmes yeux clairs, la même peau diaphane que moi, mais ses cheveux étaient légèrement moins foncés. Il fut un temps où Brooklyn était rousse.

– Je suis bien consciente que tout cela fait beaucoup.

Mais je n'étais toujours pas convaincue d'avoir quelque chose à voir dans tout ça.

– Le soir de l'agression, je n'ai pas eu l'impression qu'il me connaissait.

– Vous en êtes sûre ?

Je réfléchis à la question.

– Il avait l'air surpris.

Elle pouffa.

– Si un homme rentre chez lui et trouve sa femme au lit avec son meilleur ami, il va être surpris. Mais ce n'est pas pour ça qu'il ne les connaît pas.

Elle se reprit.

– Désolée, la comparaison ne s'imposait pas. Mais, ce soir-là, vous a-t-il seulement demandé comment vous vous appeliez ?

Disons que ce n'était pas le meilleur endroit pour faire connaissance.

– Que vous a dit Carver ?

Je me souvenais des menaces qu'il avait proférées à l'encontre de Brooklyn, et aussi qu'il m'avait demandé de penser à ceux que j'aimais.

Mais quoi d'autre ?

La gorge sèche, je me servis une tasse de thé froid et l'ingurgitai cul sec.

Carver avait ajouté que ma vie était foutue, mais que je ne le savais pas encore. Comme si lui le savait parce qu'il me connaissait. Mais je me laissais peut-être entraîner par les suppositions de Brooklyn. Je ne répondis pas.

– Moi, ce dont je me souviens, c'est qu'il aurait pu très facilement vous tuer et qu'il n'en a rien fait. Il avait l'air choqué de vous trouver là.

J'étais sceptique.

– Vous dites que Carver a tué Natalie. Qu'il a tué Anne. Il a essayé de vous tuer. Donc, si votre scénario tient debout et qu'il possède une photo de moi, pourquoi ne m'a-t-il pas tuée ?

– Tout ce que je sais, c'est ce que je crois.

– À savoir ?

Elle serra le coussin contre elle de son bras valide.

– Avant de tuer Natalie et Anne, il les a aimées. Je crois que c'est son *modus operandi*. Il identifie une femme qui lui plaît, la traque, la surveille à distance, l'approche. Tombe amoureux d'elle. Et puis il se lasse, ou perd les pédales, et il passe à quelqu'un d'autre.

Je sondai ses grands yeux bleus cerclés d'une frange de cils noirs. Son regard innocent, en apparence du moins. Je cherchai des signes qui m'indiquent qu'elle mentait, mais je n'en trouvai pas.

– Je pense qu'il vous a remarquée en me suivant à la trace, à cause de ma relation avec votre mari.

Si ce qu'elle disait était vrai, il y avait une question que je devais élucider. Je me lançai :

– Est-ce que Sam avait décidé de nous quitter ?

Parce que c'était *nous*, moi, Leo et Audrey, qu'il abandonnait.

– Si c'est le cas, ce n'est pas pour moi.

Depuis le début, j'avais du mal à la croire, mais, cette fois, j'étais convaincue qu'elle mentait.

– Au début, j'ai eu l'illusion qu'il pouvait y avoir quelque chose entre nous. Mais cela n'a jamais été le cas pour lui.

Je sortis l'enveloppe de mon sac et la dépliai.

– À mon tour de vous montrer une photo.

Je la fis glisser dans sa direction.

– C'est vous ?

Elle blêmit, mais retrouva vite ses esprits.

– Non.

Cette fois, je la crus. La jeune femme de la photo était aussi menue que Brooklyn, mais plus élancée, avec des bras plus longs et un torse plus étroit.

– C'est Hannah ?

Brooklyn ne répondit pas, les yeux rivés à la photo devant elle.

– Est-ce qu'Hannah est brune ?

Elle releva les yeux et se mit à renifler. Elle toussota et esquissa une grimace, feignant la douleur, alors que c'est de la colère que je lisais dans son regard.

Je répétai la question à laquelle elle avait précédemment refusé de répondre.

– Comment s'appelle Hannah ?

Elle baissa les yeux, serra les dents.

– Je suis fatiguée. N'hésitez pas à m'appeler si je peux vous être utile.

Elle s'efforçait de paraître sincère, mais nous savions l'une comme l'autre que, si je la rappelais, elle ne me répondrait pas. Quoi qu'elle eût prétendu à l'instant, elle avait certainement cru qu'il pouvait y avoir quelque chose de sérieux entre elle et Sam. Elle lui avait apporté des médicaments pour la grippe et s'inquiétait pour ses enfants. Tout cela était si gentil, si adulte. Brooklyn s'était probablement dit que, à son retour, Sam serait dans l'obligation de faire un choix et qu'il y avait plus de cinquante pour cent de chances que ce choix lui soit favorable. Elle avait même probablement commencé à réfléchir à la façon dont nous nous organiserions.

Tu peux t'asseoir dessus !

Car elle venait de voir une photo de l'homme qu'elle aimait en train de faire l'amour à une autre, et cela confirmait ce qu'elle avait refusé d'admettre : elle n'était rien pour lui.

Et je la comprenais d'autant mieux que je ressentais exactement la même chose.

Chapitre 21

Je me rendis directement de chez la maîtresse de mon mari au match de football de mon fils à Santa Rosa High School. Le soir tombait quand j'arrivai, le match d'ouverture n'avait même pas commencé, mais je choisis quand même de m'installer en haut des tribunes. Comme ça, personne ne pourrait rester tapi dans l'ombre derrière moi. Je tenais l'enveloppe avec la photo sur mes genoux, et la froideur du métal des sièges se diffusait dans les jambes de mon jean. Les bancs vides me rappelaient l'absence de Sam.

Bientôt, la nuit remplaça la pénombre, et je me blottis dans mon sweat-shirt mité, toute seule jusqu'à ce que Zoe et Audrey me rejoignent au beau milieu du premier match. Elles arrivaient en retard parce qu'elles s'étaient arrêtées pour acheter des glaces.

– Merci d'avoir veillé sur Audrey.

– Je paierais pour m'en occuper !

Les ongles de Zoe étaient badigeonnés d'un vernis à paillettes plus ou moins bien disposé, de la même couleur que ses cheveux.

– J'ai même eu droit à une manucure gratuite, comme tu peux le voir.

Audrey leva les yeux, une traînée de glace sur la joue. Elle protesta lorsque je l'essuyai avec la manche de mon sweat.

– J'ai voulu faire les ongles de Papouille, mais elle n'a pas voulu.

– Papouille ne se laisse pas faire facilement, tu sais.

– À la place, je lui ai mis un ruban sur la queue.

Papouille était une sainte. Tout comme Zoe.

– J'y suis allée doucement, comme tu me le dis souvent. Et après je lui ai donné une friandise.

– Elle lui en a même donné plus d'une.

– J'aime beaucoup Papouille.

Audrey s'illumina, puis reprit un air grave.

– J'ai aussi mis un ruban sur la queue de Boo, mais il n'a pas trop aimé. Alors je l'ai retiré.

Le grand match ne débutait pas avant une bonne heure, et les tribunes commençaient seulement à se remplir, mais les élèves et les parents déjà présents encourageaient les protagonistes du lever de rideau avec beaucoup d'enthousiasme. Sauf Audrey. Je la trouvai plus agitée que d'habitude. Ce fut un soulagement quand, au milieu du troisième quart-temps, elle aperçut une de ses camarades assise trois rangées plus bas.

Une fois Audrey partie retrouver sa copine, je racontai à Zoe ma conversation avec Brooklyn. Puis je lui remis l'enveloppe.

– Un homme a glissé ça dans le sac d'Audrey à l'école.

Je passai sous silence le Post-it qui allait avec.

Zoe se moucha et haussa un sourcil. Elle sortit la photo et la tourna vers la lumière. Elle refréna un haut-le-cœur et s'efforça tant bien que mal de cacher sa stupeur, ce dont je lui fus reconnaissante.

– Sam ?

Elle n'avait aucune raison de le reconnaître. Contrairement à moi, elle ne l'avait jamais vu dans le plus simple appareil.

– Oui.

– Tu en es sûre ?

J'avais suffisamment scruté la photo pour ne pas avoir à recommencer. À dire vrai, je n'étais pas trop sûre d'en avoir la force.

– Oui.

J'aperçus Leo, debout les bras croisés sur la touche, et jetai un regard au tableau d'affichage. Les Santa Rosa Panthers menaient de douze points. Le quarterback adverse expédia une balle trop haut, qui échappa aux mains du receveur supposé, permettant à l'un des défenseurs des Panthers de l'intercepter. Il parvint à couvrir dix mètres avant d'être plaqué. Les clameurs du public me cassèrent les oreilles.

– C'est horrible.

Je ne savais pas de quoi Zoe voulait parler. Du fait qu'on ait glissé cette enveloppe dans le sac d'Audrey ou de la photo elle-même. Les deux étaient horribles.

– Elle a l'air si…

Zoe hésita, aussi terminai-je sa phrase.

– Jeune.

Elle retourna la photo sur ses genoux et me prit dans ses bras. Elle m'écrasait presque.

– Je suis vraiment désolée, Cassie.

Sa bouche, ses yeux, ses épaules confirmaient ses propos.

– C'est dégueulasse.

Audrey et son amie s'étaient aventurées à une vingtaine de mètres de là, tout au bout des tribunes. Je criai :

– Audrey ! Ne t'éloigne pas trop !

Je me tournai vers Zoe.

– C'est dégueulasse, comme tu dis.

La main tremblante, je retournai la photo.

– Mais est-ce que c'est vrai ?

C'était la raison principale pour laquelle j'avais décidé de montrer la photo à Zoe. C'était une geek, accro aux réseaux sociaux, et elle était capable de détecter le moindre défaut dans une photo, même à l'ère de Photoshop.

Elle respira un grand coup et reporta son attention sur le cliché.

– La lumière a l'air correcte, constata-t-elle d'un ton aussi neutre que possible. Aucune ombre ou reflet ne me paraît hors de contexte.

Elle glissa une mèche lavande derrière son oreille, et son front se plissa.

– Si c'est trafiqué, il n'en reste pas beaucoup de traces. Et la perspective est nickel.

Mon cœur fit le grand saut.

– Alors la photo est authentique ?

– Difficile à dire.

Elle approcha le cliché de ses yeux.

– La qualité d'ensemble n'est pas terrible. Ça ne veut peut-être rien dire. Mais, parfois, les gens qui trafiquent les photos en dissimulent les défauts en faisant en sorte que l'ensemble ait l'air le plus flou possible.

Elle releva les yeux. Dans son regard, je voyais bien qu'elle pensait que la photo n'était pas un faux. Elle eut la gentillesse de me demander si elle pouvait l'emporter.

– Ça sera plus facile avec une meilleure lumière et une loupe.

Je la lui tendis du bout des doigts. Rien que de la toucher, je me sentais salie.

– Prends-la. Et, Zoe… Merci pour tout.

Elle glissa l'enveloppe dans son blouson.

– Tu l'as montrée à Brooklyn ?

– En effet.

– Et aucune chance que ce soit elle sur la photo ?

– Sauf si c'est un montage. Il y a un chiffre au dos. Exactement comme avec l'emballage du chocolat.

Je n'avais pas dit ça pour l'embêter, mais elle grimaça.

– Désolée, Cassie, j'ai vraiment cru que c'était un S.

Ça n'avait aucune importance.

– Du coup, ça fait 3, 2, 1. Un compte à rebours ?

– Mais le compte à rebours de quoi ?

Je haussai les épaules et lui passai le trombinoscope de Santa Rosa High School que j'avais récupéré dans les affaires de Leo.

– J'ai pris ça en passant. Je me suis dit qu'on pouvait essayer d'identifier la fameuse Hannah.

– Laisse-moi faire, répondit-elle.

Elle s'apprêtait à m'enlacer de nouveau, mais se ravisa et me prit seulement le bras, avec toujours autant de douceur. Elle se leva soudain, me libérant.

– Regarde ! Il va rentrer !

Je gardais un œil sur Audrey, mais, en tournant les yeux vers le terrain, je constatai que Leo venait en effet d'ajuster la lanière de son casque et s'était positionné derrière sa ligne de défense. Mes poumons se serrèrent. À la fois de fierté et d'inquiétude.

Le centre cafouilla son snap, et le quarterback tomba sur le ballon, perdant quelques yards, mais pas la possession. Sur la deuxième phase de jeu, le quarterback lança un porteur de ballon pour un gain de cinq yards. Sur les deux actions, Leo n'avait pas eu de rôle particulier à jouer. Les deux fois, il s'était précipité en direction de la balle, mais était arrivé après l'un de ses partenaires.

La troisième tentative fut la bonne.

Le vent soufflait faiblement, mais le fond de l'air était glacial. Les Panthers se placèrent derrière leur ligne des trente-cinq yards et je me forçai à reprendre mon souffle, l'ayant retenu pendant les deux premiers essais. Par superstition, je me dis que cela allait aider Leo à participer au jeu. Cela me parut important, voire primordial, d'écouter mon instinct maternel. Il fallait que je respire, mais l'oxygène me faisait l'impression d'être comme un fardeau dans mes poumons.

Trop tard.

Le ballon s'éleva en chandelle. Trop haut. Mauvais lancer, que n'importe qui pouvait récupérer. Les maillots noirs et les maillots blancs convergèrent, les corps se percutèrent, receveurs et *linemen* se débattaient pour la réception du ballon.

C'est Leo qui remporta la bataille, attrapant la balle juste avant d'être plaqué. Un empilement de maillots blancs se forma au-dessus de mon pauvre petit, si fragile.

L'arbitre donna du sifflet, l'empilement se dispersa et Leo réapparut, intact.

Je laissai l'oxygène envahir de nouveau mes poumons.

Zoe applaudissait à tout rompre, tout sourires.

– Tu as eu peur, non ?

– Les mamans ont toujours peur.

Les Panthers passèrent à l'offensive, et je fus surprise de voir Leo, rester en jeu. Dans l'euphorie du moment, je ne prêtai pas attention au fait que la défense adverse dépassait la formation des Panthers d'une bonne tête. Même s'il avait à peu près la même taille que Leo, le plus costaud des défenseurs opposés pesait au bas mot vingt kilos de plus que mon fils.

Le quarterback envoya la balle du côté opposé à celui où se trouvait Leo, et le receveur fut bientôt submergé par une vague de maillots blancs. Leo courut aussi, mais il était le Panther le plus éloigné de l'action. Un seul joueur se trouvait encore plus loin du ballon que lui : la montagne de défenseur qui, pour une raison qui m'échappait, progressait dans la direction inverse de celle du jeu. Et puis je compris soudain où il voulait en venir, alors que mes poumons continuaient à pomper l'air de leur mieux, au mépris du danger.

Leo ne vit rien arriver, concentré qu'il était sur le ballon et non sur la menace qui planait. Inconscient du péril, il n'anticipa pas le choc. La collision, casque contre casque, fut terrible. Leo se retrouva projeté en l'air avant de s'effondrer sur la pelouse et de recevoir tout le poids de son adversaire, qui lui tomba dessus avec vigueur.

L'arbitre siffla, presque aussi surexcité que l'entraîneur des Panthers, et les équipiers de Leo se mirent à bousculer leurs adversaires tellement la faute était flagrante. Une nouvelle salve de coups de sifflet s'ensuivit, alors que l'encadrement et les remplaçants s'échauffaient sur le banc.

Cette fois, lorsque la mêlée se releva, Leo resta au sol.

Chapitre 22

Mon portable sonna dans ma poche, mais, pour la première fois depuis la disparition de Sam, je ne m'en saisis pas immédiatement. Mes yeux étaient rivés sur le centre du terrain, où mon fils gisait, immobile.

Pendant un court instant, je restai aussi figée que lui. Et puis je me mis à dévaler les tribunes, attrapant Audrey pas le coude au passage. Les gradins métalliques vibraient sous nos pieds. Des tribunes, nous atterrîmes sur du béton, jusqu'aux barrières qui faisaient le tour de l'aire de jeu. Arrivée là, j'hésitai, attirant Audrey contre moi comme si ce geste pouvait la protéger de la douleur que devait ressentir son frère, et peut-être son père, tant que nous y étions.

Pourquoi l'avais-je laissé jouer ? J'aurais dû insister plus vigoureusement pour qu'il fasse l'impasse sur ce match. J'aurais dû mieux le protéger.

Leo était toujours étendu sur la pelouse, mais il était à présent entouré par une équipe d'entraîneurs et de médecins. Sonné, comme un oiseau tombé du nid. Je cherchai du regard sa poitrine. Il me sembla apercevoir le mouvement de sa respiration.

– Maman, tu me serres trop fort ! gémit Audrey, qui se débattait.

Je relâchai mon emprise, mais pas plus qu'il ne fallait.

– Désolée.

– Et Leo, ça va ?

– Il s'est fait un peu chahuter, c'est tout.

Parce que je refusais d'envisager autre chose.

Je passai en revue les scénarios possibles. Il s'était peut-être rompu les ligaments. Le choc tête contre tête avait dû occasionner un traumatisme crânien. Et puis il y avait le squelette. Deux cent six os dans le squelette humain, et la violence du choc avait pu en briser plus d'un. Je craignais surtout pour ses cervicales. Il pouvait aussi y avoir hémorragie, paralysie… la mort.

Mais cela ne pouvait pas arriver à mon fils. Il n'était pas titulaire. Il ne jouait presque jamais. Il allait s'en sortir.

C'est alors que je vis un des pieds de Leo remuer. Ce n'était qu'un petit mouvement de rien du tout, mais je me mis à l'imaginer en train de quitter le terrain, un peu raide, sur ses jambes, boitant bas, traînant la patte, soutenu de chaque côté par ses coéquipiers.

Mais ce n'est pas ainsi que Leo quitta le terrain. On l'évacua sur une civière vers une ambulance qui stationnait devant les portes du stade.

Je vérifiai qui avait tenté de m'appeler. C'était un texto, envoyé avec le numéro de Sam, mais qui ne venait pas de lui, j'en étais à présent certaine.

Désolé pour Leo.

Seulement quelques heures auparavant, je pensais que rien ne pourrait me perturber plus que cette photo de Sam au lit avec une autre femme. Et voilà qu'on emmenait Leo sur une civière. Le voir dans cet état… Rien ne m'avait autant chamboulée depuis l'hospitalisation d'Audrey quand elle était petite.

Je n'avais pas suffisamment pris au sérieux ce chiffre inscrit au dos de la photo. On m'avait déjà pris Sam, que voulait-on me prendre d'autre ?

La réponse, visiblement, était : tout.

Jusque-là, j'avais considéré que les chiffres sur le caillou, sur l'emballage et sur la photo pouvaient être un décompte de jours. Mais ce n'était probablement pas ça du tout. Le soir où l'inspecteur Rico avait découvert la pierre, trois personnes que je chérissais plus que tout au monde vivaient avec moi. Puis Sam avait disparu et il n'en restait plus que deux. Si quelque chose arrivait à Leo…

Bien qu'il ne soit pas nécessaire d'effectuer un scanner ou une IRM pour diagnostiquer un traumatisme crânien, le médecin avait été suffisamment inquiet du choc reçu par Leo pour demander des examens complémentaires. Une fois qu'on l'eut emmené, Zoe partit s'occuper de Boo et de Papouille. Elle me demanda si elle pouvait emmener Audrey – un peu de distraction lui ferait du bien –, mais je déclinai son offre. Jusqu'à ce que je retrouve Sam, je voulais garder mes deux enfants auprès de moi.

Dans la salle d'attente du service d'imagerie médicale où je patientais avec Audrey, je retournai au texto que j'avais reçu du détenteur du portable de Sam.

Désolé pour Leo.

Je tapai : *Qui êtes-vous ?*

Je suis Sam.

Qui ÊTES-*VOUS ?*

Pourquoi tu ne me crois pas ?

Parce que vous n'êtes pas Sam.

Bien sûr que si !

Arrêtez !

Si je ne suis pas Sam, comment saurais-je que Leo et moi nous sommes disputés avant-hier soir ?

Je restai sans réaction. Une dispute ? Première nouvelle.

« Sam » répondit pendant que je réfléchissais.

Je suis sûr que Leo ne pensait pas ce qu'il a dit ce soir-là.

C'est alors que je compris, et cela me fit l'effet d'une gifle.

Vous nous espionnez !

Tu dors du côté gauche du lit. Ton peignoir est vert foncé, de la même couleur que tes yeux. De la même teinte que mon soutien-gorge préféré.

Mon sang ne fit qu'un tour, et je serrai Audrey contre moi.

Vous nous surveillez !

Bien sûr, que je te surveille, je suis ton mari.

Je songeai à mon fils, à sa tête endolorie et à son corps passé au scanner dans la pièce d'à côté.

Vous avez fait du mal à mon fils ?

Comment aurais-je pu faire du mal à Leo ? Je n'étais pas là.

Que lui avez-vous fait ?

Franchement, Cassie…

J'étais bien consciente qu'il ne se trahirait pas, mais je demandai quand même :

Qu'est-ce que vous voulez ?

Je veux que tu sois heureuse, Cassie.

Je vais aller voir la police.

Ils n'ont pas eu l'air de te croire, la dernière fois.

Et donc il m'écoutait, jusqu'à l'intérieur du poste de police. À moins qu'il ne connaisse quelqu'un qui le renseignait ? Les deux éventualités me terrorisaient tout autant.

Vous n'êtes pas mon mari.

Je ne le suis plus.

Pourquoi faites-vous ça ?

Nous faisons tous des choix. Comme tu l'as fait, ce soir-là, sur le chemin.

Carver ?

Je t'ai dit que j'étais Sam.

Hannah ?

Tu deviens pénible.

Vous avez fait du mal à mon mari ?

Je vais bien, Cassie, très bien, en vérité. J'ai trouvé quelqu'un qui ne travaille pas à longueur de journée.

Cette phrase me renvoyait à une discussion sur mes horaires à la clinique que nous avions eue plus d'un mois auparavant.

Je ne sais pas si cette nouvelle relation va marcher, aussi j'espère que tu nous laisseras tranquilles. Je sais comment tu peux être quand tu es jalouse.

Je le voyais à présent brutaliser Brooklyn ou la jeune femme de la photo et l'abandonner dans un lieu public où la police pourrait la découvrir facilement. Avec des indices sur les lieux qui m'accuseraient. Rico avait déjà de bonnes raisons de me soupçonner.

Mais j'avais plus peur pour Sam que pour moi. Les mains tremblantes, je répondis.

Si vous faites du mal à Sam, je vous détruirai.

Il répondit à l'appât, et je sentis que ça l'amusait.

Et comment tu vas t'y prendre ? Je veux dire, si je ne suis pas Sam ? Alors que je suis Sam.

Je n'ai pas encore décidé. Mais j'ai fait des études de médecine. Je vais trouver quelque chose d'inventif.

Je pense que je devrais aller trouver la police.

S'il le faisait, nous étions dans de beaux draps, lui et moi. Il tapa de nouveau.

Surtout après ce qui s'est passé avec Lester. J'ai entendu dire que tu l'avais empoisonné ? Pauvre chien.

Ma bonne vieille colère me submergea, mais cette fois-ci, je ne luttai pas. Je me fis menaçante.

J'ai décidé que je m'occuperais de vous au scalpel. Sans oublier les écarteurs et les pinces chirurgicales.

Je sais que tu souffres, mais tu as quand même les enfants.

J'attirai Audrey encore plus près de moi, l'arrachant presque à son siège.

J'espère les voir bientôt.

C'est une menace ?

Je voyais bien que « Sam » écrivait, et chaque seconde d'attente me tapait sur le système. Finalement, le SMS apparut sur l'écran.

Pourquoi menacerais-je mes propres enfants ?

Chapitre 23

Adolescente, j'étais rentrée dans le salon du voisin. En voiture. Et je l'avais fait exprès. J'avais mes raisons – j'avais surpris ce pervers à me mater dans ma chambre à plusieurs reprises –, mais j'avoue qu'il y avait sans doute des mesures moins radicales pour régler la question.

Une autre fois, j'avais fait le coup du lapin à un grand gaillard qui avait volé le sac à dos d'un petit. Là aussi, j'aurais sans doute dû employer la manière douce. D'autant plus que je n'avais pas vraiment agi pour défendre le gamin, mais plutôt pour me défouler parce que je n'avais frappé personne depuis des mois.

J'étais une jeune femme en colère, une teigne, et il ne fallait pas me chercher. Devenue adulte, j'avais compris que les problèmes se réglaient mieux avec de la diplomatie, de l'intelligence et de l'empathie.

Mais mon problème actuel n'était *pas* de cet ordre-là.

Jusqu'à présent, je n'avais rien fait de mal. Sur ce chemin de terre, c'est la maladresse et non l'imprudence qui m'avait fait dégringoler au bas du talus. J'avais appelé le 911. Par la suite, j'avais coopéré avec la police et je l'avais tenue informée de toutes les avancées de l'affaire. J'avais même été polie avec la femme qui prétendait baiser mon mari. C'est vrai que, ces derniers jours, par moments, j'avais senti la rage monter. Mais j'avais résisté.

Je ne résistais plus. Avec ces textos qui menaçaient mes enfants et Leo dans la pièce d'à côté passant une autre IRM, pour son genou cette fois, j'étais passablement exaspérée.

J'aperçus Zoe qui arrivait dans le couloir et je lui fis signe. Elle m'apportait mon ordinateur portable.

– Comment va Leo ?

– Léger traumatisme crânien, et ils s'inquiètent pour son genou. Perla arrive ?

– Elle sera là d'une minute à l'autre.

Elle me rendit la clef de chez moi.

– Elle a trouvé quelque chose dans la maison, mais elle t'expliquera ça mieux que moi.

Lorsque Perla Andersson rappliqua cinq minutes plus tard, Zoe emmena Audrey un peu à l'écart.

Quelques années plus tôt, j'avais soigné le rottweiler de Perla, qui souffrait de dysplasie. Je ne l'avais pas vue depuis un bail, mais c'est tout de même à elle que j'avais pensé après la dernière série de SMS.

Perla portait son uniforme habituel – un jean, une sacoche et un tee-shirt à thème, qui, ce jour-là, déclarait : « Je ne tire pas au flanc. C'est mon ordi qui rame ». La dernière fois qu'elle était passée à la clinique, elle finissait son masters d'informatique. Comme aujourd'hui, elle sentait les cigarettes aux clous de girofle et le café, qu'elle trimballait dans une thermos.

Elle posa son sac et fit un signe en direction de l'ordi que Zoe avait rapporté.

– C'est celui-là ?

Je le sortis de sa housse, l'allumai et le lui passai. Je fis la même chose avec mon téléphone portable.

Elle coinça la thermos entre ses jambes tandis qu'elle tapotait de ses doigts aux ongles rongés.

– Zoe m'a dit que tu avais trouvé quelque chose chez moi ?

Elle arrêta de taper pour fouiller dans sa poche. Dans sa paume se trouvaient trois petits disques blancs de la taille d'une pièce de monnaie.

– Tu avais raison de penser que quelqu'un t'avait mise sur écoute. J'ai trouvé ça au plafond de ton salon, de ta cuisine et de ta chambre.

Perla avala une gorgée de café et replongea la main dans la poche de son jean. Elle hésita un instant.

– J'ai aussi trouvé ça.

Elle plaça dans ma main un petit objet dur. C'était un chargeur mural USB, blanc lui aussi, du modèle que tout le monde utilisait dans la famille pour recharger son téléphone.

Je tiquai sans comprendre où elle voulait en venir. J'ouvrais la bouche pour le lui demander quand je remarquai le petit trou noir qui n'aurait pas dû se trouver là.

– Une caméra ?

Elle hocha la tête et des gouttes de sueur froide glissèrent le long de mon dos.

– Où l'as-tu trouvée ?

– Dans ta chambre.

Je repassai dans ma tête toutes les choses que cette caméra avait pu enregistrer. Bien sûr, il y avait le sexe, même s'il était devenu plus rare, mais surtout il y avait tous ces moments où Sam et moi avions partagé tendresse ou soucis. Et cela paraissait un viol encore plus affreux. Tous ces moments où nous pensions être seuls et où quelqu'un nous épiait et nous écoutait.

Mon estomac se noua. Je ne pourrais jamais rentrer à la maison.

– Tu es sûre qu'il n'y avait rien d'autre ?

– J'ai vraiment passé la maison au peigne fin. C'est tout, en tout cas si on parle du matériel d'espionnage.

Je n'aimais guère la teneur de cette dernière phrase, ni l'air soucieux avec lequel elle parcourait les fichiers de mon ordinateur.

– Y a-t-il un moyen de savoir qui envoie des textos avec le téléphone de Sam ?

Elle haussa les épaules.

– Ce n'est peut-être même pas le téléphone de Sam. Avec les programmes d'usurpation d'identité électronique, tu peux envoyer des textos d'à peu près n'importe où avec n'importe quel numéro.

– Et on ne peut pas remonter jusqu'à leur auteur ?

– C'est possible, mais ce n'est pas facile. Et puis tu as d'autres problèmes.

Perla fit défiler plusieurs messages postés sur les réseaux sociaux, ne me laissant que quelques secondes pour les déchiffrer.

« L'équipe de JL est aussi pourrie que sa meuf. »

« JL est tellement gras et stupide qu'il ne connaît que trois lettres de l'alphabet : KFC. »

« Tout le monde baise la pute à JL, sauf lui ! »

Une photo représentait un bouledogue en train de baver avec le nom d'une fille en légende. Ce devait être la « pute » de JL.

Sur une autre photo, on voyait un gros lard aviné dans un maillot de football avec un verre de vin à la main et cette légende : « Le seul moment où JL touche le ballon. »

– C'est quoi, tous ces trucs ?

– J'ai trouvé ça sur les réseaux sociaux de Leo.

Les ados ont des vies, des secrets, et ils font des conneries qu'ils cachent à leurs parents. Bien sûr. Cependant, je ne pouvais pas croire un seul instant que Leo était l'auteur de ces posts.

– Leo ne ferait jamais ça.

– Je m'en doute. C'est donc qu'il a été piraté.

Ma rage débordait de toute part. Je me sentais nue, livrée en pâture, presque autant que lorsque Perla m'avait montré la caméra.

– Pourquoi s'en prendre à un enfant ?

Je corrigeai in petto. À *des* enfants. Je pensai au pauvre gamin qui servait de souffre-douleur.

– Les gens sont des enfoirés.

Dans le cas présent, c'était plutôt vrai.

– Donc, quelqu'un a nos mots de passe ?

– Oui, et tu devrais les changer.

– Mais comment est-ce possible ?

Perla se mordilla un ongle.

– Quelqu'un a peut-être eu accès directement à un de vos téléphones, ou à vos ordinateurs. Mais il y a d'autres moyens, le phishing par exemple.

– Mais je n'ouvre jamais les mails compromettants !

Elle se fendit du même sourire que celui que j'arborais lorsque Audrey me parlait des licornes.

– Il y a plein de moyens de pirater les mots de passe. Quelqu'un a peut-être installé un enregistreur de frappe, par exemple. Il est peut-être intégré à ton clavier, et comment vas-tu faire pour le détecter ?

Elle parlait pour moi, bien sûr. Pas pour elle.

– Les antivirus vérifient les applis, pas le matériel. Et tu as sans doute d'autres ordis, non ?

– Sam en a un pour le boulot et Leo a un portable.

– Il y a donc toutes les chances qu'ils aient été infectés. La personne qui vous en veut a pu tout simplement récupérer ton mot de passe en te regardant le taper sur ton portable ou dans un cybercafé.

Un *café*. Cela me fit penser à Brooklyn, puis à Hannah. Si Carver surveillait Brooklyn, cela pouvait venir de lui. Cela pouvait être n'importe qui, en vérité.

– Ou alors il a pu t'arriver de brancher une clef USB confiée par un patient. Et tu as laissé entrer un virus ou un cheval de Troie.

J'allais ouvrir la bouche pour faire valoir que je ne brancherais jamais une clef USB inconnue dans mon ordi, mais elle me coupa :

– Avant que tu me dises que c'est impossible, rappelle-toi une chose : la sécurité d'un ordinateur dépend de la vigilance du moins prudent de ses utilisateurs. Le pire dans tout ça, c'est que ce ne sont pas des procédés très sophistiqués. Quiconque a accès à un moteur de recherche peut les bidouiller.

– C'est-à-dire tout le monde.

– C'est à peu près ça.

La porte du laboratoire d'imagerie s'ouvrit en grand sur Leo, poussé dans son fauteuil par l'infirmier du service. Prostré, les mains sur les genoux, il était redevenu mon petit garçon et cela m'émut aux larmes.

Perla considéra cette apparition comme le signal du départ. Avant de partir, elle descendit le reste de la thermos et la replaça dans sa sacoche. Elle en sortit deux paquets emballés dans du plastique.

– Après être passée chez toi, je me suis dit que tu aurais besoin de ça.

Je pris les paquets, qui contenaient deux téléphones prépayés. En revanche, je refusai de reprendre mon ordinateur portable.

– Je l'ai assez vu.

Elle le fourra dans son sac, qu'elle passa par-dessus son épaule.

– Je vais continuer à examiner ce qu'il a dans le ventre. Je te tiens au courant.

Je m'approchai de Leo, mais Perla posa sa main sur mon bras. Ses yeux brillaient d'une fureur qui me rappelait la mienne.

– N'oublie jamais : les gens sont des ordures. Et si quelqu'un s'en prend à ton fils, alors tu as parfaitement le droit d'être une ordure, toi aussi.

Chapitre 24

Audrey s'était endormie sur le fauteuil à côté du lit de Leo, lovée comme une minuscule petite boule, la tête blottie dans mon sweat-shirt plié. Zoe était rentrée chez elle, me laissant seule avec mes enfants.

L'IRM avait révélé une déchirure du ménisque. Une opération ne s'imposait pas, mais il lui était interdit de jouer au football pour le reste de la saison. Nous attendions le médecin qui devait signer la feuille de sortie et Leo, énervé et boudeur, ne tenait pas en place.

– Papa, il est où ?

J'aurais pu esquiver, ou recourir une nouvelle fois au mensonge de la pseudo-conférence. Mais les mensonges, ça suffisait.

Je répondis que je ne savais pas où se trouvait son père. Et puis j'inspirai un grand coup et lui racontai tout ce que je pensais qu'il pouvait entendre. Mais, en vérité, quel gosse peut entendre ce que j'avais à lui dire ? Je durcissais le ton de ma voix chaque fois que je la sentais se briser.

Je terminai sur un « Je suis sûre qu'il va bien » pour le moins optimiste.

Même avant que je lui révèle la disparition de son père, le moindre regard que je lui adressais me faisait l'effet d'un coup de poignard : son visage était la version juvénile de celui de Sam, et la chair autour de son œil au beurre noir avait changé de couleur au cours des dernières heures, passant du brugnon à la prune. Mais ces traces de souffrance physique n'étaient rien en comparaison de la douleur que Leo trahissait à présent. À quinze ans, il s'efforçait en général de se comporter comme l'adulte qu'il allait bientôt devenir, mais, à cet instant précis, c'était un gamin. À cent pour cent. Une question se lisait dans ses yeux comme s'il l'avait criée : *Pourquoi ?*

Je posai la main sur la sienne et la laissai là un peu plus longtemps que je ne me serais permis de le faire d'ordinaire avant de la retirer.

– J'ai fait une déposition à la police et ils vont le retrouver.

Les grands yeux qu'ouvrit Leo me firent battre en retraite, et je récitai le boniment que m'avait débité l'inspecteur Torres.

– Ne t'inquiète pas. Il est probable qu'il est parti de son plein gré et qu'il ne va pas tarder à revenir.

Est-ce que cela pouvait le consoler que son père soit parti volontairement ? À en juger par sa réaction, pas trop. Mais je le comprenais. Cela ne m'avait pas rassurée non plus.

Audrey changea de position dans le fauteuil, mais sans se réveiller. Au moins un de mes enfants était en paix. Je me retournai vers Leo et constatai qu'il observait aussi sa sœur et la fenêtre qui donnait sur l'extérieur. Impossible de dire laquelle des deux retenait toute son attention.

– Elle est au courant ? demanda Leo.

De profil, il ressemblait encore plus à Sam.

Je secouai la tête.

– Je ne le vois pas nous quitter pour toujours. Quand tu étais petit, s'il allait à la voiture, chercher le courrier, faire un tour dans le jardin, il t'emmenait toujours avec lui.

Je m'autorisai un sourire au souvenir de Leo sanglé contre la poitrine de Sam et ses petites cuisses dodues comme des coussinets dépassant du porte-bébé.

– Il vous aime et il ne vous abandonnera jamais. Il a sans doute eu besoin de faire quelque chose tout seul, quelque chose d'important.

– Plus important que nous ?

– Il n'y a rien de plus important que nous.

Et c'était vrai.

– Mais il doit peut-être faire quelque chose avant de revenir.

Leo ne demanda pas de quoi il s'agissait, et je ne sais pas ce que j'aurais répondu s'il l'avait fait. Mais il fut plus difficile encore de répondre à la question qu'il posa.

– Tu penses qu'il a pu lui arriver quelque chose de… *grave* ?

Je mentis avec une facilité déconcertante.

– Bien sûr que non.

Les traits de Leo se détendirent, et cela me soulagea un peu. Puis je serrai les dents et lui demandai :

– Tu as vu ton père au lycée, ces dernières semaines ?

Je le sentis se raidir, et son regard se détourna.

– Je ne sais pas trop.

Je gardai un ton doux, conciliant.

– Tu ne sais pas ou tu ne veux pas me le dire ?

– Papa, je ne le vois pas tout le temps.

Il mentait, mais je décidai d'en rester là. Je savais que Sam n'était pas allé au lycée depuis deux semaines, et Leo le savait aussi, à en juger par sa façon de se tortiller dans son lit.

Ma deuxième question était plus délicate.

– Tu connais une fille qui s'appelle Hannah ?

Il prit un air courroucé. Le même que Sam, qui se voyait jusqu'au fond des yeux.

– Maman, s'il te plaît…

– S'il te plaît quoi ?

– Y a quoi ? Deux mille élèves au bahut, et la moitié des filles s'appellent Hannah ! J'en connais au moins dix !

– Et parmi les élèves de ton père ?

J'avais pesé mes mots avec soin, mais en pure perte. Si j'avais espéré que Leo n'ait pas été au courant des rumeurs qui couraient sur son père, son air renfrogné me détrompa.

– C'est comme ça qu'elle s'appelle ? demanda-t-il d'une petite voix agacée.

Ne voulant pas préjuger que nous parlions de la même chose, je lui demandai :

– Qui ça, elle ?

– Personne.

Mon fils aussi bottait en touche.

Je soupirai bruyamment. J'étais tellement sur les rotules.

– Je sais que c'est difficile, Leo, mais tu dois me dire ce que tu sais.

– C'est rien, maman. Y a toujours des élèves qui racontent des con… des bêtises.

Je me levai pour m'asseoir au bord de son lit. D'aussi près, je pouvais sentir la chaleur de son corps. Avec Sam, nous avions coutume de taquiner Leo en disant qu'il était croisé avec un fox-terrier, tellement il dégageait de chaleur.

Nous avions coutume. Sans m'en rendre compte, je m'étais faite à l'idée que mon mariage appartenait au passé. C'était inacceptable. Comme tout le reste.

Je me rendis compte soudain combien cela devait être dur pour Leo d'étudier dans le lycée où son père était prof. Dans le meilleur des cas, on allait attendre de lui des bonnes notes et un comportement irréprochable. Et que dire lorsque des rumeurs prétendaient que son père couchait avec une élève…

Je pris la main de Leo et la serrai fort. J'aurais pu le presser de m'en dire davantage sur les ragots qu'il avait visiblement entendus, mais à quoi bon ? Avais-je vraiment besoin de connaître la couleur des cheveux d'Hannah ou de savoir si on les avait surpris tous les deux à l'extérieur, ou encore la nature des rapports sexuels qu'on leur prêtait, sachant que tout cela ne ferait que retourner le couteau dans la plaie ? Il ne connaissait pas son nom, et tout ce qu'il pouvait m'apprendre ne ferait qu'accentuer notre souffrance à tous les deux.

– C'est bon, Leo, pas la peine de m'en dire plus.

Il eut l'air soulagé. Je lui tendis alors son nouveau portable, et le soulagement céda la place à l'incompréhension.

– C'est quoi, ce truc ? Il est où, mon téléphone ?

– Nous devons utiliser ceux-ci jusqu'au retour de papa.

Parce qu'il allait revenir, c'était sûr.

– Mais comment il va faire pour nous joindre ?

– Il trouvera un moyen. Mais ne l'appelle pas, toi. OK ? D'ailleurs, n'appelle personne pendant un petit moment.

Il protesta.

– Mais pourquoi ?

J'hésitai, mais je ne pouvais pas lui cacher la vérité. Pas si je voulais qu'il soit en sécurité, ce qui était la priorité des priorités. Je lui révélai donc que quelqu'un avait volé le portable de son père. Je ne lui parlai pas des textos. J'évoquai en revanche les écoutes dont nous faisions l'objet, me gardant de mentionner la caméra dans notre chambre. Puis j'abordai la question des posts sur les réseaux sociaux que Perla avait découverts.

– JL ?

Il se saisit de son téléphone avant de se rappeler que ce n'était pas l'ancien. Il le reposa, dépité.

– Il ressemble à quoi ?

Je le décrivis, et Leo acquiesça au fur et à mesure.

– Je suis à peu près sûr que c'est le mec qui m'est rentré dedans.

– Tu le connais ?

Il renifla d'un air dégoûté.

– Je le connais de vue, mais sans plus. C'est un abruti.

– Comment ça ?

– Je ne sais pas. C'est comme ça.

– C'est un peu léger comme jugement, non ?

Leo soupira.

– Après m'avoir percuté, il a dit un truc.

– À savoir ?

– J'ai pas entendu. J'étais dans les vapes.

Ce fut mon tour de soupirer.

– Et alors comment tu sais qu'il a dit quelque chose ?

– Des gars m'ont dit qu'il avait raconté des conneries. Désolé.

Les jurons étaient descendus très bas dans la liste de mes préoccupations du moment.

– Des conneries comme quoi ?

– Des conneries sur sa copine.

Je me dis que cela devait avoir un rapport avec les posts.

– Et alors, qu'est-ce qu'elle a, sa copine ?

– Je ne sais pas. Je te rappelle que j'étais inconscient.

Et comment que je me le rappelais ! Je me le rappellerais toute ma vie.

Même si cela me coûtait, je ne pouvais pas ne pas lui poser la question.

– Ce n'est pas toi qui as posté ces trucs ?

– Bien sûr que non !

Il comprenait mon besoin de vérifier, mais la question l'offensa néanmoins.

Sa réponse me confirma en tout cas que ces posts avaient été envoyés précisément par provocation. Et c'était sans doute à cause d'eux que mon fils se trouvait étendu dans ce lit d'hôpital avec un traumatisme crânien et un genou blessé.

Les yeux de Leo brillèrent, et sa voix monta dans les aigus.

– Papa n'était pas au match ?

– Je ne l'ai pas vu depuis hier.

– Tu en es vraiment sûre ? Tu l'aurais vu, s'il avait été là ?

Je me souvenais du public, assez clairsemé pour que j'aie pu le détailler au moins deux fois. Le soir tombait quand j'étais arrivée, mais l'obscurité n'était pas telle que je ne puisse voir les spectateurs. Je réfléchis pourtant à la question.

– Je pense que oui.

Mes certitudes avaient été suffisamment ébranlées pour que je parle désormais au conditionnel.

Leo reprit avec un mélange d'excitation et de confusion.

– S'il n'est pas venu, alors comment ça se fait que j'ai vu sa voiture ?

Bien que Sam n'eût disparu que depuis une journée, mon monde ne ressemblait plus à ce qu'il était vingt-quatre heures auparavant. À présent, même la simple mécanique de la respiration me demandait des efforts de réflexion. Il me fallut un petit moment pour réagir à ce que venait de dire mon fils.

– Tu as vu la voiture de papa ?

– Sûr que c'était la sienne. Il y avait cet autocollant débile. « Il faut apprendre comment penser et non ce qu'il faut penser ».

– Qui d'autre a cet autocollant, hein ?

L'assurance de mon Leo m'agaçait d'autant plus que la dernière personne aperçue au volant de la Toyota n'était pas Sam.

– Est-ce qu'il sait qu'on est là ? S'il était au match, il a sans doute vu ce qui s'est passé sur le terrain. Tu devrais l'appeler pour lui dire que je vais bien.

Je sentais tellement d'espoir dans sa voix que je détournai le regard. Je ne pouvais pas l'appeler, et Leo s'en rendit bien compte.

– Oh, bon. D'accord.

Penser à Sam me fit regarder machinalement mon téléphone. J'avais un appel manqué. Ce qui était étrange, puisque personne n'avait ce numéro.

Avant que j'aie pu écouter mes messages, le médecin entra dans la chambre. Son irruption réveilla Audrey, qui changea de position dans le fauteuil et cligna des yeux sous ses mèches.

– On rentre à la maison ? gémit-elle, la voix ensommeillée.

Avant d'ajouter :

– Où est papa ?

Le médecin ne répondit qu'à la première question, estimant que tout allait bien et que nous pouvions rentrer chez nous, même si je savais bien que c'était impossible. J'enregistrai les instructions de sortie, plutôt simples, mais qui me donnaient l'impression de garder une part de contrôle sur nos vies.

Dès le départ du médecin, j'écoutai ma boîte vocale. C'était Perla. Bien sûr.

Son message était bref.

– Une femme a appelé sur ton ancien portable. Elle a l'air déterminée à te parler, mais elle n'a pas donné son nom. Seulement son numéro.

Elle le récita avant de raccrocher.

Réticente à l'appeler depuis mon nouveau portable, je décidai de faire monter les enfants dans la voiture et de chercher une cabine. Je pensais que tout cela ne prendrait que quelques minutes.

Je me trompais.

Sur le chemin du parking, j'envoyai un SMS à Zoe avec mon nouveau numéro et lui dis que nous nous dirigions vers chez elle. Puis je pris Audrey dans mes bras, et nous regagnâmes la voiture. Ce que nous ferions après, je n'en avais aucune idée. Il me fallait un plan pour protéger mes enfants et faire revenir Sam.

Les bras d'Audrey étaient tout mous autour de mon cou. Elle tombait de fatigue. Comme elle glissait, je la redressai, sa tête posée sur mon épaule.

Le poids de son corps me rassurait, de même que la chaleur de son souffle dans mon oreille. Je faisais mon métier de mère et je me sentais normale.

Je resserrai encore mon étreinte autour du corps d'Audrey, mon cœur en alerte. Là, au beau milieu du parking de l'hôpital, était garée une Toyota Camry bleue. La même que celle de Sam.

Leo vit la voiture en même temps que moi. Alors que sa vue m'avait paralysée, elle eut l'effet inverse sur lui. Trop tard pour me rendre compte que j'avais oublié de lui dire que Carver Sweet l'avait volée dans notre allée.

Leo se mit à courir vers le véhicule, la démarche poussive en raison de ses blessures, mais aussi vite qu'il le pouvait.

Non, Leo. Mon esprit criait, mais aucun son ne sortit de ma bouche. Les mots n'auraient servi à rien. Impossible de l'arrêter.

Je lui emboîtai le pas. Audrey rebondissait sur ma poitrine pendant que je courais.

Même avec son genou blessé, Leo fut rapidement sur les lieux. Il vérifia d'abord si l'autocollant se trouvait sur le pare-brise arrière. Puis il regarda à l'intérieur, côté conducteur. Mais sa frénésie avait fait long feu. J'avais déjà relevé le numéro d'immatriculation. Je savais.

Il se tourna, le visage déformé par la déception.

– Ce n'est pas celle de papa.

– Je suis désolée, Leo. Mais c'est peut-être mieux comme ça.

J'étais sur le point de lui expliquer pourquoi j'étais soulagée que ce ne soit pas la voiture de Sam, mais je ravalai ma phrase presque aussitôt.

Parce que je venais de remarquer trois choses simultanément.

D'abord, une tache sombre sur la banquette arrière, à l'endroit où quelqu'un avait installé un siège enfant. Volé, à mon avis, pour cacher les traces de sang. Je savais que ce siège enfant avait été volé parce que la deuxième chose que je remarquai, c'est que c'était effectivement la voiture de mon mari. On avait tenté de la maquiller en changeant les plaques, en retirant l'autocollant et en installant ce siège enfant pardessus une tache sombre. Mais celui qui avait fait ça n'avait pu dissimuler l'éraflure qu'avait tracée un jour le vélo de Leo en percutant la portière avant gauche. Pas plus que la trace de peinture blanche laissée par Sam sur le pare-chocs le jour où il avait repeint la clôture.

Malheureusement, je remarquai tous ces détails avant d'apercevoir le plus important de tous : le reflet. Dans le pare-brise, j'aperçus l'ombre du conducteur de la voiture de mon mari.

L'homme qui était responsable de cette tache de sang sur la banquette arrière.

Chapitre 25

Carver Sweet se tenait à moins de dix mètres de là, sur un balcon qui se découpait dans les néons jaunes du parking. Je me souvenais, depuis l'hospitalisation d'Audrey, que ce balcon donnait sur un couloir où l'on trouvait des distributeurs de boissons, une télévision et quelques revues jetées sur une table pour distraire les familles des patients hospitalisés. Voilà six ans, j'avais passé plus de temps à marcher de long en large dans ce couloir qu'à feuilleter des numéros périmés de magazines féminins.

Carver Sweet inspectait la droite du parking et il ne nous aperçut pas tout de suite.

Je tendis mon sac à Leo et reposai Audrey au sol. Je poussai les enfants en direction de la voiture de location.

– Verrouille les portières. Et appelle la police. Maintenant.

Leo hésita. Il était tard et il était encore commotionné.

– C'est qui, ce mec, maman ?

Il aperçut l'expression sur mon visage et comprit tout de suite.

– Non, maman, tu ne vas pas reco…

Je le coupai sèchement.

– Je ne quitte pas ce salopard des yeux jusqu'à l'arrivée de la police.

Je le montrai du doigt.

– Et puis il ne peut rien me faire d'où il est. Allez, file !

– Mais si…

– S'il rapplique, je monte dans la voiture et je l'écrase.

Je répétai d'une voix ferme :

– File !

Carver Sweet tourna la tête dans notre direction, et Leo se mit à courir, entraînant Audrey avec lui. J'entendis les portières s'ouvrir et claquer derrière moi, mais ne quittai pas des yeux l'homme sur le balcon.

Dès qu'il m'eut remarquée, Carver Sweet se redressa et ne bougea plus, m'observant avec la gourmandise d'un chat guettant un oiseau. Mais à moins qu'il n'ait le pouvoir de voler, il n'avait aucun moyen de m'atteindre rapidement. Même d'ici, je voyais bien qu'il hésitait sur la conduite à tenir.

– Encore vous !

Il y avait un brin d'amusement dans sa voix, mâtiné d'agacement.

De mon côté, l'irritation l'emportait largement.

– Qu'avez-vous fait à mon mari ?

Il éclata d'un petit rire presque inaudible.

– Vous avez dû voir la tache sur la banquette arrière…

Il s'approcha de la rambarde et baissa les yeux. Pour voir s'il était possible de sauter ?

– Vous vous souvenez de ce que je vous ai dit l'autre soir ? Je vous ai prévenue que votre vie était déjà foutue, mais que vous ne le saviez pas encore. J'imagine que maintenant, vous le savez…

– Où est Sam ? Et pourquoi faites-vous ça ?

Il poursuivit comme si je n'avais rien dit.

– On m'a dit que votre fils avait pris un sale coup ce soir !

Ma respiration s'accéléra. Ma voix chevrotait quand je répliquai :

– Ne vous approchez plus jamais de mon fils !

Il continuait à fixer le sol au pied du balcon.

– Je ne suis pas très loin.

– Ah bon ? Alors sautez ! Ça vous évitera d'avoir à crier.

Et comme ça tu te casseras la jambe ou, encore mieux, la figure !

Carver Sweet pesait le pour et le contre. Moi aussi. Combien de temps mettrait la police pour arriver ? Combien de policiers étaient de service ? Et étaient-ils équipés pour maîtriser un homme comme Carver Sweet ?

Il considéra ma proposition avec un intérêt non feint.

– Je pense que je pourrais le faire, mais même si je ne vais pas avoir encore très longtemps besoin de ma mobilité, j'en ai besoin, là, tout de suite. J'en connais une qui mériterait de tomber d'un balcon : votre copine Brooklyn. Je suis venu ici pour elle, mais ils l'ont déjà laissée sortir.

– Ce n'est pas ma copine, mais je suis contente de m'être trouvée là, ce soir-là.

Il gloussa, mais ses yeux se plissèrent.

– Eh bien, moi non. Quand j'étais en prison, mes codétenus croyaient dur comme fer aux coïncidences. Vous savez, du genre : « Ah oui, c'est mon sac, mais l'héroïne n'est pas à moi. » Ou encore : « J'étais bien avec ma meuf ce soir-là, mais c'est un autre mec qui l'a égorgée. » Sauf que moi, Cassie Larkin, je ne crois pas aux coïncidences. Alors comment se fait-il que vous connaissiez Brooklyn ?

Je gardai le silence, à l'écoute de sirènes, de passants ou des cris de mes enfants.

– Votre *copine* n'est pas ici et elle n'est pas chez elle non plus. Vous savez où elle peut être ?

Je ne répondis pas, mais mon visage me trahit.

– Vous le *savez*.

Il se rembrunit.

– Il va me falloir cette adresse.

– Vous pouvez aller vous faire foutre.

Le regard de Carver Sweet dégageait une vraie force physique. Qui s'exerçait contre moi.

– Pourquoi l'aidez-vous ? Vous avez pris de gros risques pour quelqu'un qui n'est pas votre copine.

– Je n'ai pas besoin de connaître les gens pour les aider.

– C'est curieux. Mais si vraiment vous êtes tombée sur

nous par hasard l'autre soir, je vous plains, et il est trop tard pour revenir en arrière.

Il s'accouda à la balustrade.

– Comme je vous l'ai dit, il me faut cette adresse.

– Je croyais vous avoir déjà répondu. Je vous ai recommandé d'aller vous faire foutre.

Une voiture passa, mais ce n'était pas la police, comme je l'espérais. Carver se déplaça et son visage se retrouva en pleine lumière. La pénombre l'avait rendu un peu moins monstrueux en atténuant l'intensité de sa détermination. En dissimulant aussi cette horrible cicatrice sur sa joue. Il sembla soudain se rendre compte du temps que nous avions passé à discuter et du risque que cela lui faisait courir.

– On dirait que vous avez oublié votre première question…

Il n'y avait pas répondu, mais je ne risquais pas d'oublier. Je lui avais demandé ce qu'il avait fait à Sam.

À force de le fixer ainsi, ma vision s'était restreinte, et j'avais l'impression que tout mon corps était pressurisé, que mon équilibre vacillait. Si Carver avait sauté à ce moment précis, je ne suis pas sûre que j'aurais été capable de m'enfuir. Comme l'autre soir dans ma voiture, la menace qu'il faisait peser sur moi me paralysait, et avec la même soudaineté.

Et puis le malaise s'estompa, même si mon rythme cardiaque restait désordonné.

– J'ai trouvé la photo de votre mari dans votre portefeuille. Du coup, vous imaginez ma surprise quand je les ai trouvés ensemble. Elle l'a laissé tomber, bien sûr, et c'est pour ça que je l'ai enlevé. Il respirait encore à ce moment-là. Maintenant, je ne sais pas trop. Je l'ai balancé sur un tas de sacs en jute et je l'ai vu dégringoler tout en bas de la pile.

Je n'avais aucun moyen de savoir si ce que Carver racontait était vrai, mais j'eus un haut-le-cœur en y pensant : Sam, à mille lieues de la vie que nous avions partagée pendant dix-sept ans, seul et frigorifié, plus mort que vif.

Mon Dieu, faites qu'il soit en vie.

L'amour que je ressentais pour Sam n'avait rien à envier à la haine que je vouais désormais à son tortionnaire.

– Je vous dis où se trouve votre mari si vous me dites où est Brooklyn.

Je ne devais rien à la maîtresse de Sam. Je lui avais sauvé la vie une fois, et c'était déjà beaucoup. Et puis je pouvais toujours la prévenir avant que Carver Sweet quitte le parking.

Mais si elle dormait, ou si son amie était rentrée et se trouvait chez elle à sa place ? Je n'ignorais pas que Carver n'hésiterait pas à violenter quiconque serait en mesure de lui fournir des renseignements.

Je faillis pourtant lui donner l'information qu'il voulait.

Et puis je finis par lui fournir une adresse imaginaire. Mais je manquai de conviction. Il me scruta un instant avant de secouer la tête d'un air navré.

– Je ne vous crois pas. Vous auriez dû la laisser mourir. Vous finirez par vous rendre compte à quel point cette décision va vous coûter cher.

Carver Sweet se tendit, comme pour prendre son élan. Je réagis instinctivement. Comme si un câble nous connectait, nous nous mîmes en mouvement au même moment. Il bondit et atterrit non pas sur le bitume, mais sur la pelouse d'à côté, alors que je me mettais à sprinter.

S'était-il fracassé le crâne ? Brisé le tibia ?

Je l'entendis derrière moi. Sa foulée était régulière, même si un pas sur deux semblait moins assuré. Une entorse, au mieux. On était loin de la fracture espérée. Même blessé, il couvrait deux fois plus de terrain que moi. J'allais sans doute atteindre la voiture avant lui, mais parviendrais-je à monter dedans avant que ses battoirs se referment sur ma gorge ?

Cette brise que je percevais, n'était-ce pas déjà son souffle ? Non, il n'avait pas pu se rapprocher aussi près, aussi vite…

Je coupai net, à droite toute, en direction de la voiture. Leo, bon petit, avait déjà démarré. L'adrénaline me propulsait, mais la rage de Carver semblait un carburant autrement efficace. Mes jambes brûlaient et je mobilisai toute mon énergie, tout mon oxygène, tout ce que j'avais dans ce but unique d'atteindre mon véhicule. Avec Carver Sweet sur mes talons, cela paraissait irréaliste.

Et puis soudain, c'est la voiture qui se rapprocha. Encore et encore. Il me fallut quelques secondes pour comprendre qu'elle avançait. Doucement. À vingt mètres, puis dix. C'est alors que Leo mit les gaz – il avait peut-être un peu de mal avec l'accélérateur – et Carver valsa dans les airs. Il atterrit sur l'asphalte et j'aperçus le visage de Leo. Je m'étais trompée. Leo savait parfaitement ce qu'il faisait.

Je sautai dans la voiture alors que mon fils se glissait sur le siège passager. J'avais l'intention de percuter de nouveau notre agresseur. Mais il fut vite sur ses pieds, choqué, mais survolté par la fureur. Il partit en courant au moment précis où la voiture de patrouille de la police arrivait.

Carver Sweet s'enfonça dans cette obscurité qui était son domaine.

Chapitre 26

J'avais comme l'impression d'avoir pris un abonnement chez la police. Le plus simple aurait peut-être été qu'ils m'offrent un badge visiteur permanent… Ils n'avaient pas arrêté Carver Sweet. Ou, s'ils l'avaient fait, ils ne m'en avaient rien dit. La Toyota de Sam avait également disparu du parking. Cela ne m'étonnait pas. Carver avait l'air particulièrement doué pour échapper aux autorités.

Lors de mon interrogatoire, je me gardai bien de raconter la façon dont Leo avait percuté mon agresseur, et l'inspecteur de service ne remarqua pas l'impact que le choc avait laissé sur le capot.

L'inspecteur Rico n'était pas là, et tant mieux. Je n'aurais pas été capable de lui mentir aussi aisément.

Lorsque je me retrouvai avec les enfants dans la voiture, je me tournai vers eux.

– Je pense qu'il faut qu'on discute de ce qui vient de se passer.

Audrey gigotait comme à son habitude, et elle passa sa petite tête dans l'espace qui sépare les deux sièges avant.

– Tu veux dire : pourquoi Leo a renversé le monsieur avec la voiture ?

– Oui, entre autres.

Pendant toute la durée de mon échange avec Carver Sweet, puis avec la police, Audrey et Leo étaient restés sagement dans la voiture. *Mais qu'avaient-ils entendu ?*

– Tu n'as pas dit à la police que j'avais percuté ce mec ?

J'avais souvent du mal à capter l'attention de mon fils, mais ce n'était plus le cas.

– En effet.

– Et pourquoi ?

J'avais mes raisons. Et plus d'une, même. La personne qui m'avait envoyé des textos, et c'était peut-être Carver, avait fait mention d'une dispute entre Sam et Leo. Ensuite, Perla m'avait montré ces posts qui faisaient de Leo un harceleur. Et c'est le harcelé qui, semblait-il, avait agressé mon fils. Tout cela ne sentait pas bon. Pas bon du tout.

– Je préfère que la police continue de s'intéresser à moi.

Audrey s'était à présent affalée de tout son long et sa tête reposait sur mon avant-bras. Sa chaleur renforçait ma détermination.

– C'est pas un mensonge de pas leur avoir dit ?

– Si.

– Tu crois que ce mec s'en est pris à papa ? demanda Leo.

Audrey écarquilla les yeux, les sourcils enfouis dans ses mèches rebelles.

– Mais non, Leo ! Papa est à une conférence de professeurs !

Je respirai une fois, deux fois. Puis finis par avouer à ma fille que je lui avais menti. Tout en lui parlant, j'observais son visage, confus mais attentif, et celui de Leo, les lèvres serrées par la colère. Quoi que je dise désormais, et même si Carver Sweet était arrêté et Sam retrouvé, la vie de mes enfants ne serait plus jamais la même. Le socle sur lequel elle reposait avait basculé, s'était fissuré. C'était encore plus vrai pour Audrey. Sam lui avait donné un morceau de son foie et, juchée sur ses épaules, elle avait l'impression de pouvoir toucher le ciel. Et voilà qu'il avait disparu. Pire encore, il avait disparu alors qu'il se trouvait avec elle. Je parviendrais peut-être un jour à réparer cette fêlure, mais pas à l'effacer. La cicatrice demeurerait et rappellerait à tout jamais à Leo et à Audrey que leurs parents étaient faillibles. Vulnérables. Et ça, c'était dans le meilleur des cas de figure. Dans le pire…

– Je ne voulais pas t'effrayer.

Audrey fit la grimace.

– Mais c'était un mensonge !

– Oui. Je suis désolée.

– Papa aussi a menti. Le soir d'Halloween. Il a dit qu'il allait revenir tout de suite.

Leo l'interrompit, impatient.

– Maman, tu n'as pas répondu à ma question. Est-ce que cet enfoiré a fait du mal à papa ?

Leo avait hérité des traits de son père, mais le tranchant de sa voix lui venait directement de moi.

Je voulais les rassurer, lui et sa sœur. Leur promettre que leur père se portait bien. Mais c'était au-dessus de mes forces. Je cherchai à être honnête sans leur faire de mal.

– Je pense que cet homme sait où ton père se trouve.

– Donc la police devrait l'arrêter et lui demander, résuma Audrey.

Je l'embrassai sur le front.

– C'est ce qu'ils essaient de faire.

J'avais parlé d'une voix assez ferme pour qu'ils me croient. Ils avaient besoin d'y croire. Mais, moi, je n'y croyais plus. Je savais seulement que j'allais me battre de toutes mes forces pour retrouver Sam et protéger mes enfants. Et comme Perla l'avait si bien dit, parfois, il faut savoir être une ordure. Après la journée que je venais de vivre, c'était un conseil que je n'aurais aucun mal à suivre.

Sur le chemin du retour chez Zoe, le chauffage de la voiture décida de ne plus marcher. Il débitait un courant d'air tiédasse que je dirigeai tant bien que mal vers le pare-brise. Le dégivrage ne fonctionnait qu'à moitié, libérant des espaces à peine suffisants pour apercevoir la route. J'essuyai le reste avec la manche de mon sweat-shirt. J'en avais un peu marre que tout se détériore autour de moi.

Audrey posa encore quelques questions, puis retomba dans le mutisme. Leo aussi se taisait, le regard dirigé vers l'extérieur, concentré sur les écouteurs qu'il avait sortis de la boîte à gants. Je l'épiai dans le rétroviseur et me heurtai à un mur qui dissuadait de poser des questions et dissimulait ses pensées.

Je me garai sur le trottoir en face de la maison de Zoe. Audrey sortit en courant pour taper à la porte. Le temps que Leo et moi la rejoignîmes, elle était déjà dans les bras de notre hôtesse. Boo sautillait à nos pieds en jappant.

– J'ai essayé de t'appeler, me confia Zoe, me rappelant soudain ce coup de téléphone que j'avais reçu juste avant d'apercevoir Carver Street.

Je jurai sourdement et m'excusai. Je ressortis, laissant les enfants avec Zoe, et retournai à la voiture. Je finis par trouver une cabine téléphonique devant une supérette à quelques rues de là. Le combiné était poisseux et sentait le fruit pourri.

La femme qui répondit semblait heureuse de m'entendre.

– Merci de me rappeler, Cassie.

Comme si je reconnaissais sa voix, ce qui n'était pas le cas. Heureusement, elle sentit ma perplexité et s'identifia.

– C'est Helen, de Lake Park Drive, vous vous souvenez ?

Le quartier où Sam avait disparu.

– Oui, je me souviens. *Enfin !* C'est vous qui avez aperçu Sam et Audrey le soir d'Halloween.

– Oui, une si jolie petite fille. Et votre mari, quel bel homme !

– Merci.

J'essayai de ne pas la brusquer, même si mon pouls s'accélérait. Mais elle entra illico dans le vif du sujet.

– Vous vous souvenez de la maison des Gardner ?

Après l'histoire que m'avait racontée Brooklyn, comment l'oublier ?

– La maison abandonnée à deux étages, avec une citrouille pourrie dans l'entrée ?

– C'est cela même. Ce soir, je discutais avec un voisin, et il m'a dit qu'il avait vu Sam entrer dans la maison des Gardner le soir d'Halloween.

Elle marqua une pause, ce qui d'ordinaire n'était pas bon signe. Personne n'hésitait avant de vous dire qu'il avait gagné au Loto. Les bonnes nouvelles s'annonçaient dans l'excitation du moment. Les mauvaises prenaient plus de temps à sortir.

Elle finit par ajouter.

– Il n'était pas seul.

(Une autre pause.) Il y avait une femme. Et le voisin m'a dit qu'elle et Sam semblaient…

– En bons termes ? hasardai-je.

– Très bons.

J'agrippai le combiné si fort que mes phalanges en blanchirent. Ma main allait rester collée au téléphone si ça continuait.

– Est-ce que votre voisin a été en mesure de décrire cette personne ?

– Pas vraiment. Il a dit qu'elle était jolie, brune, mais sans rien de particulier.

Cette vague description me perturba. Brooklyn ? Où alors la jeune femme sur la photo ? Les deux étaient brunes. Il y avait autre chose, mais je n'arrivais pas à mettre le doigt dessus.

– Le voisin n'était pas sûr, mais il m'a dit qu'il pensait que Sam était revenu dans la maison ce soir.

Mon cœur s'emballa, comme il en avait pris l'habitude ces derniers jours. Foutues hormones du stress.

– Est-ce que Sam est là-bas en ce moment ?

– Désolée, ma belle, mais non. En revanche, si vous voulez y jeter un œil, je peux vous retrouver devant. J'ai la clef. Il m'arrivait d'arroser leurs plantes, et je ne pense pas qu'ils aient fait changer la serrure.

Je lui demandai d'appeler l'inspecteur Rico et de lui dire ce qu'elle avait vu, et la remerciai pour ces informations.

Elle me répondit que c'était tout à fait naturel.

– J'aurais fait la même chose si c'était pour mon Bob. En attendant, je vais appeler votre inspecteur et voir avec mon voisin s'il se souvient d'autre chose.

Chapitre 27

J'arrivai à la maison abandonnée avant l'inspecteur Rico. Sur le perron, je refermai mes doigts gantés sur la clef que m'avait donnée Helen, ses anfractuosités métalliques irritant la paume de ma main. Je me demandai si j'en aurais besoin. Sam et Brooklyn étaient entrés sans.

La poignée ne résista pas. Je mis la clef dans ma poche et entrai dans la maison.

Je sortis une petite torche, mais, pour le moment, elle était tout aussi inutile que la clef. Dehors, des nuages voilaient la lune, mais un lampadaire situé juste en face de la demeure laissait pénétrer une lumière vive à travers les fenêtres sans rideau et m'éclairait le chemin. Je gardai la torche en main sans prendre la peine de l'allumer.

La maison était vaste, mais l'absence de meubles rendit mes recherches beaucoup plus rapides que je ne l'avais pensé. Il ne me fallut que quelques minutes pour faire le tour du rez-de-jardin et du garage.

J'attaquai les escaliers avec hésitation. Même si les marches avaient l'air en bon état, j'avais l'impression qu'elles pouvaient à tout moment céder sous mes pas.

À mi-étage, l'escalier tournait sur la gauche et quittait la lueur du lampadaire. Je m'arrêtai et actionnai ma lampe torche. Je balayai le haut des marches de son faisceau jusqu'aux chambres à l'étage. L'une des portes était ouverte, mais la lumière ne portait pas jusqu'à l'intérieur. Les autres pièces étaient fermées.

Je pris un moment pour repérer les lieux. Des clous étaient plantés sur les murs de part et d'autre de l'escalier, comme une colonne de fourmis désorientées. Des dizaines de photos de famille avaient dû être affichées là, dont ne restait que la marque des cadres sur la peinture délavée par le soleil. Est-ce que les murs de ma propre maison ressembleraient bientôt à ça ?

Je tenais la lampe à mi-hauteur en gravissant les dernières marches. J'entrai dans la pièce ouverte. C'était une salle de bains. Le rideau de la douche avait été enlevé. Les tiroirs étaient vides.

Je visitai ensuite les chambres qui, à en juger par le papier peint représentant dans la première des animaux sauvages, dans l'autre des étoiles brillant dans le ciel, devaient avoir été celles des enfants. Dans la chambre aux étoiles, un sac-poubelle traînait dans un coin. J'en renversai le contenu sur le sol et dépliai chaque papier chiffonné, inspectai l'intérieur d'une vieille basket, secouai des figurines démembrées et reniflai même un tube de pommade contre l'acné périmée. Quand j'eus fini, je replaçai le tout dans le sac-poubelle. Je ne me sentais pas le droit de laisser du désordre.

Je gardai la chambre des parents pour la fin. Et mon émotion monta alors que je m'approchais de la porte close. Je l'ouvris en retenant mon souffle.

J'évitai le lit et allai droit vers le dressing. Même les tringles en avaient été retirées, et les supports dévissés.

Puis j'ouvris la porte de la salle de bains parentale. Si de la tristesse émanait des autres pièces de la maison – les clous des photos, les jouets cassés, la tasse abandonnée dans l'évier de la cuisine –, c'est de la fureur qui se dégageait d'ici. Un trou dans le mur avait la taille d'un poing, un autre la forme d'une botte. Quelqu'un avait brisé la vitre de la douche à coups de marteau. L'outil gisait au milieu des éclats de verre.

Ailleurs dans la maison, les parents avaient dû être capables de cacher leur détresse à leurs enfants. Mais ici, dans leur sanctuaire, ils y avaient donné libre cours.

J'effleurai des doigts les carreaux ébréchés de la cabine de douche. Secs. Mais je ne cherchais pas vraiment des traces d'humidité. Je repoussais plutôt le moment de me confronter au grand lit nuptial.

Je retournai dans la chambre et m'en approchai. Le matelas se creusait par le milieu, et le côté droit était couvert d'une tache de la taille d'un corps, d'une couleur jaune tirant sur le marron. Il n'y avait ni draps ni oreillers. Les ressorts du sommier étaient toujours là, mais pas la tête de lit.

Le lit était le seul meuble dans cette pièce, et le seul objet qui y demeurait à l'exception d'une paire de rideaux pendouillant à la fenêtre donnant sur la rue. Celle qui ouvrait sur le jardin était nue, sa vitre craquelée.

Les deux fenêtres étaient grand ouvertes et aucune n'avait de volet. En l'absence de brise, les rideaux étaient immobiles, mais le froid les contournait pour s'insinuer dans la chambre. Mon sweat-shirt n'était pas de trop. Ces derniers temps, je me sentais frileuse.

Je m'agenouillai et promenai ma lampe sous le lit. Je me penchai pour regarder ce qui s'y trouvait.

Ces petits morceaux de mousse dans un coin devaient être des boules Quies, et je n'y touchai pas. En plus des pelotes de poussière et de cheveux, je ne repérai qu'une chaussette, un cintre en plastique et une feuille de papier roulée en boule.

Je tendis le bras et, sans trop d'effort, parvins à ramener les trois objets jusqu'à moi. J'étudiai mes trouvailles : la chaussette d'enfant était trouée au niveau du gros orteil, le cintre était cassé et le papier était une note pour une paire de dessous achetés l'année précédente dans un grand magasin.

Rien qui prouve que Sam était venu ici. Mais n'était-ce pas ce que je cherchais – tenter de démontrer que mon mari n'avait pas été dans ce lit avec une autre femme ?

Je fermai les yeux et imaginai le visage de Sam. Ses sourcils fournis qui se rejoignaient lorsqu'il réfléchissait. Ses moues. Ses mains calleuses, la seule chose qui ne soit pas douce chez lui. En colère ou énervé, Sam n'était pas du genre à hurler pour évacuer la tension. Plutôt du genre à réparer. Récemment, après une dispute, il avait repeint et reverni la table de la salle à manger.

Même si j'avais laissé mon esprit vagabonder pendant à peine une minute, je me sentis soudain vulnérable, mon dos frissonnant comme si quelqu'un m'observait. Je me relevai et ma tête heurta l'armature métallique du sommier. Je passai ma main sur ma nuque endolorie.

Il n'y avait personne. En tout cas pour autant que je puisse en juger.

J'avais les mains gelées. Je les glissai sous un coin du matelas. Je tentai de le soulever et de le déplacer, mais j'avais oublié à quel point un matelas de cette taille peut peser lourd. Je finis par le pousser par à-coups jusqu'à ce que la gravité fasse son œuvre et qu'il tombe par terre.

Ma respiration se fit haletante, mais pas à cause de l'effort que je venais de produire.

Un petit dentier en plastique jaune et rouge était coincé au-dessus d'un ressort.

Sam était *bel et bien* venu ici.

Je ramassai les dents de zombie qu'il avait confectionnées le matin d'Halloween. La dernière fois que je l'avais vu. J'étudiai plus attentivement le morceau de plastique posé au creux de ma main. Un peu de peinture rouge avait déteint sur mon gant.

Mais, bien sûr, ce n'était pas de la peinture. C'était du sang.

Chapitre 28

Bien sûr, je devais appeler l'inspecteur Rico pour m'assurer qu'il était bien en route, mais j'étais frigorifiée, paralysée par ma découverte.

Peut-être que je m'emballais pour rien. Après tout, le petit bout de plastique ne dégoulinait pas de sang. Ce n'était qu'une petite tache qui avait déteint sur mon gant. Mais c'était le sang de mon mari, et je résistai à la tentation de l'essuyer sur mon jean ou sur le matelas où il s'était peut-être trouvé quelques heures auparavant. Avec quelqu'un d'autre que moi.

Cette confirmation aurait dû me bouleverser, et peut-être que ce serait le cas plus tard. Mais, pour l'instant, je ne pensais qu'à ce sang versé. Tous les scénarios que j'échafaudais avaient une fin tragique. Plus j'observais cette tache sur ma main, plus elle tremblait, au point que j'en lâchai le dentier, qui tomba par terre. Je gardai le bras tendu, j'avais les doigts gelés.

De la main gauche, je sortis mon téléphone et tentai de composer le numéro de Rico du bout du pouce. Je raccrochai en entendant la voiture. Je m'approchai de la fenêtre et écartai les rideaux pour regarder dans la rue. Nul besoin d'appeler… La police était déjà là.

Le policier de faction arriva le premier, suivi du technicien, qui confisqua mes gants comme pièce à conviction. J'avais songé à partir en courant et à m'en débarrasser, mais ç'aurait été une preuve de culpabilité. J'étais tout simplement désespérée. Et j'espérais que l'inspecteur Rico ne s'en rendrait pas compte.

Son veston était impeccable, mais sa chemise blanche s'était fripée depuis la dernière fois. Il ne portait pas de cravate. Il se rendit compte que je fixais son cou et se renfrogna.

– Longue journée. On m'a dit que vous aviez fait une petite course-poursuite avec Carver à l'hôpital ?

– J'ai été surprise de ne pas vous y voir.

– Je m'étais accordé une petite sieste au commissariat.

Il désigna sa chemise fripée.

– Pas facile de tenir votre rythme.

Malgré son allure un peu négligée, Rico conservait son regard acéré et ses questions gênantes.

– Vous êtes entrée par-devant ?

– Oui.

– Un voisin vous a passé la clef ?

– Oui, Helen.

– Vous ne m'avez pas dit que la porte n'était pas fermée à clef ?

– Je lui ai emprunté la clef, mais je n'en ai pas eu besoin.

Je dépliai les bras. J'avais lu quelque part que les bras croisés donnaient l'air coupable, et je n'avais pas besoin de ça. Surtout avec le sang de mon mari sur les mains.

– C'est la première fois que vous vous trouvez en possession de cette clef ?

C'était une question bizarre, mais la réponse était simple.

– Oui.

– Et vous n'avez pas d'autre clef de cette maison ?

Je secouai la tête en me faisant cette réflexion. Rico pouvait me coffrer pour effraction. Était-ce pour cela qu'il s'intéressait à ce point à la façon dont j'étais entrée ?

– Rappelez-moi ce qui vous a amenée ici.

Il n'y avait pas d'arrière-pensée dans sa question, mais son regard restait rivé au mien. Je ne le connaissais pas depuis longtemps, mais les rides sous ses yeux s'étaient creusées, les cernes accentués.

– Un autre voisin (je m'interrompis pour donner son nom, mais je ne le connaissais pas) a dit à Helen qu'il avait vu Sam entrer dans la maison le soir d'Halloween et de nouveau ce soir. Elle m'a appelée.

– Et le nom de ce voisin ?

– Je l'ignore.

– Et le nom de famille de cette Helen ?

Je n'en savais rien non plus, aussi désignai-je sa maison de l'autre côté de la rue.

– Elle habite là, dans cette maison jaune.

Rico griffonna sur son bloc-notes, et je plongeai la main dans ma poche pour récupérer mon téléphone et lui montrer que Helen m'avait bien appelée. C'est alors qu'il me revint que c'était Perla qui avait mon vieux téléphone – celui sur lequel Helen avait appelé – et que je l'avais rappelée d'une cabine.

Heureusement, je me souvenais de son numéro et je le donnai à Rico, de même que celui de Perla, en cas de besoin. Il prit note des deux.

– Racontez-moi précisément ce que vous a dit cette Helen.

Je lui rapportai notre brève conversation et me demandai de nouveau ce qui me gênait dans la description que le voisin avait faite de la femme avec laquelle se trouvait Sam. « Jolie, brune, sans rien de particulier. » C'est bien sûr le terme « jolie » qui me contrarierait, puisqu'il était censé avoir couché avec elle. Mais il y avait autre chose. Un doute rôdait, trop loin de ma conscience pour que j'arrive à le saisir.

Rico s'arrêta de prendre des notes.

– Pourquoi n'avez-vous pas appelé la police ? Après votre rencontre avec Carver Sweet à l'hôpital, c'était la chose à faire, non ?

– Mais Helen vous a appelés !

Une sueur froide courut le long de mon dos, et je sus ce que Rico allait dire avant qu'il le fasse.

– Nous n'avons reçu aucun appel d'une nommée Helen. Mais quelqu'un nous a bien appelés pour nous signaler la présence d'un intrus à cette adresse. Vous avez une arme, Cassie ?

Sa voix était posée, et c'était la première fois qu'il s'adressait à moi sans m'appeler docteur Larkin. Cette familiarité ne me rassurait pas. À l'âge de onze ans, j'avais essayé d'échapper au chien du voisin en me glissant par un trou dans la clôture. Mais j'avais mal jugé de la taille de cette ouverture et j'étais restée coincée. Le chien avait léché sans relâche mon mollet qui dépassait, tandis que les planches cassées rentraient sans pitié dans mon dos, me plaquant au sol. Chaque tentative de me libérer de cet étau accentuait la douleur et me coupait la respiration.

C'est un peu ce que je ressentais à présent.

– Je n'ai pas d'arme, répondis-je d'une voix rauque que je ne reconnaissais pas.

– La personne qui nous a appelés nous a dit que le cambrioleur était armé. Après ce que vous avez vécu, je comprendrais que vous ayez une arme.

Son regard se voulait compatissant. Et il y parvenait presque. Mais j'avais ouï dire que les policiers connaissaient souvent les réponses aux questions qu'ils posaient. Est-ce que cela signifiait que Rico avait des « preuves » que je possédais une arme ?

– Est-ce que nous allons trouver une arme là-dedans, Cassie ?

Comment le savoir ? J'avais fouillé la maison avec soin, mais comment en être sûre ?

– Si vous en trouvez une, elle ne sera pas à moi.

J'essayai de lire dans son regard, mais il ne trahissait rien.

– Autre chose : la clef que vous nous avez donnée n'ouvre pas cette porte.

Vraiment ? Mais non, bien sûr ! Incapable de répondre, je me tus.

– Vous n'êtes jamais venue ici auparavant, si ?

– J'ai traîné dans le quartier à la recherche de Sam, mais je ne suis jamais entrée dans cette maison.

– Vous voulez dire avant ce soir ?

– Bien sûr.

J'avais recroisé les bras. Je les décroisai.

– Où sont vos enfants, Cassie ?

Je me crispai. Voilà une question à laquelle je ne m'attendais pas.

– Chez une amie.

– Tous les deux ?

– Bien sûr, quelle question !

– J'ai entendu dire que Leo s'était blessé assez gravement en jouant au football ?

– Un léger traumatisme crânien et une déchirure au ménisque.

– Mais il peut marcher ? Et conduire ?

Rico avait-il appris que Leo avait renversé Carver Sweet ? Je jetai un regard furtif à la voiture de location pour voir si un policier était en train de l'examiner, mais elle était intacte sous les néons.

Rico n'en manquait pas une.

– Pressée de partir ?

Mon cœur battait la chamade.

– Leo est blessé, mais il peut marcher. Quant à la conduite, il n'a que quinze ans.

– Mais il a son permis.

– Oui, pourquoi ?

– Juste pour vérifier les détails. Avant de venir ici, vous avez laissé Leo chez son amie ?

– Non, chez une amie à *moi*. Mais pourquoi ces questions à propos de Leo ?

La question resta en suspens.

– Cette amie à vous, elle a une voiture ?

– Bien sûr.

– Une voiture que Leo pourrait conduire ?

– Quel rapport avec la disparition de mon mari ?

Tout le poids de l'attention de Rico s'abattit sur moi. L'expression sur son visage demeurait compréhensive, mais un autre sentiment – le soupçon ? – tentait de s'immiscer.

– J'ai un neveu qui vient de passer ses examens à la fac. Il a eu un accident quand il était au lycée. Vous connaissez la chanson. Mauvais temps, manque d'expérience. Le temps était plutôt clément ce soir. Je vous dis ça parce que, depuis cette histoire avec mon neveu, je m'y connais en accidents de la route.

J'eus un haut-le-cœur.

– Vous voulez dire que Sam a eu un accident de voiture ?

– Je n'en sais rien. Pas encore.

Cette fois, le soupçon était manifeste. Mais la nature de ses questions me laissait le terrible sentiment que cette suspicion ne me concernait pas.

– Le gars qui a blessé votre fils ? J'ai cru comprendre que le jeu avait été assez dur et j'imagine bien que ça puisse énerver. Est-ce que Leo est susceptible ?

Je me sentis soudain terrifiée à l'idée de dire ce qu'il ne fallait pas.

– Pas plus qu'un adolescent normal. Pourquoi ?

– Le gosse qui a blessé votre fils s'est planté en voiture voilà une heure, il est rentré dans un arbre, mais il y a aussi une trace d'accrochage de l'autre côté du véhicule. Je ne serais pas étonné qu'on découvre que quelqu'un l'a fait sortir de la route. Comme je vous l'ai dit, je m'y connais en accidents de la route.

– Vous insinuez que Leo est dans le coup ?

– J'essaie seulement de découvrir la vérité, et vous ne pouvez nier que Leo et ce garçon ont eu quelques *différends*.

Ce terme ne laissait planer aucun doute : Rico était parfaitement au courant du harcèlement que subissait l'adolescent sur les réseaux sociaux. Que savait-il d'autre ?

– À quel sujet Sam et votre fils se sont-ils disputés le soir précédant la disparition de votre mari ?

Les textos. Il y en avait eu deux. Le premier avait fait mention de cette dispute. Et le second disait ceci : « Je suis sûr que Leo ne pensait pas ce qu'il a dit ce soir-là. »

Je me rendis compte que Rico savait tout. Pas toute la vérité, bien sûr, parce que sinon, Sam serait rentré. Parce que tout serait terminé. Non, Rico savait tout ce que la personne qui cherchait à nous détruire voulait faire croire à notre propos.

La colère avait été mon seul recours pendant très longtemps, mais je n'avais plus de place pour elle aujourd'hui. La peur et l'incompréhension l'avaient remplacée.

– Je ne sais rien de cette dispute. Je n'étais pas là ce soir-là, au cas où cela vous aurait échappé.

– Ils ne vous en ont pas parlé après ?

– Nous avions des choses plus sérieuses à discuter.

La nuit était froide et pleine d'appréhension.

– Vous êtes au courant pour les posts.

Ce n'était pas une question, et il ne prit pas la peine de répondre. Sa large face ne trahit aucune émotion, son corps resta aussi figé que l'air pesant du soir.

– Ce sont des faux, mais toutes les mamans diraient la même chose.

J'aurais pu extrapoler en parlant de la gentillesse de Leo, ou en expliquant que ces posts manifestaient une cruauté que je ne lui connaissais pas. Cela n'aurait pas convaincu Rico, mais m'aurait peut-être donné un peu de temps pour préparer ce que j'avais à lui dire. Parce qu'il était évident désormais que je devais absolument tout lui raconter si je voulais qu'il retrouve Sam.

Mes joues étaient brûlantes, et je dus déglutir à deux reprises avant de me lancer.

– Il y a aussi une photo. Je ne pense pas que vous soyez au courant. Mais vous le serez bien vite. Quelqu'un se chargera de vous le faire savoir.

Je m'interrompis pour reprendre mon souffle.

– Le chiffre est inscrit au dos – trois jours, trois chiffres. Bien sûr, j'aurais dû vous le dire, mais je ne voulais pas vous lancer sur de fausses pistes et, pour être tout à fait franche, je n'avais pas vraiment envie de partager une photo de mon mari en train de faire l'amour avec une autre femme. Mais je peux vous apporter cette photo demain matin.

La réputation de Sam. Notre mariage. À quoi bon protéger tout cela au détriment de la sécurité de mon fils et de la vie de celui que j'aimais ?

Rico attendit un instant pour s'assurer que j'avais terminé.

– Comment avez-vous eu cette photo ?

– Ma fille l'a trouvée posée sur son cartable.

– Où se trouvait ce cartable ?

– Dans son casier, à l'école.

– Quand ça ?

– Cet après-midi.

Rico me scruta de ses petits yeux.

– Autre chose que vous ayez oublié de me dire ?

Je soupirai à m'en décrocher les côtes.

– Sans doute, mais rien qui me revienne immédiatement.

Il se frotta les yeux, et je compris que l'heure de sa propre confession était arrivée.

– J'ai parlé au proviseur du lycée.

Il fit semblant de consulter ses notes.

– Chuck Diggs. Il pense que Sam a peut-être couché avec certaines de ses élèves.

– C'est ridicule.

– Son ami Ozzy Delgado dit la même chose. Que Sam ne toucherait jamais à une élève.

– Parce que c'est vrai.

– Mais Ozzy dit aussi que votre mari couche avec quelqu'un d'autre. Donc, si on résume, un mari volage disparaît. Bien. De là, soit Sam est parti parce qu'il veut poursuivre cette aventure extraconjugale, éventuellement avec une mineure, soit vous avez découvert cette liaison et vous vous êtes disputés. Dans cette hypothèse, nous ne savons pas où se trouve votre mari – dans un hôtel, dans un fossé ? –, mais nous avons un mobile pour sa disparition. Et nous savons également où orienter nos recherches.

Rico laissa ce discours me pénétrer. J'étais paralysée. J'aurais voulu m'enfuir, mais j'avais aussi besoin de savoir où il voulait en venir.

– Vous voyez, au départ, c'est ce que j'ai pensé. Et puis votre fils est blessé dans un match de football et le garçon qui l'a agressé se retrouve à son tour à l'hôpital. Le scénario change légèrement. Leo a son caractère. Il se dispute avec son père (à cause de cette liaison ?), et Sam disparaît. Leo harcèle ce gars sur Internet, et par la suite ce même gars a un accident quasi mortel.

Je ne pus me retenir, cette fois.

– Vous pensez vraiment que mon fils est capable de ça ?

Il haussa les épaules.

– Je n'aime pas trop les tuyaux anonymes. Je préfère que les accusateurs soient là en personne pour soutenir leur version des faits. Cela dit, je ne connais pas votre fils.

– Alors laissez-moi vous le dire : ce n'est pas lui.

Rico enfourna son bloc-notes dans la poche de son veston.

– Je suis marié. Depuis vingt-six ans. Trois enfants, deux encore à la maison. Je comprends votre besoin de protéger votre mari et vos gosses. Mais il va me falloir cette photo aussi vite que possible. Si vous voulez que je retrouve Sam, il va aussi falloir que vous jouiez franc jeu avec moi. Vous ne pouvez me cacher des renseignements comme celui-là, même s'ils donnent une mauvaise image de votre famille.

Le ton de l'inspecteur était moins engageant que précédemment, et je le regardai partir en me disant que, dans une certaine mesure, j'avais trahi sa confiance.

Chapitre 29

Après avoir rappelé Zoe, je remontai dans la voiture pour réfléchir à la conduite à tenir. Cela me faisait du bien de respirer cet air sec et froid, mais l'habitacle s'embua très vite. Je descendis la vitre et essuyai la condensation sur le pare-brise avec ma manche.

La maison d'Helen était plongée dans l'obscurité lorsque j'étais arrivée, mais, à présent, elle brillait de tous ses feux. La description qu'Helen avait faite de la maîtresse de Sam continuait de me perturber.

« Brune, jolie et sans rien de particulier. »

Cela ressemblait certainement à Brooklyn, mais je bloquai soudain sur cette dernière expression, « rien de particulier ».

Le souvenir ressurgit du tréfonds de ma mémoire, et je m'arrêtai pour être sûre de l'attraper avant qu'il ne s'échappe comme un papillon posé sur une fleur.

C'était ça. J'expirai profondément.

Lorsque j'avais demandé à Audrey de me décrire la femme qu'elle avait vue avec son père le soir d'Halloween, elle m'avait dit qu'elle portait un déguisement. Une perruque grise. Le visage peint. Comme une poupée cassée.

Rien de particulier ?

Helen m'avait menti. Pire encore, elle avait décrit Brooklyn telle qu'elle était en temps normal et non telle qu'elle était le soir d'Halloween. Et donc Helen en savait plus qu'elle ne voulait bien me le dire.

Je sortis de la voiture, estimant que les lumières chez Helen m'autorisaient à m'inviter. Il était normal que je lui rende visite. Je frappai à la porte, qui s'ouvrit aussitôt. Mais, au lieu d'une chevelure pervenche et d'un front ridé, je me retrouvai en face d'un homme d'une cinquantaine d'années, arborant un bonnet, un peignoir et un regard sombre.

– Je voudrais parler à Helen.

Le regard de l'inconnu passa de l'agacement à l'incompréhension.

– Qui ?

Il ajusta son bonnet, le nez rougi par le froid.

Je me répétai et décrivis Helen. En l'absence de réaction, j'ajoutai force détails, comme si cela allait lui permettre de reconnaître la vieille dame qui, jusqu'à preuve du contraire, habitait chez lui.

Ah oui, si vous m'aviez parlé tout de suite de son nez aquilin !

L'homme au bonnet secoua la tête d'un air navré.

– J'habite ici avec ma femme depuis quatre ans.

Il s'excusait presque, mais referma légèrement la porte. Après tout, j'étais peut-être mêlée au charivari dans la maison d'en face. Et ce n'était pas tout à fait faux.

Il me revint alors que la première fois que j'avais rencontré Helen, et ce soir de nouveau, c'était sur le perron de la maison abandonnée. Je n'avais jamais vraiment vu Helen entrer ou sortir de la maison qu'elle prétendait être la sienne.

– C'est peut-être une voisine ?

– Je n'ai jamais vu personne qui ressemble à votre description.

Son regard se déplaça sur le trottoir d'en face.

– Et sinon, vous savez ce qui se passe ?

Je sortis mon téléphone, avec l'idée de lui montrer des photos de Sam, avant de me rappeler que je n'en avais pas sur ce portable. Si j'écoutais Perla, je n'avais même pas le droit de lui laisser mon numéro.

– Ils recherchent un homme qui a disparu la nuit dernière.

Avant que j'aie eu le temps de décrire Sam, l'homme au bonnet répliqua.

– Ah oui, c'est à propos de ce prof ? La police est passée nous interroger à son sujet.

Il chuchota.

– Vous voulez mon avis ? Pour moi, le mec a juste quitté sa femme et ses gosses.

Son regard se fit las, son ton presque goguenard, comme s'il avait déjà pensé lui-même à faire la même chose.

– C'est toujours la même histoire, non ? Soit le gars s'est barré, soit sa femme l'a tué.

Il s'apprêtait à fermer la porte, mais je tendis le bras pour l'en empêcher. De l'autre, je désignai la maison que Rico et son équipe continuaient à passer au peigne fin.

– Vous savez qui habitait là ?

L'homme fronça les sourcils, comme s'il avait déjà assez donné de son temps à cette inconnue qui s'incrustait sur son seuil. Mais il dut comprendre que j'étais têtue parce qu'il se décida à me donner un nom.

Aucun Gardner n'avait jamais habité là.

Pendant ma conversation avec l'homme au bonnet, j'avais raté un appel de Zoe. Je la rappelai, et elle se hâta de me donner la raison première de son coup de téléphone : Perla lui avait envoyé un texto lui demandant de m'arrêter chez elle sur le chemin du retour. Rien d'urgent, avait-elle ajouté.

Zoe passa ensuite sans crier gare à la deuxième nouvelle qu'elle avait à m'annoncer, tout ça dans la même phrase et sans reprendre son souffle. Je compris cependant l'essentiel de son message : elle avait retrouvé Hannah, ou en tout cas elle l'espérait. Elle me transféra une photo de l'annuaire du lycée, et une adresse.

Je regardai l'heure. Il était tard, mais c'était vendredi soir. Hannah serait probablement encore debout. Si elle était chez elle.

D'abord Hannah, ensuite Perla, décidai-je.

Je démarrai et descendis les deux vitres. L'air froid permit simultanément de dégivrer le pare-brise et de me maintenir éveillée. En chemin, je fis une halte à un distributeur de billets avant de mettre le cap sur le domicile d'une greluche qui prétendait avoir couché avec mon mari.

À deux rues de la maison d'Hannah, près d'un supermarché ouvert vingt-quatre heures sur vingt-quatre, je repérai un couple d'ados sur le trottoir. Le garçon portait un jean et un sweat-shirt avec la capuche rabattue sur la tête. La fille était habillée de la même façon, même si son jean était taille basse et que son sweat était plus ample.

On les remarquait de loin, particulièrement la fille. On aurait dit une mite multicolore – un genre de gros papillon de nuit aux ailes jaunes avec des taches roses – qui sautillait de lampadaire en lampadaire en riant aux éclats et tournait sur elle-même en allumant le garçon qui l'accompagnait. Elle passait d'un réverbère à l'autre sans une pensée pour les forces tapies dans le noir qui n'auraient eu aucun mal à réduire ses ailes en poussière.

Oui, je suis d'une humeur massacrante.

Cette gamine était à peine plus âgée que Leo. Peut-être majeure, mais tout juste. Je la reconnus aussitôt, d'après la photo de l'annuaire que m'avait transmise Zoe. Hannah Zimmerman.

Le garçon marchait tout droit et elle papillonnait autour, lui caressait le coude droit avant d'effleurer son épaule gauche du bout des doigts. Elle semblait l'hypnotiser et lui transmettre son insouciance.

Ils se dirigeaient apparemment vers le supermarché, aussi les dépassai-je pour aller me garer devant. Ils s'arrêtèrent sous un néon à une vingtaine de mètres de l'emplacement où je stationnais. Je sortis et m'appuyai à la portière, bien décidée à interpeller la jeune femme de ma voix la plus calme et la plus maternelle.

Mais elle s'approcha de moi avant que j'aie eu le temps de le faire. Elle tirait le garçon par la manche.

Son sourire monta en puissance. Jolie, ténébreuse, Hannah était le genre de jeune fille à qui on ne refusait rien. Visiblement, elle pensait que j'avais quelque chose qui lui faisait envie. Sans doute de la drogue ou de l'alcool. Probablement de l'alcool, étant donné l'endroit où nous nous trouvions. Elle poussa son copain du coude pour qu'il s'adresse à moi. Les mains enfouies dans les poches de son jean, tout rouge, il tapa du bout de sa basket dans un ballon imaginaire. Inutile de demander qui portait la culotte.

– On se demandait si, par hasard, vous pourriez nous acheter un pack de bière.

Le pauvre garçon était cramoisi et bégayait plus qu'il ne parlait.

C'est la maman qui répondit.

– Vous pensez que c'est une bonne idée de parler à des inconnus sur le parking d'un supermarché ?

Et pendant que j'y suis, de boire de la bière ?

Le garçon s'empourpra – il ne m'avait pas l'air aussi motivé que sa copine –, mais Hannah prit un air agacé.

Elle éteignit instantanément son sourire à deux balles.

– Vous êtes qui ? Ma mère ?

Jolie, mais pas très futée dans ses répliques.

Je me rappelai que je n'étais pas là pour discutailler.

– Tu t'appelles Hannah, c'est ça ?

Elle passa le bras par-dessus l'épaule de son copain, exhibant ses longs ongles bleu ciel. Elle joua la carte désinvolte.

– Achetez-nous un pack de douze et je vous réponds.

Je pouvais toujours menacer d'en parler à ses parents, mais ce n'était pas le meilleur moyen de lancer une conversation que j'espérais enrichissante.

– Je vais reprendre à zéro : tu t'appelles Hannah Zimmerman et tu prétends que ton prof de dessin t'a forcée à faire l'amour avec lui.

Je gardai le ton le plus neutre que mon humeur me le permettait.

– M. Larkin ? Ouais, c'est ce qui s'est passé.

Elle semblait se moquer totalement de la présence de son petit ami.

– J'avais des problèmes à l'école, et M. Larkin m'a demandé de rester après les cours. Et il m'a dit que si je le branlais, il me donnerait un B. Et un A si nous faisions l'amour.

Je m'accordai un instant de répit. Qu'elle l'appelle M. Larkin me faisait douter du reste de son boniment.

– C'est tout ?

Son sourire était carnassier.

– Ouais, absolument. Paraît que sa femme ne vaut rien au lit ou je ne sais quoi.

Je ne m'étais pas présentée, mais elle savait très bien qui j'étais. Qui d'autre se trouverait là, dans ce parking, un vendredi soir, à lui poser ces questions ?

– Et donc, tu as accepté ses avances ?

Hannah jeta un regard en coin au garçon, qui fixait ses pieds.

– M. Larkin est pas mal pour un vieux, donc, pour le branler, pas de problème. Mais, en même temps, j'ai un copain. Donc pas question de faire l'amour.

– Et donc il t'a mis un B ?

– Non, un A, en fait.

Son sourire se mua en rictus.

– Il a dû apprécier.

Elle était majeure, mais c'était quand même une gamine et je résistai à l'envie de lui envoyer mon poing dans la figure.

– Combien tu veux ?

Son visage se comprima – le nez mutin, les sourcils parfaits, les lèvres peintes – comme si elle venait de sucer un citron.

– Quoi ?

– On arrête les conneries. Tu n'as jamais couché avec mon mari.

– Je vous ai dit que je l'avais juste…

– Non. Même pas ça. Donc tu en as retiré quelque chose, et à mon avis de l'argent. On t'a donné combien ?

Elle prit un air offensé des moins crédibles.

– Je ne ferais pas une chose pareille !

En venant, j'avais pensé en appeler à sa conscience. *M. Larkin pourrait perdre son boulot. Ce n'est pas ce que tu veux, si ?* Mais je me rendais compte qu'Hannah n'avait probablement aucune conscience.

Je fouillai dans mon sac et en sortis cinq billets de vingt dollars.

– On t'a donné plus que ça ?

Elle était ferrée.

– Admettons qu'hypothèquement j'aie touché de l'argent pour raconter des conneries…

Bien sûr, elle voulait dire « hypothétiquement ». Pas étonnant qu'elle ait des problèmes au lycée. Je sortis d'autres billets de vingt.

– OK. Parlons *hypothèquement.*

Cela m'embêtait de me moquer de son ignorance, aussi calmai-je le jeu.

– Quelqu'un t'a déjà payé, donc quoi que je te donne, ça sera du bonus. Je te donne quarante dollars pour chaque détail *hypothétique* qui me paraîtra intéressant. Ça va comme ça ?

Je l'avais corrigée sans le vouloir.

Hannah y réfléchit, mais pas très longtemps.

– OK. Peut-être bien que quelqu'un m'a payée pour lancer les rumeurs, mais ça ne m'a pas gênée. Parce que, comme je vous l'ai dit, M. Larkin est beau gosse.

Je me souvins de l'histoire que m'avait racontée Brooklyn sur Hannah en train de creuser la tombe de son chien en ballerines. Et je songeai à mon caractère de cochon à son âge. Cela me permit de ravaler un peu ma fureur. Pas facile.

Le petit ami continuait de regarder ses pieds, ses yeux concentrés sur une mauvaise herbe qui poussait dans une fissure. Du bout du pied, il essayait de la faire disparaître dans le trou.

Je me retournai vers Hannah et lui tendis les quarante dollars.

– Qui t'a demandé de lancer cette rumeur ?

Elle haussa les épaules.

– Un mec chauve que j'ai rencontré sur le parking de l'école.

Je ne cillai pas, même si ces trois mots m'écorchaient les oreilles : *un mec chauve !*

– Il m'a donné quelques centaines de dollars. Je vous ai donné deux renseignements, ça vaut bien quatre-vingts dollars, non ?

Je lui en donnai quarante.

– Tu pourrais décrire cet homme. Je veux dire, à part qu'il est chauve…

– Il était baraqué. Et âgé. Dans les quarante, cinquante ans.

Je lui tendis deux billets de vingt supplémentaires en essayant de calculer combien il me restait.

– Tu te souviens d'autre chose sur cet homme ? Sa voiture ? Comment il était habillé ?

– Non.

– Est-ce qu'il avait une cicatrice ?

Je retins mon souffle tandis qu'elle réfléchissait.

– Je ne sais pas. Peut-être.

Je ne lui donnai rien.

– Allez, ça vaut bien un peu d'argent.

OK pour vingt dollars.

– Il a expliqué pourquoi il voulait que tu lances ces rumeurs ?

Elle secoua la tête.

– Il m'a juste dit un truc du genre : « Tu veux gagner trois cents dollars ? » Et là il m'a demandé de commencer à dire à mes amis que j'avais couché avec M. Larkin. C'est tout. Je lui ai dit d'accord, et il m'a dit qu'il saurait si je n'avais pas tenu ma part du contrat.

Elle perdit son petit rictus effronté et se recroquevilla.

– Il avait un air un peu malsain en me disant ça. Et après il est parti. Je n'ai pas vu sa voiture et je ne l'ai jamais revu.

– C'était quand ?

Elle tendit la main, la paume vers le ciel. J'y posai vingt dollars de plus.

– Je ne sais pas. Environ un mois.

Bien avant la soirée de l'agression sur le petit chemin.

Sur les nerfs, je regagnai la voiture. Je m'attendais à voir Hannah et son copain alpaguer un autre inconnu pour qu'il leur achète de l'alcool, mais le garçon haussa les épaules et repartit dans la direction d'où ils étaient venus. Ce gamin avait l'air sensé, après tout. Dommage qu'il ait eu de si mauvaises fréquentations.

Chapitre 30

Perla habitait un appartement de Fountaingrove, jadis une communauté utopiste fondée par le vigneron et prophète Thomas Lake Harris. Ses adeptes étaient persuadés que leur maître à penser était immortel, aussi le laissèrent-ils reposer plusieurs mois avant d'admettre qu'il ne dormait pas, mais qu'il était bel et bien décédé.

Il n'y avait plus aujourd'hui d'immortels à Fountaingrove, même si certains de ses habitants les plus fortunés n'en étaient pas loin. C'était pour tout cela que le quartier avait été renommé quelques années auparavant : ses racines communautaires, ses petites propriétés et la voie express qui le traversait. Depuis, un incendie avait détruit quatorze mille hectares et fait vingt-deux morts dans le secteur.

Parmi les bâtisses qui avaient résisté au feu se trouvaient des immeubles et des ensembles construits à flanc de colline et dont les noms – Bellevue, Horizon View – rendaient hommage au panorama autrefois sublime qui se résumait aujourd'hui aux carcasses calcinées de *manzanitas*[1] et de baraques en reconstruction.

Je me garai devant l'une de ces résidences baptisée Vista Bella, un complexe haut de gamme bâti dans des tons ocre et orné de galets. Je gravis l'escalier qui conduisait à l'appartement

1. Arbustes communs en Californie.

dont Zoe m'avait donné le numéro. Je sonnai et frappai doucement à la porte.

Pas de réponse. J'appelai Perla à plusieurs reprises, mais tombai sur son répondeur.

Je me demandai si je devais essayer la poignée. L'absence de réaction de Perla m'inquiétait. La porte était sans doute fermée à clef, de toute façon.

Ce n'était pas le cas. Encore une porte ouverte qui était une invitation à entrer. Je l'entrouvris et appelai :

– Perla !

J'osai un pas, un seul, dans le salon obscur, surchargé de meubles trop grands pour l'espace disponible.

– Perla !

Toujours pas de réponse.

Bien que j'eusse l'impression de faire intrusion, l'inquiétude me fit m'avancer encore un peu plus dans l'appartement. Je passai rapidement dans les autres pièces – une salle de bains, une chambre et une cuisine. Sur le comptoir de cette dernière se trouvaient une tasse de café et un muffin à moitié mangé. Je plongeai mon doigt dans la tasse, à travers la fine pellicule de mousse, pour en tester la température. Le café était froid. Perla avait peut-être interrompu son repas, à moins qu'elle n'eût pas jugé utile de ranger la table après en avoir terminé. Quand je vivais seule, je laissais mes fringues en tas sur le sol jusqu'au jour de la lessive.

Bref, ce que ma rapide inspection de l'appartement révélait, c'est qu'il était vide, mais impossible de dire depuis quand.

Tout avait l'air à sa place. Je quittai donc les lieux en fermant la porte derrière moi.

En me rendant chez Zoe, je fis une halte à la maison pour vérifier les messages sur le répondeur de notre ligne fixe. Il y en avait deux. Le premier était un appel commercial. Le second venait de mon père : « Je n'arrive pas à te joindre sur ton portable et je voulais juste te mettre au courant… J'arrive demain matin tôt. »

Il me donnait le nom et le numéro de son hôtel.

Tête de lard. Cela me fit sourire quand même.

Comme la veille au soir, Zoe m'attendait sur le pas de sa porte.

Elle me proposa d'utiliser son ordinateur pour consulter mes mails. Puis elle me prit dans ses bras, avec un peu moins d'entrain que d'habitude, et me dit :

– Il faudra qu'on parle, demain matin.

Sa façon de dire ça ne présageait rien de bon.

Je savais que j'avais besoin de sommeil, mais je ne pus m'empêcher de me connecter à l'ordi. La plupart des messages étaient d'ordre professionnel, et je m'apprêtais à me déconnecter lorsque l'un des mails m'interpella.

Linda. Quelle Linda ?

Épuisée comme je l'étais, il me fallut fixer l'écran pendant une bonne trentaine de secondes avant de la remettre : Linda était la responsable du petit café où je m'étais rendue. Comme je l'avais demandé à son employé, elle m'adressait un lien vers une vidéo titrée d'un seul mot : « Jeudi ».

Le jour de la disparition de Sam.

Josh avait bien gagné ses deux cents dollars.

Mon doigt resta en suspension sur la souris, incapable de cliquer sur la touche « play ». Le souffle court, je n'arrivais pas à lancer cette vidéo.

J'inspirai profondément, mais cela ne changea rien. J'hésitais à regarder ce film à cause de ce qu'il contenait : la vérité. Ozzy, Brooklyn, Helen, Carver, et peut-être même la police, tous jouaient leur propre jeu. Mais la patronne du café m'avait envoyé cette vidéo uniquement parce que je le lui avais demandé. Elle n'en avait rien à faire de Sam ou de moi. Nous étions des étrangers pour elle, et réciproquement. Contrairement à la photo laissée sur le cartable d'Audrey, je n'avais aucun doute sur l'authenticité de ce film.

Je cliquai sur « play ».

La directrice ne m'avait envoyé que la partie qui m'intéressait, aussi le couple entra immédiatement dans le champ. Une petite brune avec une queue-de-cheval, portant un legging, était suivie par un homme de grande taille aux cheveux bruns coupés court. Je reconnus son sourire, même d'aussi loin. Je caressai l'écran du bout des doigts, mais ce n'était que du verre froid, pas sa peau.

Sam.

Brooklyn alla s'asseoir à une petite table dans le patio, dos à la caméra. Sam prit place en face d'elle, devant l'objectif. Il s'accouda à la table et son sourire disparut, remplacé par un air grave. Il avança la main pour la placer sur celle de la jeune femme.

Je tentai de me convaincre que c'était un simple geste de réconfort, même s'il se prolongeait. Mais je me forçai tout de même à continuer à regarder. Je ne pouvais lire sur les lèvres de mon mari, aussi tentai-je d'interpréter ses mouvements.

Brooklyn sembla se détendre lorsqu'il posa sa main sur la sienne. Son dos raide s'affaissa légèrement, et elle se pencha également en avant. Je ne pus m'empêcher de me demander quel autre geste ils auraient pu échanger sans cette table qui les séparait.

J'étais si concentrée sur l'image que je ne remarquai pas tout d'abord l'heure et la date indiquées dans le coin de l'écran. Le café se trouvait à quelques minutes du lycée et le film avait été tourné à douze heures vingt-trois, au cours de la pause déjeuner de Sam. Cela leur laissait à peine le temps de boire un café.

Que fallait-il déduire de leurs marques d'affection ? Était-ce mieux ? Était-ce pire ? Se voyaient-ils juste vite fait ou y avait-il quelque chose entre eux ? Et puis soudain cela me revint, Sam était suspendu. Ils avaient tout leur temps.

Brooklyn tendit de nouveau le bras pour lui toucher le visage, et je reçus ce geste comme une gifle. Sam écarta sa main, et l'espace d'un instant, je me pris à penser que c'était par fidélité à notre mariage. Mais il se remit à sourire et lui reprit la main.

Pense à ceux que tu aimes…

La date inscrite en bas de l'écran était le 24 octobre. Cette vidéo n'avait pas été tournée le jour de la disparition de Sam, mais une bonne semaine auparavant. Elle confirmait donc que Brooklyn connaissait Sam, mais, à part cela, il n'y avait rien à en tirer.

Sam et Brooklyn se levèrent. Je déplaçai la souris pour rembobiner. Et c'est là que je l'aperçus : un homme était assis à une table derrière la leur, dissimulé jusqu'à ce qu'ils sortent de l'écran. On l'apercevait à peine, dans un coin de l'image. Une moitié de crâne chauve.

Chapitre 31

J'avais beau être persuadée de ne plus jamais trouver le sommeil, l'épuisement prit le dessus. Je m'étais endormie sur le canapé de Zoe, qui était très pratique pour s'asseoir, un peu moins pour dormir. Je me remis en position assise, chassant Papouille de ma poitrine, au grand dam de mes articulations et de mes cervicales. Voilà vingt ans, je pouvais me contorsionner avec la grâce du félin que je venais d'éconduire, mais aujourd'hui je craquais et je crépitais comme un bol de céréales imbibé de lait.

Je regardai l'heure sur mon téléphone : 5 h 48. Il fallait que je me rende à l'hôtel de mon père dès que les enfants seraient levés, mais je serais tout à fait incapable d'aller où que ce soit avant d'avoir absorbé au moins dix litres de café. Je me déplaçai jusqu'à la cuisine et me hissai sur l'un des tabourets disposés le long du comptoir. Boo était couché sur le tapis de la cuisine, la queue frétillante, la truffe alerte.

J'avais tellement visionné la partie de la vidéo où l'on apercevait ce crâne chauve que j'avais l'impression d'avoir du sable dans les yeux. Je n'avais pas réussi à le visionner sous un meilleur angle, et plus je regardais la scène, plus je doutais qu'il s'agisse de Carver Sweet. Je transférai néanmoins le film à l'inspecteur Rico. La police de Santa Rosa avait de meilleurs yeux et de meilleurs spécialistes que moi.

Zoe s'était levée et plaça devant moi une portion d'omelette, une grande tasse de café, un toast et un ramequin de pommes coupées en tranches.

– Tu mérites vraiment une augmentation, lançai-je entre deux bouchées de cette tortilla poivron vert-champignons et deux gorgées de café.

Je faisais souvent l'impasse sur le petit déjeuner, mais comme je n'avais plus mangé depuis ce demi-sandwich commandé au café, je voyais plutôt ça comme un dîner tardif.

– Des nouvelles de Perla ?

– Pas encore, mais je voulais te montrer quelque chose. Mange d'abord.

Elle me tendit une fourchette avant de disposer des tranches de bacon dans une poêle.

– Daryl a envoyé un texto hier soir. Apparemment, Lester va bien, et Daryl veut absolument nous apporter des sablés au citron lundi.

Zoe adorait ses carrés sablés.

– Bien meilleurs que ses brownies.

– Ce n'est pas à moi de le dire, mais il m'a demandé si je les voulais normaux ou « spéciaux ».

Elle retourna le bacon. Puis elle baissa le feu et me fit face, les bras croisés.

– Il fallait que je te parle, mais je voulais attendre que tu aies dormi un peu. Je t'adore, Cassie, mais il faut que tu arrêtes.

Donc, l'omelette, c'était pour m'amadouer.

– Je t'adore aussi, Zoe, mais je ne peux pas.

– Ce mec aurait pu te tuer hier soir.

– Je ne pense pas être la meilleure amie de Rico, mais je ne pense pas non plus qu'il me ferait du mal.

– Tu sais très bien que ce n'est pas de lui que je veux parler. Quelles que soient ses raisons, Carver Sweet semble t'en vouloir à mort.

– Brooklyn prétend qu'il est amoureux de moi.

– Tu comprends parfaitement ce que je veux dire. Il est décidé à te faire du mal.

Je repensai à ce que toute ma famille avait traversé ces derniers jours, et la moutarde me monta au nez.

– Je ne lui en donnerai pas l'occasion.

– Il en a pourtant eu une belle, hier.

– Mais je suis encore là, en pleine forme et en train de manger mon petit déj. Super omelette, d'ailleurs !

– N'essaie pas de changer de sujet.

– C'est pourtant ce que je fais. Le café est délicieux aussi. Tu mets de la cardamome ?

– Je m'inquiète pour toi.

Après mon père, Zoe était la deuxième personne en une demi-journée à exprimer ce sentiment. Je ne pouvais pas leur en vouloir. Je m'inquiétais un peu pour moi-même également.

– Écoute, Cassie, je sais que tu veux retrouver Sam, mais tu pars dans tous les sens. Et tu es butée.

– Merci.

– Ce n'était pas un compliment.

– Tu avais quelque chose à me montrer ?

Elle soupira et sortit une enveloppe d'un tiroir. Je repoussai mon assiette. Plus faim. Je savais ce qui se trouvait dans cette enveloppe.

– Il faut que je fasse passer cette photo à l'inspecteur Rico.

– Je peux m'en charger, mais, avant ça, je voudrais que tu regardes un truc.

Zoe étala le cliché imprimé sur le comptoir et sortit une loupe du même tiroir.

– Deux choses. D'abord le rebord du matelas.

Elle déplaça la loupe vers le coin droit de l'image, là où le rebord du matelas rencontrait le bord de la moquette.

– C'est un peu décalé. Pas aussi droit que ça devrait l'être.

Même avec la loupe, ce matelas me paraissait tout à fait droit. Dieu sait que j'avais envie que cette photo soit un faux, et pourtant j'avais l'impression que Zoe voyait des défauts là où il n'y en avait pas.

Elle lut le scepticisme dans mes yeux.

– Le second détail est plus net.

Elle déplaça la loupe vers l'endroit où le bras de Sam entourait le corps de sa maîtresse.

– Tu vois les hanches de la femme, là ?

J'appréciai le fait que Zoe parle d'une femme et non d'une fille. Elle fit glisser la loupe vers le haut, là où le bras de mon mari se mettait en travers de l'aine de sa conquête.

– Maintenant, regarde bien l'endroit juste au-dessus de sa taille.

Je crois que je saisis ce qu'elle voulait dire. Enfin peut-être. Quelque chose clochait, mais j'aurais été incapable de dire quoi. Zoe mit le doigt dessus.

– La taille de cette femme n'est pas vraiment dans le prolongement de ses hanches.

Elle traça une ligne, et bien que le décalage ne soit pas énorme, je compris où elle voulait en venir.

– La moitié supérieure de son corps est un peu plus petite que la partie du bas !

Zoe hocha la tête.

– Comme si quelqu'un cherchait à la faire paraître plus chétive. Plus jeune.

Elle replaça son doigt au bout du matelas.

– C'est aussi la raison pour laquelle cette partie de la photo est légèrement incurvée.

L'espace d'un instant, je partageai l'excitation de Zoe. Le cliché avait été retouché. Et puis, soudain, je songeai à ce qu'elle ne m'avait pas dit.

– Donc la photo a été trafiquée pour faire paraître la femme plus jeune. Mais cette femme n'a pas été ajoutée purement et simplement. On n'a pas placé sa photo par-dessus une photo de Sam ?

– Probablement pas, admit Zoe.

Avant d'ajouter promptement :

– Mais il y a plein d'explications possibles.

– Comme quoi ?

Zoe avait passé beaucoup de temps à étudier cette image, et

ses hésitations trahissaient ce qu'elle avait du mal à exprimer. Elle essaya néanmoins.

– C'est peut-être une vieille photo. Prise avant que Sam et toi soyez ensemble.

Je contemplai la photo en tant qu'épouse et non en tant que technicienne photo et remarquai une petite cicatrice au bas du dos. Nous étions allés à Tahoe voilà une paire d'années et Leo avait poussé une luge alors qu'Audrey tentait de monter dessus. La luge avait dérivé et Sam et Audrey avaient percuté un rocher. Sam n'aurait pas été blessé s'il n'avait pas fait écran de son corps pour protéger sa fille.

– Non, ce n'est pas une vieille photo.

– Mais comme la photo a été retouchée, nous savons déjà que ça peut être Brooklyn, non ?

Comme si cela me rassurait que Sam ne m'ait trompée qu'avec une seule femme. Cette hypothèse était loin de me rasséréner.

– La couleur des cheveux correspond, en tout cas.

Leo fit irruption dans la cuisine et nous fit sursauter toutes les deux.

– Tu es debout bien tôt !

Je repliai la photo et la rendis à Zoe, qui la rangea dans le tiroir.

– L'odeur du bacon…

Leo planta sa fourchette dans les tranches à même la poêle, mais s'arrêta net. Il renifla.

– Y a quelque chose qui brûle, non ?

Je jetai un œil au bacon, mais il cuisait à feux doux et la hotte aurait absorbé la fumée s'il y en avait eu. Je ne repérai rien dans l'atmosphère que cet arôme de lard grillé et de café. Zoe éteignit la plaque par précaution et nous regardâmes autour de nous pour voir si quelque chose avait pris feu. Mais l'air était dégagé, comme suspendu. Soudain, pourtant, je sentis des démangeaisons dans mes doigts et une sueur froide dévala le long de ma colonne vertébrale.

Zoe commença à parler :

– Je ne…

Je la coupai aussitôt.

– Réveille ta sœur !

Je l'avais senti, moi aussi. Un fumet subtil, mais âcre. L'odeur du bois qui s'embrase, mêlée à… autre chose.

J'allais demander à Zoe d'appeler le 911, mais elle avait déjà son portable à la main.

– Tu as un extincteur ?

Elle fit un geste en direction du placard.

Les jambes flageolantes, je courus vers le réduit, attrapai l'appareil et la laisse de Boo.

– Où mets-tu la caisse de Papouille ?

Zoe plaça le téléphone au creux de son épaule et m'indiqua sa chambre. Je fis entrer Papouille dans sa caisse et reconnus subitement la deuxième odeur. Elle évoquait les bateaux et les quais, la benzine et les hydrocarbures. Mais aussi la volonté farouche de tuer. De l'essence.

Leo revint, flanqué d'une Audrey assoupie. Les gestes de mon fils étaient vifs et précis. Il ne se contentait plus d'obéir à mes ordres.

– Les pompiers arrivent, annonça Zoe.

Elle attrapa son sac, ses clefs et la caisse du chat, tandis que je prenais Boo sous le bras qui ne tenait pas l'extincteur. En quelques foulées, j'atteignis la porte d'entrée et posai la main dessus. Chaud, mais pas brûlant. Je fis pourtant signe à Zoe et aux enfants de passer par-derrière. Zoe m'imita en tâtant le bois de la porte du jardin. Froide au toucher.

– On a tout ?

Leo et Zoe acquiescèrent, mais Audrey échappa à son frère pour venir se lover autour de mes jambes.

– Maman !

– On doit y aller, ma puce ! Va avec ton frère.

Mais elle enfouit son visage contre moi et me serra plus fort encore, ses bras comme deux bandes adhésives m'interdisant de bouger. C'en était trop. Elle n'en pouvait plus. Visiblement, incendie ou pas, elle ne quitterait la maison que dans mes bras.

Je tendis la laisse du chien à Leo et soulevai Audrey en faisant un signe du menton en direction de la porte. Zoe hocha la tête, tourna la poignée, retint son souffle et ouvrit la porte en grand.

Dehors, l'odeur de carburant se faisait plus forte. On ne voyait pas encore de flammes, mais je savais qu'elles étaient là, prêtes à suivre la traînée d'essence répandue jusqu'à une flaque étalée sur les marches derrière la maison. Je criai à Leo d'éviter de marcher dedans, paniquée à l'idée de voir son pantalon de pyjama s'enflammer tout d'un coup. Cela n'arriva pas. Mais cela pouvait se produire à tout moment. Je chassai cette pensée et poussai Zoe et les enfants devant moi.

Nous contournâmes la maison en gardant nos distances, et nous les entendions à présent : de légers craquements, comme si l'on brisait les os d'une volaille. Mais toujours pas de flammes. La bête rôdait, et on la sentait de plus en plus proche.

En arrivant au coin de la bâtisse, nous aperçûmes enfin le petit tas de chiffons auquel on avait mis le feu, et celui-ci se répandait à la vitesse grand V. Le parfum doucereux du carburant se fit plus entêtant, et une flaque d'essence, identique à celle répandue à l'arrière, s'étalait sur le perron. Les flammes se jetèrent dedans et se mirent à danser, à enfler, à se consumer.

Je reposai Audrey au sol et tirai la goupille de l'extincteur en dirigeant le bec vers la maison, à l'endroit où les flammes commençaient à lécher les murs. J'appuyai sur la poignée, mais les flammes, alimentées par l'essence, se déployaient en tous sens. Je déplaçai le jet de neige carbonique de part et d'autre, mais j'avais l'impression de tenter d'endiguer le flot de sang d'une artère sectionnée avec un Coton-Tige.

Un attroupement s'était formé sur le trottoir, pour la plupart des gens en robe de chambre, même si quelques-uns étaient déjà prêts à partir travailler. Je n'y fis pas attention, trop occupée à appuyer sur cette gâchette jusqu'à ce que la dernière goutte de liquide s'écoule de l'extincteur. Un voisin vint en renfort avec un deuxième extincteur, un autre avec un tuyau d'arrosage. Tous ensemble, nous parvînmes à contenir le feu. Les pompiers arrivaient. Nous avions probablement fait le nécessaire pour éviter que l'incendie gagne. Mais je ne l'aurais pas parié.

Je laissai tomber l'extincteur et m'avançai jusqu'au monticule calciné d'où l'incendie avait démarré. En m'approchant, je remarquai qu'il s'agissait d'un tas de vêtements. La plupart étaient consumés, mais un bout de toile de jean restait reconnaissable. On aurait dit celui que portait Sam le soir de sa disparition.

Je me penchai. Pas d'odeur d'essence sur ce pantalon, qui avait été placé un peu à l'écart des autres vêtements. Impossible pour moi de dire si c'était vraiment le jean de Sam, mais cette petite mise en scène me le laissait penser. Dans tous les cas, c'était un message. Tremblante, fumante même, j'avais aussi un message à faire passer.

Chapitre 32

Je n'attendis pas les pompiers ni la police. Après m'être fait promettre par Zoe qu'elle allait trouver un refuge pour elle et nos animaux, un endroit dont je n'aurais pas l'adresse, je partis avec les enfants, direction un hôtel en ville. Pas pour y résider, mais pour rencontrer un homme que je n'avais pas revu depuis six ans.

En chemin, j'appelai l'inspecteur Rico. L'aube venait de dessiner des traînées plus grises que bleues dans le ciel, mais il répondit à la deuxième sonnerie.

– Allô ?

Sans le court moment qu'il avait pris pour se racler la gorge, je n'aurais pu deviner que je venais de le réveiller.

– On a mis le feu à la maison de mon amie Zoe.

– Bonjour, Cassie.

Il toussa pour s'éclaircir un peu plus la voix.

– Donc aujourd'hui, nous avons un incendie, c'est ça ? Tout le monde va bien ?

– Ça va.

Je lui donnai l'adresse de Zoe.

– Après notre conversation d'hier soir, je ne voulais pas que vous m'accusiez de vous cacher quoi que ce soit.

– Ça ne serait pas bien, en effet.

Toute trace de sommeil avait disparu de sa voix, à nouveau aussi incisive que d'habitude. J'entendis en arrière-plan le grincement d'un matelas ou d'un canapé tandis qu'il se redressait.

– Même si je n'en suis pas tout à fait sûre, j'ai l'impression qu'on a laissé sur les lieux le jean de Sam pour que je le découvre. Près d'un tas de vêtements utilisés pour allumer le feu.

– J'imagine que vous n'êtes plus sur place ?

– Non, mais vous savez comment me joindre.

– Vous êtes passée en troisième position dans la liste de mes contacts.

Impossible de dire s'il plaisantait.

– Merci de ne pas changer de numéro une fois de plus.

Au vu de la situation, rien n'était moins sûr.

– Avez-vous eu le temps de visionner la vidéo que je vous ai envoyée ?

– Je l'ai vue, oui. Et cette photo, vous me l'apportez ?

– Ah… En fait, ça ne va pas être possible.

– Ah bon ?

– Elle est restée dans la maison de Zoe.

Même si cette image était une pièce à conviction, et même si j'espérais que le feu était resté à l'extérieur, je rêvais secrètement qu'elle ait brûlé.

– Il me semble que nous devrions nous voir.

– Certainement, mais ce n'est pas possible pour l'instant.

J'entendis un rire d'enfant. Je ressentis un peu de jalousie. J'aurais aimé que mes enfants puissent retrouver cette insouciance.

– Vous pouvez passer au commissariat à 9 heures ?

C'était une question, mais je compris que c'était surtout une convocation.

– On se voit à 9 heures.

Si je suis à l'heure.

Il enregistra mon hésitation.

– Il faut vraiment que vous soyez là, Cassie. Et amenez Leo.

J'allai lui demander ce qu'il voulait à Leo, mais il me coupa, comme si on le dérangeait.

– Je dois y aller. Je vous vois à 9 heures. Avec votre fils.

L'instinct me disait que ce n'était pas sa famille qui l'avait contraint d'abréger notre conversation. Sa brusquerie me rappelait celle de Sam, ce matin où il avait pris un appel de Brooklyn. Ce n'était pas très encourageant.

Un banc de nuages gris dérivait dans le ciel, et un vent glacial s'était mis à souffler. Malgré le froid, je restai pétrifiée devant la porte de la chambre d'hôtel de mon père, incapable de frapper.

– J'ai froid, gémit Audrey.

Elle était toujours en pyjama, et la veste que j'avais posée sur ses épaules était trop fine pour un matin de novembre. Elle se blottit contre Leo, l'utilisant comme coupe-vent.

Sur le chemin de l'hôtel, les enfants m'avaient assaillie de questions sur l'incendie, avant de se rendre compte que je n'en savais pas plus qu'eux. À notre arrivée, j'avais hésité entre les laisser dans la voiture, seuls et vulnérables, ou les faire entrer pour rencontrer ce grand-père que Leo connaissait à peine et qu'Audrey n'avait jamais vu.

Après une courte hésitation, je m'étais dit que leur intégrité physique était plus menacée que leur bien-être émotionnel, aussi avions-nous gravi ensemble l'escalier qui nous avait conduits jusque-là.

Je finis par frapper à la porte, qui s'ouvrit immédiatement. Et je me retrouvai face à mon père.

Les cheveux de Red McConnell s'étaient clairsemés en six ans, et les rides sous ses yeux s'étaient prononcées. Il s'avança, comme s'il voulait m'embrasser, mais quelque chose dans mon regard l'en dissuada. Il se contenta d'un signe de tête.

Audrey s'approcha.

– Vous êtes mon papy ! Pas l'autre. Pas celui de papa. Lui s'appelait Frank et il est mort.

– Je suis désolé de l'apprendre.

– Nous sommes allés le voir dans sa ferme quand j'étais toute petite. Papy Frank faisait pousser des haricots, mais il avait aussi des poules. Je peux regarder votre télé ?

– Bien sûr.

Audrey s'empara de la télécommande sur la table de chevet et se jeta sur le lit, puis se ménagea un petit nid au creux des oreillers. Leo se laissa tomber dans un fauteuil, ses écouteurs sur les oreilles, les yeux rivés sur son portable. Ils donnaient le change, tous les deux, mais je remarquai des petits signes de nervosité : Audrey parlait d'une voix suraiguë et Leo regardait dans le vide. Ils n'avaient pas flanché, mais c'était limite.

– J'ai essayé de t'appeler sur ton portable.

– J'en ai changé.

Je lui donnai mon nouveau numéro en insistant sur le fait qu'il ne devait l'appeler qu'en cas d'urgence absolue, et si possible d'une cabine.

Il haussa un sourcil, et je sentais bien qu'il brûlait d'en savoir plus. Dieu merci, il ne posa pas de question.

Red surveillait ses petits-enfants du coin de l'œil et je savais bien à quoi il pensait : que pouvait-il dire devant eux ? Le silence entre nous devint de plus en plus inconfortable au fur et à mesure que nous débattions intérieurement de cette question.

Je brisai la glace.

– Tu n'aurais pas dû venir.

– Tu as des ennuis. Où voulais-tu que je sois ?

Je me mordis la langue pour ne pas répondre : « Et tu étais où quand Audrey a eu besoin de toi ? »

Il répondit lui-même à la question.

– Je sais qu'il y a eu des moments où j'aurais pu en faire plus, et j'en suis désolé. Tu sens la fumée…

– C'est une longue histoire.

Que je lui raconterais le moment venu. Mais j'étais avant tout venue pour le prévenir qu'il serait plus en sécurité chez lui. Je ne trouvai pas les mots.

– Sue n'est pas avec toi ?

– Elle serait sans doute venue si nous n'avions pas rompu voilà trois ans.

Le ton se voulait détaché, mais il rappelait surtout tout ce temps perdu. Même Red ne parvint pas à esquisser un sourire.

– Tu vois quelqu'un d'autre ?

– Pas vraiment.

Un nouvel ange passa. Mentalement, je préparai des phrases toutes faites – la météo dans l'Arizona, tout ça... –, mais Red ne m'en laissa pas le loisir.

– Je n'ai pas fait mille trois cents kilomètres pour parler de mes amours déçues et du temps qu'il fait.

Les parents ont souvent ce don de télépathie.

– Mille trois cents bornes !

– Ouais, j'ai regardé sur Google.

Pour la première fois depuis que j'étais entrée dans la chambre – et sans doute depuis quelques heures –, je souris.

– Je m'en doute. Et tu as préparé un discours, aussi ?

– Parfaitement. Je l'ai écrit sur une serviette en papier dans l'avion.

– Tu as eu le temps de répéter ?

– Mon voisin faisait semblant d'être dérangé, mais je pense qu'en vérité, il est tombé secrètement amoureux de toi.

– Ça doit être un sacré discours...

– Peut-être même que je lui ai montré des photos.

Je repensai à tout ce temps passé.

– J'ai pas mal changé, en six ans.

– Pas tant que ça, et les photos étaient plus récentes, de toute façon.

Devant mon air étonné, il expliqua :

– Sam m'a envoyé des photos de toi et des mômes à la plage l'an dernier.

Sam était resté en contact avec mon père ? Avant que j'aie eu le temps d'en savoir plus, il demanda :

– Ils sont au courant... pour Sam ?

Je fis de mon mieux pour ne pas regarder Audrey et Leo.

– En partie.

Pendant toute mon enfance, nous étions tout l'un pour l'autre. Et c'était bon de retrouver cette vieille connivence. Mais l'idée que Sam ait pu conservé des relations secrètes avec Red m'avait refroidie. Cela me rappelait ce que j'avais ressenti en regardant le visage jauni d'Audrey après que mon père eut estimé qu'il ne voulait pas subir de test parce qu'il avait peur des seringues, et ajouté que Sam ou moi-même ferions de meilleurs donneurs.

– Je t'en veux toujours.

– Je sais. Mais ce n'est pas une raison pour que je ne sois pas là aujourd'hui.

J'avisai Audrey, lovée dans son nid d'oreillers.

– Elle était vraiment malade.

Elle avait même failli mourir. Mais ça, je ne pouvais pas le lui dire, particulièrement eu égard à ce qui était arrivé ces derniers jours. Cela me paraissait dangereux d'exprimer cette idée.

– Si tu avais été malade comme ça quand tu étais petite, je n'y aurais pas survécu. Tu as toujours été plus forte que moi.

Je ne me sentais pas particulièrement forte. J'avais même l'impression que le moindre faux pas pouvait me faire trébucher.

– En apparence, oui. En tout cas, je n'ai pas peur des seringues.

Il encaissa le coup.

– Touché.

– Sam t'a vraiment envoyé des photos de moi et des enfants ?

– Je pense qu'ayant lui-même perdu ses parents, il est plus sensible à ce que je peux avoir perdu et à ce que notre éloignement peut te coûter.

Sa formulation me surprit.

– Ce que tu peux avoir perdu ?

Red s'approcha, mais évita soigneusement de me toucher.

– Je peux toujours te dire que je suis désolé ou que j'ai mal géré cette histoire, mais nous savons toi et moi qu'aucune excuse ne fera l'affaire. Tout ce que je peux faire à présent, c'est te venir en aide, ici et maintenant.

– Il me manque, répliquai-je à voix basse. J'ai entendu dire des tas de choses horribles sur son compte depuis deux jours, mais il me manque quand même.

– Tout ce qu'on a pu te raconter n'est pas vrai. Sam est un bien meilleur père que je ne l'ai jamais été, et je ne connais aucun homme qui aime autant sa femme.

Je l'observai pour m'assurer de sa sincérité, parce que je voulais croire dans le portrait de Sam qu'il me faisait.

– Et sinon, tu vas m'expliquer ce que ces gamins font encore en pyjama et pourquoi tu sens le feu de camp ?

Je saisis la clef de la chambre de Red et le pris par le bras pour aller discuter dehors. Une fois la porte fermée, je lui racontai toute l'histoire. Je lui en voulais, mais, en dehors de Sam, il était sans doute la personne en laquelle j'avais le plus confiance. C'est d'ailleurs la raison pour laquelle sa trahison, voilà six ans, et celle de Sam aujourd'hui m'avaient à ce point déstabilisée.

Mon récit terminé, je conclus par une évidence :

– Il faut que je le retrouve.

– Comme la police te l'a dit, la plupart des hommes mariés partent de leur plein gré.

Il était plus mesuré à présent. Moins dans le camp de Sam. Ce qui pouvait se comprendre.

– Tu penses qu'il avait une liaison ?

– Toi non ?

Même s'il était certain de la loyauté de Sam avant d'entendre mon récit, il paraissait ébranlé à présent.

– Ce qui ne veut pas dire qu'il ne va pas revenir. Je suis bien placé pour savoir à quel point les hommes peuvent se comporter comme des imbéciles.

– Même s'il me trompait, cela n'implique pas forcément qu'il soit parti de son plein gré.

– Et, dans ce cas, la police est sur ses traces.

– J'ai l'impression qu'ils sont moins à *sa* recherche qu'à la recherche d'indice contre *nous*.

– S'ils ont besoin de suspects, cela démontre au moins qu'ils pensent qu'un crime a été commis. Et, si c'est le cas, ils vont enquêter.

– Je connais mieux Sam qu'eux.

Était-ce vraiment le cas ? Les doutes de mon père étaient contagieux.

– J'en suis persuadé.

Je ne pouvais être certaine de la sincérité de Red, mais ces mots de soutien me réconfortaient.

– Si Sam s'était trouvé sur ce chemin ce soir-là, il se serait interposé aussi. Il serait intervenu avec plus de sang-froid que moi et aurait essayé de dissuader l'agresseur, même si ce dernier était dingue. Mais il n'aurait pas hésité une seconde.

– Je sais. Sam est un mec bien.

C'était indéniable. Et pourtant j'étais bien placée pour savoir qu'il était difficile de pardonner à la personne qui vous a fait du mal.

– Ce n'est même pas ça.

Je ne cherchais pas à expliquer ce que je ressentais à Red, plutôt un souvenir qui illustrerait mon propos. Il y en avait des dizaines, mais je choisis le jour où je m'étais rendu compte que je l'aimais.

– Quelques mois après notre rencontre, Sam et moi sommes tombés sur un homme et son fils à une station-service. Le garçon devait avoir huit ans, et son père se plaignait parce qu'il n'avançait pas assez vite. Il lui a donné un coup de poing dans le dos. J'ai hésité sur ce qu'il fallait faire, appeler le 911, intervenir. Il ne m'a fallu que quelques secondes pour décider d'appeler le numéro d'urgence, mais Sam était déjà au sol. L'autre l'avait assommé. Il avait tenté d'intervenir, et le père, qui faisait deux fois sa taille et avait visiblement plus l'habitude de se servir de ses poings, n'avait guère apprécié.

Les souvenirs ravivaient ma douleur.

– Entre-temps, l'employé de la station-service était intervenu et la police avait été prévenue. Je ne sais pas ce qu'il est advenu de cet homme, mais Sam avait pris un sacré coup derrière la caboche. Et tu sais ce qu'il a dit ? « Il vaut mieux que ce soit moi qui aie pris que le gamin. »

– Tu te sens obligée de rendre justice à Sam parce qu'il n'hésiterait pas à le faire pour toi ?

– Obligée n'est pas le mot que j'utiliserais. Et puis, ça va plus loin. Quand Audrey a eu besoin d'un foie, il n'a jamais envisagé les risques que cela pouvait lui faire courir à lui. Pas une seule fois.

Je lui pris le bras pour la première fois. J'avais besoin qu'il entende ce que j'avais à dire.

– Ce n'est pas contre toi. C'est juste comme ça que ça s'est passé. Tu m'as supportée pendant mon adolescence et tu dois penser que je peux être impulsive, et c'est sans doute vrai. Mais je réfléchis avant d'agir. Pas Sam. Il est convaincu que les gens bien doivent intervenir contre ce qui est mal. Toujours. Pour lui, c'est une obligation morale. C'est sa vision du monde.

Red hocha la tête.

– Et tu penses que c'est cette *obligation morale* qui lui a joué des tours ?

– Oui.

– J'admire Sam, mais j'ai un autre code de conduite et un seul impératif : vous protéger, toi et les enfants.

– Comme tu l'as fait voilà six ans ?

Red devint livide, et je regrettai aussitôt ce que je venais de dire. Lorsque je m'étais mis en tête de devenir pâtissière au collège, mon père avait mangé des gâteaux trop sucrés, des cookies trop fades et des biscuits brûlés sur les bords ou pas cuits au milieu. Souvent tout en même temps. Je n'y suis jamais arrivée. Mais il avait avalé chaque bouchée. J'aurais dû être capable de lui pardonner.

Il prit ma main et la serra fort.

– Ce n'est pas aussi simple, et il y a des choses que je ne pouvais pas te dire à l'époque.

Voilà qui me prit de court.

– Dis-les-moi maintenant.

– Comme je te l'ai dit, tout ce qui compte pour moi, c'est de vous protéger, et cela pourrait être dangereux de te dire des choses gênantes.

– Vas y, gêne-moi !

– Ce n'est pas important. Pas maintenant. Vous pouvez venir avec moi, toi et les enfants.

– Non, on ne peut pas. Et *c'est* important. C'est plus gênant de ne pas savoir où tu veux en venir.

– Je sais que tu m'en veux, mais je t'en prie… Reste avec moi. Laisse-moi t'aider.

– Tu as payé avec une carte de crédit, non ? Et tu t'es enregistré sous ton nom ?

Red acquiesça.

– Alors nous ne sommes pas en sécurité ici, et c'est ce que tu veux, non, nous protéger ?

J'avais mis dans cette question plus de mordant que je ne le souhaitais.

– Changeons d'hôtel…

– Tous les hôtels tiennent des registres.

– Prenons un hôtel borgne où ils ne sont pas trop regardants. Ou un camping ? Je suis sûr qu'il y a plein d'endroits où on peut camper dans le secteur.

Dieu sait que je voulais m'appuyer sur lui. Mais rien à faire.

– Tu ne me fais pas confiance, nota-t-il.

– Si. Autant que possible.

La confiance était devenue une denrée rare, ces derniers jours.

Il s'avança et je pensai qu'il allait me prendre dans ses bras. Mais il se contenta de me chuchoter à l'oreille, comme si quelqu'un pouvait nous entendre et nous nuire.

– Et vous allez aller où ?

Je faillis lui dire que je n'en savais rien, mais j'eus une meilleure idée.

– Je ne peux pas te le dire. Mais merci d'être venu. Quand j'aurai retrouvé Sam, revoyons-nous et tu pourras alors me dire pourquoi tu n'as pas voulu intervenir pour sauver la vie de ta petite fille.

Red fit la grimace, et je regrettai aussitôt mes propos.

– Ça ne te suffit pas de savoir que j'avais une bonne raison ?

– Peut-être… Si tu m'avais dit ça voilà six ans.

Je l'embrassai sans conviction et retournai dans l'hôtel récupérer mes enfants.

Chapitre 33

Mon père nous accompagna jusqu'à la voiture. Les enfants installés, il me demanda de faire attention. Il allait en dire plus, mais le claquement de la portière lui coupa la parole. Leo était redescendu de la voiture, la voix tremblante, les yeux éberlués. Il me demanda :

– Maman, pourquoi tu as un pistolet ?

La réponse était simple : je n'en avais pas.

Je me penchai vers le véhicule et aperçus l'arme posée sur le siège passager. À côté se trouvait un Post-it, qui pour une fois ne portait pas un chiffre, mais un mot, écrit en majuscules à l'encre rouge : « AUJOURD'HUI ».

– Maman ?

Ma bouche était sèche, plus à cause du mot que de l'arme elle-même.

– Cette arme n'est pas à moi.

Mon père, qui était remonté presque jusqu'à l'étage, se retourna et redescendit. Les poils de ma nuque se hérissèrent et je lui demandai de s'arrêter.

– Papa, remonte chercher tes affaires.

Il esquissa un sourire parce que je l'avais appelé papa, mais gagna sa chambre sans demander son reste.

Leo fixait le pistolet des yeux. Je vis les doigts de sa main droite se tendre et je posai ma main sur son bras.

– N'y touche pas.

Il recula.

– Je n'en avais pas l'intention.

Je fronçai les sourcils, mais en restai là. Je pouvais comprendre sa pulsion – son besoin de toucher l'arme pour s'assurer qu'elle était bien réelle parce que cela semblait impossible.

Le temps que Leo remarque le pistolet, Audrey s'était déjà installée sur la banquette arrière. À présent, la curiosité la poussait à redescendre.

– Reste assise, lançai-je sèchement.

Elle s'exécuta, et je me tournai vers Leo.

– Surveille ta sœur.

Toujours ces démangeaisons dans mon cou. Je m'agenouillai devant la portière côté chauffeur. À quatre pattes, je passai la main le long de la carrosserie à la recherche de quelque chose qui dépasse. Leo ne me quittait pas des yeux et Audrey s'inquiétait.

– Maman ?

Elle ouvrit la portière de son côté et j'évitai par miracle de la prendre en pleine figure. Je la refermai.

– Une petite seconde, ma puce.

Près du pare-chocs arrière, je découvris enfin ce que je cherchais : un petit rectangle de métal aimanté. Je l'avais découvert avec tellement de facilité que je me dis qu'il y avait sans doute d'autres capteurs GPS mieux dissimulés.

Est-ce que Carver l'avait placé là le premier soir, avant que je ne découvre la disparition de Sam ? Ou alors plus tard, à l'hôpital, lorsque j'attendais les résultats de l'IRM de Leo ? Ou alors c'était Helen qui avait placé l'appareil pendant que je découvrais le sang de mon mari dans la maison abandonnée ? Je songeai à tous les endroits où je m'étais rendue, à tous les gens que j'avais croisés, et tout ce que je savais, c'était que quelqu'un m'avait suivie à la trace pour mettre le feu à la maison de Zoe, puis jusqu'à cet hôtel pour déposer le pistolet dans la voiture.

C'est alors que je m'interrogeai : et si on me traquait depuis des mois ? Est-ce que l'apparition de Carver tout près de ma maison le soir de l'agression était vraiment le fait du hasard ?

Un numéro inconnu apparut sur mon téléphone portable. J'appuyai sur la touche verte en retenant mon souffle.

Zoe ne prit même pas la peine de me saluer.

– Cassie, je viens de parler à la police.

Sa voix se brisait et elle hésita à poursuivre. J'approchai encore le téléphone de mon oreille et j'entendis ce qui ressemblait à un sanglot.

– Perla est morte.

Je posai une main sur le capot pour ne pas tomber.

– On l'a tuée.

C'était impossible. Elle m'avait aidée. Je l'avais vue. Le soir précédent.

Je pensai à la première fois que je l'avais rencontrée. Elle avait à peine cinq ans de plus que Leo aujourd'hui. Elle était si jeune à cette époque. Si jeune encore.

Et puis je me rendis compte qu'il n'y aurait plus d'*encore*.

– Ils ont découvert son corps dans son appartement tard dans la soirée d'hier.

Chaque détail était un coup de poing dans le ventre. Et puis je compris : c'est Perla qui avait mon téléphone et mon ordinateur portable. Elle avait été abattue pour la seule et bonne raison qu'elle m'avait aidée. Et on avait déposé l'arme du crime dans ma voiture. J'avais la nausée. C'est à cause de moi que Perla était morte. Et cette arme aurait aussi bien pu être la mienne.

– Cassie, la police m'a demandé pourquoi tu étais partie avant l'arrivée des pompiers. À quelle heure tu étais arrivée chez moi. Si Leo était avec toi quand tu étais partie. Pourquoi en ont-ils après Leo ?

Je pris le pistolet, en retirai les balles – je ne pouvais pas prendre le risque qu'un gamin trop curieux le découvre avant la police – et l'essuyai du revers de la manche de mon sweat.

– Qui l'a découverte ? demandai-je.

Est-ce qu'elle avait été tuée avant ma visite ? Et, si c'était le cas, où se trouvait le corps ?

– Quoi ?

J'avais besoin de savoir. D'être sûre.

– Qui a trouvé le… Perla ?

Je n'arrivais pas à prononcer le mot « cadavre ».

– La police. On les a appelés.

Bien sûr. Comme on les avait appelés pour leur signaler ma présence dans la maison abandonnée – un rôdeur avec une arme, selon Rico – et comme on les avait probablement appelés pour leur signaler la présence d'une arme dans ma voiture. De combien de temps disposais-je ? Pas beaucoup, sans doute. Je me convainquis soudain que la fin abrupte de ma conversation avec l'inspecteur était due à la mort de Perla.

– J'ai aussi entendu l'un des policiers dire que la clef que tu leur avais donnée ouvrait la porte de l'appartement de Perla. Et un truc à propos d'empreintes sur un papier d'emballage…

Tout se mettait en place. Je m'étais rendue chez Perla. J'avais fermé la porte en partant. J'avais donné la clef à la police. Et je lui avais également confié un papier d'emballage qui ne contenait probablement que mes empreintes ou celles de mon fils. Je n'avais jamais vu le caillou avec le numéro 3 peint dessus dont Rico avait parlé, mais j'étais prête à parier qu'il avait été aussi minutieusement fabriqué que toutes les autres preuves qui s'accumulaient contre moi. Venait-il de mon jardin ? Et la peinture de notre garage ?

Je me remémorai soudain le texto que j'avais reçu pendant que Leo était à l'hôpital : « Je sais comment tu peux être lorsque tu es jalouse. » À ce moment-là, j'avais pensé que Brooklyn avait peut-être été tuée et que des preuves avaient été disséminées sur les lieux du crime pour m'accuser. J'avais vu juste. Je m'étais seulement trompée de victime.

Je jetai le pistolet, les balles et le mouchard dans une benne à ordures.

– Tu m'appelles de quel téléphone ?

– Celui d'une voisine. J'ai pensé que tu préférais que je n'utilise pas le mien.

– Mets-toi à l'abri.

Je lui donnai le numéro de Leo. J'avais utilisé le mien pour appeler Rico et il était probablement d'ores et déjà surveillé. Je l'éteignis – il ne servait plus à rien – et en retirai la batterie. Je songeai un instant à le jeter aussi, mais c'était un objet trop utile pour m'en débarrasser tout de suite.

La recherche du mouchard, ma discussion avec Zoe, jeter le pistolet… Tout cela n'avait pris que quelques minutes. Mais chaque seconde semblait me rapprocher d'un désastre imminent.

Je fis signe à mon père de monter dans la voiture. Je ne pouvais pas le laisser là après ce qui était arrivé à Perla. Il faudrait ensuite abandonner la voiture, mais, pour l'instant, il fallait quitter cet hôtel. Et vite.

J'ordonnai à mon père de se débarrasser de son téléphone.

Il le laissa tomber au sol, le piétina et l'expédia d'un coup de pied de l'autre côté du trottoir. Il atterrit à quelques centimètres de la benne.

Au moment où nous quittâmes le parking, j'aperçus les reflets rouges et bleus du gyrophare d'une voiture de police.

Je ne fuyais pas la police. Pas avec mes enfants dans la voiture. Mais ce n'était pas une raison pour lui rendre la tâche facile. J'allais appeler Rico – même si je ne me rendrais pas à notre rendez-vous – mais j'avais besoin de réfléchir avant.

Je gardai le pied léger sur l'accélérateur et regardai droit devant moi en quittant le parking, croisant deux voitures de police qui arrivaient en sens inverse. Impossible d'en être certaine, mais il me semblait avoir aperçu un des passagers qui regardait dans ma direction. Je tournai immédiatement à gauche et appuyai sur le champignon.

Bon, d'accord, je *fuyais* effectivement la police.

Je ne répondis pas aux questions d'Audrey et ne tins aucun compte du regard paniqué de mon père. J'avais deux autres priorités : la route devant moi et mon rétroviseur.

Je me retrouvai devant la cabine que j'avais utilisée pour appeler Helen la veille au soir.

– On va où ? demanda Audrey.

Je m'agrippai au volant et me garai.

– Je vais demander à ton grand-père d'appeler un ami.

Ce n'était qu'à moitié vrai.

J'observai le visage de ma puce dans le rétro. Elle n'était pas loin du point de rupture.

– Papa, je vais te laisser ici avec les enfants. Je vous rejoins dès que je peux.

J'avais parlé à voix basse. Il ne répondit pas. Il avait vu le mouchard. Il avait compris.

– C'est moi qui vais prendre le volant, non ?

Je souris, mais je ne pouvais accepter.

– Sans vouloir t'offenser, je crois que je conduis plus vite que toi.

Serais-je assez rapide ? Rien n'était moins sûr. À quelle distance de l'hôtel serait-il sûr d'abandonner la voiture ? Et une fois que je l'aurais fait, combien de temps me faudrait-il pour retrouver ma famille ? Si la police était sur mes traces, tout cela n'avait pas vraiment d'importance. Même un champion olympique ne pouvait semer une voiture de police.

– Je serai à trois villes d'ici le temps que ton ami arrive, insista-t-il.

– Mais je ne te laisserai pas faire ça.

– Ça ne change…

Je l'interrompis.

– Tu n'étais pas là voilà six ans. Sois là aujourd'hui.

Cela me retournait les tripes de prononcer ces mots, mais cela mit fin au débat, et c'est ce que je voulais. Comme l'aurait dit Perla : « Il faut savoir être une ordure. »

Avant de partir, je donnai des instructions à mon père et un numéro que je connaissais depuis longtemps.

– Il nous aidera, lui assurai-je, feignant la confiance.

À moins qu'il ne soit pas chez lui.

À moins qu'il dorme.

À moins qu'il ne veuille pas prendre le risque d'aider quelqu'un qu'*il connaît à peine.*

Pense à ceux que tu aimes…

Je démarrai, à la recherche de l'endroit idéal pour abandonner la voiture, en me demandant si j'avais tort de faire confiance à un homme qui gagnait sa vie en confectionnant des gâteaux farcis au cannabis.

Chapitre 34

Daryl habitait dans un lotissement de deux hectares entre Santa Rosa et Sebastopol.

Sa maison n'était pas bien grande et avait besoin d'un coup de peinture, mais le jardin attenant était bien tenu.

Lester rappliqua à toutes pattes le long de l'allée de gravier pour nous faire la fête. Le coup de frein de Daryl le surprit, et il alla buter sur la portière côté conducteur comme une bille de flipper sur un *bumper*. La collerette vétérinaire empêcha son museau de s'écraser contre la carrosserie.

– Désolé, docteur, lâcha Daryl d'un ton las. J'aurais juré que je l'avais laissé dans sa niche.

– Heureuse en tout cas de voir qu'il va mieux. Et encore merci d'être venu nous chercher.

– Pas de problème, docteur.

Daryl se gara devant la véranda de l'entrée, il coupa le moteur et Audrey retira aussitôt sa ceinture. Elle se rua hors de la voiture avec le même entrain que Lester avait mis pour la percuter, tous ses soucis oubliés pour l'instant. Mais pour combien de temps ?

Leo ne manifesta aucune envie de descendre et quand mon père sortit, je lui murmurai :

– Surveille-les, je dois parler à Daryl.

Il acquiesça, mais évita mon regard. Impossible de dire si c'était pour cacher l'inquiétude qui se lisait dans ses yeux ou l'amertume liée à ce que je lui avais dit.

L'intérieur de Daryl ne ressemblait pas du tout à ce à quoi je m'attendais. Le sol était en ciment teinté, et un tableau abstrait contrastait avec un fauteuil capitonné gris et à un tapis mauve qui devait être en laine. Un ordinateur portable reposait sur le pouf qui servait de table basse.

Daryl se traîna jusqu'au canapé, recouvert d'un plaid aux motifs géométriques et installé juste à côté d'un énorme plant de cannabis. Voilà une chose que je ne fus pas étonnée de trouver là ! La pièce empestait l'herbe.

– C'est un mâle, mais il est magnifique. C'est pour ça que je l'ai gardé, précisa Daryl.

Il me fallut un petit moment pour comprendre qu'il parlait de la plante. Je ne pus refréner la question qui me tracassait.

– Et Lester n'a jamais essayé d'en manger ?

Daryl gloussa.

– Ça lui est arrivé !

Son jean élimé et sa chemise déchirée faisaient tache sur ce canapé de style.

– C'est joli, notai-je.

– J'ai hérité ce mobilier de ma sœur, qui est décédée l'an dernier dans un accident de moto. Elle a toujours eu bien meilleur goût que moi, mais malheureusement elle était aussi beaucoup plus casse-cou.

Drôle de remarque de la part d'un « professionnel du chichon ».

– Je ne savais pas que vous aviez perdu votre sœur. Je suis désolée.

– Je pense qu'elle aurait aimé le ciment teinté au sol. Un client m'a dit que ma vieille moquette insultait la mémoire de ma sœur. En plus, elle puait l'herbe.

Daryl croisa les jambes, posant une tong sur le genou opposé.

– Alors dites-moi, docteur, qu'est-ce qui vous amène ?

J'avais jeté mon dévolu sur Daryl en me disant que le repaire d'un dealer de shit était le dernier endroit où l'on rechercherait une femme en fuite avec ses enfants.

– Mon mari a disparu et une ancienne patiente, qui a tenté de m'aider, a été assassinée.

J'observai la réaction de Daryl à cette dernière information. Il resta de marbre, les yeux injectés de sang, mi-clos, aussi lui racontai-je toute l'histoire. Puisqu'il avait accepté de nous accueillir, je lui devais toute la vérité.

Quand j'eus terminé, Daryl décroisa les jambes et se pencha en avant.

– Je peux être direct ?

– Pourquoi ? Il vous arrive de ne pas l'être ?

Daryl esquissa un sourire.

– Nan, vous avez raison. Je n'ai rencontré votre mari qu'une seule fois, mais ça m'a eu l'air d'un mec correct. Par ailleurs, vous êtes une très belle femme. Je ne vous choque pas, si ? Parce que vous êtes véto et tout ça…

– Tout dépend d'où vous voulez en venir.

Il hocha la tête comme si je venais de dire quelque chose de très profond.

– Donc vous êtes belle, vous êtes intelligente et vous avez soigné Lester, même quand je ne pouvais pas payer.

Ce qui était presque toujours le cas, mais je me gardai bien de le lui rappeler. Lester avait le droit d'être soigné.

– J'apprécie les compliments, et je vous en remercie, mais…

– Pourquoi vous aurait-il quittée ?

– Pour une autre femme.

– Nan, j'y crois pas.

– Vous ne croyez pas qu'il ait une liaison ?

– Non, ça peut toujours arriver, bien sûr, mais même la femme qui vous a dit qu'elle sortait avec lui ne pensait pas qu'il allait vous quitter, j'ai tort ? Et puis vous êtes très belle, je l'ai déjà dit.

– Ça, c'est vous qui le dites.

– Et vous avez des gosses et, à mon avis, un joli salaire.

Il prit un air contrit.

– Désolé une fois de plus de ne pas avoir pu payer l'opération de Lester, mais, depuis la légalisation du shit, c'est de plus en plus difficile de gagner sa vie, vous comprenez ? J'aurais bien vendu les meubles de ma sœur, mais c'est tout ce qui me reste d'elle.

– C'est bon, Daryl.

– Quoi qu'il en soit, je pense que vous devriez laisser de côté tout l'enfumage et vous concentrer sur ce que vous savez vraiment.

Je n'étais pas bien sûre de comprendre ce qu'il voulait dire, et il dut s'en rendre compte parce qu'il ajouta :

– De quoi êtes-vous tout à fait sûre ?

– Comment ça ?

– En me racontant votre histoire, vous m'avez dit que Sam avait une liaison, mais ça, vous n'en *savez* rien. C'est ce que vous *pensez*.

– Tout tend à le démontrer.

– Mais vous n'en êtes pas certaine !

Il se redressa sur le canapé.

– J'ai un pote, Jace, qui a une tortue. Il l'a appelée Tortue.

– Logique.

– Ouais, il est défoncé tout le temps, reprit-il en cajolant du regard son plant de cannabis. Tortue a des marques inhabituelles sur sa carapace, parce que, quand elle était petite, elle a été blessée par une tondeuse à gazon.

Je fis la grimace.

– Pauvre Tortue !

– Ouais, il lui manque une patte. Cette petite bête traîne toujours là où il faut pas.

– Comme Lester.

Il hocha de nouveau la tête avec emphase.

– Donc un pote de Jace, qui s'appelle Joe, voit Tortue un jour, et il est tout de suite persuadé que c'est la réincarnation de son père disparu parce qu'il lit les initiales de son paternel sur la carapace de la bestiole. Du coup, il offre mille dollars à Jace pour lui acheter Tortue.

– J'imagine que ce Joe était défoncé, lui aussi ?

– Joe est tout le temps défoncé. Quoi qu'il en soit, Jace essaie de le convaincre que les marques sur la carapace ne sont pas du tout les initiales de son père, mais représentent un palmier. Et les voilà qui discutent pendant des heures et des heures pour savoir qui a raison, si bien que Joe s'en va furax, décidé à récupérer son père décédé. Le même soir, Jace découvre que Tortue s'est barrée.

– Elle a été volée ?

Daryl sourit.

– Eh bien, vous voyez, c'est ce que Jace a pensé. Donc il va chez Joe, et il finit par balancer un énorme caillou dans sa fenêtre. Et c'est là qu'ils sont venus le chercher.

– Il a été arrêté ?

– Non, on l'a emmené sur une civière parce que la pierre était trop lourde et qu'il s'est démis le dos. Quand Jace est sorti de l'hosto, Joe a accepté de garder les flics hors du coup et même de ne rien réclamer à Jace pour la fenêtre, à condition qu'il lui donne Tortue.

– Donc Joe ne l'avait pas volée ?

– Ben non. En vérité, Tortue était restée coincée dans le placard des toilettes. Je vous ai dit qu'elle traîne toujours où il faut pas.

Je compris vaguement où Daryl voulait en venir.

– Vous voulez dire que Jace s'est persuadé que Joe lui avait pris Tortue, qu'il n'a pas cherché plus loin et qu'il se serait épargné pas mal d'embêtements s'il avait passé un peu plus de temps à fouiller chez lui ?

– Affirmatif.

Daryl croisa les doigts et posa son menton dedans.

– Donc, récapitulons : que savez-vous vraiment ?

Je me mis à réfléchir. À vraiment réfléchir.

– Je sais que Sam a disparu en partant à la chasse aux bonbons avec Audrey.

Il acquiesça encore plus vigoureusement que d'ordinaire.

– Quoi d'autre ?

– Sam avait peut-être une liaison.

Daryl secoua la tête.

– Nan. Ou bien admettons… Mais tout ce que vous savez en réalité, c'est qu'il y a une photo et qu'elle a été trafiquée. Vous savez aussi que son meilleur ami croit que Sam a une liaison. Quant à cette gonzesse…

Il s'interrompit pour que je complète.

– Brooklyn.

– Ouais. Ce que vous savez, c'est que Brooklyn prétend qu'elle sortait avec votre mari. Mais la vidéo du café est la seule preuve non trafiquée que vous avez, et tout ce qu'elle montre, c'est qu'ils étaient proches. Ils étaient peut-être seulement bons copains. Sam aidait cette gamine…

– Hannah. Mais elle a admis qu'elle avait menti à propos de Sam.

Il me sourit de cet air compatissant qu'on adopte avec les enfants.

– Mais elle peut tout aussi bien vous avoir menti à vous !

– Ce n'est pas faux.

– Quoi qu'il en soit, peut-être bien que Sam aidait Hannah, c'est le genre de mec à faire ça. Et donc Brooklyn et Sam sympathisent et ils s'inquiètent pour cette gamine, et Brooklyn se met à fantasmer sur leur relation. Si les mensonges d'Hannah ont suffi à convaincre le proviseur de suspendre Sam, pourquoi Brooklyn ne mentirait pas, elle aussi ? Vous voyez… Vous n'en *savez* rien. Donc concentrez-vous sur ce que vous savez vraiment.

Je passai en revue tous les « faits » que j'avais pris pour argent comptant. Il n'y avait pas que la liaison de Sam avec Brooklyn. *Quid* du sang sur les dents de zombie ? Et *quid* du jean de Sam retrouvé sur les lieux de l'incendie chez Zoe ? À cause de tous ces textos que j'avais reçus et de tout le matériel d'espionnage retrouvé chez nous, je savais que nous étions surveillés, mais la personne qui nous épiait pouvait très bien avoir maquillé tous ces détails.

– Perla est morte. Ça, j'en suis sûre. Helen a menti quand elle a prétendu habiter cette baraque. Et je sais aussi que

Carver a tué au moins une personne, une fille appelée Natalie, et qu'il a essayé de tuer Brooklyn.

– On verra.

Daryl prit son ordinateur portable, mais hésita avant de l'ouvrir. Il me fixa avec acuité en dépit de la couleur rougeâtre de ses yeux.

– D'ailleurs, si je peux me permettre, votre intervention sur ce chemin, le soir de l'agression, c'était couillu.

– C'était surtout débile.

– Nan. Couillu. Mais vous ne le surprendrez pas deux fois. Et vous jeter dans la gueule du loup sans vous protéger, ça, ça serait débile.

– Je n'ai pas d'arme et je ne sais pas m'en servir.

– Je peux vous apprendre.

Je songeai au pistolet qu'on avait déposé dans ma voiture.

– Je ne veux pas d'arme.

– Une bombe lacrymogène ?

– Vous avez ça ?

– Bien sûr que j'ai ça, s'étonna-t-il, comme si cela allait de soi. Des Tasers, aussi, si vous préférez. Mais le plus important, c'est de savoir où on va.

Il fit tourner son doigt sur le clavier tactile de son portable pour le sortir du mode veille.

– Commençons par la pouffe que vous avez sauvée et qui vous a remerciée en couchant avec votre mari…

– Ce n'est pas exactement dans cet ordre que les choses se sont passées et je ne suis pas sûre que ce soit vraiment une *pouffe*, mais…

– Ouais, je vois… solidarité féminine et tout ça. Mais une meuf qui couche avec le mari de quelqu'un que j'aime bien ou qui le raconte partout, et bien pour moi, c'est une pouffe, et c'est tout.

Daryl tapa le nom de Brooklyn Breneman dans le moteur de recherche, mais les résultats n'étaient guère probants. Apparemment, elle était membre de deux ou trois organisations professionnelles et avait été citée dans un article sur l'augmentation des tarifs de l'eau. On trouvait quelques photos d'elle en chemisier strict. Pas de leggings en tout cas.

Daryl bâilla.

– Passons à Perla.

Le prénom suffit. La photo de Perla s'étalait en gros plan sur le site du journal local. Un de ces souvenirs « des jours heureux » que les médias chipent sur les réseaux sociaux. Perla avec son rottweiler, arborant l'un et l'autre le même air bougon, sous ce titre en capitales : « UNE FEMME ASSASSINÉE À SANTA ROSA ». Les trois paragraphes qui suivaient n'en disaient pas beaucoup plus.

Des mouches volaient devant mes yeux. Je les fermai.

– Désolé, docteur…

J'entendais ses doigts pianoter. Lorsque je rouvris les yeux, la photo avait disparu. Et je me sentais un peu comme Perla, partagée entre l'envie de vomir et celle de tuer quelqu'un.

– Et cette fameuse Helen ? Que savez-vous d'elle ?

J'admis que je ne savais rien ou presque, mais je lui donnai l'adresse où elle avait prétendu habiter. Trente secondes plus tard, son sourire était revenu, et Daryl me montrait l'écran.

– Vous voyez, docteur, encore un truc que vous pensiez savoir, mais qui était faux. Qu'est-ce que je disais ?

Il poussa l'ordinateur dans ma direction et je dus relire à trois reprises ce qui s'affichait à l'écran pour me convaincre que je ne rêvais pas. La maison en question appartenait à une certaine Helen Staley.

– Je ne comprends pas. Helen n'a pas menti quand elle m'a dit qu'elle habitait là ?

– Si si, vous comprenez très bien.

Son sourire s'effaça.

– Vu ce qui est arrivé à Perla, je serais plutôt inquiet pour cette dame. Même si nous ne savons pas si elle habite vraiment là. C'est juste le nom que donne l'annuaire à cette adresse.

– Ce qui veut dire que c'est l'homme qui m'a ouvert la porte qui a menti ! Même si c'était son locataire, ou s'il lui avait acheté la baraque, il aurait reconnu le nom d'Helen lorsque je l'ai prononcé. Alors que faisait-il dans cette maison ?

Daryl se mit à pianoter frénétiquement.

– Impossible de le savoir, en tout cas avec les éléments dont nous disposons.

Je sortis mon téléphone pour appeler Rico et le tenir au courant pour Helen, avant de me raviser en songeant qu'il avait accès aux mêmes renseignements que nous. Et même à beaucoup plus. Il avait déjà dû aller frapper à la porte d'Helen, même si je doutais que le même homme lui eût ouvert.

Je reportai mon attention sur l'écran et constatai que Daryl avait entré « Carver Sweet » dans le moteur de recherche. Les premières réponses renvoyaient au même journal, mais heureusement pas à cette photo de Perla et de son chien. Daryl cliqua sur l'article le plus récent, que je déchiffrai par-dessus son épaule.

« Le cadavre d'Anne Jackson, 52 ans, a été découvert mercredi soir à son domicile de Cloverdale. La victime est apparemment morte empoisonnée. Son mari Carver Sweet, 55 ans, est activement recherché.

« Sweet a également agressé une autre femme ce même soir, a-t-on appris de source policière. Sweet s'est enfui après qu'une passante a appelé les secours.

« Cette deuxième victime, dont l'identité n'a pas été révélée, a pu quitter l'hôpital jeudi matin. »

Au milieu de sa lecture, Daryl s'affala sur le canapé.

– J'aurais peut-être pas dû la traiter de pouffe.

Je tendis le bras et fis défiler l'article pour lire la suite, avec tous les détails de l'assassinat d'Anne Jackson et les témoignages des voisins. Le meurtre était qualifié de « choquant », et le couple Sweet-Jackson de « très soudé » ou au contraire de « conflictuel », selon les versions.

Les derniers paragraphes rappelaient que Carver Sweet avait déjà été condamné trente-huit ans auparavant.

« Carver Sweet, qui avait 19 ans à l'époque des faits, a passé quinze ans de réclusion à la prison d'État de San Quentin pour le meurtre en 1980 de son ancienne fiancée, Natalie Robinson, alors âgée de 16 ans. Le corps de cette dernière a été retrouvé enterré à moins de deux kilomètres de son domicile de Napa. Son crâne était fracturé, et ses côtes portaient les traces de traumatismes plus anciens, mais la mort a apparemment été causée par une asphyxie. Selon la police, Natalie Robinson était inconsciente mais encore en vie lorsqu'elle a été inhumée. D'après le témoignage à l'époque de la mère de la jeune femme, Delphine "Dee" Robinson, Carver Sweet s'était toujours montré violent envers sa fille, poussant Natalie Robinson à rompre un mois avant son assassinat.

« Delphine Robinson est décédée cette année, à l'âge de 75 ans, d'une fibrose pulmonaire idiopathique, une maladie dégénérative du poumon. Selon ses voisins, elle vivait recluse depuis la mort de sa fille.

« "Elle ne quittait presque jamais la maison, a déclaré un voisin, sous couvert de l'anonymat. Perdre un enfant dans ces conditions atroces est quelque chose dont il est impossible de se remettre." »

Daryl tapota sur l'écran.

– Génial ! Carver Sweet a été incarcéré à San Quentin ! s'écria-t-il, tout content.

Toujours sous le choc de ce que je venais de lire, je m'étonnai de cet enthousiasme.

– En quoi est-ce génial ?

– Je connais un gars qui peut obtenir des infos sur tous les ex-taulards. Et encore plus s'ils ont été en prison dans les parages.

– Et c'est légal ?

Daryl plissa le nez et les sourcils comme si le mot « légal » n'appartenait pas à son vocabulaire.

– Peu importe, le rassurai-je.

Pense à ceux que tu aimes…

J'étais prête à tout pour protéger les miens, même s'il fallait en passer par des bombes lacrymo et des recherches pas très nettes sur Internet.

Après quelques échanges de mails, Daryl griffonna une adresse sur un Post-it.

– Ernesto Marino, ancien compagnon de cellule de Carver Sweet. Plus connu sous le nom d'Ernie. Mon contact n'a pas trouvé son adresse, mais Ernie se rend dans le restau que je vous ai noté au moins deux fois par semaine.

Il me passa le Post-it.

– Apparemment, il adore les gaufres au bacon.

Chapitre 35

Je donnai à Audrey le dernier immunosuppresseur de l'ancien flacon et laissai trois nouveaux cachets à Daryl. Au cas où.

Après avoir serré Leo dans mes bras aussi fort qu'il m'y autorisait, je glissai un petit papier plié dans la main de ma fille.

– C'est mon nouveau numéro, lui expliquai-je. Tu m'appelles pour ce que tu veux, même pour me raconter les bêtises que Lester aura faites.

– Il fait *que* des bêtises, remarqua-t-elle sans ciller.

J'hésitai un instant.

– Tu veux que je reste avec toi ?

– Tu vas retrouver papa ?

– Je vais essayer, en tout cas.

– Moi, je veux que tu retrouves papa.

Ses yeux brûlaient d'une confiance que je n'avais pas et je l'attirai contre moi pour éviter ce regard. Pourtant, c'est avec toute la conviction du monde que je lui murmurai à l'oreille :

– Je vais le retrouver. Promis.

Daryl me proposa d'utiliser sa vieille Honda pour effectuer la petite centaine de kilomètres jusqu'à San Francisco.

On entrait dans le restaurant de Mission District par une porte rouge, et Ernie y était en effet connu. Le tuyau de Daryl n'était pas percé : l'ancien compagnon de cellule de Carver Sweet venait souvent et commandait en général des gaufres fourrées au bacon avec de la crème fouettée, un peu de sirop et des cerises à l'eau-de-vie. Il passait tous les week-ends.

Je n'avais pas faim – et encore moins après que le serveur m'eut détaillé le menu d'Ernie –, mais je commandai quand même un panini au fromage pour pouvoir occuper la meilleure place au bar, en face de l'entrée.

Une demi-heure passa, puis trois quarts d'heure. La serveuse m'observait en train de faire durer mon verre d'eau, et je voyais bien qu'elle mourait d'envie de me demander s'il y avait un problème avec mon sandwich. L'endroit était bondé, et mon tabouret attirait les convoitises. Je me forçai donc à mordiller dans le casse-croûte, encore moins appétissant à présent que le fromage avait refroidi.

L'attention distraite par mon sandwich et par les autres clients, je n'avais pas remarqué la blonde en gilet bleu jusqu'à ce qu'elle pousse la porte pour sortir, un sachet rouge rempli d'un plat à emporter à la main.

J'abandonnai mon repas et filai vers la caisse, où je déposai la note et un billet de vingt dollars.

– Elle a commandé quoi, cette dame ?

Le loufiat derrière le bar s'empara de mon billet et il s'apprêtait à me rendre la monnaie, mais je secouai la tête. Je lui fis un signe du menton dans la direction où se trouvait la blonde quelques secondes auparavant.

– Y avait quoi dans ce paquet ?

– Des gaufres fourrées au bacon, avec de la crème fouettée, un peu de sirop et deux cerises à l'eau-de-vie.

Merde.

Je laissai ma monnaie et me ruai vers la sortie.

Je repérai rapidement la blonde, inquiète à l'idée qu'elle monte dans une voiture. Mais elle continua à pied.

Ralentie par le paquet de nourriture et par ses chaussures compensées, elle avançait lentement et était facile à suivre. Mais je gardai mes distances et résistai à l'envie d'établir le contact. Ce n'est pas elle qui m'intéressait.

La foule se clairsemait, et la blonde au gilet bleu s'arrêta si brusquement que j'eus l'impression qu'elle allait s'affaler du haut de ses talons. Mais la courte pause qu'elle s'accorda avant de jeter un œil par-dessus son épaule me permit de me dissimuler dans l'entrée d'une boutique qui vendait des articles d'occasion.

Avait-elle senti qu'elle était suivie ou était-ce son attitude habituelle ? Une femme dans une grande ville transportant un plat à emporter pour un ancien criminel avait sans doute plus de raisons que d'autres d'être méfiante.

Je bouillonnai. Les vitrines constituaient autant de miroirs, mais elles étaient trop embuées pour m'aider dans ma filature. Le reflet de ma blonde se mêlait à ceux de la foule informe.

Cinq secondes. Dix. Comment savoir si elle était repartie ? Peut-être était-elle encore à l'affût de cette inconnue qui la suivait depuis le restaurant ? Je ne pouvais pas courir le risque de la perdre de vue. Je sortis de ma cachette.

Elle avait disparu.

La frustration accentua mon agacement, mais je tentai de me raisonner. Elle ne pouvait pas être bien loin. J'avançais plus vite qu'elle et j'aurais tôt fait de la rattraper.

Arrivée au bout de la rue, je ne l'apercevais toujours pas. Je jetai un regard à gauche, puis à droite. Était-elle entrée dans l'une des boutiques devant lesquelles je venais de passer ? Cela m'aurait étonnée. Pas avec un sachet rempli de gaufres qui devaient dégouliner de sirop.

J'avançai d'un demi-bloc avant de la repérer de nouveau. Malgré son fardeau et ses chaussures haut perchées, elle avait accéléré la cadence. J'accélérai à mon tour. Je continuai à raser les murs pour pouvoir me glisser dans une embrasure si elle se retournait de nouveau. Elle bifurqua et je la suivis. Elle traversa et je fis de même. Un groupe d'une dizaine de touristes se glissa entre nous. La blonde jeta un regard inquiet derrière elle, mais je n'eus aucun mal à disparaître derrière un passant.

Quelques minutes plus tard, le groupe se dispersa et les boutiques, les échoppes et les magasins d'occasions se muèrent en immeubles d'habitation. Elle ralentit et je m'attendis à la voir se glisser dans l'une des entrées d'immeubles, toutes coiffées d'un store rouge. Mais elle continua son chemin, plus détendue, la démarche heurtée mais soutenue. Dans ces chaussures, elle devait souffrir le martyre.

Elle traversa une nouvelle fois, et je me forçai à rester en retrait. Les piétons étaient de moins en moins nombreux et les endroits où s'abriter plus rares.

Elle tourna une fois de plus. La suivant à une encablure, je faillis presque la rater alors qu'elle attaquait les escaliers d'un immeuble victorien. Elle ne frappa pas, mais entra avec une clef. Elle habitait là.

Par la fenêtre du premier étage, je l'aperçus qui remettait le paquet rouge à un homme correspondant à la description d'Ernie. Il portait une casquette de base-ball qu'il n'arrêtait pas de remettre en place. Un tic ?

Un gamin apparut, qui passa un sac à dos sur ses épaules et disparut de ma vue.

Le voir là me remplit d'une colère sourde.

Une seconde plus tard, la blonde et le bambin sortaient de l'immeuble.

Ils montèrent dans une voiture, et je la laissai disparaître au coin de la rue avant de monter discuter avec cet homme qui avait été jadis condamné pour pédophilie.

Chapitre 36

Je frappai à la porte. Ernie ouvrit et je sursautai, oubliant tout de go le discours que j'avais préparé.

– Mais… vous êtes blessé ?

La visière de sa casquette de base-ball avait heurté le bord de la porte et le couvre-chef était presque tombé. Il le remit en place pour protéger le haut de son front, mais j'avais aperçu ce qu'il tentait de dissimuler. Une compresse fixée avec du sparadrap. Autour de la gaze, la peau était rougie et avait la même couleur que ses joues. Une plaie, de toute évidence infectée.

Je me forçai à détourner le regard de son front.

– Vous êtes Ernie, c'est ça ?

Il fit pivoter la visière pour qu'elle couvre encore plus le haut de son visage. Il s'y reprit à deux fois, mais retrouva rapidement son calme.

– Je n'ai besoin de rien.

– J'aurais aimé vous parler deux petites minutes.

Il ne cilla pas et sortit le bout de sa langue pour nettoyer le coin de sa lèvre. Du sirop, visiblement.

– J'étais en train de manger.

Bizarre. Il ne m'avait toujours pas demandé mon nom.

– C'est moche, comme blessure.

Il ajusta une nouvelle fois sa casquette en plissant les yeux.

– Ça m'a l'air infecté. Je suis vétérinaire. Je peux y jeter un œil.

En réalité, je ne pouvais pas faire grand-chose. Il lui fallait des antibiotiques. Mais je voulais gagner sa confiance.

Son visage vira au cramoisi.

– Je n'ai pas besoin qu'une véto s'occupe de mon crâne. Je ne suis pas un animal.

Il ajusta de nouveau sa visière.

– Vous feriez mieux de voir un toubib, alors…

À en juger par son sweat élimé et sa coupe négligée, Ernie ne devait pas avoir beaucoup d'argent à consacrer à sa santé.

– Si je peux me permettre, que vous est-il arrivé ?

– Une bagarre.

Il bomba le torse pour bien faire comprendre qu'il ne s'était pas laissé faire.

– Vous avez appelé la police ?

J'avais prononcé le mot qui fâche.

– Pourquoi donc aurais-je appelé ces trouducs ?

Je refrénai un mouvement de recul.

– Le gars avec qui vous vous êtes battu, c'est Carver Sweet ?

Les yeux d'Ernie se réduisirent à deux fentes. J'y lus de la surprise. C'était bien Carver qui l'avait amoché ainsi.

– Vous connaissez Carver ?

– Ma famille et moi-même avons en effet eu de sérieux problèmes avec lui.

Je désignai sa blessure.

– Je crois que vous pouvez comprendre. Vous l'avez vu quand ?

– Voilà deux ou trois jours…

Carver ne pouvait deviner que je retrouverais Ernie. Alors pourquoi ?

– Qu'est-ce qu'il voulait ?

Ernie se déplaça légèrement, prêt à battre en retraite et éventuellement à me claquer la porte au nez. J'avançai et plaçai un pied dans l'embrasure pour l'en empêcher.

– Je n'en ai vraiment que pour quelques minutes. Je peux même jeter un œil à votre blessure en échange de quelques renseignements sur Carver.

Il tripota le bout de compresse qui dépassait de sa casquette. La plaie purulente devait faire mal. Il finit par se décider.

– OK. Mais juste une minute.

Il tourna les talons et me laissa entrer. Il ne m'avait toujours pas demandé comment je m'appelais.

Le salon sentait la fièvre, le sirop et la viande froide Pour tout mobilier, un canapé occupait la majeure partie de l'espace confiné, avec une table de la taille d'un échiquier flanquée d'une chaise en bois sortie de la cuisine.

Les gaufres étaient toujours dans leur paquet sur la table. Il les posa au sol.

– Vous avez une trousse à pharmacie ?

Il m'indiqua la direction de la salle de bains, et je revins quelques instants plus tard. Je m'assis à l'autre bout du sofa, la trousse sur les genoux.

– Pourquoi Carver est-il venu vous voir ?

Ernie retira sa casquette et la posa sur la table, révélant la compresse et sa peau rougie.

– Une petite minute, lâcha-t-il.

Je me reculai.

– Vous êtes resté en contact avec Carver depuis votre sortie de prison ?

Il secoua la tête et grimaça. Il toucha de nouveau son occiput.

– Je ne lui avais pas parlé depuis des années.

– Alors pourquoi est-il venu vous voir ?

Son regard alla de la porte à la fenêtre avant de se reposer sur moi.

– Il est dingue.

– Mais les dingues ont leur propre logique.

De la sueur perlait sur les joues mal rasées d'Ernie. Une miette de gaufre était restée collée à sa barbe de trois jours.

– Il voulait des infos sur Dee.

Voilà un nom que je ne m'étais pas attendue à entendre ici.

– La mère de Natalie ?

Il cligna des yeux.

– Vous la connaissez ?

J'opinai du chef.

– Donc vous savez certainement ce qui est arrivé à Natalie ?

Je songeai aux photos que m'avait montrées Brooklyn, essayant de me souvenir du visage de cette pauvre fille, mais c'est le cliché où on la voyait démembrée et à moitié enterrée qui me revenait en mémoire.

– Je connais une partie de l'histoire.

– C'est du lourd, je peux vous le dire. Elle est quasiment morte en couches.

– Elle a eu un enfant ?

Ernie secoua la tête.

– Mort-né. L'enfant de Carver. Dee a retrouvé Natalie en train de se vider de son sang, mais c'était trop tard. Elle est morte peu de temps après.

Bien que le temps fût compté, il me fallut une bonne minute pour reprendre.

– Et vous savez ce qui s'est vraiment passé ?

– Les flics pensent qu'elle a été frappée à la tête. Mais ils n'ont pas retrouvé le corps tout de suite. Elle avait été enterrée, et la personne qui a fait ça n'avait pas attendu qu'elle soit morte. Les flics pensent qu'elle s'est brisé les doigts en tentant de se libérer, mais c'est difficile à dire. Comme je vous l'ai dit, ils ont mis du temps à trouver le corps.

Même si j'avais déjà lu cette histoire dans le journal, je marquai le coup.

– Vous avez dit : « la personne qui a fait ça ». Vous voulez dire que vous ne pensez pas que c'est Carver ?

Ernie se tordit les mains et regarda ailleurs.

– C'est une des possibilités.

– Mais vous ne pensez pas que c'est le cas ?

– Je ne sais pas, sérieux. Je n'en sais rien.

Il reporta son attention sur moi, le regard brillant.

– Peut-être que c'était un accident et qu'il a essayé de le maquiller. Peut-être qu'il l'a tuée. Je pense qu'il l'a *sans doute* tuée. Mais je sais aussi que Dee était folle de rage. On lui avait pris sa fille. Et, pour elle, il fallait que Carver paie.

Il grimaça et soupira comme si l'heure était venue de payer ma part.

– J'ai vraiment mal. Vous pouvez m'examiner maintenant ?

Je sortis une paire de gants en latex de la trousse.

– Pourquoi Carver voulait-il vous parler de Dee ?

– Y a pas de l'aspirine dans cette trousse ?

Je sortis une plaquette d'ibuprofène. Il avala deux cachets avant de répondre.

– Il savait que Dee et moi avions été proches, et il pensait qu'elle pouvait être derrière les emmerdements qu'il avait eus récemment.

– Quel genre d'emmerdements ?

– Avec sa femme. C'est tout ce qu'il a bien voulu me dire.

Je me penchai en avant et commençai à défaire les sparadraps qui tenaient la compresse.

– Pourquoi pensait-il que Dee pouvait être mêlée à ses problèmes ?

– Elle l'a chargé à fond, après la mort de Natalie, peut-être qu'elle s'acharnait sur lui. C'est ce qu'il pensait en tout cas.

Je retirai doucement la gaze de la blessure.

– Elle aurait eu la rancune tenace, surtout que Carver avait déjà passé des années en prison pour un meurtre qu'il n'a peut-être pas commis.

– Vous ne connaissez pas Dee.

Il essuya la sueur sur ses joues avec son poing.

– Quand Natalie était encore de ce monde, Dee voulait en faire une enfant modèle. Elle l'a fait participer à des concours de beauté dès l'âge de trois ans. C'était encore un nourrisson. Du mascara, des faux cils, tout le toutim. Même quand elle ne se produisait pas sur scène. Dee surveillait le régime de sa fille sur un diagramme collé sur le frigo. Une fois, alors que Natalie avait pris quelques grammes, elle l'a forcée à ne manger que du céleri pendant une semaine, et quand Natalie a piqué des biscuits, elle l'a enfermée dans une caisse. Ça rappelle la façon dont elle est morte, d'ailleurs. Et je vais vous dire, si ce n'est pas Carver qui l'a tuée, ça ne m'étonnerait pas que ce soit Dee.

Je le voyais s'agiter, taper du pied. J'avais l'impression qu'il me racontait cette histoire pour éviter de me dire toute la vérité.

– Vous êtes au courant pour son autre fille ?

Ma main se figea.

– Quelle autre fille ?

– Megan. Carver voulait aussi avoir de ses nouvelles.

– Je ne savais pas que Dee avait une autre fille.

– La plupart des gens l'ignoraient.

Son pied battait la mesure frénétiquement.

– Écoutez… On me juge toujours sur mon passé. Mais j'adore les enfants.

J'eus une remontée de bile acide et j'eus du mal à dissimuler mon dégoût.

– Dee, au contraire, adorait faire du mal à Natalie et à Megan. Je vous ai parlé de la caisse ? Eh bien, des fois, elle y laissait Natalie pendant des journées entières.

– Je comprends que vous ayez été amis.

Il se raidit et pour la première fois depuis que nous étions entrés dans cette pièce, il sembla oublier sa douleur. Je me redressai. Un ressort du sofa me rentrait dans la cuisse, l'odeur de viande se mêlait aux effluves acides qui se dégageaient des serviettes en papier imbibées de sang.

– Nous n'étions pas amis.

Je fis de mon mieux pour rester impassible. J'étais bien placée pour savoir que les animaux acculés deviennent agressifs. Je reportai mon attention sur sa blessure, la main légèrement tremblante.

– Qu'est-il arrivé à Megan ?

– Aucune idée.

– Est-ce que Dee l'a tuée, elle aussi ?

– Je vous l'ai dit : aucune idée.

Sa nervosité et ses yeux fuyants trahissaient un mensonge, mais je laissai filer. Il fallait toujours qu'il me pense de son côté.

– Comment avez-vous connu Dee ?

– Quand j'étais en taule avec Carver, elle m'a engagé pour le surveiller.

Je retirai ce qui restait du pansement en essayant de cacher ma stupeur. La blessure suppurait, le pus était épais et jaune. La peau tout autour fiévreuse. Je pouvais le soulager, mais il me fallait vraiment des antibiotiques que je n'avais pas sous la main.

Mais ce n'est pas tant l'infection qui me frappa. Je m'attendais à une plaie ouverte, mais pas à ça. Quelqu'un lui avait gravé quatre lettres au couteau sur le front : PÉDO.

– Vous n'avez pas songé à mettre de la pommade antibiotique là-dessus ?

– Ce n'était pas aussi infecté jusque-là.

Je nettoyai la plaie avec de l'alcool à quatre-vingt-dix avant d'ouvrir un paquet de pommade antibiotique et de l'appliquer sur son crâne. On aurait dit qu'il allait s'évanouir. Son visage suintait.

– Vous avez été en contact avec Dee dans les mois qui ont précédé sa mort ?

– Pas vraiment. Je peux reprendre un de ces cachets ?

Je lui tendis la plaquette d'ibuprofène. Mais, cette fois, je ne laissai pas filer.

– Vous mentez.

– Non, insista-t-il sans conviction.

Ernie n'hésitait pas à partager les secrets des autres, mais il avait plus de mal avec les siens.

– Je ne lui ai pas tellement parlé directement. Beaucoup de ces histoires, je les ai apprises par la bande. Mais de temps en temps, quand elle avait besoin d'aide pour un petit boulot, pas forcément illégal... C'est dur pour un ancien détenu de trouver du travail, vous savez...

– Quel genre de « petits boulots » faisiez-vous pour Dee ?

Il se rembrunit.

– Des trucs...

Je pris un carré de gaze et l'appliquai sur son front avec du sparadrap. J'appuyai peut-être un peu plus fort que nécessaire. Il se raidit. Je mentis.

– J'ai des antidouleurs. Vétérinaires, mais ça fera l'affaire. C'est mon jour de bonté.

– Quelle importance ?

– Je dois aussi avoir des antibiotiques dans la voiture.

– Alors apportez-les. Vous n'êtes pas, comment dire, tenue par la loi de me porter assistance ?

Je compris, aux trémolos dans sa voix, qu'il était prêt à tout pour que je lui donne ces cachets, mais qu'il avait encore plus peur de me confier ce qu'il me cachait.

– Je serai ravie de vous venir en aide si vous répondez à mes questions.

– J'y ai répondu.

J'insistai.

– Quel genre de boulot faisiez-vous pour Dee ?

Il croisa les bras d'un air buté et pinça les lèvres.

Je n'avais plus qu'un atout dans ma manche, mais il n'était pas sans risque. Je me penchai et fis de mon mieux pour paraître menaçante. J'y parvins assez bien.

– Quel âge a ce gamin ?

– Quoi ?

– Le garçon que j'ai vu sortir de chez vous, avec un sac à dos.

Il s'immobilisa et ne répondit pas.

– Il a l'air d'avoir huit ou neuf ans. C'est qui, Ernie ?

Il hésita, soupçonneux.

– Le fils de ma copine.

Vu les loyers à San Francisco, je savais bien qu'il ne pouvait pas se payer un appartement victorien comme celui-ci.

– C'est son appartement, c'est ça ? Vous vivez ensemble tous les trois ?

– Oui, et alors ? répondit-il, sur la défensive.

– Vous avez été condamné pour pédophilie, Ernie. Et vous vivez avec un enfant. Elle est au courant ?

Il se renfrogna.

– Elle s'en foutrait si elle savait.

Ça, ça m'étonnerait !

– Et les services de protection de l'enfance, vous croyez qu'ils s'en foutraient s'ils l'apprenaient ?

Je soutins son regard, même lorsqu'il tenta de détourner les yeux.

– Et le juge des récidives ? Deux séjours en prison, ça ne vous suffit pas ?

Son visage hésitait entre la colère et la peur.

– Qu'est-ce que vous voulez ?

Voix blanche. Je le tenais.

– Je veux que vous répondiez honnêtement à mes questions et je ne dirai rien à votre fiancée de votre passé, ni aux autorités de votre cohabitation avec un gamin.

Je mentais, parce que j'avais au contraire décidé de faire tout le contraire dès que j'avais aperçu ce gamin par la fenêtre.

Ernie soupira et me fixa d'un air las.

– Dee m'a embauché l'an dernier.

– Pour quoi faire ?

Il gigota, se massa la tempe du bout des doigts, les traits tendus.

– Vous les avez, ces antidouleurs ? J'ai vraiment mal. Vraiment.

Je savais qu'il allait falloir payer pour en savoir plus. Je farfouillai dans mon sac à la recherche de tout l'argent qui me restait, et ce n'était pas lourd après le restaurant et tout ce que j'avais donné à Hannah.

Ernie secoua la tête.

– Il me faut ces cachets.

Il se pencha en avant pour regarder dans mon sac. S'il décidait de s'en emparer, pourrais-je l'en empêcher ? Et comment allait-il réagir en découvrant que je n'avais que des pastilles de menthe ?

J'ouvris le sac et mes yeux s'arrêtèrent sur la bombe lacrymo que Daryl m'avait persuadée de prendre avec moi. Un jet l'aveuglerait certainement, sans compter que la capsaïcine se répandrait sur la plaie. Et ce serait douloureux. Je remarquai alors le petit renflement dans la poche intérieure du sac.

J'en sortis le flacon contenant les médicaments d'Audrey et en pris deux.

– Ces cachets sont très forts, donc il vaut mieux que vous n'en preniez qu'un pour l'instant.

Ils étaient effectivement forts, mais quand bien même ils permettaient à Audrey de ne pas rejeter sa greffe, ils n'auraient aucun effet sur la douleur d'Ernie.

Il les étudia, sourcils froncés.

– C'est quoi ?

– C'est comme de l'oxycodone, mais pour les chiens.

– Et les antibiotiques ?

– J'irai les chercher dans la voiture quand nous aurons fini.

Ernie avala les deux cachets. Il ne me restait que quelques minutes avant qu'il se rende compte qu'ils ne lui faisaient aucun effet et qu'il comprenne que je n'avais pas d'antibiotiques dans la voiture.

J'insistai.

– Pourquoi Dee vous a-t-elle engagé ?

– Je peux avoir une autre pilule, pour plus tard ?

J'en sortis une du flacon, mais la gardai dans ma main.

– Dee voulait que je retrouve quelqu'un.

Je lui tendis le cachet, main ouverte en signe d'offrande.

– Qui ?

Il attrapa la gélule et l'avala aussitôt, comme je savais qu'il le ferait. Bientôt il allait se demander pourquoi rien ne se passait. Pourquoi il gardait les idées claires, si tant est que cela lui arrivât jamais. Il arborait de nouveau cet air convenu que j'avais remarqué dans ses yeux lorsqu'il m'avait ouvert la porte. La peur comprimait mon cœur comme on écrase un gobelet en plastique.

– Vous savez qui je suis…

– Je viens à peine de vous rencontrer.

– Et pourtant vous ne m'avez pas une seule fois demandé qui j'étais.

– Et pourquoi je le ferais ? Une jolie fille frappe à ma porte, je lui ouvre.

Cela n'avait aucun sens, mais je posai quand même la question.

– Dee vous a engagé pour me retrouver *moi* ?

Malgré la douleur qui illuminait son visage d'une pâleur morbide, son ton devint agressif.

– Cassie Larkin, Terra Linda Drive. Mariée à Sam Larkin. Deux enfants. C'est les renseignements que j'ai donnés à Dee juste avant sa mort.

Sonnée, je me mis debout, mais Ernie s'agrippa à mon bras. Sa respiration était hachée, son regard luisant.

– Et ces antibiotiques ?

Je libérai vivement mon bras, me reculai et, pour parer à toute éventualité, sortis la bombe lacrymo de mon sac. Je fis un geste en direction de sa blessure.

– Vous devriez vraiment aller voir un médecin. Pas un *véto.*

Il baissa les yeux et ramassa sa casquette. Il la remit en place sur son crâne.

– Un autre conseil : vous devriez partir, surtout si Carver sait où vous habitez.

Je marquai une pause pour lui laisser le temps d'enregistrer.

– Si Carver revient, vous mettez votre compagne et son fils en danger. Et je suppose que vous ne souhaitez pas qu'il arrive du mal à un enfant par votre faute…

J'abandonnai Ernie, recroquevillé sur le canapé, le teint olivâtre. J'étais presque dans la rue lorsque je l'entendis hurler.

Je reconnus aussitôt ses hurlements pour ce qu'ils étaient : l'expression d'une douleur intense, bien au-delà de celle que pouvait causer une plaie infectée. Je remontai dare-dare et trouvai Ernie roulé en boule sur le plancher, donnant des coups de pied dans le vide en se tenant le ventre.

Il gémit.

– Je vais gerber.

Je le fis tourner sur le côté, en position de sécurité, et il manqua d'un rien vomir sur mes pieds.

– Vous avez un téléphone ?

Il n'était plus en état de parler, mais il parvint à hausser une épaule en direction de la cuisine. Je découvris son portable sur le plan de travail, juste à côté du four à micro-ondes. Il était verrouillé, mais j'utilisai la fonction appel en urgence pour composer le 911. Je ne donnai pas mon nom, indiquant seulement qu'un homme avait été victime d'un empoisonnement et que je laissais le flacon contenant, selon toute vraisemblance, le produit responsable de l'intoxication sur la table basse.

Je raccrochai et pris le pouls d'Ernie. Il était faible, mais sa respiration était régulière. Je laissai l'appareil à sa portée.

– Je dois y aller, mais une ambulance arrive.

Pas question de rester sur place, surtout avec ces quatre lettres gravées sur son front et le nom de ma fille inscrit sur le flacon. Parce que je n'avais aucun doute que l'état d'Ernie était dû aux cachets que je lui avais donnés. Des pilules que j'aurais tout aussi bien pu administrer à ma fille, qui pesait vingt-cinq kilos toute mouillée, soit quatre fois moins qu'Ernie. Quelqu'un avait empoisonné les cachets de ma fille. Et cela ressemblait diablement à la façon dont Carver avait tué sa femme.

Je n'avais jamais été aussi en colère.

Je posai le flacon sur la table, la main tremblante, et retirai l'étiquette du mieux que je le pus. Pour qu'il n'y ait aucun malentendu, je sortis un bout de papier et un stylo de mon sac pour écrire le mot POISON en majuscules, avec une flèche, et glisser le mot sous le récipient.

Puis j'enjambai le corps du pédophile évanoui et courus à toutes jambes jusqu'à l'endroit où j'avais garé la Honda de Daryl, à quelques rues de là.

Chapitre 37

La brume s'était dissipée quand je traversai le Golden Gate et ses piliers rouges sur lesquels se reflétait le soleil. À ma droite, la *skyline* de la ville encombrait l'horizon. À ma gauche, des dizaines de petits voiliers parsemaient le Pacifique, ballottés par des vaguelettes.

La vue du haut du pont ne produisit pas son effet habituel. J'étais obnubilée par la peur panique de ne jamais revoir Sam. D'avoir pris une décision catastrophique en laissant les enfants chez Daryl. De finir assassinée à mon tour et de laisser mes enfants orphelins sans même qu'ils sachent ce que j'étais devenue.

Mais toutes ces horreurs n'étaient rien en comparaison de ma terreur la plus absolue : qu'il arrive malheur à Audrey et Leo. Cette crainte avait décuplé lorsque j'avais vu Ernie se tordre de douleur sur le parquet de son salon.

J'avais appelé Red pendant que je regagnais la voiture. Haletante, je lui avais parlé des cachets empoisonnés et lui avais demandé de veiller à ce que les enfants ne mangent ou ne boivent rien, pas même un verre d'eau.

Tout allait bien, m'avait-il rassuré. Les enfants se portaient au mieux. Daryl assurait. Même Lester se tenait à carreau ! Mais rien de tout cela ne me réconfortait.

Et j'avais raison d'avoir peur. Cela devint une évidence une demi-heure plus tard lorsque Leo m'appela. La Honda de Daryl avait le Bluetooth, mais je n'étais pas connectée. Je répondis quand même en mettant mon fils sur haut-parleur.

– Tout va bien ?

J'espérais entendre Leo se montrer aussi rassurant que mon père. *Tout va bien.*

Mais ce n'était pas le cas.

– J'ai bien peur que non.

Une chape de plomb s'abattit sur moi. À tous les coups, Audrey avait avalé un cachet empoisonné.

– Vas y, explique-toi.

– Tu sais à quel point papa manque à Audrey.

Il affectait la nonchalance, comme si ce n'était pas du tout son cas à lui. Je mourais d'envie de le prendre dans mes bras.

– Elle va bien ?

– Oui, t'inquiète. Elle va bien. C'est juste que j'ai bien peur qu'elle n'ait fait une grosse bêtise.

– Qu'est-ce qu'elle a fait ?

– Je sais pas si c'est grave ou pas.

J'augmentai le chauffage.

– Qu'est-ce qu'elle a fait ?

– Elle a essayé d'appeler papa. Avec le portable de Daryl.

Sa voix était lointaine. Comme la distance qui nous séparait.

– Passe-moi Red.

– C'est juste que… c'est pas tout. Un type a répondu. Pas papa, bien sûr. Mais il a dit à Audrey qu'il connaissait papa et que papa essayait de te joindre, mais n'y arrivait pas parce qu'il n'avait pas ton nouveau numéro.

Le portable me brûlait les doigts.

– Et elle lui a donné ?

– Maman… Elle a six ans.

Donc elle l'avait fait.

– Passe-moi ton grand-père.

Red prit le relais et je lui dictai des instructions rapides.

– Vois avec Daryl. Je crois qu'il a une camionnette dont il se sert parfois pour son… travail.

J'entendis Red poser la question et la réponse affirmative de Daryl.

– Prenez la camionnette et filez plein sud.

Je réfléchis à un point, entre la maison de Daryl et la portion de la Highway 101 où je me trouvais, pour nous y rejoindre.

– Retrouvons-nous au chenil où Lester a été piqué par une abeille, Daryl saura où c'est.

Je ne pris pas la peine d'expliquer à mon père l'urgence de la situation. Il aurait tout le temps de me poser ses questions lorsque nous nous retrouverions. Il marmonna un « d'accord » et raccrocha.

Résumons… L'enfoiré qui avait récupéré le téléphone de Sam avait aussi mon numéro. J'envisageai de jeter mon portable par la fenêtre, mais me ravisai aussitôt. Pour l'instant, j'en avais besoin. Il faisait de moi une cible mouvante et une cible qui l'avait vraiment mauvaise.

Je quittai l'autoroute à Rohnert Park. Et j'appelai l'inspecteur Rico.

– Vous avez raté notre rendez-vous.

J'avais tenu bon en parlant à mon fils et à mon père, mais la voix de l'inspecteur me fit craquer. C'est stupide, mais c'est comme ça.

– Vous en êtes où ? demandai-je, au bord des larmes.

– Faites comme si je ne savais rien.

Je commençai par lui rappeler quelque chose qu'il *savait.*

– Perla est morte.

Ma voix me lâcha de nouveau. Je déglutis et respirai fort.

– C'est pour ça que vous avez interrompu notre conversation ce matin ?

– Oui.

Ce n'était qu'un mot, mais son honnêteté me rassura. Ces derniers temps, tout était factice, même le soleil qui tentait mollement de darder des rayons faiblards.

– Je ne l'ai pas tuée. Et mon fils non plus.

Je sentis Rico peser le pour et le contre. Caressait-il sa cravate comme à son habitude, et, si c'était le cas, quel motif incongru portait-elle ? Je ne sais pas pourquoi, j'aurais parié pour des petits chats avec des lunettes de soleil.

Je me repris et risquai le tout pour le tout.

– J'ai trouvé un pistolet dans ma voiture. À l'hôtel. Je l'ai jeté dans une benne à ordures.

– Nous l'avons retrouvé.

– J'imagine qu'il portait mes empreintes ?

Ou celles de Leo ?

– Vous avez sans doute essayé de les effacer quand vous l'avez trouvé, mais on n'enlève jamais tout.

Je notai le « quand vous l'avez trouvé », qui semblait indiquer qu'il me croyait, au moins en partie.

– Que pensez-vous de moi, inspecteur ?

– Vous voulez savoir si je crois que vous avez tué votre mari ? Ou Perla ?

Il s'interrompit. Un texto. Mais je ne tins pas compte de la notification. J'avais besoin de savoir. Il finit par trancher.

– Je ne le crois pas, non.

C'était une question un peu stupide, mais je la posai quand même.

– Et pourquoi ?

– Toutes ces *preuves,* ces appels anonymes… Ça me paraît…

Est-ce que j'avais rêvé en relevant un doute dans sa façon de prononcer « preuves » ?

– Fabriqué ? hasardai-je.

– Plutôt *rancunier.* Mais je m'en tiens pour l'instant aux éléments dont je dispose. Aux preuves.

Aucune nuance de doute cette fois-ci.

– En outre, alors que votre gentille voisine Helen a apparemment quitté la ville, nous avons découvert des mouvements suspects sur son compte en banque.

D'abord Hannah. Puis Helen. Tout le monde semblait prêt à s'enrichir sur mon dos.

– Racontez-moi la suite, docteur Larkin.

Il était revenu à mon titre. Comme pour dire : « Nous sommes tous les deux des professionnels au service du public, mais pas d'amitié entre nous. »

Je lui résumai la plupart de mes faits et gestes de ces dernières heures, en commençant par les pilules empoisonnées et les révélations qu'Ernie m'avait faites.

– Il vous a dit que Dee l'avait engagé pour vous retrouver ?

– Oui.

Je jetai un coup d'œil furtif à mon téléphone et au SMS que j'avais raté une minute auparavant. Mon pied glissa sur la pédale d'accélérateur, et la voiture s'immobilisa d'un coup sec, d'autant que le pare-chocs venait d'entrer en contact avec un arbre. J'arrêtai de respirer. J'aurais sans doute dû dire au revoir à l'inspecteur, mais je ne pense pas l'avoir fait. Mon monde se résumait à présent aux quelques centimètres de l'écran de mon téléphone.

Leo.

Chapitre 38

Je ne connais rien de plus lugubre que l'imagination des parents. On commence par craindre que nos enfants ne voient jamais le jour, mais c'est encore pire lorsqu'ils commencent à vivre en dehors de notre ventre, en dehors de notre protection permanente. C'est à ce moment-là que notre imagination devient débordante, et dans le mauvais sens du terme. On est persuadés qu'ils vont s'étouffer dans leur berceau, disparaître du jardin d'enfants ou mourir d'une overdose dans la chambre de leur meilleur ami.

On imagine tout cela, mais on ne pense pas que cela peut arriver. Avec Audrey, j'aurais pu envisager qu'elle soit victime de la mort subite du nourrisson, mais je n'avais rien vu venir lorsque le diagnostic d'une atrésie biliaire était tombé. Pareil le soir où Leo avait été victime de son traumatisme crânien sur un terrain de football.

Après, ce n'est pas parce que ces catastrophes arrivent sans crier gare qu'on n'y est pas préparés. Sam et moi avions souvent prévenu nos enfants des dangers d'Internet, des prédateurs sexuels, de la drogue glissée dans les boissons, des excès de vitesse, au point qu'Audrey et Leo auraient pu réciter par cœur nos mises en garde. Nous avions même créé un code familial. *XYZ*. Facile à taper, facile à retenir, jamais utilisé dans la conversation courante. L'idée était que, en cas de problème, nos enfants puissent taper ces trois lettres pour nous appeler à l'aide. Aucun reproche. Aucune question. Si Audrey avait besoin d'une excuse pour quitter une soirée pyjama, nous en trouverions une. Si le garçon qui devait ramener Leo avait bu, nous irions le chercher. *XYZ*. Leo avait levé les yeux au ciel lorsque nous avions suggéré ce mode de défense familial.

– Comme si je n'allais pas me prendre une belle engueulade si je me saoule la gueule !

Ce souvenir aurait pu me faire sourire si je n'avais pas le regard rivé sur l'écran de mon portable.

XYZ.

C'était la première fois que l'un de mes enfants utilisait ce code. Je rappelai, mais pas de réponse. En dépit de la promesse faite à mes enfants lorsque nous avions passé ce pacte, je n'étais pas là pour les protéger quand ils avaient besoin de moi.

Je repris la route, puis l'autoroute, largement au-dessus de la vitesse autorisée. Le sifflement dans mes oreilles couvrait le bruit du vent.

Je réessayai de joindre Leo, puis Daryl, sans plus de succès. Puis j'appelai Rico et lui donnai l'adresse de Daryl. J'y étais presque arrivée moi-même. J'approchais de la bifurcation vers la Highway 12 lorsque le message arriva. J'avais placé mon téléphone dans le porte-gobelet, l'écran tourné vers moi. Je ralentis pour risquer un regard rapide et voir s'il s'agissait de Leo.

Une image, trop réduite pour que j'arrive à la visualiser clairement, s'était affichée sur mon téléphone. Avant que j'aie eu le temps de me garer, l'appareil vibra de nouveau. Je m'engageai sur la bretelle de l'autoroute avant de me saisir du portable.

Une deuxième photo s'affichait sous la première. Les deux provenaient d'un numéro que je reconnus. Celui d'Helen. Mais, comme dans le cas des textos de Sam, je n'avais aucun moyen de savoir qui détenait son téléphone ou s'il avait été piraté.

Le vent qui fouettait les arbres sur le bord de la chaussée lacérait le pare-brise et s'infiltrait jusqu'à moi. Je mis le chauffage à fond.

J'avisai les deux images en un quart de seconde, mais cela me suffit pour comprendre ce qui se passait.

La première photo, que j'avais eu du mal à discerner au départ, avait été prise dans le salon de Daryl. Ce dernier dormait sur le canapé, une couverture à rayures bleues remontée jusqu'au menton. Leo et Audrey étaient allongés au sol à côté de lui, un oreiller glissé sous la tête. Étendus sur le ventre, ils n'arrivaient à respirer que parce qu'ils avaient la tête tournée sur le côté. Ils avaient les bras tendus et semblaient se toucher du bout des doigts.

Bien entendu, ils ne dormaient pas. On les avait drogués et disposés ainsi.

Je le remarquai tout de suite, à la posture rigide de mes enfants, mais aussi, en zoomant sur le visage de Daryl, au blanc de ses yeux sous les paupières mi-closes. Un filet de bave avait coulé sur sa joue.

Red n'était pas sur la photo. Où était-il passé ?

La deuxième image était un cliché de Sam. C'était un gros plan. Le visage grisâtre, les yeux clos, la bouche grande ouverte. Il n'avait pas l'air drogué comme Audrey et Leo, mais impossible de dire s'il était mort ou s'il était vivant. Je m'arrêtai sur la blessure qu'il portait au front. Il l'avait forcément subie alors qu'il était en vie et que son cœur battait. La plaie datait de quelques jours à en juger par sa couleur – mauve, pas rouge vif comme une blessure récente, ni verte comme une plaie plus ancienne.

Sam gisait sur une espèce de toile de jute. Ses lèvres étaient encore légèrement roses, mais cela ne me rassurait en rien. Même si je discernais des traces de vie sur la photo, je n'avais aucun moyen de savoir quand elle avait été prise. J'avais beaucoup de mal à conserver mon détachement professionnel. Ce n'était pas un de mes patients. C'était Sam.

Je déchiffrai le message.

Les bonnes actions n'amènent jamais rien de bon, alors que dire des mauvaises ? Il est temps de choisir !

S'ensuivait toute une série de SMS.

Tu peux choisir de sauver tes enfants ou de sauver ton mari.

Mon cœur se disloqua.

Si tu rappelles la police, ils mourront tous les trois.
Si tu essaies de négocier, ils mourront tous les trois.
Si tu passes un seul appel avec ce téléphone, ils mourront tous les trois.
Si tu essaies de contacter qui que ce soit, ils mourront tous les trois.

Les pointillés mouvants d'un texto en cours d'écriture défilèrent sur l'écran. Une autre image s'afficha. Cette fois, c'était une photo de moi au volant de ma voiture. Pas la peine de chercher qui l'avait prise. Elle avait été prise avec mon téléphone.

Les pointillés s'animèrent de nouveau.

À toi de choisir. Maintenant.

Il était clair à présent que le fait de savoir si Sam était vivant ou pas importait peu, parce que, en fonction de ce que j'allais choisir, il ne le resterait probablement pas très longtemps.

Un autre texto, avec un simple chiffre : *3*.

Je ne pouvais me décider, même si le choix était évident.

Les enfants avaient vomi sur Sam, lui avaient menti, lui avaient crié dessus. Il s'était blessé en glissant sur leurs jouets qui traînaient, avait géré les déceptions, les nuits sans sommeil, les maladies, imaginaires ou pas. Il avait consacré tout son temps, tout son argent et son amour à Audrey et à Leo, sans jamais penser à lui-même. Un nouveau texto :

2.

Même s'il m'avait trompée, Sam était quelqu'un qui était prêt à risquer sa vie pour son prochain. Il n'y avait aucun doute qu'il donnerait sa vie pour sauver celle de ses enfants. Sans la moindre hésitation. Sans le moindre regret. Le compte à rebours continua à s'afficher sur mon téléphone :

1.

Je pensais jusqu'ici que la plus dure épreuve de mon existence avait été la maladie d'Audrey. Et puis Sam avait disparu et mes enfants avaient été menacés, et je m'étais dit que c'était un autre défi à relever. Et voilà qu'en deux mots j'allais condamner mon mari à mort.

Je fis le seul choix possible et tapai :

Les enfants.

Chapitre 39

Une fois que j'eus quitté l'autoroute, je ne croisai plus une seule voiture. Seulement des mauvaises herbes à l'assaut du bitume. J'évitai la route principale et rejoignis la maison de Daryl par un chemin privé. Le propriétaire des lieux pouvait bien me poursuivre. C'était le cadet de mes soucis.

La route s'évasa en face d'un ranch blanc aux volets rouges, et je pris à droite toute. Le bitume défoncé se changea en ciment, puis en gravier, puis en terre battue, puis en herbe écrasée. Soudain, il n'y eut plus de chemin du tout et je brinquebalai à travers champ. Je sursautai à chaque bosse et mon genou alla percuter le volant à deux reprises, mais je continuai à conduire aussi vite que je le pouvais.

Les contours de la maison de Daryl se précisèrent jusqu'à ce que je parvienne à en distinguer les détails, même dans la pénombre. Je cherchai des voitures de police, mais elles n'étaient pas encore arrivées.

Une clôture de barbelés séparait les deux propriétés. Je ralentis, décidée à laisser la voiture là et à grimper par-dessus la barrière. La camionnette de Daryl était garée à quelques dizaines de mètres, de l'autre côté, portière ouverte. Je pouvais l'atteindre en un rien de temps.

Mais cela n'aurait pas suffi. Une berline blanche que je n'avais jamais vue sortait du garage où se trouvait auparavant la Honda de Daryl. Elle donna tout d'abord l'impression de vouloir s'engager dans l'allée, mais elle tourna d'un coup sec pour emprunter la route qui partait derrière la maison. Si j'étais arrivée par-devant, par la route principale, je n'aurais pas croisé cette voiture. Et si je n'avais pas enfreint toutes les limites de vitesse sur l'autoroute, je serais arrivée trop tard.

Je respirai un grand coup et mis les gaz. Je braquai pour percuter la clôture, au grand dam de mon genou, et deux des trois fils de fer barbelé rompirent sous le choc. J'emportai le troisième avec moi. La voiture protesta et se mit à patiner, le câble s'étant pris dans la jante.

La voiture blanche disparut dans un bosquet de pins et de chênes, mais j'eus le temps d'apercevoir une forme alanguie sur le siège passager.

Leo.

S'il était devant, c'est qu'Audrey devait se trouver sur la banquette arrière, inconsciente.

J'avais choisi de sauver mes enfants, mais on les emmenait quand même. Je ne m'attendais pas à ce que l'enfoiré qui s'en prenait à ma famille joue franc jeu, mais je l'avais un tant soit peu *espéré*, et ma naïveté me désolait. Le fil de fer s'était enroulé dans l'embrayage, et la voiture cala. Malgré ma douleur au genou – je sentais qu'il avait enflé –, je courus vers la camionnette de Daryl. J'espérais que la clef soit sur le tableau.

Elle ne s'y trouvait pas, et je faillis baisser les bras. C'est alors qu'un reflet métallique attira mon regard. Un porte-clefs dans le gravier, en forme de feuille de cannabis, et au bout la clef du camion !

J'agissais d'instinct. Réfléchir était un luxe qui aurait risqué de mettre en danger mes enfants. J'embrayai et appuyai sur l'accélérateur. Je pris l'allée, puis retrouvai la route juste à temps pour apercevoir la voiture qui disparaissait dans un virage.

Je cherchai mon téléphone pour appeler le 911, mais me rendis compte aussitôt de mon erreur fatale. Je l'avais laissé dans la Honda !

Je poursuivis ma filature, balançant de grands coups dans le volant de la camionnette.

Plus vite. Va plus vite !

Je rattrapai la moitié de mon retard, mais la voiture blanche accéléra. Je baissai les yeux et levai le pied. Cent vingt. Deux fois la vitesse autorisée.

À ce rythme, mes enfants risquaient leur vie.

Je ralentis, espérant que le chauffeur de devant ferait de même.

C'est ce qu'il fit, mais il allait tout de même beaucoup plus vite que moi. Avec cette différence de puissance, et à la faveur d'un ou deux virages, il aurait tôt fait de me lâcher. Je pensais qu'il allait s'engager sur l'autoroute et puis je me mis à réfléchir comme lui : il y avait beaucoup plus de voitures de police sur les grands axes.

J'aperçus brièvement une casquette de base-ball au moment où le véhicule tournait sur la gauche, et une mâchoire masculine qui me parut familière, mais avec la nuit qui tombait et la distance qui nous séparait, il était impossible d'en distinguer plus.

Les souvenirs vinrent se mêler à ma traque.

Audrey dans sa blouse d'hôpital, le jour où elle avait reçu la greffe du foie de Sam. Après ce jour, elle avait retrouvé sa peau rose de bébé, à l'exception de la cicatrice.

Leo tout petit, à la plage de Salmon Creek, fasciné par le crabe qu'il avait attrapé. Il me l'avait tendu, l'air dégoûté, pour que je l'examine.

Audrey tout excitée le jour de son évaluation à la maternelle, parce qu'elle ne tenait pas en place, c'était dans sa nature. Elle était née pour danser, tourbillonner, pour éclater de rire.

Leo le jour de son brevet, qui m'avait laissée en plan pour rejoindre ses amis. Et qui avait bien fait. Mon plus grand bonheur avait toujours été de les voir heureux. Et, de la même façon, mon plus grand malheur était de les voir tristes. Il était impossible que je ne tente pas de les sauver.

Je laissai les souvenirs affluer. Ils ne me perturbaient pas. Au contraire. Ils me motivaient. Mon pouls et ma respiration ralentirent. La lumière des codes se fit plus nette au fur et à mesure que ma vision s'adaptait à la nuit. Mon genou ne me lançait plus. Je ne ressentais plus ni peur ni fatigue. Le monde se réduisait à la route devant moi et à cette voiture blanche dans mes phares.

Elle bifurqua sans prévenir, nous ramenant à la civilisation. Et je reconnus l'endroit où nous nous trouvions. Même si je venais d'ailleurs, j'empruntais cette route quasiment tous les jours. Ma clinique vétérinaire n'était qu'à un kilomètre de là.

Je me demandai ce que nous faisions dans ce secteur. Le ravisseur n'avait certainement aucune envie de continuer cette course-poursuite dans des rues aussi animées. Il freina brusquement et la voiture s'arrêta presque. Il déboîta et la portière côté conducteur s'ouvrit en grand. De la banquette arrière, une forme recroquevillée dégringola sur la chaussée. J'évitai de piler pour ne pas risquer de perdre le contrôle de la camionnette. Je débrayai et évitai l'obstacle devant moi.

Audrey.

Délesté de la moitié de son chargement, le chauffeur redémarra. Il avait l'air moins pressé à présent. Sans rien dire, il m'avait imposé un autre choix : le poursuivre ou récupérer Audrey.

La nonchalance avec laquelle il était reparti démontrait qu'il savait parfaitement ce que j'allais décider.

Je récupérai Audrey, le cœur brisé en voyant s'éloigner ce véhicule qui emportait mon fils.

Chapitre 40

Le bras d'Audrey avait été sérieusement éraflé pendant sa chute et lacéré de méchantes griffures incrustées de graviers. Si je ne décelai pas de fracture ni de traumatisme crânien, cela ne m'empêcha pas d'être inquiète. Les cachets qui lui permettaient de tolérer la greffe qu'elle avait subie la rendaient aussi plus vulnérable aux infections.

C'est alors que je remarquai le mot glissé dans la poche de son pantalon : « Tu contactes la police et Leo est mort. »

La note avait été gribouillée à la va-vite et était à peine lisible. Probablement rédigée pendant que je le poursuivais.

Je mis le papier dans ma poche et installai Audrey sur la banquette arrière en prenant grand soin de ne pas irriter la chair à vif. Je mis le cap sur ma clinique à deux pas de là. Pendant que le ravisseur de Leo filait vers le sud, je prenais la direction du nord et chaque tour de roue qui rapprochait Audrey de ce havre de paix où je pourrais prendre soin d'elle m'apparaissait comme une trahison pour Leo. Je conduisais un peu plus vite qu'il ne le fallait.

D'abord Audrey. Ensuite Leo.

Audrey se réveilla d'un gémissement qui se transforma en sanglots au fur et à mesure qu'elle reprenait connaissance.

– Maman, j'ai mal au bras !

Je ne ralentis pas, mais jetai un œil furtif dans le rétroviseur pour voir si elle avait l'air désorientée. Je craignais avant tout une infection, mais un traumatisme n'était jamais exclu, même si elle n'avait pas de bosse apparente.

– Tu as mal à la tête ?

– Non, au bras !

Je me garai devant la clinique et coupai le moteur de la camionnette.

– Tu peux marcher ou tu veux que je te porte ?

– Je peux marcher, mais j'ai mal au bras.

Je la soulevai cependant, son petit corps tout chaud tassé contre ma poitrine.

– Je ne suis pas un bébé, protesta-t-elle.

– Non, tu es une grande fille, mais je te rappelle que tu as mal au bras.

– Oui, sanglota-t-elle, pleurant à chaudes larmes. Ça fait vraiment mal, maman.

– Je sais.

Je reposai Audrey devant la porte.

– Et merde…

– Maman !

– Désolée.

La porte était verrouillée et j'avais laissé les clefs avec mon téléphone dans la voiture que j'avais abandonnée devant chez Daryl.

La nuit tombait à une vitesse folle, me rappelant à quel point l'heure tournait. De désespoir, je regardai tout autour du bâtiment. Mais les plus gros cailloux du voisinage étaient à peine plus gros qu'une pièce jaune. Rageant.

Sur l'un des piliers, j'avisai soudain une brique disjointe. Je m'en approchai, tentai de la faire bouger et par chance, découvris qu'elle venait. Je parvins à la retirer. Elle n'était pas très grande, mais un de ses côtés était tranchant. Cela ferait l'affaire.

Je me plaçai en face de la fenêtre la plus proche de l'entrée, enroulai la brique dans mon sweatshirt, et balançai le tout en direction du rebord de la vitre, sur la partie la plus fragile. En deux coups, le verre se brisa. Je ménageai une ouverture assez grande en retirant des plaques de verre. En y passant le bras, je parvins à déverrouiller la porte.

Audrey me regardait faire avec des yeux exorbités.

Une fois à l'intérieur, j'allumai les lumières et jetai un coup d'œil à l'horloge. Combien de kilomètres avait parcourus le ravisseur de Leo depuis tout à l'heure ? Je détournai le regard pour me concentrer sur l'urgence du moment. Je donnai un ibuprofène à Audrey.

D'abord Audrey. Ensuite Leo.

Comme si elle lisait dans mes pensées, Audrey me demanda :

– Il est où, Leo ?

Je la fis asseoir par terre dans mon cabinet et partis prendre ce dont j'avais besoin.

– On ira chercher Leo dès que j'aurai soigné ce petit bras.

Audrey, tout à sa douleur, ne remarqua pas que ma voix chevrotait, plus de colère que de désespoir.

L'épiderme sur une partie de l'avant-bras avait été égratigné, mais le derme était intact et il n'y avait aucune lacération nécessitant des points de suture.

Cependant, même si elle ne saignait guère, la chair à vif faisait tressaillir Audrey chaque fois que je la touchais. Avec mes malades à quatre pattes, je parvenais à prendre le recul nécessaire, convaincue que les petites douleurs que je leur infligeais sur le moment favorisaient leur guérison future. Mais là, c'était ma fille.

Je lui tins le bras au-dessus du lavabo et nettoyai la plaie avec une seringue pour retirer les petits morceaux de poussière et de bitume. Chaque fois qu'elle grimaçait ou gémissait, je souffrais autant qu'elle. Je serrai les dents et l'essuyai avec un antiseptique en faisant bien attention de ne pas l'écorcher davantage.

– Tu en as pour longtemps ? demanda Audrey, se mordant la lèvre.

Courageuse.

– J'ai presque fini.

Je badigeonnai la plaie de pommade antibiotique et plaçai par-dessus un pansement stérile.

Je levai les yeux vers l'horloge. Leo s'était encore éloigné de six minutes… Si je n'avais pas perdu mon téléphone au plus fort de la poursuite, j'aurais appelé le 911. Mais c'était avant d'avoir lu la note laissée sur le corps de ma fille : « Tu appelles la police et Leo est mort. »

J'avais déjà reçu la même menace par texto. Mais comment la personne qui avait poussé Audrey hors de la voiture pourrait-elle le savoir si je passais outre ? Est-ce que cet endroit aussi était surveillé ? Les SMS que j'avais reçus la veille mentionnaient mon entretien avec l'inspecteur Torres, et j'en avais déduit que mon téléphone avait été piraté. Mais peut-être que la technologie avait bon dos et que j'avais tout simplement été trahie ?

À qui pouvais-je faire confiance pour sauver Leo ?

Je me retournai vers Audrey. Le temps n'était plus aux questions, mais je posai quand même la plus importante.

– Que s'est-il passé ?

– Je crois que je suis tombée.

– Non, je ne te parle pas de ton bras. Chez Daryl.

C'est alors que je pris conscience que je ne savais absolument pas ce qui était arrivé à Daryl ou à mon père. La dernière image que j'avais de Daryl était cette photo sur mon téléphone. Quant à mon père…

– Je jouais avec Lester, reprit Audrey.

– Quand je t'ai vue dans cette voiture, je n'ai pas vu qui était avec toi.

– C'était pas Daryl ?

– Je ne sais pas. C'était lui ?

Audrey réfléchit.

– Je ne pense pas. Daryl faisait dodo.

– Toi aussi, tu as fait dodo ?

Elle confirma d'un signe de tête.

– Tu étais fatiguée ?

Audrey haussa les épaules. Je passai rapidement en revue les possibilités. Un produit neurotoxique aurait paralysé Daryl et les enfants, mais il les aurait aussi empêchés de respirer. Et je ne voyais pas où l'agresseur aurait pu s'en procurer.

Un sédatif comme le Rohypnol était plus facile à obtenir, mais Audrey ne semblait pas souffrir des symptômes de sevrage qu'entraînait la prise d'une forte dose. Ni maux de tête, ni vertiges, ni convulsions. Elle aurait fatalement souffert de l'un ou l'autre de ces maux si on lui en avait administré une quantité suffisante pour l'assommer. Et puis il y avait l'effet retard. Dissimulé dans la nourriture ou dans une boisson, un sédatif pouvait mettre des heures à agir pleinement.

Une injection ? Cela agirait certainement beaucoup plus vite, mais une fois de plus il fallait trouver les produits soporifiques. Et je ne voyais pas comment on aurait pu endormir simultanément trois personnes, quatre si je comptais mon père, même si deux d'entre elles étaient des enfants.

– Quand j'étais dans la voiture, le monsieur a parlé de fantômes.

La phrase interrompit brusquement le fil de mes pensées.

– Quoi ?

– Il parlait d'ignobles fantômes.

Je me doutais qu'Audrey avait mal entendu ou mal compris à cause du somnifère, mais je tentai d'en savoir plus.

– Il parlait à quelqu'un au téléphone ?

– Hmm.

– Il a prononcé un nom ?

– Hmm-hmm.

– Tu te souviens d'autre chose ?

– Seulement les fantômes. Maman, il est où, Leo ?

Les questions se bousculaient dans ma tête, et des pensées si terribles que je n'arrivais pas à les chasser. Mais je me forçai à revenir ici et maintenant, et à me reposer cette question cruciale : à qui pouvais-je faire confiance pour sauver Leo ?

Je saisis le combiné de la ligne fixe de la clinique et composai le numéro de l'inspecteur Rico, mais l'appel fut interrompu par la sonnerie qui signalait l'entrée des patients. Bien que la clinique soit fermée, quelqu'un venait de pénétrer dans le bâtiment.

Chapitre 41

Je serrai l'épaule de ma fille d'une main moite.

– Tu restes derrière moi, OK ?

J'attrapai une paire de ciseaux chirurgicaux et me risquai dans le couloir, où je tombai sur l'inspecteur Rico, debout devant le présentoir de nourriture pour animaux. Il avait remis une cravate, décorée cette fois de canards en plastique. Il se força à sourire, mais c'était plutôt un rictus tendu.

– J'étais en train de vous appeler…

– Vraiment ?

Il fit un geste en direction des ciseaux que je tenais dans mon poing fermé.

– Et ça, c'est pour quoi ?

– Pour les planter dans la gorge d'un agresseur. Mais apparemment ce ne sera pas nécessaire.

Je les glissai dans ma poche.

– Qu'est-ce que vous faites ici ?

– Je n'ai pas eu trop de mal à vous trouver, votre nom est sur la porte.

Il hocha la tête en direction de la vitre brisée.

– Et puis, vous avez déclenché l'alarme.

Je m'appuyai contre le mur pour reprendre mon souffle.

– Ils vont comment ? demandai-je d'une voix lasse.

Rico me dévisagea, les yeux vifs et moins cernés que d'habitude.

– Votre père et Daryl ? Ça va.

Donc mon père avait été drogué, lui aussi.

J'hésitai, ne sachant trop ce que je pouvais lui dire.

Tu parles à la police, et Leo est mort.

– Qu'est-ce qui se passe, ici, Cassie ?

J'avais envie de lui faire confiance, de faire confiance à quelqu'un, mais je savais aussi que la disparition d'un adulte et l'enlèvement d'un enfant étaient deux choses totalement différentes aux yeux de la police. Dès que j'aurais parlé à Rico du rapt de Leo, les choses allaient s'emballer : un signalement allait être diffusé. La description de la voiture blanche dans laquelle mon fils avait été emmené serait publiée un peu partout, sur des panneaux d'affichage, à la télévision et sur les écrans de téléphone. Les fédéraux seraient alertés et toutes les forces de l'ordre mobilisées. Rico exigerait que l'opérateur lui communique les relevés du numéro qui m'avait envoyé tous ces textos, même si cela était probablement en pure perte.

Et puis il y avait Audrey, qui du même coup devenait un témoin. Qui allait l'interroger ? Rico ? Un pédopsychiatre ? Comment savoir ?

Ce que je *savais*, en tout cas, c'est que, même si tous les policiers d'ici au fin fond du Canada se mobilisaient, même si des dizaines d'hélicoptères tournoyaient dans le ciel à sa recherche comme dans *Apocalypse Now*, et merde, que même si la fée Clochette m'apparaissait soudain avec des pattes de lapin, des trèfles à quatre feuilles et des porte-bonheur plein les bras, cela ne suffirait pas. On parlait de Leo. De mon fils. On l'avait enlevé et je devais faire tout ce que je pouvais pour le retrouver. Et cela incluait faire confiance à Rico.

Consciente de la menace qui planait sur mon fils, je respirai tout de même un bon coup avant de me lancer :

– Leo a été enlevé.

L'inspecteur Rico ne cilla pas, mais l'air devint soudain plus vif.

– Je me doutais d'un truc comme ça, lâcha-t-il, la voix aussi lasse que la mienne quelques instants auparavant.

J'eus l'air surprise, et ses yeux reprirent leur aspect habituel, sourcilleux, soucieux.

– Vous êtes arrivée chez Daryl avant nous. Vous avez pris sa Honda, que nous avons retrouvée sur les lieux, et à présent vous conduisez sa camionnette. J'ai vérifié les plaques. Vous ne seriez pas partie en abandonnant Daryl et votre père dans l'état où ils étaient à moins que quelqu'un ait enlevé vos enfants, résuma-t-il en remarquant Audrey. Quitte à vous en rendre une…

Je revis la scène : Audrey dégringolant sur la chaussée, jetée de la voiture en mouvement comme un carton de fast-food ou un mégot de cigarette. Je me dis que le ravisseur se débarrasserait aussi facilement de mon fils s'il n'en avait plus besoin.

– J'imagine que Leo n'est plus sur la liste des suspects ?

Ma voix vibrait.

– Je devais envisager toutes les hypothèses.

Un début d'excuse. Il resserra le nœud de la cravate aux canards et attaqua les questions.

« Que s'est-il passé ? »

« Qu'avez-vous vu ? »

« Dans quelle direction est partie la voiture ? »

« Pouvez-vous décrire le conducteur ? »

« Puis il s'excusa pour passer quelques coups de fil. J'en profitai pour appeler mon père.

Lorsque Rico revint, je savais que, en lui avouant la vérité, j'avais changé la donne. Le peu de contrôle que je conservais de la situation, je l'avais désormais transmis aux forces de police de Santa Rosa. Je n'étais pas sûre que ça me plaise beaucoup.

Rico baissa les yeux pour s'adresser à ma fille, qui s'était blottie contre moi.

– Tu t'appelles Audrey, c'est ça ?

Il ne s'agenouilla pas pour lui parler, ne tenta pas de lui faire les yeux doux comme d'autres adultes l'auraient fait avec une enfant de son âge. Elle s'était réfugiée derrière mon dos, ne passant que la tête et un bout d'épaule pour parler au policier. Il fit un geste vague en direction de son bras.

– Avec tous ces pansements, ça doit être une sacrée blessure que tu as là…

– Je suis tombée.

Cela sonnait comme une fausse excuse, même à mes oreilles.

– C'est vrai ?

– Je crois qu'on m'a poussée d'une voiture.

Rico se raidit, mais le ton de sa voix demeura neutre.

– Qui t'a poussée ?

La réponse m'intéressait autant que l'inspecteur, mais elle se contenta de hausser son épaule valide.

Rico cligna des yeux, un tic que j'avais appris à reconnaître chez lui : il annonçait une question embarrassante. Je me préparai au pire, mais, au lieu de l'interroger, il la fixa du regard. Je savais ce que signifiait ce silence.

– Pourquoi tu ne nous fais pas un dessin ?

J'installai ma fille derrière le bureau de Zoe et plaçai devant elle un cahier et des stylos.

Audrey ne nous entendait plus, et Rico poursuivit l'interrogatoire à voix basse.

– Aucune possibilité que ce soit Sam qui ait fait le coup ?

J'eus du mal à ne pas hausser le ton.

– Bien sûr que non.

– Vous en êtes certaine ?

Devant mon refus de répondre, il enchaîna :

– J'ai un jour arrêté un gars qui avait enlevé son bébé parce que son ex-femme en avait obtenu la garde. Elle pensait que son ex était un salaud, mais elle ne le croyait pas capable d'un truc pareil.

– Sam n'est pas un salaud.

– Peut-être. Mais vous savez ce qui fait un bon flic ? Un bon flic n'a pas d'a priori. S'il voit un type en train de pousser une voiture dans la rue, il ne présume pas qu'il est tombé en panne. Il se peut tout aussi bien qu'il ait volé la bagnole. Alors vous arrêtez le type et vous lui demandez ce qui se passe. C'est pour ça que je vous le demande. Est-ce que c'est un problème de garde d'enfant ?

– Si Sam était impliqué, il n'aurait jamais poussé Audrey de la voiture.

– Peut-être que votre mari a un complice et que c'est ce complice qui l'a poussée. Ou alors il s'est dit qu'un enfant sur deux, c'était mieux que rien.

– Leo a quinze ans. On a déjà du mal à lui faire ranger sa chambre. Il n'y aurait aucune chance qu'il accepte qu'on l'enlève comme ça à ses copains et à sa vie.

Rico haussa les épaules.

– Je vous l'ai dit, je demande, c'est tout.

Je jetai un autre regard à l'horloge. La grande aiguille avait franchi un nouveau cap. Encore cinq minutes de perdues.

– Il va nous falloir encore interroger Audrey de nouveau si nous voulons en savoir plus sur ce qui s'est passé.

– Bien sûr.

– Vous êtes dispo pour passer à l'hôtel de police maintenant ?

Encore une question rhétorique.

J'étudiai l'inspecteur, et cela me fit penser au jour où nous avions mis Leo chez une nourrice. Cela m'avait terrifiée. Sam avait fait des heures de recherches pour trouver la bonne personne, et la dame chez qui nous le laissions était chaudement recommandée. Sous sa coupe, Leo était devenu friand de livres d'histoires et de crêpes aux airelles, et elle était d'une patience d'ange devant ses coups de colère. Elle avait pris le plus grand soin de Leo, mais aucun étranger, même aussi soigneusement sélectionné, ne peut aimer un enfant avec le même sens du sacrifice et du don de soi qu'un de ses parents.

Je me mis à douter de ma décision d'impliquer la police. Même si Rico était le meilleur des flics, même s'il collectionnait les citations et les décorations, il n'en était pas moins tenu de respecter des règles. Il fallait remplir des rapports, organiser la coopération entre services. Mais Leo n'avait pas tout ce temps à attendre. La dernière note avait bien précisé *aujourd'hui.* Et il ne restait plus beaucoup d'heures avant que nous soyons demain.

– Bien sûr que je vais venir, mentis-je.

Il me toucha le bras brièvement, et je croisai son regard. Sa compassion m'émouvait et me tirait presque des larmes.

– Je suis désolé, soupira-t-il longuement. Je surveille ma consommation de sel depuis une semaine, mais là, tout de suite, je *tuerais* pour un paquet de Doritos.

Il sortit une feuille de papier pliée de sa poche, la déplia et me la montra.

– Vous reconnaissez ce type ?

J'examinai la photo et mon sang ne fit qu'un tour. L'homme était chauve comme Carver Sweet, mais là s'arrêtait la ressemblance. Carver était plus vieux, plus anguleux, plus marqué, alors que l'homme sur la photo avait un visage plus effilé, les joues plus douces, les lèvres plus fines.

C'était l'homme qui m'avait ouvert la porte de la maison d'Helen. Était-ce aussi le chauffeur de la voiture blanche ?

– C'est lui que j'ai vu en allant sonner chez Helen. Qui est-ce ?

– Damon Kripke.

Je déglutis. Ma gorge était nouée.

– Que vient-il faire là-dedans ?

– Nous n'en savons rien pour l'instant, mais il a un casier plus fourni que ma collection de cravates, et les indices commencent à s'accumuler contre lui.

– Quels indices ?

– Helen, déjà… Mais aussi Hannah Zimmerman. Toutes les deux l'ont identifié comme l'homme qui les a payées. Et puis il y a aussi la vidéo que vous m'avez transmise. Ce n'est pas certain, mais il ressemble à l'homme qui se trouvait derrière Brooklyn et votre mari dans ce café.

Il s'interrompit comme il le faisait chaque fois qu'il me cachait quelque chose.

– Quoi d'autre ?

– J'ai fait des recherches sur ce nom que vous avez mentionné. Megan. Pour autant que nous le sachions, Delphine n'a pas eu d'autres enfants.

Il hésita de nouveau.

– Mais ?

– C'est probablement une coïncidence, mais ça collerait au niveau timing...

Il parlait lentement, comme s'il pesait chacun de ses mots.

– À la fin des années 1970, une petite fille de trois mois qui portait ce prénom a été enlevée dans une supérette de Fresno.

Avant que j'aie pu demander des détails, Audrey rappliquait pour nous montrer ce qu'elle avait dessiné. On aurait dit un chat.

– Joli éléphant, la félicita Rico.

Elle eut l'air ravie.

– Il mange des cacahuètes !

Il remarqua ma stupeur et s'esclaffa.

– Ma petite dernière est une artiste, elle aussi. C'est d'ailleurs elle qui choisit mes cravates.

Audrey s'était dressée pour voir le portrait de Damon Kripke que Rico m'avait passé. Elle me tira par la manche de mon sweat-shirt en montrant la photo du doigt.

– C'est lui, maman ! C'est le monsieur qui a laissé le papier comme quoi papa est un pédophile. Je l'ai bien prononcé ?

Rico fronça les sourcils. Voilà une partie de l'histoire que j'avais omis de lui confier.

– Tu vas venir avec ta maman au commissariat ?

Audrey acquiesça, et je détournai le regard, par culpabilité, en direction de la vitre brisée qui m'avait permis d'ouvrir la porte. Des fragments de verre scintillaient sur le rebord de la fenêtre. Dans une situation normale, je me serais précipitée avec une balayette et une pelle pour les ramasser, de peur qu'un de mes patients se blesse à une patte. À présent, ces éclats ne me paraissaient guère plus menaçants que le sable dont ils étaient issus.

Je n'étais pas plus pressée de réparer la vitre. Qu'est-ce qu'un cambrioleur aurait bien pu dérober qui me manque vraiment ? On m'avait déjà pris ce qui comptait le plus à mes yeux.

– Mon père et Audrey vont partir avec vous, si ça vous convient. Moi, je vous suis dans la camionnette de Daryl.

– Vous êtes sûre que vous êtes en état de conduire ?

Mon cœur se mit à battre à tout rompre.

– Je ne suis pas au mieux de ma forme, mais je peux conduire.

J'ouvris la porte et sortis embrasser mon père avant que l'inspecteur ne remarque mon air faux jeton.

Chapitre 42

Mon père passa un temps fou à faire un créneau devant la clinique pour s'assurer que sa voiture de location était parfaitement alignée avec le trottoir. Puis il recula doucement pour se placer bien en face du parcmètre. Jamais de sa vie il ne s'était aussi bien garé.

Il sortit du véhicule et évita mon regard pour lire en détail les instructions sur la borne et vérifier qu'aucun paiement n'était nécessaire à cette heure. Rassuré, il rangea les clefs dans sa poche et vint vers moi.

– Ça va ? m'inquétai-je.

Il mâchonnait sa lèvre inférieure, pincée au point de ne plus former qu'une fine ligne blanche, et ses yeux tressaillirent au moment où ils rencontrèrent les miens. Il me cachait quelque chose.

D'abord, je me dis que son teint cireux et ses yeux voilés étaient dus au somnifère qu'on lui avait administré chez Daryl. J'avançai, posai la main sur son bras, mais il se recula, refusant cette marque d'affection.

– Que s'est-il passé chez Daryl ?

Il baissa la tête et le regard.

– Je ne me souviens pas de grand-chose. Des nouvelles de Leo ?

C'est à ce moment qu'apparut Audrey, et mon père sursauta en découvrant son bras bandé.

– Tu es mon grand-père ! lança-t-elle.

– C'est moi !

Il essaya de sourire, mais n'y parvint pas. Je l'observai quelques secondes avant de ramener Audrey à l'intérieur.

– Veux-tu bien rentrer ? Il fait froid dehors.

Elle regagna sa place derrière le bureau de Zoe, et je ressortis pour trouver Red en train de faire les cent pas. Il glissa les mains dans ses poches et inspira profondément. Puis expira sans conviction.

– Je me disais que tu pourrais peut-être aller au commissariat avec Audrey et l'inspecteur Rico…

– Bien sûr. Et toi, tu seras où ?

– Juste derrière.

– Et si on arrêtait de se mentir ?

J'hésitai, mais enchaînai à voix basse.

– Il faut que je retrouve Leo. Au commissariat, je ne servirai à rien, et si quelque chose lui arrivait pendant que je suis en train de boire un café dans un gobelet en plastique, je ne me le…

Je m'interrompis pour le dévisager.

– C'est ça ?

Je fis un geste vague en direction de son visage abattu.

– Quoi, ça ?

– Tu évites mon regard, tu as un air d'enterrement. Tu te sens coupable de l'enlèvement de Leo ? Eh bien, ce n'est pas ta faute.

– Si, c'est quand même un peu ma faute, mais ce n'est pas ça, non.

J'avais entendu dire que l'on pouvait ressentir à distance l'énergie négative émanant de quelqu'un. Et mon père dégageait ces ondes néfastes à des kilomètres à la ronde.

– Vas-y, dis-moi ce qui ne va pas.

Nos regards se croisèrent, et il se lança enfin.

– J'aurais vraiment aimé pouvoir sauver la vie d'Audrey voilà six ans. Je comprends parfaitement la colère que tu as éprouvée à l'époque. Et ta colère aujourd'hui.

Je m'accrochais à ce vieux ressentiment comme à un jumeau parasite. Je lui en avais voulu pour la maladie d'Audrey, bien après qu'elle eut été tirée d'affaire, et cela m'avait servi d'exutoire lorsque je cherchais des excuses à la rudesse de l'existence et à mes propres erreurs.

Bien sûr, Sam, j'ai raté le match de Leo et je suis arrivée en retard à la boum d'Audrey, mais mon père a refusé de faire ce test qui pouvait sauver sa petite-fille, c'est quand même bien pire, non ?

La peine que je devais affronter à présent rendait tout ce passé insignifiant, et rabâcher ces vieilles querelles ne pouvait que me détourner de l'essentiel, qui était d'aider mon fils. J'avais laissé tomber mes enfants bien souvent, mais pas cette fois.

– Je suis désolée, moi aussi.

Son regard s'embua devant cette main que je lui tendais, et il l'accepta d'un hochement de tête, mais ses lèvres restèrent crispées. La conversation ne s'arrêtait pas là.

– Le jour où tu m'as appelé pour me dire qu'Audrey était malade, mon premier réflexe a été de t'aider.

Sa voix se brisa.

– Rien au monde ne compte plus pour moi que de veiller sur toi. Depuis le tout premier soir.

Les yeux écarquillés, les épaules tombantes, il prit ma main dans la sienne. Sa paume était moite, la mienne froide.

– Il faut que je te raconte une histoire.

Red me confia d'une traite tout ce qu'il avait gardé pour lui si longtemps.

Il avait commencé à travailler chez Dee Robinson en 1980, le printemps où Natalie avait eu seize ans.

Avant de devenir une résidence d'habitation entourée de terrains, la maison de Dee dans la Napa Valley était un domaine viticole. Construit à la fin du XIXe siècle, il avait fait partie des centaines de vignobles qui produisaient du vin en Californie dans les années 1920. Puis la prohibition était arrivée, suivie de la crise de 1929, et tout s'était effondré.

La production de vin de messe, qui n'était pas remise en cause par le dix-huitième amendement, avait permis à quelques exploitations de s'en tirer. Certaines s'étaient tournées vers d'autres cultures, mais la plupart avaient périclité. Seule une douzaine avait subsisté.

Dans les décennies qui suivirent, les domaines abandonnés, bientôt baptisés « vignobles fantômes », se reconvertirent en restaurants, en boutiques, et parfois même en marchands de vin. Mais plus encore que la prohibition, c'est un petit parasite qui avait condamné l'exploitation qui allait être la demeure de Dee. Le phylloxéra avait poussé ses propriétaires à se lancer dans la production de lait, mais, une fois de plus, des erreurs de gestion avaient conduit le domaine à la faillite.

C'était devenu la propriété d'une femme excentrique et de ses deux filles.

En dépit des rénovations entreprises pour rendre les lieux habitables, les murs de pierre s'étaient érodés, l'humidité s'était installée dans les anciennes caves, et les poutres s'effritaient en échardes grosses comme la main.

Dee avait embauché Red pour redonner à la baraque son lustre d'antan.

Le jour où Red avait rencontré Natalie, la fille de Dee, il avait aussitôt remarqué le pull trop grand qu'elle portait en dépit de la chaleur et en avait déduit immédiatement que la jeune femme était enceinte. Il avait également compris que ce genre de chose était inconcevable dans cette maison.

En ville, il avait entendu les rumeurs : Dee aurait subi plusieurs fausses couches depuis la naissance de Natalie. La faute aux césariennes, prétendait l'un, à une hystérectomie, affirmait l'autre. Cependant, Dee s'était soudain montrée en ville avec un deuxième enfant. Le bébé s'appelait Megan.

Red n'avait pas de faible particulier pour les bambins, mais la petite sœur de Natalie était le plus beau bébé qu'il avait jamais vu. Ses yeux brillaient d'une intelligence qu'elle allait sans nul doute développer plus tard, et en dépit des griffures sur sa peau et de ses petits bras maigres, Megan souriait tout le temps. Enfin le plus souvent. Red avait décelé chez l'enfant des petites tendances colériques.

En raison des rumeurs, Red s'était risqué à demander si Megan avait été adoptée. Dee l'avait rembarré en répondant sèchement : « Elle est à moi ! »

La discussion était close pour Dee, mais pas pour Natalie. Lorsque Red lui avait posé la même question quelques jours plus tard, la gamine lui avait répondu que sa mère avait repéré quelques mois plus tôt la petite Megan dans un supermarché de Fresno. « Ça te plairait, une petite sœur ? », avait demandé Dee. Comme si elle s'était trouvée dans un garage à choisir la couleur des sièges.

D'après Natalie, sa mère avait suivi le nourrisson partout dans le magasin en prétendant s'intéresser à des olives en boîte ou des pots de yaourt tandis qu'elle épiait cette petite fille que sa maman appelait Megan et qui était seulement posée à l'arrière du Caddie. La mère de Megan avait soudain lâché une boîte de tomates en sauce qui avait roulé le long du rayon, l'éloignant du chariot. Et du bébé. En deux temps, trois mouvements, Dee s'était emparée de l'enfant. En quelques foulées, elle s'était éloignée, la petite dans les bras, calme et silencieuse, même lorsque sa mère s'était mise à appeler à l'aide. Ses cris avaient alerté l'unique vigile, qui avait quitté son poste près de la sortie.

Natalie avait insisté pour que Red garde le secret. Et il avait promis. Il n'aurait pas dû, avec le recul, surtout que, au bout de quelques semaines, il avait remarqué sur les bras de Natalie des griffures encore plus profondes que celles de Megan.

La lâcheté avait fait le reste. Il savait ce qu'il risquait en enlevant Natalie et sa sœur à l'insu de Dee. S'il l'avait fait, sa photo se serait retrouvée dans tous les journaux du pays et à la télévision : le maçon pervers qui avait kidnappé deux jeunes filles, dont une jolie adolescente enceinte jusqu'aux yeux.

Mais tout cela obsédait Red. Pour que ça marche, il fallait qu'il parte le plus loin possible. Au moins jusqu'à ce que la police soit convaincue que les deux filles n'étaient pas des victimes et qu'il n'avait cherché qu'à les protéger.

Peut-être aurait-il dû aller voir la police avant de s'enfuir avec elles ? Leur parler de Megan et leur demander de vérifier dans le fichier des enfants disparus ?

Mais si la police ne le croyait pas ? Ou si Natalie avait menti à propos du prénom de sa sœur ? Et si les parents recherchaient en vérité une petite Sara ou une Angela ? Il y aurait eu une enquête, et comment les enfants l'auraient-elles supporté ?

Il était tout aussi possible que Natalie ait menti.

En tout état de cause, il y avait bien une explication aux marques que portaient Megan et Natalie. Red avait cherché à en savoir plus. Accident ? Blessures en cours de sport ? Automutilation ?

Au bout de quelques heures de réflexion, Red arrêta de se trouver des excuses et prit une décision : il allait emmener les deux filles avec lui et réglerait les détails après coup.

Ce soir-là, Red avait remarqué la transpiration qui perlait sur les cheveux de Natalie, sa façon de s'agripper au coin de la table de la salle à manger et d'ajuster le pull informe qu'elle portait comme si c'était une couverture. Les contractions avaient commencé.

Dee ne remarqua rien. Aussi Red simula un problème avec la cuisine – des carreaux s'étaient décollés et les placards ne fermaient pas – pour s'éloigner. De la cuisine, il entendit grincer la porte qu'il s'était juré de huiler prochainement. Dee n'entendit pas ce couinement, mais c'est le silence qui lui mit la puce à l'oreille. Red se rendit compte qu'elle avait compris lorsque ses traits s'assombrirent subitement.

Elle sortit sur le perron pour appeler sa fille. Puis elle l'aperçut et hurla : « Qu'est-ce que tu as fait ? » Ses yeux étaient injectés de sang, deux globes de folie pure.

Red aperçut Natalie sous le magnolia. Elle avançait d'une démarche mal assurée, peinant pour garder l'équilibre. Lorsqu'il était arrivé, le magnolia était gorgé de fleurs roses de la taille d'une tasse à thé, mais, ce soir-là, ses branches étaient nues. Natalie avait le teint laiteux, la peau laquée. À l'en croire, elle avait fait une fausse couche. Mais n'avait-elle pas perdu trop de sang ?

Red remarqua qu'elle avait retiré son pull. S'en était-elle servie pour emmailloter le nouveau-né et avait-elle abandonné le paquet quelque part dans la nuit ?

Dee avait arpenté les abords de la maison en criant : « Bébé, bébé, bébé ! » Comme si un nourrisson, de surcroît mort-né, allait lui répondre… Tandis que Dee criait et que Natalie se vidait de son sang, Red scrutait les parages pour détecter des signes de vie. Rien. Il se demanda comment faire pour emmener Natalie et Megan jusqu'à son camion, et comment ils allaient retrouver le nouveau-né. Surtout s'il était mort. Dee lui ordonna de partir, et cela ne souffrait aucune discussion. Elle traîna Natalie jusqu'à la maison.

– Je peux l'aider, plaida-t-il.

Dee revint avec un fusil.

– C'est notre affaire. Tire-toi !

Red ne bougea pas, cherchant une alternative au plan qui avait si lamentablement échoué.

– Il faut que je récupère mon portefeuille et mes clefs.

C'est alors que Red entendit ce qui pouvait être le gémissement étranglé d'un nourrisson.

Dee leva la tête, et il pensa qu'elle avait entendu, elle aussi. Mais non. Elle le jaugeait. Red se demanda même si elle n'allait pas l'abattre sur place. De mauvaise grâce, elle le laissa rentrer pour aller chercher ce portefeuille qui se trouvait déjà dans sa poche tout en le maintenant en joue. Natalie se mit à hurler – tentative de diversion ou douleur réelle ? – et Dee reporta son attention sur elle. Aucune trace de compassion dans ses yeux. Rien qu'une froide résolution. Elle posa le fusil au sol, à côté de l'endroit où sa fille était tombée.

Red fit une dernière tentative.

– Je peux l'emmener à l'hôpital.

Dee posa la main sur la crosse du fusil.

C'est alors qu'il comprit, et cela lui brisait le cœur, que trois enfants avaient besoin de son aide, mais qu'il ne pourrait en sauver qu'un seul. Mais lequel ? Megan, la petite que Dee avait enlevée, qui avait quinze mois aujourd'hui et qui dormait dans sa chambre ? Natalie, qui se trouvait à présent sous la surveillance jalouse de sa mère ? Ou le bébé dont il était à présent certain d'entendre les vagissements.

Dee occupée par ailleurs, il se rua dans la chambre et attrapa Megan, qui malgré son âge était encore légère comme une plume. Il se concentra sur les battements de son cœur, désordonnés mais solides, et essaya de ne pas penser aux deux enfants que les circonstances le forçaient à abandonner.

Après son départ de chez Dee, Red n'y remit jamais les pieds, même pas pour récupérer ses affaires. Il attendit d'avoir quitté la ville pour appeler le 911 d'une cabine. Il expliqua la situation de Natalie. Il avait eu l'intention de raconter toute l'histoire de la jeune femme, les marques de violence, la folie de Dee, le bébé abandonné. Mais Megan s'était mise à pleurer et, de peur d'être surpris avec un enfant volé, Red raccrocha sans en dire plus.

Sur la foi de ce renseignement, la police se mit à la recherche de Natalie, mais ne la découvrit que deux semaines plus tard. À ce moment-là, elle gisait déjà six pieds sous terre.

C'était bien sûr l'effet des ombres, mais la peau de Red me parut s'affaisser. Sa voix était lasse lorsqu'il termina son récit.

– Qu'est-ce qui est arrivé à Megan ? demandai-je.

Mais bien entendu je connaissais la réponse. Megan, c'était *moi.*

– Tu n'es pas mon père.

Red me prit la main, comme pour bien marquer ce qui nous liait, mais il la lâcha aussitôt.

– Je t'aime, Cassie. Et jusqu'à ma mort je serai fier de t'avoir élevée. Mais non, je ne suis pas ton père.

Chapitre 43

Red se tourna vers la rue, non pas pour chercher quelque chose du regard, mais pour éviter le mien. Je me replaçai dans sa ligne de mire. Il devait me faire face.

– Donc, si j'ai bien compris, Dee m'a enlevée à mes parents dans ce supermarché de Fresno et ensuite, *toi*, tu m'as enlevée à elle ?

Je haletais.

– Que voulais-tu que je fasse ?

– Et mes parents ?

– Il n'y avait que ta mère. Et elle est décédée voilà des années.

– Et comment tu le sais ?

Silence.

– Ça fait combien d'années ?

Il répondit d'une voix épaisse, forcée.

– Une vingtaine d'années.

Vingt ans. J'étais déjà une jeune adulte. À la fac. Tout près de rencontrer Sam et d'avoir des enfants à mon tour.

– J'aurais aimé la connaître. Ma mère.

Les yeux de Red restaient fuyants.

– Il m'a fallu des années pour la retrouver. Et à ce moment-là…

– Tu ne voulais pas me perdre ?

Ma voix se brisa parce que je me rendais compte de ce que j'avais perdu, *moi.* Sans parler de ce que ma mère avait perdu, elle dont la seule faute avait été de laisser échapper une boîte de conserve dans le rayon d'un supermarché.

– Qu'est devenu le bébé que tu as laissé derrière toi ? L'enfant de Natalie ?

Red tiqua et détourna de nouveau le regard.

– J'ai appris par la suite que la police n'avait retrouvé que le corps de Natalie. Pas d'enfant.

– Comment est-ce possible ?

Il haussa les épaules.

– Dee avait de l'argent et elle savait garder ses secrets.

Comme l'homme qui m'avait élevée, visiblement.

– Tu penses que cet enfant a survécu ?

Il hésita.

– Je veux croire que oui.

Eh bien, moi, je n'en étais pas vraiment sûre. Quel enfer pour un gamin de grandir dans une maison pareille. Penser à cet enfant me fit penser au mien. Et un détail me frappa soudain.

– Attends une minute. La maison de Dee se trouve où ?

Mon père se redressa.

– Pourquoi ?

Je repensai à ce que m'avait dit Audrey lorsque je nettoyais sa plaie. Cette remarque que j'avais prise à la légère, mais qui à présent accélérait mon pouls.

– Audrey a entendu son ravisseur parler d'« ignobles fantômes ».

Red releva la tête comme s'il venait de comprendre en même temps que moi.

– Les vignobles fantômes…

– Tu te souviens de l'adresse ?

– Je ne suis pas près de l'oublier.

Mais il se garda bien de me la donner. Il avança dans la lumière du réverbère et me prit la main. Sa peau était froide et moite.

– N'y va pas.

– Ce type a enlevé Leo.

– Laisse la police s'en occuper. Ce Rico, là… Il m'a l'air efficace.

– Il l'est. Mais si j'avais été enlevée, que ferais-tu ?

Il n'eut aucune hésitation.

– Tout et n'importe quoi.

Je me tournai vers la clinique, où Audrey était toujours en train de dessiner.

– Veille bien sûr elle.

– Je ne t'ai pas donné l'adresse.

Sa voix chevrotait.

– Tu vas le faire. Tu me dois bien ça.

Il recula en secouant la tête. Mais nous savions aussi bien l'un que l'autre qu'il allait céder. Il marmonna une adresse à Napa.

– Il faudra qu'on reparle de tout ça.

Nul besoin de demander ce que ça voulait dire.

– On le fera.

Il inspira bruyamment.

– Lorsque tu auras retrouvé Leo.

– Et Sam.

Red tourna la tête pour ne pas trahir son inquiétude à ce propos.

– Dis à Rico où je suis allée.

– Mais je te laisse de l'avance ?

Nous n'étions peut-être pas unis par les liens du sang, mais Red me connaissait mieux que personne.

– Tu me donnes dix minutes.

Une fois que Red aurait mis Rico au courant, le flic serait contraint de suivre la procédure, de passer des appels, de délimiter un périmètre autour de la propriété. Et je pouvais en couvrir, du chemin, en dix minutes. Je voulais bien que la cavalerie rapplique, mais pas avant moi.

La voiture de police démarra, emportant Audrey et Red, et je regagnai le fourgon. Un papier avait été glissé sous un des essuie-glaces. Je m'en emparai, la main hésitante. Celui qui avait rédigé cette note avait appuyé à fond sur le stylo.

De l'encre noire bavait de chaque lettre. Je touchai le papier et m'en mis plein les doigts.

«Je t'avais prévenue, pour la police. Maintenant, je vais devoir les tuer tous les deux. »

Au dos se trouvait l'adresse que Red venait de me donner.

Depuis combien de temps ce mot se trouvait-il là ? Je me dis qu'il avait dû être déposé après l'arrivée de Rico, mais avant celle des renforts. Dans les deux cas, le messager avait pris de gros risques. Cela m'inquiétait tout autant que cette invitation à me rendre à Napa.

Sur l'autoroute, je conduisis beaucoup trop vite, comme si la vitesse allait m'éclaircir les idées. Pendant toute mon enfance, j'avais été la fille qui n'avait pas de mère. Mais cela m'importait peu, parce que j'avais mon père. Et puis j'étais entrée au collège, et mes copines avaient commencé à porter des soutiens-gorge et à se maquiller. Alors je m'étais inventé une maman. Je racontais à mes camarades qu'elle était pilote de ligne, qu'elle préparait des gâteaux pas possibles et qu'elle connaissait par cœur tout le répertoire d'Aerosmith. Lorsque plusieurs d'entre elles avaient découvert la supercherie, j'étais tombée de haut. J'en avais souffert, mais elles aussi. J'avais le coup de poing facile.

Et puis, une fois de plus, j'avais mon père. J'avais toujours eu mon père. Jusqu'à aujourd'hui. Il avait suffi d'une confession pour que je le perde. Et j'avais perdu en même temps cette maman qui pouvait tout à fait avoir été pilote, pâtissière ou aimer Aerosmith, parce que, désormais, je ne saurais jamais de quoi elle avait vécu, ni les chansons qu'elle avait aimées. Parce que je ne la connaîtrais jamais.

Pour couronner le tout, j'avais perdu mon mari.

Et mon fils.

« Maintenant, je vais devoir les tuer tous les deux. »

Il n'en était pas question. J'avais déjà trop perdu.

Je mis la moitié du temps réglementaire pour atteindre Napa. Je ne levai le pied qu'à l'approche de la propriété. J'adoptai la même tactique que chez Daryl en abordant le domaine par la parcelle adjacente plutôt qu'en me jetant directement dans la gueule du loup.

Je n'étais pas totalement idiote. Je savais bien que je n'avais aucune monnaie d'échange. Il ne me restait que la vie, et si elle devait servir de rançon, alors soit…

Le portail ne fonctionnait plus depuis des années, et le boîtier électrique de l'entrée pendouillait lamentablement. Le vent violent l'envoyait valdinguer contre l'un des piliers, où il rebondissait en un balancier incessant qui marquait le passage inéluctable du temps.

Je secouai la chaîne rouillée et le cadenas censé protéger l'accès. Mais ce verrou de pacotille ne valait guère mieux que sa version électrique, et il céda aussitôt. Il n'avait peut-être même pas été fermé. Entraîné par la secousse, le cadenas dégringola dans les gravillons.

Entre donc.

J'avançais tous feux éteints, la vitre baissée. Mes pneus crissaient dans la caillasse et le souffle froid du vent me frottait les joues.

Le chemin se rétrécissait. Je conduisis aussi loin que possible avant de garer la fourgonnette entre deux chênes. Je coupai le moteur et sortis.

J'inspirai et pris la direction des lueurs de la maison nichée au sommet de la colline, abandonnant les noyers et l'allée de gravier pour contourner ce qui avait sans doute été une annexe. En l'absence de toit, ne restaient que deux cloisons saillantes et des lattes de plancher disjointes offertes à tous les vents.

En m'approchant de la maison principale, sous un chêne, je trébuchai et tombai à genoux. Je m'appuyai au sol pour me relever, les mains griffées par les chardons.

Dans l'obscurité, je parvins à discerner ce qui m'avait fait tomber. Un os se détachait d'un arpent de terre récemment tassé. J'étais au bon endroit.

Je ne m'appesantis pas sur ce que je venais de découvrir ni sur ce que cela impliquait. Je fixai mon attention sur les rangées de vignes lancées à l'assaut du coteau en haut duquel se dressait la maison, illuminée.

Là-haut, les feux d'une voiture s'allumèrent. Aucun arbre, aucun buisson ne pouvait me servir d'abri, alors je restai là, immobile. J'espérais être hors de portée du faisceau des phares, mais si le chauffeur me cherchait, il me découvrirait sans peine. La voiture prit la direction de la route et passa à une centaine de mètres de moi. Si le conducteur m'avait repérée, il ne le montra pas.

Les phares hors de vue, je repris le chemin de la maison. En montant, je me souvins des ciseaux chirurgicaux que j'avais glissés dans ma poche à la clinique. Je le sortis et les serrai fort dans mon poing pour me rassurer.

Le chemin disparut. Muni de cette arme dérisoire, je mis le cap sur la maison au sommet de la colline.

Chapitre 44

Je ne montai pas jusqu'en haut. Au détour du chemin, je remarquai un autre bâtiment. Une laiterie en parpaing, dont les fenêtres étaient bouchées par des planches de contreplaqué et dont le toit en bois pourrissait sur pied.

À côté de la crémerie se trouvait une réserve qui m'intéressa aussitôt. C'était un vieux hangar abandonné, mais son accès était dégagé et on l'avait utilisé plus récemment que la remise elle-même. Voilà typiquement le genre d'endroit où l'on stockait des sacs en toile comme celui sur lequel gisait Sam sur la photo que j'avais reçue par texto.

La lune chassait le soleil et la teinte du ciel passa du bleuet à l'indigo. Je restai tapie dans l'ombre des chênes. En approchant de l'appentis, des petites boules de bardane s'infiltrèrent sous la jambe de mon jean et s'accrochèrent à mes chaussettes. J'essayai d'ouvrir la porte. Elle résista.

Plus énervée que surprise, je me campai solidement sur mes jambes, empoignai les ciseaux avec force avant de balancer un grand coup d'épaule dans la porte. Des deux, c'est mon corps qui fut le plus ébranlé. Mais je remis ça. Le cadre se craquela, se fendilla. Le troisième impact fut le bon. J'écartai les quelques toiles d'araignées qui voilaient l'entrée.

Je me massai l'épaule en scrutant l'intérieur de la cabane, qui avait effectivement servi à emmagasiner des sacs en toile. La faible lumière du soir, tamisée par la poussière, se glissait par les quatre lucarnes aménagées dans la charpente. Les propos de Carver Sweet à l'hôpital revinrent me tourmenter : «J'ai balancé votre mari sur un tas de sacs en jute. »

Penser à Sam ainsi – inanimé sur le ventre, les bras ballants le long du corps – fut comme un coup de poignard. J'eus du mal à reprendre mon souffle. Les images se bousculaient dans ma tête : le bras de Sam passé autour du corps de sa maîtresse. Daryl endormi avec mes enfants à ses pieds. Sam jeté sur un sac en toile. Un kaléidoscope infernal où s'enchevêtraient le bras de Sam, le tissu du canapé de Daryl et de la toile de jute.

J'avais été obnubilée par la femme sur la photo avec Sam et par les trucages possibles dont le tirage avait été l'objet. Mais maintenant je voyais ce qui m'avait échappé alors – sur le cliché, pas la moindre trace de tension dans les épaules ou dans les bras de mon époux. On l'avait placé ainsi, inconscient, son visage meurtri dissimulé par le corps de sa « maîtresse ».

Un raclement de gorge me fit sursauter, et mon épaule endolorie alla percuter un aspirateur industriel accroché à une poutre au-dessus de moi.

– Pour une fois que vous ne vous plantez pas !

Je reconnus immédiatement cette voix. C'était la même qui n'avait cessé de nous menacer, moi et mes enfants.

Les ciseaux au poing, je me dirigeai vers elle et découvris Carver dans un coin, à moitié dissimulé par des caisses empilées. Dans l'état où il se trouvait, il ne présentait aucun danger : il essayait de se dégager des liens qui entravaient ses poignets et ses mollets.

– Vous me détachez ?

– Ça m'étonnerait.

À travers le verre dépoli des lucarnes du plafond, la lune dessinait des bandes de lumière sur le visage de Carver Sweet. Ses lèvres étaient tuméfiées, et la cicatrice sur sa mâchoire était à vif. L'une de ses joues était incrustée de graviers.

J'avais imaginé notre ultime confrontation de milliers de façons, mais je ne m'attendais certainement pas à le trouver ainsi à ma merci. Je ne pouvais cependant pas voir en lui une victime simplement parce qu'il était attaché. Les criminels avaient aussi leurs mauvais jours. Comme Ernie, qui m'avait tout balancé pour une poignée d'antidouleurs factices.

J'aurais eu encore plus tort de considérer Carver comme inoffensif.

– Où est Leo ?

Il esquissa un rictus, toujours effronté en dépit de sa situation peu enviable.

– Est-ce qu'une mère ne devrait pas savoir où se trouvent ses enfants ?

– Pourquoi ? Vous savez où est *le vôtre* ?

– Ah, vous êtes au courant de ça ?

J'inspirai vivement. Donc ce que Red m'avait dit du bébé était vrai et Carver le savait. Je ne m'y attendais pas.

– Mon père, Red, a travaillé ici comme maçon.

– Je connais Red. Ou plutôt j'en ai entendu parler.

Il pesait ses mots. Il précisa sa pensée :

– Par Natalie.

– Il était là le soir où Natalie a accouché. De votre enfant.

– Et il n'a pas essayé de la sauver ?

La. C'était donc une fille.

J'encaissai, mais me sentis obligée de défendre mon père.

– C'était vous, le père. C'était à vous de la protéger, non ?

J'étais incohérente : une heure plus tôt, j'avais fait le même reproche à Red. Et qui étais-je pour porter des jugements, moi qui avais été incapable d'empêcher l'enlèvement de mon propre fils ?

– Qu'est-elle devenue ? J'imagine que si elle a grandi ici, ça n'a pas dû être terrible…

Un ange de douceur passa sur les traits de Carver, qui s'adoucirent.

– Est-ce que vous savez que chaque fois que Natalie faisait quelque chose qui ne plaisait pas à sa mère, Dee l'enfermait dans une caisse ? Et que sa fille se fasse engrosser, ça ne lui a pas plu *du tout.* En général, elle la libérait au bout d'un jour ou deux. Mais, cette fois-là, elle l'a enterrée et s'est barrée.

Le ton détaché avec lequel il racontait tout cela me donnait envie de lui fourrer mes ciseaux dans l'œil. Le droit ou le gauche. Peu importait.

– Vous saviez qu'elle la violentait et vous n'avez rien fait ?

Même si Dee avait tué Natalie, Carver avait amplement mérité ses années à San Quentin.

Il se rengorgea, carra les épaules et redevint l'individu bestial du soir de l'agression.

– Je n'étais pas au courant à l'époque. Jusque très récemment, je pensais que Natalie avait fait une fausse couche, et c'est Ernie qui m'a parlé de la caisse. Mais Red, lui, était là ce soir-là. Il aurait pu empêcher tout ce foutoir.

Je resserrai ma prise sur les ciseaux et le métal froid pénétrait dans ma chair. Assez parlé de cette enfant. J'étais venu récupérer le mien.

– Où est mon fils ? Et mon mari ?

– Probablement morts.

Je plantai les ciseaux dans son pied et il hurla.

– Putain, mais…

– Qu'avez-vous fait à mon fils ?

– J'ai rien à voir avec tout ça. Je ne suis ici que parce que cet enfoiré de Damon m'a drogué.

Il se rembrunit :

– Putain, vous m'avez planté des ciseaux dans le pied !

– Estimez-vous heureux que ce ne soit pas votre carotide.

Ce qui aurait été le cas si je n'avais pas eu besoin d'en savoir plus.

– Pourquoi Damon vous a-t-il drogué ?

Il grimaça et leva le pied jusque dans la lueur de la lune pour l'examiner.

Je soupirai d'impatience.

– J'ai à peine touché votre orteil.

Carver reposa son pied.

– Vous connaissez l'histoire : un garçon rencontre une fille. Le garçon se rend compte que la fille essaie de lui pourrir la vie. Il décide de la tuer.

Il s'interrompit et essaya de sourire, mais le cœur n'y était pas.

– Du coup, la fille demande à un ami de planter une seringue dans la peau du garçon et de le jeter dans une vieille remise.

Je frissonnai et me frottai les bras pour activer la circulation. Rien à voir avec la gueule enfarinée du psychopathe ligoté à mes pieds. Je venais juste de comprendre. « Qu'est-ce que vous savez, au juste ? » m'avait demandé Daryl. Il m'avait fallu du temps pour retenir la leçon.

– Donc il n'y a pas que Damon. Brooklyn aussi est liée à l'enlèvement de Leo ?

– Vous ne comprenez toujours rien. Elle n'est pas seulement *liée.* C'est elle qui a tout manigancé. Damon n'est qu'un pantin qu'elle manipule comme elle m'a manipulé. Comme vous et votre mari. Ce soir-là sur le chemin où vous avez tout fait foirer – rien de tout ça n'est arrivé par hasard.

– Je sais. C'est vous qui avez fait sortir Brooklyn de la route.

– C'est *elle* qui m'a fait sortir de la route ! Elle savait exactement où vous seriez et à quelle heure. Elle avait dû placer un mouchard sous votre voiture, je me trompe ?

Il dut lire le doute sur mon visage parce qu'il ricana.

– Bien sûr qu'elle avait mis un mouchard sur votre bagnole. Elle a fait la même chose avec la mienne.

Retour du rictus, glacial cette fois.

– Mais elle s'est plantée sur un point. Elle ne se doutait pas à quel point j'étais décidé à la tuer.

Son expression changea alors, mélange de haine et d'incrédulité.

– Mais il y a une chose que je ne comprends toujours pas. Pourquoi ma fille voudrait-elle me tuer ?

Les raisons ne manquaient pas pourtant. *Parce que tu as laissé crever sa mère. Parce que tu ne t'es jamais occupé d'elle. Parce que tu es une ordure.*

– Vous vouliez vraiment la tuer ?

– À ce moment-là, je ne savais pas qu'elle était ma fille. Et je peux vous dire qu'elle le méritait, avec tout ce qu'elle avait fait.

– Et maintenant que vous savez que c'est votre fille, vous voulez toujours la tuer ?

Il se tut, mais la réponse se lisait sur son visage.

Je le contemplai, avec tous ces liens qui le retenaient. S'il se lançait dans la bataille contre Damon et Brooklyn, il ferait un allié de circonstance hors pair.

Il remarqua que j'observais la corde et grogna.

– Détachez-moi.

Mon regard glissa sur ses mains. Il avait les poings serrés, comme le soir où je l'avais malencontreusement rencontré.

– Pourquoi le ferais-je ? Parce que c'est demandé poliment ou parce que vous avez essayé de me tuer ?

– Je n'essayais pas de vous tuer. Je voulais juste que vous me laissiez tuer Brooklyn.

Quand il comprit que je ne le libérerais pas, il s'appuya contre le mur.

– Je vous ai menti à l'hôpital.

– Quelle surprise ! Et à quel propos ?

– Je n'ai jamais amené Sam ici.

Je scrutai son visage, mais je ne faisais plus guère confiance à mon discernement.

– Je ne comprends pas.

– Quand Damon et Brooklyn sont tombés sur Sam, j'ai entendu la fin de leur conversation. Et c'est là que Damon a parlé de l'amener jusqu'ici.

– Mais le sang sur la banquette arrière ?

– Damon et moi avons eu une petite discussion.

– Et les clefs de la voiture de Sam ?

– Votre mari les a laissées échapper quand ils lui sont tombés dessus. Je les ai prises. J'avais besoin d'un véhicule.

Il lécha de nouveau la plaie ouverte sur sa joue, comme un serpent agite la langue pour sentir l'atmosphère.

– Vous savez comment ma femme est morte ?

– Empoisonnée.

Il acquiesça.

– Par Brooklyn. Elle a mis du poison dans son thé et elle était là, avec nous, pendant que je le lui servais. Jusque-là, nous la prenions pour une amie. Elle venait à la maison. Elle a commencé par poster des choses sur Internet qui m'ont valu d'être licencié. Puis elle a vidé notre compte en banque. Et tué notre chat avant de le déposer sur notre lit comme s'il dormait. Jusqu'à ce que Anne…

Son corps se révulsa à ce souvenir.

– Chaque jour, je retrouvai un mot avec un chiffre : *3, 2, 1.* Jusqu'au jour où j'ai retrouvé un mot inscrit sur la boîte de thé : « Aujourd'hui ».

J'avais l'impression d'avoir été vidée comme un poisson de ses entrailles. J'avais jusqu'au bout voulu croire que ces menaces étaient du bluff, et que Sam et Leo allaient s'en sortir.

– Et alors…

Carver s'étrangla. Il se racla la gorge et reprit.

– Et alors Brooklyn s'est penchée sur le corps de ma femme et lui a dit que l'idée venait de moi. Que c'était moi qui avais voulu la tuer. Je m'en fous que ce soit ma fille. Pour avoir prononcé ce mensonge, les derniers mots qu'Anne ait entendus avant de mourir, elle va mourir à son tour. Et c'est *moi* qui vais la tuer.

C'est alors que Carver se libéra de ses liens et que je compris quelle idiote j'étais.

Chapitre 45

Carver s'empara de moi et passa son bras autour de mon cou. Je me débattis, mais il était deux fois plus fort que moi. Il ricana en découvrant les ciseaux que je tenais toujours à la main, les fourra dans sa poche, hors de portée, et me traîna au-dehors.

Il essaya de me raisonner.

– Même si vous m'avez enfoncé une paire de ciseaux dans le pied, je ne vais pas vous tuer. Sauf si vous continuez à vous débattre comme ça.

Je tentai de planter mes dents dans son avant-bras. Il recula, mais sans me lâcher. Au contraire, il resserra son étreinte. La trace de mes dents sur sa peau rougissait au fur et à mesure qu'il accentuait sa pression. Un spasme l'agita alors, et son emprise se relâcha imperceptiblement. Mais mon cou, lui, sentit la différence. Je ne suis même pas sûre que Carver se rendait compte qu'il lâchait prise. Mes yeux s'emplirent d'étoiles et je me détendis totalement. Mon instinct me criait de me battre, mais je laissai Carver m'étendre de tout mon long sur le sol, presque avec douceur.

Puis Carver s'en alla et je ne rouvris les yeux que lorsque le bruit de ses pas se fut estompé. Par sécurité, je restai encore allongée une bonne minute. J'avais appris des tas de choses dans l'heure qui venait de s'écouler – à propos de mon père, de Carver, de la femme qui essayait de détruire ma famille –, mais je n'avais pas trouvé la réponse aux seules questions qui comptaient : où était Sam ? Où était notre fils ? Je ne voulais pas, je ne pouvais pas accepter la théorie de Carver selon laquelle ils étaient morts.

Mon cœur battait à tout rompre lorsque je me relevai. Je tâtai ma poche à la recherche de mon téléphone avant de me souvenir que je ne l'avais plus. Je me retournai et me figeai.

Carver revenait vers la remise, et il n'était pas seul. Damon marchait derrière lui, plus tassé, mais plus large encore. La lune se reflétait sur son crâne, sur les ecchymoses mauves qui parsemaient son visage et sur sa lèvre gonflée. Avant que Damon eût maîtrisé Carver pour l'endormir, il avait visiblement encaissé quelques coups lui aussi.

Je crus tout d'abord que je m'étais encore laissé abuser et que Carver était le complice de Damon depuis le début lorsque j'aperçus le pistolet que ce dernier tenait dans la main droite.

Malgré ses plaies et ses bosses, je reconnus l'homme qui m'avait ouvert chez Helen, et sans doute celui qui avait dissimulé son visage sous une casquette de base-ball lorsqu'il avait jeté Audrey de sa voiture blanche. Bien que l'arme de Damon ne soit pas dirigée dans ma direction, il ne faudrait qu'une fraction de seconde pour que cela change. Je restai aussi immobile que possible.

– Vous êtes en avance, Cassie, nous ne vous attendions pas si tôt.

J'essayai de lire sur le patchwork bosselé de son visage à quel point il épousait la cause de Brooklyn.

– Pourquoi vous faites tout ça ?

Son regard oscilla de moi à Carver, et il agita l'arme devant lui. Je voyais bien à l'expression résolue de ses yeux qu'il s'était résigné à exécuter l'horrible mission qu'on lui avait confiée.

– Je fais ça parce que c'est mon amie et qu'elle me l'a demandé.

Le bras de Damon se raidit et il fit pivoter le canon du pistolet dans la direction de Carver. Ce dernier se mura dans le silence, le regard fixe. Toute sa morgue avait disparu.

– Elle aurait bien aimé passer plus de temps avec toi, Carver. Mais, maintenant que Cassie est là, il serait bien trop risqué de vous garder en vie, tous les deux.

Je secouai la tête et Carver ouvrit la bouche pour protester, comme si nos objections avaient le pouvoir d'arrêter les balles, mais Damon avança d'un pas et leva l'arme à hauteur de la tempe de Carver. Il tira à bout portant. Trois fois. La bouche de Carver se referma, emportant dans la tombe ce qu'il avait tenté de dire.

Avec l'arme encore chaude, Damon me fit signe d'avancer vers la maison.

– Finissons-en.

À l'intérieur de la maison, une cheminée en pierre traversait deux étages jusqu'aux poutres de séquoia du plafond, d'où pendaient un lustre en bronze huilé et quelques ampoules nues. Les deux ailes du premier étage étaient reliées par une balustrade qui surplombait le salon, tout de draps blancs et de cuir rouge.

Ces détails me parurent insignifiants lorsque je repérai Leo, en boule sur le canapé, inconscient. Derrière lui se trouvait Brooklyn, un revolver à la main. Mais je n'avais d'yeux que pour mon fils. Brooklyn leva son arme et la braqua en direction de sa tempe.

Si elle m'avait visée, je n'aurais eu aucune hésitation à me ruer sur elle. Deux foulées auraient suffi. J'aurais reçu une balle ou deux, puisque l'homme derrière moi était armé lui aussi, mais je doutais que Brooklyn ait eu le temps de tirer sur Leo. Néanmoins, avec ce canon dirigé sur lui, je n'osai pas faire un geste. Un seul petit mouvement du doigt sur la détente et la détonation qui suivrait m'anéantirait comme si j'en avais été la cible.

Le visage de Brooklyn était toujours tuméfié, copie conforme de celui de son complice. Normal. Le même homme en était responsable. Mais, lors de notre dernière rencontre, elle avait exagéré la gravité de ses blessures au bras. Elles ne l'empêchaient en tout cas pas de tenir une arme.

Elle louchait en me jaugeant. Un presque-sourire au coin des lèvres, elle demanda à Damon.

– Tu t'es occupé de Sam, j'espère ?

J'en eus le souffle coupé. *Non.* Je plaçai mes dernières forces dans ce déni, comme si c'était l'ultime espoir auquel me raccrocher.

– Oui, je m'en suis occupé.

Je repensai à la rage sourde de Carver ce soir-là. Il s'était comporté comme un animal, ayant perdu la raison et le sens commun. Brooklyn avait démantelé sa vie, morceau par morceau, jusqu'à ce qu'il n'en reste plus qu'une bribe d'instinct reptilien qui réclamait vengeance.

La haine me frappa avec tant de force que je faillis en perdre l'équilibre. *Je vais sauver Leo et tuer les deux personnes qui se trouvent dans cette pièce.*

J'écartai cette pensée. Ce n'était pas moi. Je n'étais pas une meurtrière. Je sauvais des vies. Je ne les prenais pas. Je tentai de m'accrocher à des lueurs d'espérance, mais la méthode avait fait son temps et était à présent aussi usée qu'un pardessus rêche que l'on enfile machinalement alors qu'il pèse une tonne.

– Je dois dire que je suis étonnée que vous ayez rappliqué aussi rapidement. Vous avez dû battre des records de vitesse. Vous avez de la chance qu'on ne vous ait pas arrêtée.

Elle souriait, mais avec une pointe d'agacement.

– Si vous étiez arrivée dix minutes plus tôt, nous n'aurions même pas eu le temps de tuer votre mari.

Je me raidis et observai la pièce à la recherche d'une arme. À la recherche d'options. Sur la table basse, je remarquai un paquet de chewing-gums dont l'emballage avait été retiré. On en avait fait un origami en forme de cœur. Cela me ramena à ce dernier matin passé avec Sam et à ce pliage en forme de chien dont je pensais qu'il était l'auteur. Je me fis la réflexion que Brooklyn attachait plus d'importance à ce travail manuel qu'à la vie humaine.

– N'oubliez pas que vous êtes la seule responsable de la mort de Sam. Je vous ai laissé le choix et vous avez choisi les enfants. Mais voilà, Cassie, vous avez *aussi* appelé les flics. Et c'est une décision qui ne peut pas rester sans conséquence, vous êtes bien d'accord ? Alors ma question est simple : qui va mourir, maintenant ? Vous ou votre fils ?

C'était la décision la plus facile à prendre.

– Je donnerai sans hésiter ma vie pour sauver celle de mon fils.

Mais il y avait un mais : qu'est-ce qui l'empêcherait de nous tuer tous les deux ?

La nuit où j'étais venue au secours de Brooklyn, j'avais repensé à cette agression contre une camarade à la fac, et au fait que je n'avais rien fait. Elle en avait réchappé, mais les conséquences avaient été tragiques. Quelques années après que Don l'eut poussé du haut de ce balcon, elle s'était noyée dans l'océan. Elle ne s'était pas suicidée. Mais les séquelles de son accident l'avaient diminuée et elle avait été trop faible pour lutter contre le courant.

Son nom me revint comme par enchantement. Stéphanie. Le soir de l'agression de Brooklyn, j'avais pensé en finir avec cette vieille histoire. J'avais pensé payer ma dette pour toutes ces bagarres que j'avais déclenchées au lycée et l'enfer que j'avais fait vivre à mon père. Payer aussi pour mes absences répétées à la maison. Mais, en vérité, j'aurais dû laisser crever Brooklyn. J'aurais dû secourir Stéphanie, mais j'aurais dû laisser Carver régler son compte à cette folle.

Elle se tourna ver Damon.

– Mets le gamin à l'abri et débarrasse-toi du corps de Sam.

Damon s'exécuta. J'entendis une voiture démarrer. J'essayai de ne pas penser au cadavre de Sam qui devait se trouver dans le coffre.

Il ne restait plus que Brooklyn et moi, à présent. Mais nous étions trop éloignées pour que je lui arrache son arme.

Je la laissai me conduire au-dehors, abandonnant Leo dans la maison. Cela me donnait un peu de répit pour réfléchir.

Pour trouver un moyen de m'en tirer. Brooklyn me fit redescendre par le chemin qui m'avait conduite jusque-là. La lune éclairait la rosée sur les brins d'herbe, les transformant en tiges de glace.

Elle pressa le pas, me poussant devant elle, et je compris où elle voulait en venir. Elle m'emmenait jusqu'au vieux chêne à la lisière de la propriété.

J'avais remarqué cet arbre en arrivant, mais j'étais alors trop préoccupée pour me rendre compte de sa taille. Il devait avoir plusieurs centaines d'années, à en juger par la grosseur du tronc et la taille de ses branches. Plus nous approchions et plus son ramage masquait la lune.

La nature du sol avait changé. Le gazon cédait la place aux mauvaises herbes. J'en reconnus plusieurs : des orties avec leurs feuilles duveteuses et les tiges lisses du souchet. Mais, pour l'essentiel, tout ce qui poussait ici avait été piétiné au point de former un compost de feuilles, de fleurs et de tiges.

Au pied du chêne proprement dit ne se trouvait plus que de la terre battue.

Je marchais vers la mort en notant tous ces petits détails. J'inhalai goulûment l'air doucereux et sec, emplissant mes poumons jusqu'à la douleur. J'étais presque sur le point d'hyperventiler. Mais je ne pouvais m'autoriser cette faiblesse. Je cherchais une échappatoire. Il n'y en avait pas.

Au moins, chaque pas que je parcourais en sa compagnie l'éloignait de mon fils. Pendant qu'elle s'occupait de moi et que Damon se débarrassait du corps de Sam, peut-être que si Leo revenait à lui…

Brooklyn me poussait devant elle sans ménagement. Elle ne disait rien, mais j'entendais sa respiration. Rapide. Haletante. Voilà un moment dont elle avait dû rêver depuis longtemps.

Le ciel obscur, le chêne et cette femme. Tout me rappelait ce premier soir, celui de l'agression. Toutes les décisions que j'avais prises depuis me torturaient. Avec le recul, j'aurais tout fait différemment, mais je ne pense pas que j'aurais pu éviter ce qui se passait ce soir-là. Je n'avais pas plus de contrôle sur mon existence que le zèbre traqué par des lions. Et je détestais être un zèbre. Mais que faire pour me tirer de là et sauver Leo ? Elle avait la main, du moins pour l'instant, et elle marchait avec la désinvolture de celle qui en était consciente. Même si je parvenais à inverser la donne, ce n'était pas ma vie qui était en jeu. M'échapper serait totalement inutile si je ne parvenais pas à retourner dans la maison pour libérer mon fils ou, à tout le moins, lui laisser le temps de s'enfuir.

– Vous ne lui ferez pas de mal ? demandai-je, la gorge sèche.

– Non, répondit-elle.

Mais elle mentait, et nous le savions toutes les deux.

Tout à sa frénésie, elle avait laissé l'écart entre nous se réduire. Je ralentis pour le réduire encore. Et puis, dans l'ombre du grand chêne, le cauchemar se précisa. Un trou creusé dans le sol. Impossible de se méprendre sur ce qu'il représentait – un rectangle approximatif de la taille d'un corps humain. Mon corps. Sans l'avoir mesuré, je savais d'instinct que ses dimensions étaient quasi parfaites. On ne s'était pas fatigué à creuser une tombe plus grande qu'il ne le fallait.

Nous nous arrêtâmes à côté du trou et elle passa devant moi pour me faire face. Malgré l'ascendant que lui donnait son arme, elle laissa quelques mètres entre nous et resta à distance respectable de la tombe. Aucune chance de la voir tomber dedans et de m'épargner le soin de la zigouiller.

– C'est ici que nous faisions du jardinage, Dee et moi.

Elle expédia d'un coup de pied une motte de terre en direction du trou.

– Tu sais pourquoi nous sommes là, hein ? Ça m'embêterait que tu ne le saches pas.

Je repensai à ce que Red m'avait raconté de cette fameuse nuit.

– Vous m'en voulez parce que j'ai pu échapper à cet enfer et pas vous.

Son visage se durcit et elle s'emporta.

– Tu ne t'es pas échappée ! Tu n'as rien décidé par toi-même ! Tu as été *choisie.*

J'avais un an, et je n'étais pour rien dans ce qui s'était passé à l'époque, mais il était inutile de faire valoir ces arguments. Elle n'était pas en état de les entendre.

– C'est ici qu'elle m'a forcée à enterrer mon petit chien.

– Et donc l'histoire que vous m'avez racontée à propos d'Hannah n'était pas son histoire, mais la vôtre.

Et les photos qu'elle m'avait montrées, elle ne les avait pas prises à Carver. C'étaient les siennes. Elle avait apprécié à sa juste valeur ma réaction de dégoût en découvrant le cliché de Natalie démembrée, sachant qu'elle me réservait le même sort.

Elle contempla le tas de terre meuble à côté du trou ; ses yeux brillaient. En deux battements de cœur, elle était retournée dans le passé. Je risquai un pas en avant, mais son regard se déplaça aussitôt dans ma direction.

– Dee n'a jamais été douée avec les animaux. Sais-tu qu'on a retrouvé des criquets de Jérusalem dans la tombe de Natalie ? Dans les journaux, ils ont mentionné qu'elle s'était brisé les doigts en tentant de s'échapper, mais ils n'ont pas parlé des piqûres. Des centaines, si j'en crois Dee. Ça la faisait même bien rigoler de raconter que, lorsque la police a sorti le corps, on aurait dit qu'elle avait la chair de poule. Mais même si c'est Dee qui l'a tuée, Carver méritait la prison pour l'avoir abandonnée comme ça. Il méritait même bien pire.

J'entendis un petit bruit. Comme un petit animal en train de gratter. Je songeai à toutes les bestioles qui vivaient dans le coin, à toutes ces créatures que j'allais bientôt nourrir, et cela me retourna les entrailles.

– C'est l'heure, non ? Nous n'avons pas encore creusé la tombe de Leo et il est temps que Damon s'y mette.

Encore ? Mon cerveau bloqua sur ce mot.

J'avais espéré parvenir à la désarmer ou, au pire, recevoir une balle. J'avais espéré que ma mort la vengerait et qu'elle épargnerait Leo. Je venais seulement de comprendre qu'une mort rapide, pour moi et pour mon fils, n'était pas du tout ce qu'elle avait projeté. Enterrée vivante, j'allais mourir comme Natalie, mais seulement après qu'elle aurait tué Leo.

Dans mon dos, deux mains me poussèrent violemment. Je tombai la tête la première dans cette tombe qui m'était destinée.

Chapitre 46

Je n'étais pas toute seule dans la caisse. Je les sentais, et je les entendais crisser contre le bois.

Je testai les rebords du cercueil et tentai de pousser le couvercle tout en sachant qu'il n'allait pas céder. Il y avait des ouvertures, mais elles étaient bouchées par la terre, et tous les gravats qui allaient s'empiler maintiendraient ma sépulture hermétiquement close. Je fouillai dans mes poches, mais j'avais visiblement oublié mon ouvre-cercueil dans un autre jean. Si seulement j'avais eu les ciseaux que Carver m'avait subtilisés. Ils ne lui avaient pas servi à grand-chose.

Je les sentis de nouveau : les insectes. Leurs petites carapaces glissaient le long de mon mollet alors qu'ils s'infiltraient par la jambe de mon pantalon.

Je fermai la bouche et les yeux avec autant de force que possible. Je ne pouvais rien faire pour protéger mes oreilles, qui commençaient à bourdonner.

L'avant-garde était parvenue jusqu'à mes genoux. Combien y en avait-il ? Cinq ? Six ? Je serrai les cuisses. Je pensais à Natalie, qu'on avait enterrée dans une tombe comme celle-ci, et son corps couvert de piqûres. Ma poitrine se mit à se comprimer, ma peau à suinter. Je n'arrivais plus à respirer et je songeai soudain que mes narines étaient exposées, elles aussi.

Un solitaire, plus aventureux que les autres, s'attaquait à mon cou. Dans l'obscurité, j'imaginais ces yeux globuleux plantés dans ces têtes monstrueuses, toutes mandibules dehors, à ronger, à gratter.

Les insectes n'étaient pourtant pas le danger le plus pressant. Je tentai de calculer combien de temps il me restait avant que je suffoque, mais les maths n'avaient jamais été mon fort, même lorsque j'avais les idées claires. Et ce n'était pas vraiment le cas.

Je n'étais pas bonne en calcul, mais je me défendais en sciences naturelles. Et je savais que, pendant que je respirais tout l'oxygène disponible, j'expirais en même temps du gaz carbonique qui allait bientôt rendre l'air autour de moi irrespirable. Ma respiration et mon rythme cardiaque allaient se raréfier, jusqu'à l'asphyxie, la perte de connaissance, et bientôt la mort. Combien de temps me restait-il ? Peut-être vingt minutes. Peut-être moins.

Je résistai à l'envie de hurler. Personne ne m'entendrait et je gaspillerais le peu d'air que j'avais.

Je bougeai, dérangeant le criquet le plus proche de ma tête. Il me mordit le lobe de l'oreille, et du sang jaillit. Les choses s'étaient-elles passées ainsi pour Natalie ?

Dans cet espace restreint, j'avais peu de liberté de mouvement, mais je mobilisai toutes mes forces pour me jeter contre les bords de la caisse. Sous mes jambes, je sentais que le bois était plus tendre, mais il se trouvait en dessous de moi et ça ne servait à rien.

Mes mouvements semblaient irriter les insectes. Ils crissaient de plus belle et me piquaient partout sur les jambes.

Dans mon malheur, j'avais presque de la chance d'être ici avec ces cafards et cette caisse. Si Brooklyn n'avait pas tenu à toute cette mise en scène, elle m'aurait probablement inhumée en pleine terre. Et je serais déjà morte.

Le dioxyde de carbone m'étourdissait. Bientôt, j'allais m'assoupir. Était-ce déjà le cas ? Mes paupières me paraissaient plus lourdes que tout à l'heure. Et bientôt je ne serais plus en état de prendre la moindre décision. Ensuite, ce serait la mort. Pour moi, et pour Leo.

Mes poumons m'oppressaient. Et l'obscurité était totale, une nuit plus noire encore que celle qui se trouvait quelques pieds au-dessus de moi.

Dans cette sépulture, les insectes n'étaient pas seuls à me tenir compagnie. La morsure des souvenirs était tout aussi douloureuse.

Red me tenait par le porte-bagages et finissait par me lâcher. Je m'envolais sur mon vélo face au vent. Un vrai décollage. Et sachant qu'il était là, je n'étais pas tombée.

Sam dans sa blouse d'hôpital, qui me rassurait. Tout allait bien se passer pour lui et pour Audrey. J'étais la bagarreuse de la famille, mais c'était lui le plus fort. Jadis. Les larmes ne servaient à rien, mais elles coulèrent quand même.

Les enfants. Voilà.

Et puis une femme se mit à crier de fermer ma gueule. Et la gifle me frappa de plein fouet, au point que je m'en mordais la joue.

D'où venait ce souvenir ?

Je tambourinai des deux poings sur le bois au-dessus de moi jusqu'à ce que la douleur soit trop forte. Et puis je laissai tomber. J'étais trop lâche, finalement.

Je l'avais bien mérité. Tout était ma faute.

Là-haut, avec tout l'oxygène du monde et toutes ces choses à faire, je pouvais me prétendre hors de cause. Mais c'était faux. J'avais sauvé de la mort la femme qui avait tué mon mari et enlevé mon fils. On m'avait certes poussée dans cette tombe, mais je m'étais laissé faire. Et le pire de tout ça, c'est que j'avais douté de Sam.

Un criquet me mordit le bras, attaquant la peau.

J'avais été stupide. Insensée. Je m'étais laissé entraîner par ma colère. Mais, alors que j'avais indiscutablement des torts, c'est Sam qui avait payé le plus lourd tribut. Bientôt, Leo paierait, lui aussi, sauf si j'arrêtais de pleurnicher et que je parvenais à sortir de cette caisse. Le criquet revint à l'assaut et je l'écrasai d'un coup de coude.

Dire que j'avais presque accepté ma mort, et pire encore, celle de Leo. Mes tempes vibraient, mais je n'étais soudain plus résignée à ce sort qui, voilà un instant, me paraissait irrémédiable.

Je n'allais pas mourir dans cette caisse comme Natalie, les doigts brisés et la peau piquetée de centaines de morsures d'insectes.

J'écartai les jambes aussi loin que je le pus, mes cuisses formant une vallée. Et puis, sans me laisser le temps d'hésiter, je les ramenai d'un coup sec. J'avais assommé quelques criquets, les autres se vengèrent en me piquant. Et puis tant pis si je devais sortir d'ici avec des milliers de piqûres d'insectes, il n'était pas question que j'abandonne mon fils entre les mains de Brooklyn.

Dans l'obscurité, je jaugeai le cercueil du bout des doigts. C'était du contreplaqué. Je tâtonnai sur toute la largeur de la boîte, cherchant des parties plus friables. Puis je libérai un de mes pieds de sa chaussure et tapotai le fond de la caisse avec un orteil, avant d'essayer les jointures.

La caisse avait été bien conçue, mais n'avait que la solidité des matériaux utilisés dans sa confection. À ma deuxième inspection, je dénichai un coin ramolli. Attaqué par l'humidité. Le bois avait séché depuis, mais était resté vulnérable.

Je balançai un grand coup de genou dans le couvercle et entendis un craquement. Quelque part. Une nouvelle série de ruades et de la terre me dégringola sur le ventre. Je me reculai un petit peu, essayant de placer mes genoux le plus au centre possible. J'espérais que c'était là que les remblais au-dessus de moi exerçaient le plus de pression. Mes genoux frappèrent de nouveau le couvercle. Le bois grinça, menaçant de se fissurer.

Je m'interrompis, consciente que la destruction de la caisse créerait un problème aussi épineux. Je tentai de me rappeler la profondeur du trou avant qu'on le referme. Si j'ouvrais une brèche, toute la terre allait se déverser sur moi. Mais combien y en avait-il ? Il me semblait que c'était une tombe assez profonde, mais je ne pouvais jurer qu'elle l'était suffisamment pour m'ensevelir.

De toute façon, je n'avais pas le choix. Je recommençai ma besogne. Finalement, une partie de la planche céda. Et je la poussai du genou. Je résistai à l'envie de la libérer totalement. Je ne voulais pas être étouffée ou immobilisée par une avalanche de gravats.

Utilisant mon genou comme point d'appui, j'écartais la terre et la repoussai vers les bords du cercueil. Je ne perdis pas de temps, concentrée, remplissant chaque coin de terre meuble. À présent, j'apercevais la lune. Mes genoux souffraient le martyre, mes mains étaient entaillées. Je me glissai vers l'ouverture, me contorsionnant pour m'en approcher, les muscles tiraillés en tous sens. J'évacuai encore de la terre, et mes doigts rencontrèrent la faille que mes genoux avaient ouverte. Je retins mon souffle, les yeux et la bouche bien clos alors que des mottes de terre me tombaient sur la figure. Luttant contre le poids du remblai, je me hissai dans l'ouverture. Je toussai, je crachai de la terre. Mais j'étais libre.

Un insecte m'accompagnait, les mandibules plantées dans ma gorge. Je l'écartai d'une pichenette, avant de l'écraser au sol du plat de la main.

Je me relevai et entendis les mêmes grattements que j'avais cru percevoir avant d'être précipitée dans la tombe, mais plus faibles que tout à l'heure. J'imaginais les cadavres des défunts qui reposaient ici en train de creuser la terre de leurs mains osseuses, bien décidés à me ramener dans l'au-delà avec eux.

Avec le peu de forces qui me restaient dans les jambes, je me mis à courir en direction de la maison, même si elle semblait à des années-lumière d'ici.

Chapitre 47

J'entrai par la cuisine. Elle était plongée dans le noir, mais le salon était toujours illuminé. La voix de Damon portait jusqu'à moi.

– Carver n'était qu'une grosse merde. Cette femme aussi, pour tout ce qu'elle t'a pris. Mais je ne toucherai pas à un gosse.

– T'es vraiment qu'un pauvre con.

Elle glapit, et j'en déduisis que Damon s'était emparé d'elle.

– Ouais, je crois que tu as raison.

Je m'avançai légèrement, assez pour apercevoir ce qui se passait dans la pièce. Leo était assis sur le canapé où il était étendu la première fois que j'étais entrée dans la maison. Il avait les mains attachées derrière le dos avec du ruban adhésif, une autre bande était collée sur sa bouche, mais ses pieds étaient libres.

Brooklyn posa la main sur le bras de Damon, mais son ton restait ferme.

– Ses parents sont morts, de toute façon. Où veux-tu qu'il aille, à présent ?

Il la repoussa, s'essuya la paume sur sa chemise.

– Tu es monstrueuse. Tu es…

Il n'acheva pas sa phrase, le visage livide, la voix éraillée.

– Je ne suis pas un monstre. Je suis la petite-fille d'un monstre.

Sa voix était glaciale, et je ne suis pas sûre que Damon sentait la menace qu'elle portait.

Je profitai de leur discussion pour avancer d'un pas supplémentaire. Toujours dans l'ombre, capable de les voir, mais pas encore dans leur ligne de mire. Je remarquai que Leo avait un œil au beurre noir, et mon humeur se mit au diapason. Je me dis aussi que cela signifiait qu'il serait prêt à se battre s'il fallait en arriver là. Je m'aperçus dans un miroir : le visage terreux, les yeux injectés de sang.

– C'est un témoin, d'accord… Mais ça va ! On ne va quand même pas le tuer pour ça. C'est ça que tu voudrais que je te dise ?

– C'est ça que je *veux* que tu me dises. Mais si tu le faisais, je ne te croirais pas, de toute façon.

Damon s'écarta d'elle et prit la direction de la porte.

– Ne pars pas !

Il poursuivit son chemin.

Damon passa le seuil, Brooklyn sur les talons, et je me précipitai, sortant de l'ombre pour rejoindre la lumière. Ils continuaient à se disputer sur le perron, échangeant accusations et insultes, et j'étais presque parvenue jusqu'au canapé lorsque j'entendis un craquement suivi d'une détonation. Le même écho mortel que lorsque Carver avait été abattu d'une balle dans la tête.

Elle avait tué Damon.

– Pourquoi tu as fait ça ?

Je me figeai, pensant un court instant que la question s'adressait à moi. Après tout, nous n'étions séparées que par une porte-fenêtre.

Elle cria la question une deuxième fois.

– Pourquoi tu as fait ça ?!

Et je compris que la question s'adressait à Damon.

Je pris Leo par le bras et me tournai vers la cuisine, bien décidée à repartir par où j'étais venue. Mais la porte claqua et Brooklyn était déjà de retour dans la pièce. Elle tenait son pistolet nonchalamment, mais elle se raidit en m'apercevant.

Elle tira. Nous étions plus près du couloir que de la cuisine, et le tir nous força à foncer dans cette direction. Les mains liées dans le dos, Leo avançait de manière maladroite, mais rapide. Nous nous enfonçâmes dans la maison, au fond du couloir, aussi vite que l'espace disponible et notre mobilité nous le permettaient. Je tapotais sur le bras de Leo pour lui faire passer des messages. Nous nous comprenions sans rien dire. Il fallait garder le silence.

La maison était vaste, mais pas immense, et, dans le deuxième couloir, je me mis à essayer les portes. La première était fermée à clef et les deux autres donnaient sur des pièces inutiles – une salle de bains avec un vasistas et un dressing dépourvu de fenêtre. La suivante en revanche était celle d'une chambre.

J'en refermai la porte derrière nous. À clef. Je résistai à l'envie d'écouter ce que faisait Brooklyn. Je ne l'entendais pas, mais je savais qu'elle était là, quelque part, passant chaque pièce en revue comme nous venions de le faire, sans rien dire. Le temps des menaces verbales était passé.

J'ouvris la fenêtre et les volets. Je défis les liens de Leo, arrachai le scotch qui le bâillonnait et lui fit signe de passer en premier. Il s'était déjà hissé sur le rebord et se laissa retomber de l'autre côté avec souplesse. Ma sortie fut moins gracieuse, mais, avec l'aide de mon fils, je parvins à atterrir sans trop de dégâts pour mes genoux.

On agitait violemment la poignée de la porte de la chambre que nous venions de quitter. Puis le vacarme cessa. Cette porte n'était qu'un obstacle fragile et Brooklyn finirait de toute façon par tomber sur nous. Elle connaissait sans doute les moindres recoins de la baraque et il lui suffisait de se retrouver à la bonne distance pour nous tirer comme des lapins.

J'avais des démangeaisons dans les jambes, mais il aurait été inutile de courir sans but. J'avisai sur la gauche deux petits bâtiments, une cabane de jardin à quelques dizaines de mètres de là, et un garage juste derrière. Mais non. Trop évident. Trop loin.

Je songeai aux deux voitures garées de l'autre côté de la maison, mais elles ne nous serviraient à rien sans les clefs.

Je fis un signe à Leo en direction de la véranda sur notre droite, qui devait donner sur la chambre à coucher principale, et nous l'atteignîmes en quelques foulées. Au loin, une porte claqua. J'inspectai la terrasse, espérant découvrir un endroit où nous puissions nous glisser, une niche, un trou où se cacher, même si mon cœur se serrait à l'idée de me retrouver à nouveau coincée entre la terre et le bois. Mais elle était mieux conçue que ne l'avait été mon cercueil.

Le vent forcit et mes cheveux me fouettaient les yeux. Je n'y voyais plus goutte.

Il n'y avait plus d'autre choix que de courir. J'aperçus Leo qui regardait lui aussi en direction du terrain en contrebas, convaincu que c'était désormais notre seule option.

J'entendis des bruits de pas précipités. Je murmurai :

– Vas y. Fonce !

Il s'élança dans la direction opposée aux bruits de pas, mais je ne bougeai pas. J'avais pris la même décision qu'auparavant. Ma vie contre celle de mon fils. Et soudain Brooklyn apparut devant moi, l'arme au poing, visiblement très fâchée.

Elle tira, mais je plongeai sur le côté et elle me manqua. Elle tira de nouveau et la balle me déchira l'épaule gauche. Avant qu'elle n'ait eu le temps de tirer une troisième fois, je m'étais jetée sur elle. Je l'agrippai de toutes mes forces, assez proche à présent pour sentir les odeurs de lavande et de sueur mêlée qui lui collaient à la peau. J'enfonçai mes dents dans son cou.

Brooklyn hurla et lâcha le pistolet. Il lui échappa, mais nous étions tellement collées l'une à l'autre qu'il resta coincé entre nos deux corps. Elle s'accrocha à mon épaule blessée, mais la douleur n'était rien en comparaison de ma fureur. Je me reculai et l'arme tomba au sol en cliquetant.

Nos regards se croisèrent, et nous nous précipitâmes en même temps. Elle n'avait pas passé un gros quart d'heure sous terre et elle était plutôt sportive, mais j'avais la rage de mon côté. Bientôt, j'avais récupéré le pistolet.

– Dee a gardé ta photo affichée au mur même après ton départ. Tu le savais ? Elle a dépensé des fortunes pour payer des détectives afin de te retrouver. Tu n'étais même pas sa petite-fille. *Moi*, je l'étais, par le sang, et parce que j'étais là. Mais c'est toi qu'elle voulait, *Megan*.

Que cherchait-elle ? À gagner du temps ? À m'émouvoir ? Je n'en avais rien à faire. Ma colère, ma haine pour elle était trop vive. Je réservais ma compassion à ceux qui la méritaient. Ceux qu'elle avait blessés. Ceux qu'elle avait tués.

Je pressai la détente.

Il ne se passa rien.

Plus de balle.

La stupeur se fit jour dans les yeux de Brooklyn. Puis autre chose. Quelque chose que j'avais déjà lu bien souvent dans les yeux de mes patients. Je savais parfaitement ce qu'elle allait faire.

Elle prit la fuite.

Chapitre 48

Sa course à travers champs était maladroite, et je ne la lâchais pas d'une semelle. Elle avait peut-être passé son enfance à se cacher, mais elle ne m'échapperait pas. Des tas de chênes, de pins et de cyprès bordaient la propriété, mais je ne le lui laisserais pas le temps de les atteindre et de s'y réfugier. Je m'étais presque attendue à la voir s'arrêter à la remise où j'avais découvert Carver – et où elle avait enfermé mon mari avant de le tuer –, mais elle la dépassa sans un regard.

Le seul endroit où elle pouvait se rendre était l'ancienne laiterie. Sa peinture s'était écaillée depuis longtemps, laissant apparaître la structure métallique dont elle était faite. La plupart des fenêtres étaient condamnées par des plaques de contreplaqué, mais quelques vitres brisées subsistaient.

Brooklyn atteignit la porte ouverte de la bâtisse quelques secondes avant moi. À l'intérieur, l'air était vicié par la présence de créatures mortes ou dissimulées. J'entendais la plainte de leurs semblables résonner dans les tuyaux qui couraient le long des murs. Mes poumons me torturaient, ma gorge était toujours encombrée de terre. La lune se dessinait entre les fissures du plafond et des cloisons, délavant tout d'une lumière blanche irréelle.

Brooklyn contourna une machine qui avait dû servir à l'embouteillage, et dont plusieurs rouleaux de la chaîne de montage manquaient à l'appel. Sa foulée se ralentit, elle tituba, et je me rapprochai à quelques centimètres.

Nous nous retrouvâmes face à face, et je pouvais lire, dans la fixité de sa bouche et l'effronterie de son nez, sa détermination à m'éliminer.

Mes poings étaient serrés, prêts à frapper. Ma formation médicale m'avait appris à sauver des vies, mais elle m'avait également donné des pistes pour tuer. C'était cependant deux choses différentes que de savoir où frapper pour faire mal et d'arriver à atteindre ces points faibles.

Brooklyn savait également exploiter les failles d'autrui. Elle se jeta sur moi si brusquement que je ne vis rien venir, et son poing s'abattit sur ma tempe. Ma vision s'obscurcit et je vacillai, mais je tins bon. Je répliquai, visant le foie.

Elle fit un pas en arrière en direction de la machine, écarta les jambes et haussa les épaules pour épargner son cou. Elle revint à la charge et, bien que je visse venir l'assaut, le coup vint me frapper sur le côté droit. J'écarquillai les yeux et je secouai la tête pour reprendre mes esprits.

Pour préserver de l'énergie, je décidai de la laisser venir et d'observer ses épaules, de surveiller ses mains. Elle tenta un nouveau crochet, exposant son cou. Je dirigeai mon poing vers cette ouverture, visant la carotide, et elle encaissa le coup. Je l'avais ébranlée, étourdie, et je la frappai de nouveau en plein dans la gorge. Elle s'écrasa sur la chaîne de montage, qui lui évita de tomber au sol.

Elle se redressa. Se tâta le cou, en manque d'air. Je lui expédiai une nouvelle droite au bas-ventre, d'un geste plus décidé cette fois. Son corps s'affaissa et elle s'étala de tout son long, sa tête heurtant le sol avec force.

Elle essuya le sang qui coulait d'une coupure sur son front.

– Tu sais te battre, je l'avoue. Ce qui me surprend de la part de quelqu'un qui n'a jamais eu à se battre pour rien de toute sa vie.

Sur ce elle se releva. Comment diable pouvait-elle encore tenir debout ?

Je frappai de nouveau, mais sans puissance ni conviction. Brooklyn chargea alors, tête baissée, les épaules courbées pour encaisser le choc, mais j'esquivai et lui décochai un coup de coude au menton. Raté. Je titubai, mais restai debout. Les yeux rivés sur ceux de la femme qui avait tué mon mari, je laissai la rage prendre le dessus. Je ne voulais pas seulement neutraliser Brooklyn. Je voulais l'anéantir, jusqu'à ce qu'elle ne soit plus qu'un amas d'os brisés et de tendons disloqués.

Son regard brûlait d'une intensité semblable à la mienne, mais j'avais plus d'allonge qu'elle. Son bras se détendit, mais le coup était trop court et elle se découvrit. J'inspirai – une respiration brève et décidée –, concentrant toute mon énergie sur mon poing fermé. Puis le coup partit. Un craquement accompagna l'impact.

Elle perdit l'équilibre, tenta de se raccrocher à l'embouteilleuse. J'avançai encore, mais elle m'arrêta dans mon élan.

– Tu sais qu'il y a une autre tombe ?

Elle souriait, d'un rictus inexpressif, aussi froid que l'air ambiant, mais moins glacial que son regard. C'est alors que cela me revint. Ces bruits de grattements que j'avais entendus près de la tombe et que j'avais pris pour des petits animaux.

– Pas très loin de la tienne, d'ailleurs, mais de l'autre côté de l'arbre, reprit-elle. Sam n'est peut-être pas mort tout de suite, mais il l'est certainement à présent.

Mon cœur se brisa en des milliers de fragments. Ces petits raclements ? Ces grattements insistants que j'avais entendus ? C'était Sam ?

La douleur m'emplit la poitrine, rendant ma respiration difficile. Mais je n'en avais pas terminé. Ma rage froide n'était pas retombée. Loin de là. Brooklyn avait cru me déstabiliser avec sa révélation. Et cela avait marché. Pendant une seconde, j'étais restée paralysée, déchirée entre le désir de l'achever et celui de courir à la tombe de mon époux. Si je l'abandonnais, je serais presque autant responsable de sa mort que sa meurtrière.

À ce moment précis, j'aurais dû choisir Sam. C'est ce que le bon sens exigeait. Mais l'adrénaline et la haine n'étaient pas d'accord. J'avançai maladroitement, et le bras de Brooklyn jaillit, armé d'un couteau rouillé qui m'égratigna le bras droit. Elle ne s'était donc pas rattrapée à la machine. Elle avait seulement cherché à récupérer cette lame qu'elle y avait planquée. Vu l'enfance qui avait été la sienne, il n'était pas étonnant qu'elle ait dissimulé des armes çà et là.

La douleur décupla ma fureur. Je parai le coup, mais elle frappa de nouveau. Je heurtai de l'orteil un bout de ferraille qui dépassait du sol, mais ce n'était qu'une douleur de plus que je n'étais plus en état de ressentir. Je la tirai par le bas de son tee-shirt, le poing serré, et l'attirai vers moi.

Brooklyn se débattit, le tissu se déchira, mais je maintins ma prise et lui tordis le bras jusqu'à ce qu'elle lâche l'arme. Quelque chose craqua. Son épaule ? Son coude ? Quelle importance ? C'était son problème. Nous tombâmes sur le côté, mon épaule heurtant une pile de caisses pourries.

La chute de Brooklyn fut plus douloureuse encore, sa tête allant frapper le rebord de la machine. Elle resta étendue là, aussi immobile et sans défense que le soir de l'agression. Je l'avais secourue cette nuit-là. Elle essaya de se redresser, et ma main hésita. Même ici, même maintenant, le réflexe de lui venir en aide tentait de s'imposer. Mais non. Elle n'hésiterait pas à recommencer. À me harceler, à tenter de détruire ma famille. Je ne pouvais pas prendre ce risque. Le pistolet m'avait peut-être trahie, mais je pouvais compter sur l'acquis de mes jeunes années de bagarreuse. Brooklyn esquissa encore un mouvement et je lui balançai un coup de pied d'une telle violence que j'en ressentis le choc du flanc jusqu'aux épaules.

Cette fois, elle avait son compte.

J'appelai Leo en quittant la crémerie, mais mon cri se perdit dans le vent. Il avait peut-être réussi à atteindre la route, ou bien il s'était caché dans un endroit où ma voix ne lui parvenait pas. Je ne pouvais qu'espérer qu'il m'entende et qu'il me rejoigne jusqu'au vieux chêne en lisière de la propriété, parce que je n'étais pas sûre de pouvoir déterrer Sam sans son aide.

Les cheveux me fouettaient le visage lorsque j'atteignis la cabane de jardin près de la maison, où je récupérai une pelle avant de retraverser le terrain aussi vite que je le pouvais. Le souffle du vent était vivifiant, même un peu trop, et il décrochait des feuilles et des brindilles de la futaie au-dessus de moi.

Dans ma course effrénée, je caressai le fol espoir de trouver la tombe vide, des petits tas de terre déposés sur les bords, et Sam assis par terre à m'attendre. Mais quand je parvins sur place, le sol était toujours parfaitement tassé.

Je me mis à creuser au pied de l'arbre. Je ne dégageais que de minuscules mottes de terre, mais mes bras étaient en feu. J'attendais les sirènes, je priai pour qu'elles arrivent sans cesser de creuser à perdre haleine.

Une main se posa sur mon dos et je sursautai au souvenir de la dernière fois que l'on m'avait ainsi touchée à cet endroit. Ma gorge se serra et j'écartai de la main des pelletées de terre imaginaires. Mais, cette fois, ce n'était pas la main d'un homme qui me précipitait dans ma tombe. C'était celle de Leo. Le plus beau des enfants.

Je m'étais à ce point concentrée sur ma tâche que je ne l'avais pas entendu approcher. Son visage ruisselait de sueur, comme s'il avait couru.

– La police ? demandai-je.

Il hocha la tête.

Je lui tendis la pelle et tombai à genoux.

Même s'il ne savait pas précisément ce qu'il cherchait, Leo mettait un cœur à l'ouvrage dont je n'étais plus capable. Même à quatre pattes, je ressentais des vertiges, mais je continuai à gratter la terre avec toutes les forces qui me restaient. Mes doigts étaient à vif, mais je n'avais plus mal. Tout mon corps était comme engourdi, à commencer par ma tête, et je luttai contre une terrible envie de vomir.

La tombe de Sam était encore plus profonde que la mienne, mais Leo eut tôt fait d'agrandir le trou que j'avais commencé à creuser, et le bois du cercueil apparut.

Je lui indiquai la caisse, incapable de me relever et encore moins de m'y attaquer moi-même. Leo comprit. Il frappa le cercueil à grands coups de pelle, et le bois se fendit un peu plus à chaque impact.

Je me penchai sur la cavité pour tenter d'entendre quelque chose, la sueur dégoulinant dans mes yeux, mais rien. Ma vision oscillait de l'obscurité la plus noire à la lumière la plus vive. Des éclairs bleus et rouges. Est-ce que j'entendais des sirènes ? Ou était-ce le vent qui me sifflait aux oreilles ?

Est-ce que Sam était en vie ? Ou étions-nous arrivés trop tard ?

Des hommes et des femmes nous entouraient à présent, en uniforme pour la plupart, même si certains portaient des costumes, comme l'inspecteur Ray Rico. Je ne les avais pas vus arriver.

Quelques heures plus tôt, Red m'avait raconté comment Natalie avait failli périr sous cet arbre la nuit où elle avait accouché, épargnée seulement pour quelques jours. À présent, ils étaient tous morts. Natalie. Dee. Carver. Et Brooklyn sans doute. Tant de sang avait coulé sur cette terre que tous ceux qui y étaient nés ne pouvaient connaître que le malheur.

L'inspecteur Rico se pencha à mes côtés, son costume marron strié de traînées de terre légèrement plus claires, tandis qu'il aidait Leo et un policier en tenue à dégager le couvercle. Inhabituel de le voir si négligé. Même pas de cravate. Inquiétant de remarquer son air préoccupé.

Tous ensemble, ils tirèrent sur la planche de bois. Un corps apparut : Sam.

Sa main gauche. Son annulaire. C'est la première partie de son corps qui se mit à bouger. Puis arriva le brancard. Et les ambulanciers. Et puis le trou noir.

Chapitre 49

L'inspecteur Rico finit par m'expliquer pourquoi Brooklyn avait agi de la sorte.

Dans ma quête de Sam, j'avais entendu pas mal d'histoires horribles sur les mauvais traitements infligés par Dee, mais d'autres étaient ressorties après coup. La plupart avaient trait à des lieux sombres et confinés, à des objets de torture, mais la violence psychologique exercée sur ses victimes était tout aussi terrifiante.

Dans tous les cas, il s'agissait de ces fameuses caisses que Dee avait fabriquées pour y enfermer Natalie et, plus tard, Brooklyn. Après des années de sévices, le contreplaqué avait été taché de sang et d'urine, et le couvercle attaqué par les griffures de deux pauvres filles sans défense. Natalie avait fini inhumée dans l'une de ces caisses, et Brooklyn avait tenté de m'enterrer dans la sienne.

En général, Dee emprisonnait ses victimes pendant trois jours. Ce qui expliquait le décompte : 3. 2. 1. Un compte à rebours, mais aussi une vengeance. Pendant trois jours, Brooklyn nous avait fait subir ce qu'elle avait vécu elle-même. Elle voulait que nous perdions absolument tout, comme cela avait été le cas pour elle.

Trois, c'était aussi le nombre de filles qui s'étaient trouvées dans la maison ce soir-là, mais je ne pensais pas qu'il y eût de rapport. Sans doute une coïncidence.

Brooklyn n'avait jamais pu se libérer de l'emprise de Dee jusqu'à sa mort en août dernier. Pour quelqu'un qui avait tant souffert pour obtenir sa liberté, elle n'en avait pas profité longtemps. Elle avait survécu, mais elle allait désormais passer le restant de ses jours en prison. Je ne saurais dire si c'était une bonne chose. Damon a survécu, lui aussi, et j'ai ouï dire qu'ils étaient restés en contact. Pas vraiment surprenant.

Si j'en crois Rico, c'est après la mort de Dee que Brooklyn avait trouvé les photos de Natalie qu'elle m'avait montrées. Elle avait aussi découvert les notes qu'Ernie avait fait parvenir à Dee avant sa mort : ces notes qui l'avaient conduite jusqu'à nous. Jusqu'à moi, qui avais été enlevée à ses dépens. Et jusqu'à Carver, l'homme qui, selon Brooklyn, aurait dû la sauver.

Pour une raison inconnue, il n'était nulle part fait mention de Red dans les affaires de Dee. Peut-être n'avait-elle jamais su qu'il m'avait enlevée. Peut-être pensait-elle que c'était Carver, puisqu'il s'était également trouvé à la maison ce soir-là. En tout cas, je suis heureuse qu'il n'apparaisse pas. Parce que, en dépit de tout, il reste quand même mon père.

Chapitre 50

Le jour où Sam est rentré à la maison, Audrey a insisté pour se charger de la décoration, ce qui fait que le mur de l'entrée était couvert de ballons à moitié gonflés. Qui aurait cru qu'il y avait autant de nuances de rose ?

Leo était pour sa part responsable du rouleau d'adhésif. Chaque fois qu'Audrey lui ordonnait de changer la disposition des ballons, il rouspétait, comme tout bon grand frère, mais sans conviction. Le cœur formé par les baudruches était de plus en plus tordu à chaque tentative. Sam allait adorer.

– Celui-là manque de scotch…

Audrey désignait un ballon qui pendouillait en dépit des trois bandes d'adhésif qui le fixaient déjà au mur.

– C'est sûr que ça va tout changer, répliqua Leo, qui s'exécuta cependant.

Mon gâteau n'était pas plus réussi – la faute à mon épaule patraque –, mais il était fait maison, et au chocolat, ce qui veut dire que même s'il ne ressemblait à rien, Sam l'apprécierait.

Le mal qui avait pénétré dans nos vies n'avait pas réussi à franchir ce perron, et j'étais bien décidée à continuer de le repousser à coups de ballons roses et de gâteaux au chocolat. Rien de moins.

– Prêts ? demandai-je, la voix enrouée. Parce qu'on a un malade grognon qui attend dans la voiture.

– Tu pleures ? s'étonna Leo.

Il se tourna vers Audrey.

– Voilà que maman chiale à cause de ces ballons débiles !

– Normal, répliqua Audrey, c'est maman.

Comme si cela expliquait tout. J'imagine qu'après tout ce qui s'était passé, ceci pouvait en effet expliquer cela. Mais, dans cette maison, seules les larmes de bonheur étaient désormais autorisées.

Audrey se recula, contempla son œuvre et hocha la tête.

– Prêts !

Je sortis pour aider Sam à descendre de la voiture. Comme de juste, il fit une blague pour cacher ses grimaces lorsqu'il dut se mettre debout.

Seules les larmes de bonheur.

Je continuais à me sentir coupable de m'être laissé manipuler et d'avoir pu douter de Sam. Dans la vidéo du café avec Brooklyn, lorsqu'il avait posé sa main sur la sienne, je n'avais pas vu les larmes feintes qu'elle avait versées pour susciter ce geste de compassion. J'aurais dû le savoir. J'aurais dû y voir clair.

Mais il m'assurait que ce n'était pas grave, et il me le répétait sans cesse.

Il serait toujours quelqu'un de mieux que moi.

Sam s'appuyait sur moi, sur mon épaule valide, pendant que nous traversions la maison. Dans le passé, j'aurais fait comme si de rien n'était, mais là, j'acceptais sans fard le poids de son corps contre le mien. Nous savions l'un et l'autre que ce n'était pas une marque de faiblesse. Nous étions seulement plus forts ensemble.

C'en était fini des « je t'aime, mais… » Nous avions appris, ces derniers jours, à nous contenter des trois premiers mots.

– Red vient ?

Je remarquai sa surprise lorsque j'acquiesçai. Red m'avait sauvée, moi. Un nourrisson qui, à l'entendre, avait des tendances colériques. J'en convenais. Et cette invitation ne signifiait pas que je lui avais pardonné, pas encore, seulement que j'essayais.

Boo gambadait tout autour de Sam, manquant de le faire tomber.

– Et Daryl a promis de passer aussi.

Audrey couina.

– Ça veut dire que Lester va venir ?

Je souris et hochai la tête.

– Oui, Lester va venir.

S'il avait réussi à passer la matinée sans se blesser, ce que j'estimai à soixante pour cent de probabilité.

– Et Zoe aussi.

– Et on doit attendre avant de goûter le gâteau ? s'inquiéta Audrey.

Leo s'en mêla.

– Vu que c'est maman qui l'a fait, on prolonge notre espérance de vie en attendant pour le manger !

J'avais d'abord prévu un retour plus discret – juste nous quatre –, mais Sam avait insisté. Il était en état de voir du monde. J'avais cédé pour la même raison qui l'avait poussé à accepter ces visites. L'amour était plus fort que le mal. Nous ne pouvions accepter que la vendetta d'une détraquée modifie notre manière de vivre.

– Je pense qu'on peut attaquer le gâteau, décréta Sam.

– OK, c'est ton estomac, pas le mien…, répondit Leo.

Nous ne nous encombrâmes pas d'assiettes. J'apportai le gâteau sur le comptoir de la cuisine et Sam sortit des fourchettes. Audrey s'était assise sur un tabouret, et nous restions debout. Je me tenais assez près de Sam pour que nos jambes se touchent. J'allais en avoir sacrément besoin, de ce contact réconfortant, dans les semaines à venir, mais ce n'était pas un problème. Sam semblait ressentir le même besoin. Il serra sa cuisse contre la mienne et me prit la main.

Nous engloutîmes la moitié du gâteau sans attendre nos hôtes. Il était un peu sec, un peu moche, mais c'était malgré cela le meilleur gâteau que j'aie jamais mangé. Sous les protestations de Leo, Audrey annonça qu'elle voulait exactement le même pour son septième anniversaire. Beau projet.

Des projets. Voilà une chose que j'avais pensé ne plus jamais pouvoir envisager. Comme j'avais cru disparus à jamais les éclats de rire des enfants, si naturels et spontanés, et encore plus les miens. Je pouvais compter sur Sam, sur sa chaleur, sur ce gâteau, mais plus encore sur nos fous rires pour tenir en respect l'obscurité qui continuait à rôder au-dehors, mais n'avait plus sa place ici. Pas tant que je serais là pour l'empêcher d'entrer.

FIN

Remerciements

Je tiens d'abord à remercier tous les lecteurs que je ne connais pas et qui auront néanmoins fait l'effort de lire cet ouvrage jusqu'à la page des remerciements. C'est le plus beau des hommages.

Ma plus profonde gratitude va à mon agent, Peter Steinberg, de Foundry Literary + Media, que j'ai qualifié de génial si souvent qu'il doit en avoir assez. Mais sans mon *génial* agent et sa foi en ce roman depuis le début, je n'en serais jamais arrivée aux remerciements. Un grand merci également à toute l'équipe de Foundry, et tout particulièrement à Michael Nardullo et Richie Kern. Je suis très honorée de faire partie de la famille Foundry.

Merci à mon brillant éditeur David Highfill pour ses encouragements et pour avoir toujours raison de la plus gentille des manières, et à tout le monde chez William Morrow. Merci encore à Jennifer Doyle et à l'équipe de Headline. Tant de gens intelligents et de talent ont travaillé pour donner vie à ce roman. Je leur dois beaucoup.

J'ai aussi eu la chance de voir de nombreux amis et collègues fantastiques m'épauler dans cette entreprise. Ils sont bien trop nombreux pour que je les cite tous, mais certains méritent une mention spéciale. Judy Coffey, Diane Hernandez et David Ebright pour le temps passé. Denise Barredo, Karen

Jacobsen et Jason Turner pour leur soutien infaillible. Bruce Baird pour avoir été là au début, à la fin et chaque fois que j'ai eu besoin de lui entre les deux. Et Holly Clarke, formidable en toutes circonstances.

Je suis tout aussi reconnaissante au lieutenant Tom Sewaringen, retraité de la police de Santa Rosa, pour m'avoir consacré autant de son temps et de ses connaissances. Merci d'avoir pointé toutes les failles de ma licence poétique.

Une mention particulière à Patty Hayes et Lisa Ostroski pour avoir répondu à tous ces textos bizarres les interrogeant sur la meilleure façon d'assassiner son prochain. Et pour n'avoir jamais appelé la police pour lui faire part de mes sombres desseins. Cette histoire n'aurait pas été la même sans votre savoir et votre patience.

Je voudrais aussi signaler Chuck Samuchino, qui a repéré les détails qui clochaient dans les cinquante premières pages de ce livre, et Becky Jenkins, parce que les promesses passées dans l'enfance sont importantes.

Sans la plupart de ceux que je viens de citer, ce livre n'existerait pas, mais sans ma mère, Norma, et mon père, Ron, son auteure n'existerait pas non plus. Alors oui, merci pour ça et pour avoir toujours été mes plus fervents supporters.

J'aimerais aussi exprimer mon appréciation à mon beau-père, Rob Hodges, à ma famille étendue des Middendrof et des Harrington et à toute la famille Chavez. Je n'aurais pu rêver de meilleure et de plus stimulante famille d'adoption. Je suis bénie d'aimer et d'être aimée par autant de gens formidables.

Je voudrais pour finir remercier mon mari, Alex, et nos enfants, Jacob et Maya, pour avoir supporté ces lectures inopinées (et parfois interminables) de passages de ce livre, pour me faire rire et pour être les personnes les plus chères à mon cœur. Vous êtes mon inspiration quotidienne. Ce roman et tout le reste sont pour vous.

Table

pcacmb
édition pré-presse
livres numériques
44400 Rezé

IMPRIM'VERT®
PEFC 10-31-1510

Imprimé en France
par Corlet Imprimeur
14110 Condé-en-Normandie
Dépôt légal : mars 2020
N° d'impression : 19120395
ISBN : 978-2-7499-4097-7
LAF : 2796